Yours to Keep

D1616239

MAXI

1.ª edición: octubre de 2017

© 2000, José Calvo Poyato
© 2000, 2017, Sipan Barcelona Network S.L.
   Travessera de Gràcia, 47-49. 08021 Barcelona
   Sipan Barcelona Network S.L. es una empresa
   del grupo Penguin Random House Grupo Editorial, S. A. U.

Printed in Spain
ISBN: 978-84-9070-420-2
DL B 18622-2017

Impreso por RODESA
          Pol. Ind. San Miguel, parcelas E7-E8
          31132 - Villatuerta-Estella, Navarra

La Biblia Negra

José Calvo Poyato

MAXI

1

Santiago había cerrado su pequeña tienda de escribano más pronto de lo habitual. Durante los crudos meses del invierno solía hacerlo antes de las cinco de la tarde, cuando la luz declinaba ya de forma clara y todavía las sombras de la noche apenas eran una leve amenaza sobre el apretado caserío de la ciudad, ceñido por las aguas del Tajo en una curva que casi llegaba a ser una circunferencia.

Hacía ya más de tres años que habían instalado un llamativo reloj en una de las fachadas laterales de la catedral y desde entonces el escribano había adaptado su trabajo al ritmo de aquel instrumento. En tiempo de verano su tienda permanecía abierta dos horas más, hasta que las majestuosas campanadas daban las siete. Santiago Díaz, que así se llamaba el escribano, una vez cerrado su negocio marchaba directamente a su casa, apenas cruzaba algún saludo con las gentes que encontraba en su camino y, desde luego, solo por alguna razón poderosa se detenía. Gustaba de estar en su hogar antes de que las últimas luces del día se perdiesen en el horizonte y si, por un casual, era requerido para realizar algún tipo de trabajo en la propia morada del cliente, circunstancia que se producía con cierta frecuencia, adelantaba la hora de cierre de su establecimiento. Llegar a casa con luz del día era para él una máxima de cumplimiento casi obligado. Era algo que no solo había practicado desde siempre sino que también lo había visto hacer a sus mayores. Era, si así podía llamarse, una tradición familiar que había pasado de padres a hijos, lo mismo que aquel oficio de escribano y también el de librero, que ejercía desde su juventud. Aprendió el oficio de su padre, quien lo había heredado de su abuelo, y este, a su vez, lo había recibido del suyo. Se perdía en la memoria de la familia la tradición de aquella actividad de escribanos libreros, que los Díaz habían ejercido a lo largo de generaciones. Llevaban cuatro de ellas instalados en aquella ciudad cabeza de las Españas desde que los reyes visigodos la convirtieron en eje de su dominio sobre las tierras peninsulares y en el principal centro religioso de la monarquía.

Aquella desangelada y fría tarde del mes de enero Santiago Díaz había cerrado mucho antes de las cinco, a pesar de que no tenía que atender petición alguna en casa de ningún cliente. Había decidido concluir la jornada antes de lo habitual porque el ambiente estaba tormentoso. Y la tormenta, señalada como inminente por los negros nubarrones que cubrían en su totalidad el cielo toledano, no era solo meteorológica. Habían corrido por la ciudad extraños rumores que llegaron a los pocos días de recibirse la noticia de la entrada de las tropas cristianas en Granada, último baluarte de los musulmanes en España. El ambiente, enrarecido por los rumores, había llenado de congoja y miedos el corazón de muchas familias toledanas.

Justo en el momento en que Santiago giraba las dos vueltas de llave en la cerradura embutida en la sólida puerta de su establecimiento y echaba el candado de la barra de hierro que, a modo de refuerzo, la atravesaba horizontalmente, habían empezado a caer las primeras gotas de lluvia. Eran aún escasas, pero tan grandes y fuertes que hacían daño cuando golpeaban en la cabeza. Acomodó sobre sus hombros la recia capa de lana con la que combatía los rigores del invierno y alzó la esclavina que adornaba el cuello de la misma, como forma de protegerse de la lluvia. Después se caló hasta las cejas, cubriendo también las orejas, el redondo bonete con que tapaba su cabeza, tanto en invierno como en verano. Se embozó y echó a andar cuesta arriba. En su rostro, azotado por el viento y por la lluvia, se pintaba la preocupación.

Apenas había dado una docena de pasos cuando se detuvo, giró sobre los talones y volvió a su tienda. Abrió candado y cerradura, y buscó entre los rimeros de libros que se apilaban por todas partes en aquel cuchitril donde desarrollaba su actividad, encontró rápidamente lo que deseaba: un libro de regular tamaño encuadernado con unas llamativas tapas de latón en las que había grabadas extrañas letras. Lo protegió lo mejor que pudo metiéndolo entre la ropilla y el jubón, cerró el tabuco y emprendió nuevamente el camino hacia su morada. La lluvia había arreciado y también el viento por lo que su andar parecía cansino a causa del esfuerzo que realizaba, con el cuerpo doblado hacia adelante.

Recorrió su cotidiano itinerario y se cruzó con pocos transeúntes, el tormentoso ambiente y la lluvia hacía incómodo el caminar por las calles. Todos iban con prisa. La tarde era cada vez más destemplada e invitaba al recogimiento en el hogar. La lluvia, de continuar así, podría ser torrencial en poco rato. Ganaba ya la calle donde estaba emplazada su casa, junto a una vieja mezquita que los cristianos, tras la conquista de la ciudad a finales del siglo XI, habían convertido en iglesia, la iglesia de Santo Tomé, cuando el primer relámpago de la tormenta cruzó el cielo, iluminándolo todo por un instante. El rugido del trueno que le acompañó fue estremecedor e inmediato. La tormenta estaba sobre Toledo. Un escalofrío le recorrió la espalda a la par que una sensación de miedo invadió su cuerpo. En la calle no había nadie. Ni por delante, ni por detrás. Santiago aceleró el paso para llegar cuanto antes al refugio que suponía su hogar. Cuando cruzó el umbral de la puerta que daba acceso al zaguán su capa chorreaba agua por los bordes y el bonete con que se cubría estaba tan empapado que la humedad había traspasado el tejido y mojado su cabeza. Tenía la respiración agitada y entrecortada no solo por el esfuerzo que había realizado al caminar en medio del temporal, sino por la agitación que le embargaba el espíritu.

Al entrar en su casa comprobó que Ana, su mujer, acudía presurosa cuando sintió el ruido de la cerradura al girar la llave en su interior y el chirriar de los goznes de la puerta. Bajó desde la planta alta de la casa llamándole, entre alarmada y sorprendida:

—¡Santiago, Santiago! ¡Eres tú, Santiago!

—Sí... sí... Soy yo. —Su voz sonó acansinada, como la de un anciano.

—¿Ha ocurrido algo? Hace poco que dieron las tres. ¿O es que ando un poco trastornada y he perdido la noción del tiempo?

—No, Ana, no estás trastornada. Aún no han dado las cuatro.

—¿Ha ocurrido algo? —preguntó inquieta la mujer.

Santiago contestó con una negación de cabeza a la pregunta de su esposa, calmando parte de la agitación que le había producido la llegada a deshoras de su marido.

El escribano se quitó la capa y, tras sacudir el agua que chorreaba por su superficie, la extendió cuidadosamente sobre un arca para que escurriese el resto. Abrió su jubón y sacó de su pecho el libro que con tanto cuidado había llevado a su casa, protegiéndolo del aguacero. Lo miró con fijeza y suspiró profundamente. Algo en su interior le decía que aquel no era un libro corriente y que lo que encerraban sus páginas era algo fuera de lo común. Le inquietaban aquellos caracteres grabados sobre las tapas de latón y cuyo significado desconocía. No eran caracteres latinos. Se trataba de letras hebreas, pero no podía descifrar su contenido. Tenían un brillante color dorado y atraían la atención, como si en ellas hubiese escondido un hechizo, de quien posase sus ojos sobre ellas.

Santiago Díaz y su mujer Ana Girón formaban una pareja bien avenida que, sin embargo, no había tenido descendencia. La falta de sucesión les agobió durante sus primeros años de matrimonio, pero con el paso del tiempo habían asumido la situación. Hacía ya trece años que habían contraído el sagrado vínculo, pero Dios nuestro Señor no les había concedido la alegría de los hijos. Aunque aún eran jóvenes, Santiago había cumplido treinta y un años y Ana aún no tenía veintisiete, no albergaban ya muchas esperanzas de tener descendencia, después de tanto tiempo de esterilidad. A Santiago, a pesar de la resignación, aquella falta de sucesión le producía una fuerte desazón porque, entre otras cosas, significaba que la larga tradición familiar de los Díaz escribanos y libreros se acabaría con él.

A pesar de lo sedentario de su actividad —había días en los que permanecía toda la jornada sentado entre los papeles y libros de su tienda— tenía el aspecto de un hombre ágil y en buena forma física. Su cuerpo menudo transmitía una fuerte sensación de vitalidad, que contrastaba con el ejercicio de las tareas a las que se dedicaba. El color cetrino de su piel tampoco encajaba con el de un hombre que no ejercía su trabajo en contacto con la naturaleza. Su pelo negro y ensortijado caía sobre su cuello y a ambos lados de la cara tapando parte de la misma, también sus ojos eran negros, a juego con sus cabellos. Tenía una mirada cargada de fuerza, aunque en el fondo de sus pupilas podía verse un tono de melancolía producido, tal vez, por el hijo deseado que no había llegado, al menos hasta el presente. Sus manos sí respondían a la actividad que ejercía: la palma era estrecha y se prolongaba en unos dedos largos y finos. Eran suaves y sedosas; parecían más de fémina que de varón.

Ana Girón era una mujer que conservaba todavía el atractivo de la juventud. Contrajo matrimonio cuando apenas contaba catorce años y había dedicado su vida a cuidar del hogar familiar y a atender sus obligaciones religiosas, que cumplía con escrúpulo. Su mayor pena era no haber dado descendencia a su esposo, aunque, a diferencia de su marido, aún no había perdido la esperanza de que un día sucediese el milagro. Con frecuencia, en sus visitas diarias a la vecina iglesia de Santo Tomé, encendía una costosa vela de cera que ofrecía ante la imagen de su venerada santa Ana, pidiéndole que convirtiese en realidad el mayor de sus deseos. Su vida transcurría de forma placentera y sin agobios económicos de ningún tipo. Podía permitirse ser generosa en sus limosnas y disponer de un servicio doméstico incluso superior al que demandaban las parcas necesidades de un matrimonio como el que formaban Santiago y ella. Su mayor preocupación, aparte de la deseada descendencia, eran algunas de las amistades de su marido, a las que consideraba inadecuadas y peligrosas. No le gustaba que frecuentase la casa del médico Samuel Leví, una preeminente personalidad entre la comunidad judía de Toledo. De aquella relación, pensaba Ana, no podía resultar nada provechoso. Tampoco veía con buenos ojos que fuese a la tertulia de la rebotica que había en el establecimiento de Pedro de Aranda, junto a la Puerta Vieja de Bisagra. Ni le gustaba el canónigo Armenta con quien su marido mantenía una estrecha relación. Sus recelos hacia el clérigo se derivaban de los rumores que circulaban por todas partes acerca de sus aficiones y actividades. Además, no compartía el hecho de que la dignidad catedralicia viviese amancebado, con una concubina. Aquella relación, poco edificante, era del dominio público de todos los toledanos.

El escribano se dirigió a la pequeña habitación que le servía de gabinete de trabajo en su propia casa y donde se reunía, desde luego en contadas ocasiones ante la oposición de su mujer a la que no gustaba de contrariar, con aquellas amistades que tan peligrosas resultaban en opinión de Ana. Las actividades que Santiago realizaba en aquella estancia eran siempre un trabajo solitario. Nunca recibía allí a los clientes. La escasa luz que penetraba en la habitación procedía de un ventanuco que daba al patio de la vivienda y que por su posición recibía más luz en los atardeceres que durante las mañanas, pero nunca la claridad dominaba entre aquellas paredes. No obstante, era un lugar que invitaba al recogimiento y a la meditación.

El mobiliario era escaso. Una recia mesa de madera de nogal, como denotaban las sinuosas vetas que recorrían las tablas, y varios sillones, de aspecto incómodo, con el respaldar y el asiento de cuero. Las paredes estaban cubiertas por estanterías de madera que iban del suelo al techo y que se encontraban atestadas de libros y papeles entre los que parecía reinar el mayor de los desórdenes. Santiago, sin embargo, no permitía ni a su mujer, ni a Elvira, la esclava musulmana conversa que formaba parte del servicio de la casa y que tenía entre otras obligaciones encomendadas las tareas de limpieza, que pusiesen allí la mano. Los deseos de organización y orden que presidían la vida y el hogar de los Díaz y que Ana había impuesto en todas las dependencias, chocaban con la férrea voluntad del escribano de que no se moviese uno solo de los papeles que se amontonaban en su gabinete. Repetía una y otra vez que aquel era un desorden ordenado y que él sabía, con precisión absoluta, dónde estaba cada una de las cosas que allí se apilaban. Parecía que aquella era una afirmación carente de sentido a la vista del lugar, pero era rigurosamente cierto que, cada vez que Santiago Díaz necesitaba de alguno de aquellos libros, infolios manuscritos o carpetas donde se guardaban papeles y documentos, se dirigía sin titubeos al lugar donde los mismos reposaban.

Hizo sitio en la mesa de trabajo, donde el desordenado orden también era dominante, para colocar el libro de las tapas de latón. Después encendió un cirio de sebo que le proporcionaba la luz que el lugar no poseía. Tomó asiento y se dispuso a explorar el contenido de aquella extraña obra. En aquel preciso momento el ruido de un trueno, largo y fuerte, respuesta inmediata a un relámpago que había llenado el lugar de una luz espectral, sonó como si rodasen numerosos objetos pesados en la planta alta del inmueble. Santiago se estremeció otra vez, igual que cuando caminaba hacia su casa.

Una vez más miró con detenimiento los extraños signos que decoraban la tapa. Por un instante, recordó al hombre que aquella misma mañana, poco después del mediodía, había llegado a su tienda, presa de una fuerte agitación. Su descompuesto rostro no le era familiar. Sin duda, se trataba de un forastero que, tal vez, se encontrase en apuros económicos y necesitaba dinero contante y sonante. Pensó que podía tratarse también de alguien a quien una casualidad del destino le puso en sus manos aquel extraño libro, sin que para él tuviese interés y hubiese decidido convertirlo en dinero. Luego recordó que el individuo se lo ofreció en empeño, reservándose la posibilidad de recuperarlo, en un plazo de seis meses, pagando seis maravedises más de las dos doblas que había solicitado por él. Santiago sabía por experiencia que la mayor parte de los empeños eran ventas definitivas y más aún tratándose de un desconocido, de un forastero. Aquel hombre tenía dibujado el miedo en sus ojos y parecía tener prisa, mucha prisa. Durante los pocos minutos que necesitaron para realizar la transacción no dejó de mirar, inquieto, en todas direcciones, como si temiera a algo o a alguien. El librero recordó que aceptó el primer precio que le había ofrecido y no regateó un solo maravedí. Estaba convencido de que si le hubiese dado una cantidad inferior también la habría aceptado.

Ahora, en la tranquilidad de su gabinete, recordando aquellos instantes, le pasó por la mente la idea de que aquel individuo deseaba, por encima de todo, deshacerse del libro a cualquier precio. Sumido en aquellas reflexiones, recordó incluso cómo el dueño de la extraña obra actuó con tanta torpeza y desconcierto que ni siquiera había retirado un recibo que le permitiese reclamarlo dentro del plazo fijado. En aquella operación todo habían sido prisas que se convirtieron en nervios cuando se acercó a la tienda maese Pedro, el organista de la catedral para encargar cinco copias de la partitura del *Te Deum* solemne que había sido estrenado en la pasada fiesta de la Epifanía y del que en todo Toledo no había dejado de hablarse en aquellos días. El dueño del libro, que acababa de cobrar sus dos doblas, se marchó como alma que llevaba el diablo.

¿Sería el libro fruto de un robo? Este pensamiento voló fugazmente por su cabeza.

Un nuevo relámpago, que inundó otra vez de blanquecina luz la habitación, fue seguido inmediatamente de un trueno tan fuerte que le llenó el corazón de congoja y le sacó de sus reflexiones.

Abrió el libro y en su primera página leyó una especie de dedicatoria que decía: ABRAHAM EL JUDÍO, PRÍNCIPE, PRESTE, LEVITA, ASTRÓLOGO Y FILÓSOFO, DE LA RAZA DE LOS JUDÍOS, POR LA IRA DE DIOS DISPERSADA EN LAS GALIAS, SALUD D.I.

Esta dedicatoria estaba escrita en latín con grandes letras capitulares doradas.

También, un poco más abajo, pero separado del resto del texto, aparecía en esa primera página la palabra «Maranatha».

A Santiago le llamaron la atención las hojas del libro. Eran de una textura finísima y de una calidad extraordinaria. Parecían delgadas láminas de papiro finamente trabajado. La caligrafía era exquisita y permitía una lectura fácil para quien dominase el latín. Aunque tenía conocimientos rudimentarios de aquella lengua, no estaba en condiciones de traducir fielmente el texto. Sin embargo, algo en su interior le decía que su contenido se salía de lo común. Sin saber por qué aumentó la inquietud y el desasosiego que le embargaban el ánimo.

Se sumió en la contemplación de aquellas misteriosas páginas de una forma tan profunda que no se dio cuenta de que la tormenta amainó primero y se alejó definitivamente después. Al aclararse el cielo, aún tuvo Toledo unos instantes de claridad, antes de que las sombras de la noche cayesen definitivamente sobre la ciudad. Tampoco se percató de que Ana, acompañada de la esclava mora, salió de la casa para dirigirse a la iglesia vecina y rezar su plegaria vespertina, aprovechando los instantes finales de luz natural con que Dios nuestro Señor les obsequiaba en las horas postreras de aquella jornada.

Había perdido la noción del tiempo. No sabía qué hora era cuando Ana interrumpió sus reflexiones.

—Santiago, es ya muy tarde. La cena hace largo rato que está preparada y la sopa se está enfriando. Vamos a comer.

El escribano se restregó los ojos con los puños cerrados, intentando por medio de tan rudimentario procedimiento combatir el escozor. Los tenía enrojecidos, tras las largas horas pasadas examinando aquellas páginas fascinantes. Sin decir nada se levantó del sillón y siguió a su mujer hasta el comedor.

El silencio fue la nota dominante que presidió la cena.

Ana hizo varios intentos de iniciar conversaciones triviales que sacasen a su marido del ensimismamiento en que estaba sumido. Pero todos resultaron fallidos. Santiago se limitaba a contestar con monosílabos desganados. Estaban tomando los postres, dulce de membrillo y miel, cuando Ana comentó algo que atrajo su atención:

—Esta tarde, cuando estaba en Santo Tomé, trajeron el cadáver de un hombre. Le habían degollado de un tajo en el cuello. La herida era fresca, habían debido matarlo hacía poco rato, pero el aguacero que le había caído encima ya le había hinchado la cara y la herida de la garganta estaba llena de ulceraciones. ¡Tenía un aspecto horrible! ¡Tan horrible como la cicatriz que cruzaba una de sus mejillas!

—¡Cómo has dicho! —exclamó Santiago, como si de repente hubiese cobrado vida.

Su esposa se sobresaltó ante aquella inesperada exclamación.

—¡Santiago, por el amor de Dios, que me has asustado! Solo he dicho que el cadáver de un desconocido que han llevado a Santo Tomé tenía una horrible cicatriz que cruzaba una de sus mejillas.

—¿Cómo... cómo era esa cicatriz?

—Pues... como todas las cicatrices: fea.

—¡Ana, por los clavos de Cristo, no me saques de quicio! ¡Dame... dame detalles sobre esa... esa horrible cicatriz!

—¿Tanta importancia tiene la cicatriz de ese cadáver, Santiago?

—¡Mucha más de la que te imaginas! ¡Trata de recordar!

Intrigada por la actitud de su marido, Ana hizo algunas precisiones que llenaron de tensión al escribano.

—Bajaba de forma ondulada desde uno de los ojos hasta la comisura de los labios.

—¿Puedes recordar qué ojo era? —La pregunta contenía una carga de excitación.

—Déjame pensar, déjame pensar... Yo estaba en la capilla del Sagrario y cuando vi el cadáver... Sí, era el ojo derecho. Seguro, era el ojo derecho.

—¡Es él! ¡Entonces es él!

La mujer del escribano se retorció incómoda en su asiento y preguntó a su marido con ansiedad:

—¿Quién es él? ¿De qué demonios estás hablando? —Al darse cuenta de que había mencionado al maligno Ana se persignó de forma mecánica.

Por toda respuesta Santiago preguntó si todavía estarían abiertas a los feligreses las puertas de Santo Tomé.

—¡A estas horas ya no hay abierta una sola iglesia en Toledo! ¡Si son cerca de las nueve!

—Pero... pero si doy una limosna al sacristán... tal vez, tal vez...

Ana Girón miraba a su marido como si se tratase de un desconocido. No podía comprender qué era lo que le sucedía para que tuviese un comportamiento tan extraño.

Sin decir una palabra más, Santiago abandonó el comedor, tomó la capa y, dando un portazo, salió a la calle. Su mujer estaba atónita. No entendía nada de lo que estaba sucediendo.

Apenas había transcurrido media hora cuando Santiago regresó. Traía el rostro demudado y presentaba un aspecto tan lamentable que alarmó a su mujer.

—¡Santiago, dime de una vez qué es lo que está pasando! Desde esta tarde te encuentro extraño, primero te sentía lejos, como ausente y desde que te comenté la existencia de ese cadáver que llevaron a Santo Tomé estás tan alterado que has acabado por preocuparme. —Ana suavizó el tono de su voz, tratando de transmitir sosiego a su marido—: ¿Qué tienes tú que ver con ese maldito cadáver?

El escribano desabrochó su jubón y deshizo el lazo que anudaba el cuello de su camisa. Llenó sus pulmones de aire y después lo expulsó con violencia. Repitió la operación tres veces y pareció tranquilizarse. Mientras, su mujer, que había indicado a Elvira que preparase una tisana bien caliente endulzada con unas gotas de miel, se dispuso a esperar pacientemente a que su marido se serenase. Hubieron de transcurrir varios minutos, pero al fin Santiago comenzó a hablar.

—Esta mañana, poco después de mediodía, llegó un hombre a la tienda. Deseaba empeñar un libro. El asunto no revestía la mayor importancia, al fin y al cabo eso forma parte del negocio. Sin embargo, me llamó la atención la grave agitación de que era presa aquel individuo. No paraba de mirar en todas direcciones y aceptó, sin regateos, la primera oferta que le hice. Tenía tanta prisa que ni siquiera tomó la papeleta de empeño. Pensé que, quizá, se trataba de un ladrón o de un fugitivo. Después he tenido ocasión de hojear el libro que me trajo. No he hecho otra cosa a lo largo de toda la tarde, pero no tengo idea de cuál es su contenido. Es un libro misterioso. Su valor material es muy superior a las dos doblas que entregué a ese individuo. Ha dejado mi ánimo turbado y en suspenso... —Después de decir esto guardó un largo silencio, como si estuviese reflexionando sobre algo que le agobiaba.

Ana decidió respetar aquel silencio y aguardar. Hubo de esperar unos minutos hasta que su marido volvió a hablar.

—Cuando durante la cena me comentaste lo del cadáver que habían llevado a la iglesia, apenas si te prestaba atención. Pero al decir lo de la cicatriz pensé que podía tratarse del atribulado hombre que me visitó esta mañana.

El librero volvió a guardar silencio. Pero en esta ocasión su mujer le pidió que continuase.

—¿Y bien...?

—He visto el cadáver y es el del hombre en cuestión.

Ana miró fijamente a su marido.

—No comprendo, Santiago, que la muerte de ese hombre te haya afectado de esta manera. ¿Hay algo más que no me has dicho?

Aguardó de nuevo, pacientemente, una respuesta que, al final, llegó.

—Comprenderás que me produzca zozobra el que hayan matado a un hombre con el que esta mañana cerraba un negocio. Aunque asustado, porque aquel hombre temía a algo o a alguien, estaba lleno de vida. Me llamó la atención, como te he dicho antes, su actitud. He pensado si en realidad lo que pretendía era deshacerse, al menos de forma temporal, de un libro que es una rareza, aunque ignore su contenido. Pero hay algo más...

Santiago sacó de uno de los bolsillos de su jubón un papel doblado que puso sobre la mesa. Ahora la angustia que parecía haberle envuelto toda la tarde se trasladó a su esposa.

—¿Qué es ese papel, Santiago? ¿De dónde ha salido?

—Estaba entre las ropas del muerto.

—¿Entre las ropas del muerto, dices? Y... ¿cómo ha llegado a tu poder?

El escribano se encogió de hombros en un gesto que pretendía acompañar su explicación.

—Juan, el sacristán de Santo Tomé, ha accedido a abrirme la iglesia a cambio de unos maravedises. Los suficientes para que me permitiese estar a solas con el cadáver unos minutos. Lo he registrado —al decir esto Ana no pudo evitar que se le escapase un gemido sordo que trató de ahogar llevándose una mano a la boca, aquello no interrumpió la explicación de su marido— y he podido comprobar que las dos doblas que le di esta mañana, como era de esperar, habían desaparecido. Pero encontré, oculto en el dobladillo de las mangas de su camisa, este papel.

Después de aquella explicación, abrió el papel y leyó su contenido. Cuando hubo acabado su lectura el rostro de Ana era el de una mujer aterrorizada. De su boca se escapó una exclamación que más parecía una invocación:

—¡Santo Dios! ¡Protégenos!

2

Aún retumbaban en las flamantes bóvedas de la inconclusa catedral primada de España los ecos de las voces de los
numerosos canónigos y beneficiados que constituían el cabildo catedralicio toledano. Habían finalizado los salmos
que, a mayor gloria de Dios nuestro Señor, se rezaban cada
mañana en el viejo coro que se levantaba en el centro mismo
de la nave principal. Con la solemnidad que el rito requería,
las figuras imponentes de los eclesiásticos se retiraban por
parejas hacia la sacristía. Ganaban la zona del crucero para
girar luego hacia la puerta del reloj y desde allí dirigirse por
una de las naves laterales hasta el comienzo de la girola, donde se abría la puerta que conducía a la dicha sacristía. Todos
vestían túnicas talares negras y capas de amplio vuelo de color púrpura, cuyas tonalidades, vistas de cerca, variaban ligeramente. La mayor parte de los canónigos mostraban una
actitud de recogimiento y dignidad que acentuaban con el
ritmo cadencioso de sus pasos, la posición de sus manos,
entrelazadas a la altura del pecho, y la mirada perdida en un
lugar lejano. Su número superaba con creces el medio centenar por lo que las largas hileras que formaban constituían una
procesión que casi llenaba el recorrido que separaba el coro
de la sacristía.

Abrían la marcha de aquella ceremoniosa congregación dos sacristanes, revestidos de alba y roquete, tras los que marchaba un sacerdote vestido solo con la negra túnica talar, portando una cruz sostenida en un largo báculo, lo cual permitía que sobresaliese más de dos varas por encima de las cabezas del conjunto. A continuación marchaba otro eclesiástico, también vestido de negro, que llevaba levantado sobre su cabeza un libro de regulares dimensiones, a cada paso resoplaba por lo incómodo de su posición y presentaba un rostro acalorado por el esfuerzo que había de realizar. Tras él, se alineaban las hileras de canónigos, solemnes y majestuosas. Las gentes que habían asistido a aquel oficio religioso mantenían un respetuoso silencio y muchos de ellos, incluso, inclinaban la cabeza al paso de los canónigos. Cerraba el conjunto un grupo de varios clérigos de menores que portaban diferentes instrumentos litúrgicos; destacaban varios incensarios que, agitados con peculiar estilo, llenaban la atmósfera de un intenso olor a incienso. El relativo desorden de este grupo marcaba un vivo contraste con la comitiva que les precedía.

A la entrada de la amplia sacristía desaparecían, como por ensalmo, los aires ceremoniosos que habían presidido el recorrido hasta entonces. Los señores canónigos se agrupaban en corrillos donde se hablaba de los más variados asuntos, tanto de tipo sacro como profano. La majestuosidad y solemnidad se transformaban en agitación y aspavientos. Algunos de los presentes, para hacerse oír, elevaban su voz de tal manera que más parecían vendedores de mercado, que dignísimos beneficiados de la santa, metropolitana y primada iglesia catedral toledana. Había un momento en que la animación llegaba a su punto álgido. Se producía invariablemente cuando todas sus reverencias habían entrado en la sacristía y charlaban animadamente a la par que se desprendían de los pesados ornamentos de que estaban revestidos porque la liturgia así lo requería. Numerosos sacristanes revoloteaban alrededor de las dignidades catedralicias ayudándoles a desvestirse y guardar las vestimentas, convenientemente plegadas, en las enormes cómodas que, llenas de cajones, rodeaban todo el espacio que ocupaba la sacristía.

Don Diego de Armenta, canónigo penitenciario de aquella catedral, no participó, como era su costumbre, en la algarabía de aquella mañana. Solo hizo un breve comentario acerca del asunto que ocupaba el interés de algunos de los corrillos que se habían formado: la aparición del cadáver de un forastero en la tarde del día anterior. Era cosa admirable comprobar la variedad de versiones que sobre el mismo asunto se ofrecían y que presentaban perfiles tan diversos que bien podían tratarse de asuntos diferentes. Unos decían que el cadáver era el de un ahogado, que unos pescadores habían recogido en el río, aguas abajo del puente de San Martín, cuando se toparon con él. Otros aseguraban que había sido cosido a puñaladas cuando hacía oración en la iglesia de Santo Tomé por unos ladrones que buscaban su bolsa. Otros, que decían tener información certificada, porque procedía de buena tinta, afirmaban que el muerto había abandonado este valle de lágrimas en una reyerta con dos soldados de los muchos que aquellos días pululaban por las ciudades castellanas, licenciados de la guerra de Granada; la reyerta había tenido lugar junto a la nueva iglesia de San Juan. Los soldados habían puesto pies en polvorosa y se carecía de pistas que condujesen a una posible identificación de los matadores. Un rumor diferente, en fin, señalaba que el origen de la muerte del forastero estuvo en una disputa en una de las mancebías de la ciudad por una cuestión de faldas. Los que sostenían esta versión indicaban que poco antes de su muerte aquel individuo había estado en la tienda de Santiago Díaz, el escribano de la costanilla que de Zocodover lleva a la plazuela de la catedral frontera a la puerta que empezaban a llamar del Reloj. Lo cierto y verdad era que ninguna de las versiones respondía con exactitud a lo que realmente había ocurrido.

Armenta apenas se despojó de sus ornamentos de coro, tomó su capa de calle, se caló el bonete y abandonó rápidamente la sacristía. Al requerimiento de uno de sus compañeros de cabildo, que reclamaba su opinión acerca de la celebración de una festividad próxima según el ritual mozárabe, se limitó a responder, sin detenerse:

—Eso puede esperar, señor magistral. Mañana lo veremos. Ahora he de marcharme porque tengo un compromiso y no puedo perder un minuto más.

El canónigo penitenciario de la santa, metropolitana y primada iglesia catedral de Toledo era una de las figuras más relevantes, no ya de la poderosa e influyente clerecía local, sino de toda la ciudad. Frisaba los cincuenta años, aunque su rostro expresaba un dinamismo y una energía propios de una persona mucho más joven. Era hombre corpulento y entrado en carnes. Conservaba íntegro el negro cabello de su juventud, que cortaba periódicamente, sin permitirle crecer más allá del grosor de un dedo. Ese pelado le daba un aspecto de fortaleza y reciedumbre que combinaba a la perfección con su corpulencia. Era persona enérgica en sus planteamientos y actitudes. Su inteligencia era de una agudeza temida por sus adversarios, a los que con frecuencia dejaba en ridículo cuando debatían propuestas en el capítulo catedralicio y se sostenían pareceres contrapuestos. En aquellas situaciones, a los bandos contendientes les gustaba contar entre sus filas al penitenciario, porque ello suponía asegurarse una defensa briosa de sus tesis. Pero en este terreno sus posicionamientos eran imprevisibles y, en algunas ocasiones, hasta desconcertantes. El canónigo Armenta era uno de los pocos miembros —casi el único— del cabildo de la catedral que no estaba alineado en uno de los dos bandos que sostenían una lucha sin tregua por hacerse con el control del poder eclesiástico. Un poder que, en una ciudad como Toledo, casi equivalía a controlarla en su totalidad. Esa posición, que sin duda tenía sus ventajas, ya que le llevaba a ser cortejado por los grupos contendientes, era también sumamente peligrosa. El peligro radicaba en el aislamiento en que sin duda se encontraría en caso de que algún día tuviese dificultades. Y en unos tiempos tan agitados como los que corrían, podían surgir problemas en cualquier momento.

Armenta era poco amigo de componendas y tenía fama de decidido. Era buen predicador y mejor teólogo, aunque, en opinión de algunos —tal vez enemigos suyos—, sostenía ciertos planteamientos que se alejaban de la ortodoxia. Corrían rumores de que era aficionado a las artes ocultas y que tenía algo de alquimista. Los que así opinaban fundamentaban sus asertos en la existencia de un famoso sótano —era famoso, aunque nadie podía jurar haberlo visto— que tenía en las casas de su morada. Allí, decían, guardaba el singular canónigo todo el instrumental y los materiales necesarios para realizar experimentos extraños y hasta diabólicos. Colaboraba a modelar esta imagen su exagerada afición a los libros y a los papeles escritos. También circulaba por Toledo el rumor de que el canónigo poseía una grandísima biblioteca —¡más de trescientos volúmenes!, afirmaban algunos, aunque, desde luego, con notoria exageración— en la que se encontraban muchas obras poco recomendables para un buen cristiano y algunas de ellas eran consideradas francamente perniciosas. Aunque también eran muy pocos los que habían tenido acceso a su biblioteca, en «círculos instruidos» de la ciudad se daban pelos y señales del contenido de la misma; si bien los que mayor número de datos aportaban, nunca habían puesto un pie en la casa del canónigo. Incluso se decía que algunos de los textos conservados entre sus famosos y poco vistos papeles habían sido escritos por él mismo. Entre los que esto afirmaban se encontraba un presuntuoso leguleyo que se hacía llamar doctor Aloberra; si bien no era doctor, ni siquiera licenciado, y entre sus enemigos, que también los tenía, se dudaba que siquiera fuese bachiller. Eran gentes que envidiaban la posición del canónigo y lo convertían en el eje de sus más acervas críticas. Censuraban los de esta laya el tiempo que el penitenciario distraía a sus obligaciones como pastor de la iglesia para dedicarlas a escrituras y experimentos y que no eran agradables a los ojos de Dios nuestro Señor.

Amén de todos los rumores que circulaban sobre su persona y actividades, para colmo de males don Diego de Armenla era amigo de gentes poco recomendables. Tenía frecuentes reuniones con dos médicos judíos con fama de cabalistas y de seres codiciosos y malvados, enemigos jurados de la Santa Madre Iglesia. Eran Samuel Leví y Salomón Conques. A pesar de los rumores que acerca de ellos circulaban, cuando algún vecino caía gravemente enfermo o alguna enfermedad se complicaba, la inmensa mayoría no tenía reparo en acudir en busca de sus servicios porque, con gran diferencia, eran quienes mayores éxitos conseguían en el ejercicio de su profesión. Ninguno de los dos era amigo de una de las prácticas más extendidas entre sus compañeros de profesión: la sangría. Práctica que era adoptada ante el primer indicio de alteración en el organismo de un paciente. Se inclinaban más a aplicar ciertas dietas alimenticias, excluyendo diversos alimentos para hacer frente a determinadas dolencias. Cuando uno de los alimentos excluidos era la carne de cerdo, inmediatamente los enemigos de esta terapéutica señalaban el judaísmo de los médicos para cuestionar su eficacia y arremeter contra ellos, acusándoles de pretender introducir prácticas de la ley de Moisés entre los buenos cristianos. Otro de los métodos de curación que defendían estaba relacionado con la confección de brebajes, pócimas y jarabes preparados con plantas a las que se atribuían propiedades especiales. Si bien aquel era un procedimiento extendido entre todos los galenos, su utilización por unos médicos judíos levantaba sospechas. Algunas lenguas no tenían reparo en afirmar que se trataba de licores, elixires y narcóticos que tenían por objeto no la curación del paciente, sino el adueñarse de la voluntad del mismo con fines poco confesables. A pesar de que el ejercicio de su profesión, donde habían alcanzado notables éxitos, desmentía estos pérfidos rumores, sus enemigos los utilizaban una y otra vez, encontrando siempre eco en aquellos para quienes creer en la maledicencia es un acto de fe.

Otra de sus amistades era Pedro de Aranda, el boticario de la Puerta Vieja de Bisagra, un anciano de aspecto estrafalario —vestía unas amplias hopalandas que le llegaban hasta los pies, tanto en invierno como en verano, y tenía una larga melena blanca que arrancaba de la mitad posterior de su cabeza porque en la mitad anterior brillaba una calva reluciente— del que se contaban, también, las más extrañas historias. Y aunque ninguna de ellas estaba confirmada, eran tenidas como verdades demostradas. Era un experto herbolario, ya que su farmacopea tenía como base las hierbas curativas. Con ellas preparaba cocimientos, infusiones, tisanas, brebajes, pelotillas y todo tipo de ungüentos, pócimas y pociones. Conocía a la perfección todas las hierbas que crecían por los alrededores de Toledo, de donde obtenía una parte importante de su provisión. Hasta hacía pocos años había acudido solo cada temporada, una vez en primavera y otra en otoño, a recolectar por su propia mano aquellas maravillas de la naturaleza, cuyas últimas propiedades no guardaban secretos para él. De unos años a esta parte se hacía acompañar por el más pequeño de sus nietos, que ya había cumplido los veintitrés años y que era quien, en su momento, se haría cargo de dirigir la botica de su abuelo. La rebotica era uno de los lugares de reunión del canónigo Armenta y de otros asiduos a las tertulias que allí se organizaban como Samuel Leví y Salomón Conques. En ella había numerosos artilugios y adminículos, de tamaños variados y formas extrañas: hornillos, crisoles, atanores, alambiques... y, colgando de las vigas del techo, manojos de hierbas de toda clase en tal cantidad que creaban una especie de aromática cúpula herbórea, cuyos olores eran intensos, pero indefinidos. Allí era donde Pedro de Aranda realizaba sus cocciones, preparaba sus destilados, practicaba sublimaciones y donde en alguna ocasión, cierto era, había intentado una transmutación de metales, que acabó en un aparatoso fracaso. Uno de sus intentos estuvo a punto de costarle la vida porque la explosión en que culminó el experimento hizo volar por los aires una parte importante de la estancia. Por suerte para el boticario, en el momento de la explosión se encontraba en la botica atendiendo a un cliente. Aquel hecho que conmocionó a los toledanos en su día, así como otras prácticas alquímicas que aunque estaban relacionadas con el ejercicio de su actividad, tenían el tufillo de lo oculto y esotérico, le habían creado una aureola poco recomendable a los ojos de los buenos cristianos. Ahora bien, Pedro de Aranda era un buen cristiano, hijo, nieto y tataranieto de cristianos, cumplía con ejemplar disposición todos los preceptos de la Santa Madre Iglesia y no había duda alguna acerca de sus creencias. Solo podía achacársele una mancha menor en este terreno. Era cosa poco importante, casi una niñería, pero que a algunos producía desazón. Compraba sapos en grandes cantidades a razón de un maravedí la media docena. Muchos pillastres del lugar conseguían embolsarse cantidades no despreciables abasteciendo al boticario de tan repulsivo animal. Un bicho maligno que en la creencia de muchas gentes, creencia alimentada por importantes dignidades eclesiásticas, era una de las diversas encarnaciones bajo las que tomaba forma Satanás.

Completaba la nómina de las amistades del canónigo otro individuo que también era asiduo a la tertulia de la rebotica de la Puerta Vieja de Bisagra, el escribano y librero de la costanilla que desde la plaza de Zocodover bajaba hasta la catedral. Era un sujeto extraño a los ojos de muchos vecinos porque, aparte de asistir a aquella tertulia, era un personaje solitario que mantenía escasas relaciones sociales fuera de su actividad profesional Era persona taciturna y tenía cara de pocos amigos. Sin embargo, contaba a su favor su capacidad profesional y el rigor con que realizaba su trabajo. Era esta una virtud de extraordinario valor en una actividad como la suya, donde se redactaban contratos matrimoniales, testamentos, declaraciones juradas, toma de testimonios, realización de escrituras, etc.

Las aceradas lenguas toledanas señalaban que los Díaz, quienes habían llegado a aquella ciudad hacía algo más de un siglo, cuando en tiempos de la regente de Castilla, Catalina de Lancaster, se desató una feroz persecución contra los judíos y sus propiedades, eran gente de esa ralea. Arribaron a Toledo huyendo de la quema y lograron esconder sus orígenes con tanta habilidad que no quedó ningún rastro que pudiera relacionarles con los seguidores de la ley mosaica. Entre otras cosas, cambiaron su apellido por el de Díaz y se aplicaron al cumplimiento de sus obligaciones religiosas como los mejores cristianos de su nueva patria chica. El padre de Santiago incluso había llegado a formar parte de la junta de gobierno de la cofradía de San Martín, una de las hermandades de mayor relieve social en la ciudad.

Aquellas habladurías que hasta hacía poco tiempo en una ciudad como Toledo, proverbial foco de tolerancia y convivencia entre gentes de distintas culturas y diferentes religiones, hubiesen sido rechazadas y condenadas por la ciudadanía, habían ganado fuerza al tiempo que la intolerancia y el sectarismo avanzaban a pasos agigantados en la Castilla de finales del siglo XV. Desde hacía pocos años, cuando en 1479 sus majestades los reyes doña Isabel y don Fernando habían autorizado, tras la obtención de la correspondiente bula pontificia, la creación del tribunal del Santo Oficio, que ya empezaba a conocerse popularmente como la Santa Inquisición, soplaban vientos de tormenta por los cuatro rincones del reino.

El canónigo penitenciario, que tan apresuradamente había abandonado la sacristía catedralicia, cruzó el claustro anexo y salió por una de las puertas laterales, la del Reloj. Rápidamente ganó la calle y encaminó sus pasos hacia la tienda del escribano Díaz, que se encontraba a escasa distancia. La mañana era muy fría. Soplaba un recio aire del norte, que cortaba como un cuchillo, pero era un frío seco que se podía combatir con una buena capa. Una capa como la que tenía el canónigo, que aprovechó el vuelo de la misma para embozarse y protegerse. El cielo era de un azul inmaculado, y conforme avanzase la jornada y el sol calentase, el gélido ambiente de la mañana templaría algo.

Estaban sonando las diez cuando cruzaba el umbral de la puerta del tenduco de su amigo. Sin mayores preámbulos el canónigo espetó una pregunta directa al escribano, que en aquel momento se atareaba en cortar con esmero, valiéndose de una afilada cuchilla, los cálamos que constituían instrumento fundamental en su oficio.

—¿Habéis oído el rumor del que se hace lenguas toda la ciudad esta mañana?

El escribano, ajustándose unas lentes que mejoraban su visión, miró al eclesiástico por encima de ellas, pero se mantuvo en silencio. Dio un nuevo corte con mano de experto a la pluma que sostenía entre sus dedos. Solo entonces, cuando había concluido la delicada operación, contestó:

—No he oído ningún rumor, pero sé a qué os referís.

—¿Y cómo es que sabéis a qué me refiero si no habéis

oído ningún rumor? —preguntó con mucha sorna el canónigo.

El escribano-librero replicó preguntando a su vez:

—¿Acaso no sabéis ya que el muerto había visitado este despacho poco antes de morir?

Don Diego de Armenta carraspeó con fuerza varias veces, como si necesitase aclarar la voz, aunque no tenía dicha necesidad.

—Contadme entonces qué sabéis de este asunto.

Díaz hizo un gesto significativo al clérigo, para que entrase a un lugar más reservado, alejado de miradas indiscretas y oídos aguzados. En pocas palabras puso a don Diego al corriente de la visita de aquel sujeto. Le recalcó el estado de agitación en que se encontraba y las prisas que tenía.

—... tantas que ni siquiera se llevó la papeleta de empeño que le sirviese de resguardo para recobrar el objeto empeñado.

—¿Estáis seguro de que el cadáver del que todo el mundo habla corresponde a la persona que me habéis indicado?

—Sin ningún género de dudas. Yo mismo, ante la noticia que me trajo mi esposa, acudí ayer, bien entrada la noche, a la iglesia de Santo Tomé donde lo han depositado hasta que hoy le echen un responso y lo entierren.

—¿A Santo Tomé? —preguntó el canónigo.

—Sí, a Santo Tomé, allí es donde lo depositaron. Si lo hubiesen llevado a otro lugar yo no me habría enterado.

—¿Por qué creéis que ese individuo era presa de la agitación que me decís?

—A eso no podría contestaros con seguridad, pero tal y como se han desarrollado las cosas me atrevería a afirmar que alguien andaba tras sus pasos. Alguien que le encontró ayer mismo y acabó con su vida.

Tras la respuesta del escribano se hizo un largo silencio. Mientras el canónigo parecía meditar sumido en sus pensamientos, Santiago daba la impresión de sentirse cada vez más incómodo. Incluso, por la forma en que sus manos se retorcían, con los dedos entrelazados, podía afirmarse que su espíritu estaba turbado. El silencio que se había establecido le resultaba cada vez más difícil de mantener. Llegó un momento que se le hizo insoportable y decidió romperlo.

—Si no es indiscreción, ¿cuál es la razón del interés de vuestra reverencia por todo esto?

La pregunta sacó al clérigo de sus reflexiones. Levantó la mirada y la clavó en Santiago, que temió, por un momento, haber dicho alguna inconveniencia.

—Varios de los rumores que esta mañana corrían por la sacristía de la catedral os involucraban en este turbio asunto.

Las muestras de nerviosismo que hasta aquel momento había manifestado el escribano se intensificaron.

Había palidecido y comenzó a temblar de forma incontrolada. Solo entonces el clérigo se percató del estado en que se encontraba su amigo.

—¿Os ocurre algo? Se os ha demudado el rostro.

Don Diego acercó una silla y ayudó a Santiago a sentarse, luego buscó una jarra con agua —sabía que el librero siempre tenía por allí una a mano— y le ofreció un trago. Poco a poco el escribano fue tranquilizándose y recuperando la color. Con mucha suavidad, el canónigo le invitó a que se desahogase. Por toda respuesta Santiago se levantó y sacó de un cajón el libro en cuya tapa había grabadas letras de un llamativo color dorado. Sin decir una palabra se lo extendió al canónigo, que miraba con un punto de asombro el volumen que tenía ante sus ojos.

—Supongo que este es el libro en cuestión.

—Así es, este es el libro que empeñó el hombre al que asesinaron ayer.

El clérigo clavó de nuevo sus profundos ojos grises en el rostro de Santiago.

—¿Por qué estáis tan seguro de que le asesinaron? ¿No pudo sufrir un accidente? ¿Podemos descartar el suicidio?

—Ni fue un accidente ni fue un suicidio. A ese judío lo asesinaron ayer.

—¿He oído mal o acaso habéis dicho... a ese judío?

—Habéis oído perfectamente. El hombre que empeñó el libro y que poco después asesinaron era judío.

—Os lo dijo él o acaso lo dedujisteis por su indumentaria, o tal vez...

El escribano interrumpió la enumeración de posibilidades que el canónigo estaba haciendo.

—Nada de eso, reverencia. Ni aquel hombre dijo nada al respecto ni tampoco ningún signo externo podía delatarle como judío.

—¿Entonces...?

Otra vez Santiago buscó en el mismo cajón del que había sacado anteriormente el libro. Ahora tenía en la mano una recia hoja de pergamino doblada. Don Diego hizo ademán de cogerla, pero el escribano retiró su brazo.

—Antes de que os permita conocer su contenido habéis de jurarme por Dios nuestro Señor que no lo revelaréis a nadie sin que yo os lo autorice previamente.

Una oleada de calor inundó el cuerpo del canónigo. Su cara se puso roja como la grana a la vez que una vena del tamaño de su dedo meñique apareció en su cuello. Su mirada despedía ira.

—¿Me pedís un juramento para mostrarme el contenido de ese pliego? ¿Esa es la confianza que os merezco? ¿Así respondéis a mi preocupación por los rumores que he oído acerca de la relación que pudieseis tener con un asunto donde hay un cadáver por medio? —El canónigo había elevado el tono de su voz en cada frase, de tal forma que la última de ellas fue un puro grito—: ¡Santiago, sois un desagradecido!

El escribano estaba azorado, su rostro había enrojecido,

pero a diferencia de la ira que había motivado el arrebato del canónigo, su color era de vergüenza. Le habían vuelto los temblores a todo el cuerpo con tal fuerza que el documento que sostenía en sus manos se agitaba con intensidad. Un sudor copioso, pese al frío de la mañana, apareció perlando su frente primero y abrillantando su rostro después. Apenas un hilo de voz salió de su boca, era tan tenue que casi no se le entendía lo que quería decir.

—Os pido disculpas, reverencia... No he debido pediros ese juramento. Solo... solo la turbación que me invade y... el miedo que me atenaza desde anoche me permiten dar una pobre explicación a mi actitud. Os ruego que me perdonéis y tengáis la bondad de leer estas líneas.

Lo mismo que la ira inundaba su ser en un santiamén, don Diego era capaz de hacer desaparecer la misma y apaciguar su ánimo en un tiempo similar al que necesitaba para irritarse. Se acercó a Santiago y posó una mano amiga sobre su hombro. Al contacto de la misma el escribano se estremeció y rompió a llorar. El canónigo le ayudó a sentarse otra vez y alcanzó de nuevo el búcaro del agua.

—A veces, hijo mío, nuestras angustias son menores si podemos compartirlas con alguien. ¿Qué es lo que te turba de esta manera? —Ahora, el canónigo Armenta era por encima de todo un pastor que procuraba consuelo para una de las ovejas de su rebaño.

Por toda respuesta, Santiago, cuya cabeza, caída sobre el pecho, miraba al suelo, mientras sus hombros eran sacudidos rítmicamente por el llanto que ahora fluía de forma mansa, como un desahogo, extendió la mano que contenía el misterioso pliego.

Transcurrieron largos segundos, mientras que los ojos del canónigo toledano, ayudados por unas lentes, devoraban las líneas que había escritas en aquella hoja de pergamino. Su tez, sonrosada hasta aquel momento, adquirió con asombrosa rapidez un tono ceniciento, más propio de un enfermo. A esa sensación colaboraba el hundimiento de sus ojos, alrededor de los cuales se intensificaba el color ceniza de su cara. También sus manos experimentaron un ligero temblor, apenas perceptible, pero que constituían un signo más de la agitación de que era presa en aquellos momentos. Plegó los dobleces del escrito y exclamó:

—¡Es más grave de lo que podía imaginar!

3

«Esto es lo único que nos faltaba.» Estas habían sido, exactamente, las palabras del gerente de la inmobiliaria Imbarsa (Inmobiliaria de Barcelona Sociedad Anónima) cuando desde el estudio de arquitectura que había redactado el proyecto de unas viviendas que estaban promoviendo en Toledo les habían comunicado la aparición de unos extraños tabiques de mampostería que afloraron a la luz cuando una de las excavadoras que preparaban el solar trataba de desescombrar una de las medianeras. ¡Todo por ganar unos centímetros de terreno!

A Josep Martí, gerente de Imbarsa, se lo llevaban los demonios desde que había recibido la noticia a primera hora de aquella mañana. Carme, su secretaria, estaba reorganizando la agenda de su jefe.

Había conseguido ya un billete en el vuelo del puente aéreo Barcelona-Madrid, que saldría del Prat a las doce del mediodía, si no había complicaciones, ni retrasos, cosa poco probable ante la huelga de celo que el personal de tierra de los aeropuertos mantenía desde hacía ya tres semanas y el colapso casi permanente de las instalaciones de Barajas, sobresaturadas en su capacidad de dar respuesta a un tráfico aéreo cuya demanda crecía a gran velocidad.

En Imbarsa se barajó la posibilidad de realizar aquel viaje por autopista, pero finalmente se habían decidido por el avión, tras las noticias recibidas de que aquella mañana los retrasos en los vuelos del puente aéreo que enlazaba las dos ciudades más importantes de España no habían superado los diez minutos. Si no surgía ningún problema, podría estar en Barajas antes de la una y en Toledo sobre las dos de la tarde.

—¡Esto nos pasa por acudir a donde no debemos! ¡Qué coño se nos ha perdido a nosotros en Toledo! —Martí gritaba al jefe de planificación de la empresa que, junto a otros directivos, se habían reunido en el despacho del gerente. Allí se discutió si el problema era de la constructora madrileña a la que habían adjudicado las obras o era de ellos como promotores. Se concluyó que la licencia y todos los trámites administrativos habían corrido a cargo de Imbarsa. Que ellos habían hecho el proyecto y por eso el encargado de las obras, que pertenecía a Germán Arana, S. A., la constructora madrileña a la que habían adjudicado las obras, había alertado sobre la situación a los arquitectos redactores del proyecto y desde el estudio habían llamado a Barcelona.

En contraste con el enfado de Josep Martí, un individuo de pequeña estatura —no llegaría al metro sesenta y cinco centímetros—, piel aceitunada, pelo negro lacio, que empezaba a encanecerse en las sienes y que no habría cumplido los cincuenta años, mostraba tranquilidad, en medio de la tensión que allí se respiraba. Se llamaba Rafael García y era uno de los muchos andaluces que habían llegado a Cataluña en los años sesenta buscando un trabajo que en su tierra natal se le negaba. Dotado de una inteligencia natural poco común, había suplido con ingenio su falta de formación. Luego, a base de mucho tesón había alcanzado un nivel de alto ejecutivo en una de las promotoras más importantes de la Ciudad Condal. Desde su llegada a Barcelona, hacía ya tres décadas, había sido camarero, taxista a comisión, estibador en el puerto y albañil, entre otros oficios. A mediados de los ochenta creó una pequeña empresa para realizar chapuzas de albañilería. Después consiguió la contrata para construir un pequeño bloque de viviendas en Santa Coloma de Gramenet. Luego vino una modesta promoción de casitas adosadas en el Prat del Llobregat. A continuación, licitó y ganó, junto a otras dos empresas con las que había formado una especie de consorcio, la construcción de una barriada de viviendas sociales en Badalona: más de mil quinientos pisos. Fue su espaldarazo empresarial. Más tarde llegaron varios complejos hoteleros y la participación en las grandes obras públicas que Barcelona necesitaba para la celebración de los Juegos Olímpicos de 1992. Fue entonces, en plena vorágine constructiva, cuando surgió la idea de fundar Imbarsa, una inmobiliaria para aprovechar mejor los excelentes vientos que soplaban en aquel terreno, ante la avalancha de recursos económicos que el Gobierno central enviaba a Barcelona para que la Generalitat de Catalunya no causase mayores quebraderos de cabeza políticos que los estrictamente imprescindibles.

Rafael García era uno de los cinco dueños de Imbarsa y propietario, como los cuatro restantes, del veinte por ciento de la misma. Al tener conocimiento de que había problemas, había acudido al despacho del gerente para conocer de primera mano qué era lo que ocurría en la promoción de viviendas de Toledo. Frente a otras opiniones, él era uno de los que había defendido realizar aquella obra en la ciudad del Tajo. Sostuvo que era necesaria una expansión y que Toledo era un buen lugar para iniciar ese proceso. Se trataba de una ciudad en crecimiento y, además, próxima a Madrid. A ello se sumaban las ventajas que se ofrecieron para la adquisición de un inmueble de respetables proporciones, cuyas posibilidades —todos los expertos habían coincidido en el análisis— eran extraordinarias. Luego vinieron las dificultades que entrañaba la construcción en una ciudad que había sido declarada por la Unesco Patrimonio de la Humanidad. Una verdadera carrera de obstáculos para obtener los permisos correspondientes y licencias necesarias para acometer las obras. En más de una ocasión había pensado, aunque no se lo había dicho a nadie, si merecían la pena todos los quebraderos de cabeza que aquella obra les había proporcionado... Y ahora que todos los problemas parecían superados, ahora que las obras de acondicionamiento del solar habían sido comenzadas por la constructora adjudicataria, se producía aquella llamada, diciendo que habían surgido nuevas complicaciones. Le habría gustado abandonar el proyecto, si no fuera porque la inversión inicial prevista era de más de quince mil millones de pesetas, aunque la experiencia señalaba que las cifras finales se elevarían entre un veinticinco y un treinta por ciento, y porque aquella obra abriría muchas puertas a Imbarsa. No era un pequeño reto construir un aparcamiento subterráneo con capacidad para mil doscientas plazas en el corazón de una ciudad medieval, cargada de historia, pero con gravísimos problemas de circulación y aparcamiento. Edificar un gran mercado donde se combinasen las más modernas y sofisticadas instalaciones comerciales con una ambientación propia de la Edad Media. Además de trescientos apartamentos de alto nivel, cuya construcción interior y exterior estuviese en consonancia con el marco urbano de una ciudad que tenía como uno de sus orgullos el mantenimiento del ambiente urbanístico que la había caracterizado hacía muchos siglos. Aquella obra era un reto personal para Imbarsa y para él, un «charnego» que era el consejero delegado de una de las grandes inmobiliarias catalanas.

No lo pensó dos veces. Ante el cuadro que tenía a la vista, tomó una decisión rápida. Una de aquellas decisiones que le habían dado fama de hombre arriesgado y atrevido; decisiones que le habían llevado al lugar donde ahora se encontraba. Un lugar que le permitía llevar a la práctica lo que había pasado por su cabeza, sin necesidad de dar muchas explicaciones.

—Josep, te veo demasiado excitado. Esa no es la mejor disposición para hacer frente al problema, sea cual sea, que tenemos que afrontar en Toledo. ¿Para cuándo tenemos reservado vuelo en el puente aéreo?

—Creo que es para las doce. Debo prepararme para salir hacia el aeropuerto.

—No, no saldrás para el aeropuerto. Continúa con el programa de trabajo que tuvieses previsto para hoy —aquello estaba dicho en un tono que no admitía discusión.

El gerente, sin embargo, mostró sus dudas.

—Rafael, todo está previsto para que salga de inmediato, mi secretaria ha arreglado todo lo concerniente a mi jornada.

—A Toledo iré yo. —Aquellas cuatro palabras estaban dichas en el mismo tono de antes—. Que preparen mi coche. Que se hagan también las gestiones necesarias para mi traslado inmediato a Toledo cuando aterrice en Barajas.

El tráfico de la autopista que conducía de Madrid a Toledo era fluido. El coche de alquiler con conductor —un Citroën Safrane gris metalizado— le había conducido desde el aeropuerto madrileño hasta las primeras urbanizaciones que señalaban la llegada a la ciudad imperial en cincuenta minutos. Eran las dos del mediodía cuando ante los ojos de Rafael García aparecía la Puerta Vieja de Bisagra, rematada por la impresionante águila bicéfala, símbolo imperial de los Habsburgo que gobernaron la monarquía española durante casi doscientos años, elevándola a las cimas más altas de su esplendor y hundiéndola en las simas más profundas de su decadencia. Cuando el coche cruzó por debajo de aquel arco, el mundo que rodeaba al visitante que llegaba a la ciudad se transformaba. Cruzar aquella puerta era como trasladarse quinientos años hacia atrás en el tiempo. La nota que rompía esa sensación eran los vehículos y las personas que deambulaban por las calles o ejercían sus actividades.

Subieron por las empinadas cuestas que conducen a la parte alta del casco histórico toledano, a la plaza de Zocodover. Un espacio de formas irregulares en el que convergen media docena de calles que se desparraman en diferentes direcciones. Para llegar hasta aquel lugar cargado de historia, donde se habían desarrollado tantos y tantos acontecimientos, el conductor tuvo que preguntar en varias ocasiones, ya que las señalizaciones sobre la dirección obligada del tráfico complicaban para un forastero la llegada al punto deseado. Colaboraron a la complicación la existencia de un par de obras que obligaban a desvíos provisionales, pero que suponían dificultades considerables para la circulación rodada. Cuando llegaron a Zocodover habían tardado la mitad del tiempo que emplearon en salvar la distancia entre Madrid y Toledo. Allí, tal y como le habían indicado al consejero delegado de Imbarsa, se encontraban las oficinas que la empresa había abierto para la promoción del proyecto Nuevo Milenio.

En el interior de la oficina rápidamente se percataron de que aquel individuo que acababa de bajar del coche era la persona que llevaban esperando toda la mañana. Antes de que llegara a la puerta de cristal y aluminio de la entrada, ya salían por ella dos hombres que se acercaban sonrientes al recién llegado. Uno de ellos tenía una magnífica planta, de unos cuarenta años, enjuto, estatura elevada y ademanes elegantes. Vestía traje oscuro de buen paño y mejor corte. El otro tenía aspecto más achaparrado, era algo mayor, lucía una avanzada calvicie y le sobraban algunos kilos de peso, vestía ropa de trabajo, usada, pero muy limpia.

—Señor García, permítame presentarme, soy Ignacio

Idígoras, uno de los redactores del proyecto Nuevo Milenio. Bienvenido a Toledo, para mí es un placer conocerlo personalmente, aunque las circunstancias no sean las que yo desearía.

Mientras decía esto alargó una mano que García estrechó con fuerza no correspondida. La mano de aquel arquitecto era suave y blanda; además, no apretaba cuando la estrechaba para saludar. Aquel era uno de los indicios por los que solía catalogar a las personas. El otro hombre que había salido se limitó a señalar su nombre y su trabajo.

—Soy Manuel Pareja, el encargado de la obra, de Germán Arana, S. A. —Ahora sí se produjo un apretón de manos.

Después de las presentaciones García se hizo con la situación.

—Disponemos de muy poco tiempo. Yo tengo que regresar hoy mismo a Barcelona. Así pues, pongámonos manos a la obra.

Entraron en la oficina donde todo era funcional. Los muebles metálicos, los cuadros que colgaban en las paredes, las lámparas y los adornos que ambientaban la oficina eran impersonales. Aquello era decoración y amueblamiento por encargo, casi seguro confiado a unos grandes almacenes, que ya tenían diseñado su esquema (oficina de atención al público: cuadros con láminas de paisajes frondosos; alfombras de tales dimensiones; lámparas de luz indirecta y tonos suaves; asientos mullidos tanto en sillones, como en sofás; los tonos de la tapicería serán llamativos; el mobiliario tendrá ciertos detalles de madera; en un lugar discreto, pero visible se pondrá algo que dé un supuesto toque de distinción. Oficina de trabajo interno: cortinas que limiten la visión exterior en el caso, no recomendable, de que haya ventanas; archivadores y mobiliario compacto; sillas ergonómicas; luz de fluorescente o similar, etc.). Había dos secretarias vestidas con ropa no exenta de elegancia y faldas tan cortas que dejaban ver la mayor parte de sus muslos, estaban muy maquilladas, ofreciendo un aspecto atractivo. En otro lugar podrían confundirse con estudiantes de una escuela de modelos. Las dos saludaron de la misma forma. Parecían clónicas.

—Buenos días, señor. ¿Ha tenido buen viaje?

Tras un breve saludo del consejero delegado a las chicas, los tres hombres entraron a un despecho interior. García se quitó la chaqueta y se acomodó en el sillón del jefe y sin ningún tipo de preámbulos entró en materia. Los otros dos tomaron asiento.

—En Barcelona estamos muy preocupados con la llamada de esta mañana. Hace semanas que habíamos dado por descontado que todas las dificultades administrativas y burocráticas, y ustedes saben que no han sido pocas, estaban ya resueltas. No se les escapará que mi presencia aquí significa que hemos dado la máxima prioridad a este asunto. ¿Se ha elaborado algún informe sobre el mismo? —Al hacer la pregunta miró sin pestañear a la cara del arquitecto, que no aguantó la mirada y dirigió sus ojos suplicantes al encargado. Fue este quien respondió a la pregunta.

—Verá usted, no se ha hecho ningún informe porque, tal vez, en la situación en que nos encontramos lo mejor sea no escribir.

García esbozó una sonrisa, le gustaba aquel sujeto cuyo trabajo podía perfectamente ser el que él mismo realizase si la vida no le hubiese llevado por otros caminos.

—¿Y cuál es, si puede saberse, esa situación?

—Esta mañana —señaló el encargado— habíamos comenzado a primera hora las tareas finales de desescombro. El solar estaba ya casi limpio. Las viejas construcciones habían desaparecido y todo el material aprovechable para los trabajos de reconstrucción retirado, después de que hubiese sido embalado. Todo estaba rematado y listo, a falta de algunas cosillas menores, para empezar los trabajos de excavación de los sótanos donde van los aparcamientos. Fue entonces cuando una de las excavadoras derribó unos pequeños muretes de mampostería levantados en una de las medianeras y se hundió en suelo en aquella parte. Allí han aparecido restos de unas extrañas construcciones subterráneas y muchos objetos de arcilla, de metal y de cristal. Aquello parece como una tienda o algo similar. Sin embargo...

La frase quedó interrumpida en el aire.

García, ante la duda que se dibujaba en el rostro del encargado, le animó a continuar.

—Sin embargo, ¿qué?

—Sin embargo, hay algo que no encaja. Esa extraña construcción está muy por debajo del nivel de la calle. Es extraño que una tienda fuese subterránea en aquella época, la que fuese, pero hace muchos años, digo esto por el tipo de obra y de materiales que allí se ven.

—¿Han aparecido muchos cacharros?

—Muchos, muchos, no. Pero allí hay lo suficiente para que los de Cultura nos paren la obra una buena temporada.

—¿Saben algo en el ayuntamiento?

El arquitecto intervino por primera vez en la conversación.

—Creo que no, y tampoco los de Cultura, me refiero a los de la Delegación. Pero esa gente estará ya mismo en el solar. Parece que huelen...

—Estarán, si se enteran. —García hizo aquella afirmación con tal energía que parecía no contemplar otra posibilidad. A continuación preguntó al encargado—: ¿Quiénes estaban esta mañana en la obra cuando se produjo el hallazgo?

—No éramos mucha gente. Solo los dos conductores de las excavadoras, dos albañiles, un oficial y un peón para repasar las medianerías y yo.

—En total erais cinco personas, ¿no?

—Sí, señor, cinco contándome a mí.

García continuó preguntando. Parecía tener un plan de acción o por lo menos algunas ideas estaban bullendo en su cabeza.

—Ahora ¿dónde están los otros cuatro?

—Están allí, en la obra —respondió el encargado—. No han abandonado el lugar, aunque creo que trabajar, lo que se dice trabajar, no habrán trabajado mucho.

—¿Sabe si alguien más conoce algo de este asunto? —El consejero delegado de Imbarsa levantó un dedo admonitorio, señalando al encargado, y añadió—: Manuel —era la primera vez que llamaba al encargado por su nombre—, piense antes de contestarme. Es muy importante que no nos equivoquemos.

Manuel Pareja se tomó un tiempo antes de contestar. Estaba repasando mentalmente todos los datos relacionados con aquel asunto, cuando contestó trató de reforzar sus palabras con un movimiento de cabeza.

—Estoy seguro de que nadie más.

—Entonces no tenemos un minuto que perder. Aquí ya no hacemos nada. ¡Vámonos a la obra! ¡Tenemos que hablar con los trabajadores! ¡Vamos, no podemos perder tiempo!

Abandonaron precipitadamente el despacho y la oficina. Todos se subieron al Citroën Safrane que aguardaba en la puerta. Cuando llegaron al solar, Rafael García comprobó con cierto alivio que la valla que lo cerraba lo aislaba por completo del exterior. Nadie que no entrase en la obra podría saber qué ocurría allí dentro. El encargado se aseguró, sin embargo, de que la puerta de acceso estaba cerrada, y el candado de seguridad que la reforzaba, echado. Miró el reloj y comprobó que eran cerca de las tres. Los operarios hacía casi una hora que habían dejado el tajo para almorzar y ya estarían a punto de regresar porque las tres era la hora en que se reincorporaban al trabajo. Con un gesto significativo se volvió hacia el consejero delegado, encogiendo los hombros.

—Lo siento mucho, pero habremos de esperar unos minutos, hasta las tres. A las dos paramos una hora para comer... También nosotros podríamos aprovechar para... —El hombre se sentía azorado ante la ausencia de los trabajadores, a pesar de que no era culpa suya aquella situación. Con aquella propuesta trataba de salir del atolladero en el que se sentía metido.

—No, no podemos perder un minuto. —La voz de García sonaba autoritaria, pero no había reproche en su tono—. Supongo que tiene usted las llaves para entrar.

Por toda respuesta Pareja sacó de su bolsillo un voluminoso manojo de llaves y sin decir palabra abrió el cierre de la valla. Los tres hombres penetraron en el solar, que era una planicie terrosa rodeada por tres paredes de ladrillo a los lados y al fondo y por la valla en la parte frontera a la calle. La monotonía de aquel espacio de seis mil metros cuadrados solo la rompía la presencia de dos enormes palas excavadoras.

—¿Dónde está ese subterráneo? —preguntó el arquitecto.

García lo miró con ojos interrogantes.

—¿No ha venido usted por la obra antes?

Ignacio Idígoras murmuró una excusa, señalando que había llegado de Madrid poco antes que él y que había preferido esperarlo en la oficina.

García prestó poca atención al comentario y se dirigió a uno de los lados del solar hacia donde iba el encargado. Justo al pie de una de las medianeras había un boquete oscuro, de unos cuatro metros cuadrados. Al fondo, a unos tres metros de profundidad, se veía tierra y cascotes sobre un suelo empedrado con grandes losas. Podía bajarse sin dificultad porque una escalera de piedra, en forma de caracol y de obra muy antigua, bajaba hasta aquella especie de sótano o lo que quiera que fuese aquel agujero. Por ella descendieron, alumbrados con una potente linterna que llevaba el encargado, aunque podía deambularse por el lugar sin la ayuda de la misma. Desembocaron en una sala espaciosa que tendría más de cincuenta metros cuadrados. El techo era de bóvedas de ladrillo visto de color rojizo, aunque por varias zonas aparecía renegrido por el humo. En el centro una columna de grueso fuste, también de ladrillo, se abría en la parte superior como si fuese una palmera; de ella salían seis arcos de medio punto que configuraban el esqueleto de la bóveda.

Adosada a uno de los lados se levantaba una campana de chimenea, de forma piramidal. También pegados a las paredes se veían una especie de poyetes y, como había dicho el encargado, había numerosos trastos y enseres. Algunos de ellos tenían formas complicadas, otros eran recipientes de formas y capacidades variadas. García miró al arquitecto, exigiéndole con la dureza de su mirada una opinión. Por la forma de mirarle estaba claro que no le gustaba aquel individuo atildado, que había dejado toda la responsabilidad sobre las espaldas del encargado de la obra.

—En mi opinión se trata del sótano de una casa construida en el siglo XIV o tal vez en el XV. Como el material de construcción empleado son ladrillos, me inclino a pensar que la obra es de fábrica morisca. La chimenea tal vez sea indicio de una cocina, pero el carácter subterráneo de la misma me lleva a cuestionar esa posibilidad. Además, la cantidad y el tipo de enseres que hay por aquí sugieren que este lugar pudo ser el sótano de una botica o... o... —ahora dudó antes de continuar— o el laboratorio de algún químico de la época. Entonces los llamaban alquimistas.

Tras aquella breve explicación, los tres hombres anduvieron por el lugar, examinando los curiosos restos que por él había esparcidos.

—Como director técnico de las obras, ¿cuál es su opinión

acerca de lo que debemos hacer en esta situación? —La pregunta del consejero delegado había sido rotunda y directa.

Mientras el arquitecto calibraba la respuesta que podía dar para satisfacer al empresario y que a la vez no resultase demasiado arriesgada, desde un punto de vista legal, ante el hallazgo que tenía delante de sus narices, Manuel escudriñaba por aquí y por allá. Abrió una alacena, empotrada en una de las paredes, cuyas puertas de madera se conservaban en un estado aceptable. Tenía un fondo como de medio metro por debajo del marco de la puerta. Introdujo la linterna y palpó. Su mirada y su tacto de experto comprobaron de inmediato que aquel fondo era falso y que ocultaba un espacio inferior. Su mente trabajó deprisa. Apagó la linterna y cerró la alacena. El arquitecto se perdía en una fraseología vacua, con la que no daba respuesta al requerimiento que le habían hecho.

—Si usted me permite una opinión —interrumpió el encargado—, yo echaría tierra sobre este agujero, sin perder mucho tiempo. La obra tiene todos los papeles en regla, incluidos los permisos de Cultura y ahora mismo somos media docena de personas las que conocemos la existencia de todo esto.

Manuel había ido directo al grano. Sus afirmaciones tajantes no fueron contradichas por el arquitecto, quien, tras las palabras del encargado, había guardado un silencio elocuente. Un observador minucioso podría, incluso, afirmar que aquella intervención le había quitado un enorme peso de encima. García miró a los dos hombres. Calibró la situación y con la rotundidad que le caracterizaba espetó:

—Este sótano no existe. Ni el sótano, ni nada de lo que hay en él. —Otra vez miró a los dos hombres que asintieron con un movimiento de cabeza.

—Don Rafael...

—¿Sí?

—¿No le parece a usted que sería conveniente tener un detalle con los albañiles y con los palistas?

—Son cuatro, ¿verdad?

—Sí, señor, cuatro —respondió el encargado.

—Está bien. A veinte mil duros por barba y para ti otros tantos. ¡Y no se hable más de esto!

—¡Aquí no ha pasado nada! ¡Puede usted estar seguro!

Una cosa más, como van a dar las tres, ¿por qué no comenta usted mismo lo del regalo a los trabajadores?

Salieron a la superficie del solar, donde ya estaban los operarios, que recibieron alborozados la noticia de aquella paga extraordinaria. El consejero delegado de Imbarsa recalcó varias veces que no se sacase de allí ninguno de los curiosos objetos que había desparramados por el sótano. No quería ninguna pista de la existencia de aquel agujero. Sin mayores despedidas se marchó para Barajas a tomar el primer avión del puente aéreo. Tal vez tendría ocasión de comer algo en el aeropuerto. Ignacio Idígoras, el arquitecto que había pasado un mal momento con la visita de aquel andaluz afincado en Cataluña, dio unas vagas instrucciones al encargado y también se marchó para Madrid, que era donde vivía. Manuel Pareja despidió a los cuatro trabajadores, que no cabían en sí de gozo y quedó con ellos para las siete de la tarde en la oficina de la empresa, ya sabían para qué. Una vez solo, utilizando su teléfono móvil, pidió a Hormigones Toledanos, S. A., gente de confianza, con la que en Toledo trabajaba Germán Arana, S. A. doscientos metros cúbicos de hormigón para aquella misma tarde. Le confirmaron que a partir de las cinco empezarían a llegar cubas y en un par de horas todo estaría hecho. A Pareja le pareció excelente. Aseguró el cierre de la valla del solar y, con la linterna en una mano y un pico en la otra, bajó al sótano. Se fue derecho a la alacena y rompió el falso fondo de la misma. Mientras golpeaba notó cómo se le aceleraba el corazón y no era por el esfuerzo que hacía. Apenas empleó cinco minutos en realizar la tarea, después alumbró con la linterna. Era un espacio pequeño en el que había depositado un envoltorio de cuero que parecía envolver una caja. La corazonada que había tenido no le había engañado. Aquel objeto ocultado tan cuidadosamente tenía que ser algo valioso. Lo sacó con mucho cuidado y, sin soltarlo, sopló sobre uno de los poyetes. Se levantó una nube de polvo oscura, tan intensa que le hizo estornudar. Allí había polvo acumulado durante siglos. Depositó aquel envoltorio y se dispuso a abrirlo. Estaba tenso y emocionado, el corazón se le iba a salir por la boca.

El paso del tiempo había endurecido la que, sin duda, fue en otro tiempo una flexible lámina de cuero, cuando las manos temblorosas del encargado tiraron para abrirlo, crujió y se agrietó. Tuvo que dar varias vueltas al envoltorio, acompañadas de los correspondientes quejidos. Por fin, el objeto apareció ante sus ojos. Lo miró, lo abrió, lo hojeó y sufrió una profunda decepción. Una de las mayores decepciones de su vida, si no la mayor de todas. ¡Aquello era un libro! ¡Un maldito libro!

4

A la rebotica de Pedro de Aranda habían concurrido aquella tarde todos los asiduos que se daban cita en las reuniones que allí tenían lugar. Además del anfitrión, estaban los dos médicos judíos, Samuel Leví y Salomón Conques; el escribano, Santiago Díaz, y el canónigo, don Diego de Armenta, que era quien había cursado una invitación a todos ellos para mantener un encuentro y tratar un asunto de sumo interés. Hacía rato que habían caído las primeras sombras de la noche, cuando llegó el último de los convocados: Samuel Leví, quien murmuró una excusa por su retraso.

—Han de disculparme vuesas mercedes, pero he tenido una urgencia de última hora, un pilluelo al que ha sido necesario coserle media cabeza, llegó sangrando a mi consulta a resultas de una pedrada recibida en un ajuste de cuentas entre mozalbetes.

Como siempre, el ambiente del lugar era denso. Estaba cargado con los aromas de las hierbas que lo inundaban todo, creando una atmósfera cálida y tibia, a la que colaboraba el espléndido fuego de una chimenea siempre bien abastecida, que contrastaba con el frío intenso que Toledo sufría cada invierno. Aquel ambiente podía llegar a marear. A los aromas entremezclados de las hierbas que con tanto esmero cosechaba el boticario, se añadían otros olores, fuertes y penetrantes, que despedían las sustancias que allí se almacenaban y que constituían elementos fundamentales para la preparación de los brebajes, las pócimas y los ungüentos. También colaboraban a la creación de aquel ambiente dos elementos más. Uno, el incienso que permanentemente ardía en un pequeño pebetero y que era uno de los caprichos de Pedro de Aranda; un capricho muy caro, pero que el boticario de la Puerta Vieja de Bisagra podía permitirse el lujo de pagar. Cuando su mujer, Jerónima de Páez, le recriminaba aquel gasto innecesario, el boticario siempre le daba como respuesta la misma razón, que a los ojos de la mujer sonaba a excusa reiterada: «El olor a incienso, por su aroma penetrante permite, mujer, ocultar otros olores molestos y hasta hediondos, que se extenderían sin remedio. —Luego solía apostillar, haciendo un guiño malévolo—: Además, el incienso es fragancia de dioses; si no, pregúntaselo al rey Gaspar.»

El otro de los elementos que colaboraba a la creación de aquella especial atmósfera era el olor a la cera quemada de los cirios que alumbraban la estancia desde la caída de la tarde. Ese era otro más de los costosos caprichos de Pedro de Aranda. Las velas que ardían en su rebotica eran de cera. Nada de grasas y sebos, que daban un humo negro, intenso y asqueroso que se pegaba a la garganta y producía enfermedades de pecho, dando lugar a esputos malignos que a la larga acarreaban la muerte. A diferencia de las quejas por el costoso dispendio del incienso por el que se lamentaba Jerónima de Páez, en el caso de los cirios de cera, se mostraba conforme con su uso como bujías, no solo en la rebotica sino en todas las dependencias de la casa donde fuese necesario alumbrar. Ahora era el farmacéutico el que señalaba a su mujer, maliciosamente, que «el humo de las velas era bastante peor que el producido al quemarse el incienso, más demoníaco y menos divino». A pesar de estas disputas, que tenían mucho de jocoso, don Pedro y doña Jerónima fueron siempre un matrimonio bien avenido, como, sin ningún género de dudas, ponían de relieve los ocho hijos que habían sobrevivido de los dieciséis partos habidos por la señora, sin contar los cinco abortos padecidos.

En la calle el frío era intenso, no calaba los huesos porque era un frío seco, estepario, pero su fuerza cortaba la piel como un cuchillo. En el lugar de reunión, al calor de todos los elementos que creaban aquella atmósfera tan especial, se sumaba aquel día el de un enorme brasero de picón que ardía pausadamente sobre el entarimado que formaba la plataforma donde estaba la mesa en torno a la cual tomaban asiento los convocados. La señora Jerónima era experta en «echar» aquellos braseros y no consentía que ninguna de las sirvientas de la casa acometiese dicho menester sin su supervisión personal. Gustaba de esparcir por la negra superficie del picón, una vez que este iniciaba su incandescencia, diminutas hojas de romero que al quemarse inundaban las estancias de una aromática fragancia. En el brasero destinado a la rebotica no se ponía romero.

Todos los presentes, una vez que el cupo de los contertulios estuvo completo, esperaron a que el canónigo penitenciario tomase la palabra. A él, que era quien les había convocado, correspondía aquella iniciativa. El ambiente era relajado porque el hecho de que uno de los allí presentes llamase a los demás para comentar algún asunto no constituía una circunstancia excepcional. Don Diego de Armenta carraspeó ligeramente, más que para aclararse la voz, como indicación de que iba a exponer la razón que había motivado la reunión.

—No os descubro nada cuando digo —comenzó el penitenciario toledano— que es frecuente que acudamos a casa del maestro Pedro para hablar de los sucesos del momento, comentar las noticias que llegan de fuera y discutir sobre variados asuntos que merecen nuestra atención. A lo largo de estos años hemos desnudado nuestra alma, al revelar nuestras intenciones y propósitos en los más variados asuntos. Todos los presentes conocemos la opinión que cada uno de nosotros tenemos acerca de materias muy diversas y hasta en asuntos de gravedad. Ese conocimiento y la confianza mutua que nos dispensamos es la causa que me ha llevado, con la aquiescencia de nuestro escribano, a pedir vuestra asistencia esta tarde. Ninguno de los presentes ignora el hecho de que estas reuniones y las personas que participamos en ellas somos objeto de comentarios y habladurías que no nos son favorables. Pero eso es algo que nunca nos ha preocupado y que, en alguna ocasión, hasta ha provocado nuestra hilaridad. Nunca hemos estado pendientes de los comentarios que las lenguas de los envidiosos han esparcido por la ciudad, dejando correr las más burdas ficciones acerca del motivo de nuestras reuniones. El lugar y los reunidos se han prestado a todo tipo de especulaciones. Una dependencia donde se preparan pócimas y brebajes, donde hay redomas, alambiques y atanores es un lugar propicio para la práctica de brujerías y hechizamientos. El maestro Pedro, el mejor boticario de muchas leguas a la redonda, tiene acendrada fama de alquimista por sus conocimientos en materias que para el vulgo son oscuras, peligrosas y un punto diabólicas. Samuel y Salomón son médicos cuyas artes curativas se salen de lo comúnmente practicado por las gentes de su profesión, además son judíos. Santiago lee libros y aunque no los escribe, cosa harto peligrosa, sí recoge en los papeles los testimonios, testamentos y hasta las disputas de las gentes; practica un arte poco recomendable. Y de mí mismo, qué deciros. Un canónigo mal visto entre sus compañeros, no porque se diga alegremente y, además, faltando a la verdad que vivo amancebado con una mujer, que ese es pecado extendido entre la clerecía, la alta y la baja, sino porque sostengo opiniones que según ellos son contrarias a los mandatos de la Santa Madre Iglesia. Algunos afirman que estoy al borde mismo de la herejía y que no resistiría un proceso inquisitorial, si el Santo Oficio metiese las narices en materia de opiniones vertidas por mí en sermones y papeles. Si añadimos mi afición a la ciencia alquímica y los experimentos que realizo, no extraña a nadie mi fama de brujo y hechicero, de persona que tiene tratos con el diablo.

Una vez hecha la introducción, el canónigo se tomó un respiro que el boticario aprovechó para llenar unas copas de fuerte orujo gallego.

—Bien —prosiguió el canónigo—, hecho este repaso que no es baladí, ha llegado el momento de exponeros la razón de la reunión. Todos conocéis una de las noticias que hoy, con numerosas variantes, ha circulado con mayor fuerza por la ciudad: el asesinato, ayer, de un forastero que había acudido a la tienda de Santiago. Se ha situado su muerte en diferentes lugares y se han señalado las más variadas causas para explicar la misma, igualmente se han pregonado diversas circunstancias en torno a la muerte de este hombre. Esta mañana varios alguaciles y un alcalde mayor han acudido a la tienda de Santiago para recoger información acerca del muerto, pues tenían conocimiento de que había pasado por allí. Nuestro escribano les ha indicado que, efectivamente, un forastero había acudido ayer de mañana a empeñar unos libros en su negocio y que tuvo conocimiento de su muerte a través de su mujer, porque el cadáver había sido depositado en Santo Tomé y que acudió a ver si correspondía al individuo en cuestión. Confirmando que el mismo era el del individuo que había acudido a su tienda.

—Creo que —el escribano interrumpió al canónigo— el alcalde mayor sospecha que pudiese haber otras relaciones entre el muerto y yo.

—¿Por qué pensáis eso? —terció Pedro de Aranda.

—Por su forma de actuar y por las preguntas que me eran

formuladas. Les extrañó que yo acudiese a deshoras a Santo Tomé para ver un cadáver. También quisieron saber cuáles eran los libros objeto del empeño y la cuantía del mismo.

—¿Qué libros eran los empeñados? —preguntó el médico Leví de forma distraída.

El escribano no dio respuesta a aquella pregunta. Se limitó a mirar al canónigo, que retomó el hilo de su interrumpida intervención.

—Esa es, precisamente, la razón por la cual he pedido vuestra concurrencia. Veréis, hay algo más en todo este asunto que hasta el momento presente ha permanecido oculto. El hombre asesinado llevaba escondido en la manga de su camisa un papel que Santiago cogió cuando fue a Santo Tomé. Ese papel aclara muchas cosas en torno a este misterioso asunto y nos da una valiosa información sobre el libro que dicho sujeto empeñó en la tienda de Santiago. Antes de continuar es conveniente que todos sepáis que no fueron empeñados varios libros, sino uno solo. También debéis saber que los libros que Santiago declaró como objeto de aquel empeño a los alguaciles no tienen nada que ver con el ejemplar realmente empeñado por el muerto.

La relajación que, en cierto modo, había presidido hasta aquel momento la reunión se disipó por completo. Todos los presentes, salvo el escribano y el canónigo que sabían de antemano cuáles eran los derroteros por los que iba a discurrir aquel cónclave, se concentraron en un asunto que ahora llamaba verdaderamente su atención.

—¿Por qué se ha ocultado ese libro a las pesquisas de la justicia? ¿De qué libro se trata? —Estas preguntas de Salomón Conques eran las primeras palabras que salían de la boca del médico judío en aquella reunión.

—Sí. ¿Cuál es la razón que explica esa actuación? —apostilló el boticario.

—Vayamos por partes, vayamos por partes —dijo el canónigo haciendo con sus manos un gesto de apaciguamiento—. Primero es mejor que conozcáis el contenido del papel que llevaba encima el muerto.

Con ceremoniosa parsimonia se caló unas lentes diminutas y redondas que guardaba en su pecho, entre los pliegues de su sotana, y que estaban unidas a una cinta negra que colgaba de su cuello. Después sacó de uno de sus bolsillos un pliego de pergamino doblado y lo colocó a la distancia justa en que su lectura le era más cómoda. Iba a comenzar cuando dejó caer la mano que sostenía el mensaje sobre la mesa y con la otra se quitó las antiparras para pasear la vista sobre los presentes.

—Ni que decir tiene que todo esto es de la máxima reserva. —Sin esperar confirmación, volvió a ponerse las lentes y acomodó nuevamente el texto para leerlo—: «Sepa quien esta carta viere que su contenido es materia reservada. Si por cualquiera circunstancia cayere en manos de persona versada, habrá de saber de la existencia de un viejo texto al que más adelante me referiré. En dicho texto se contienen los pasos para conseguir la obtención del llamado polvo de proyección o tintura filosofal. No obstante, el conocimiento para la adecuada interpretación de los mismos solo será posible para aquellos que estén en condiciones de interpretar correctamente los herméticos misterios de Trimegisto. Habrá de ser perito en todos los procesos que permiten conducir hasta la consecución de la Gran Obra. A saber: calcinación, oxidación, licuación, congelación, fijación, solución, digestión, destilación, evaporación, sublimación, separación, extracción, maceración, fermentación, putrefacción, propagación y, finalmente, proyección.

»"El libro al que me refiero es el llamado *Libro Latón* o *Libro de Abraham el Judío*. Un libro dividido en siete capítulos que contiene el conocimiento necesario para la obtención de la piedra roja, base del polvo de proyección. En el mismo se encuentran aquellos conocimientos que los babilonios y los caldeos, asentados en la vieja tierra de Mesopotamia, los egipcios, asentados a orillas del Nilo y en su desembocadura, los griegos egeos, jonios y áticos, además de los iniciados en los cultos de la diosa Isis, los misterios dionisíacos, los pitagóricos adeptos a la numerología y los seguidores de Hermes Trimegisto, atesoraron como la más preciada de las joyas.

»"Conservado este texto en manos venerables y adecuadas al poder que confiere su contenido, se ha mantenido oculto y protegido para evitar que su sabiduría fuese a parar a manos no deseadas. Ese ocultamiento durante generaciones ha sido también fruto del temor a que se produjese una pérdida irreparable a manos de aquellos que consideran peligroso, falso u obsceno, por consiguiente adecuada y laudable a los ojos de su divinidad, la destrucción de todas aquellas manifestaciones del saber que caen fuera de sus principios y dogmas.

»"Por diferentes circunstancias este preciado texto ha corrido las más singulares aventuras. Dado por perdido durante varios siglos, apareció en París en el año de 1357 en manos de un escribano, asentado en una calle de la collación de Saint-Jacques la Boucherie, llamado Nicolás Flamel, quien logró la ansiada proyección un 17 de enero de 1382. Nicolás Flamel siempre utilizó en beneficio de su prójimo el enorme poder que aquella posesión le confería.

»"Hace varias semanas, desde la fecha en que los cristianos celebran la festividad de San Andrés, que se me encomendó su custodia y una misión para burlar a las amenazadoras fuerzas que se han desatado para hacerse con la valiosa posesión, intentar borrar la huella de cualquier pista que pueda conducir hasta él y depositarlo en un lugar de la hispana ciudad de Toledo. Mi misión hasta el momento presente no se ha visto coronada por el favor del cielo, aunque me encuentro muy cerca del lugar donde he de rendir viaje. No puedo explicar cómo los *hombres de negro* han conseguido rastrear mi pista y seguir mi rastro. Siento la amenaza de estas peligrosas gentes muy cercana y su presencia muy próxima. Ignoro en este momento cómo podré culminar mi misión. Pero si esta obra cayese en manos amigas y piadosas suplico en el nombre del Altísimo que haga todo lo que en su mano esté para evitar un uso indebido de tan preciosa obra."

El canónigo retiró las lentes de su nariz y las dejó caer descuidadamente sobre su regazo. El absoluto silencio con que los presentes habían seguido su lectura no se alteró. Se podía escuchar nítidamente el crepitar de los leños encendidos en la chimenea, el crujir del picón al consumirse y la respiración de los presentes.

—Hay unas líneas separadas del resto del texto. Están escritas con letra nerviosa y hecha con mucha prisa. —Don Diego volvió a colocarse las gafas—. Esas líneas dicen así: «Estoy en un mesón extramuros de Toledo y a la vista de una puerta que dicen se llama de Bisagra. Sé que me acechan intramuros. Solo pienso en cómo salvar el libro. Que Yahvé se apiade de mi alma, 17 de enero.»

Otra vez se hizo el silencio. Quien lo rompió fue el boticario, para dirigirse a Santiago.

—¿Os habéis sentido vigilado desde ayer? ¿Tenéis conciencia de que os haya seguido alguien?

El escribano se encogió de hombros y, sin mucha convicción, negó varias veces con la cabeza.

—Sin embargo —señaló el boticario—, hemos de pensar que esos... esos *hombres de negro* no se habrán dado por vencidos.

Todos los presentes asintieron a aquella afirmación de diversas maneras.

—¿Tiene la justicia conocimiento de algunos detalles de la muerte de ese desgraciado? —preguntó el boticario.

—Sí, sí tiene algunos datos —dijo Santiago Díaz—. Gentes que afirman ser testigos del asesinato indican que este se cometió cerca de la nueva iglesia de San Juan de los Reyes, aunque circulan otras versiones que apuntan a lugares diferentes. Esos testigos dicen que fueron tres los matadores y que hubieron de huir, rápidamente, por el puente de San Martín porque a los gritos del acuchillado acudió un numeroso vecindario. Los asesinos iban embozados en capas oscuras.

—No sabemos si esas gentes podrán establecer alguna relación entre el muerto y Santiago —ahora era el canónigo quien hablaba y lo hacía reposadamente—. Esa posibilidad hemos de contemplarla como probable porque si los alguaciles han podido llegar en su investigación hasta ese extremo ellos también pueden hacerlo.

—¡En este caso corréis un grave peligro! —afirmó con energía Samuel Leví mirando al escribano, cuyo rostro estaba demudado.

Todos los presentes se removieron en sus asientos, presa de la agitación que empezaba a crearse.

Otra vez fue el canónigo quien trató de poner calma.

—Ante todo no podemos perder los nervios y para ello es conveniente que afrontemos cada cosa a su debido tiempo. En mi opinión la vida de Santiago no corre peligro. Si él muriese, los *hombres de negro* habrían perdido, si es que la tienen, la última pista sobre su codiciada presa. Esto no quiere decir que no corra un peligro extremo. Para eso, entre otras cosas nos hemos reunido. Para estar vigilantes y para socorrer a Santiago en este momento de dificultad. Tengo trazado un plan que más adelante expondré. Ahora debemos dedicar nuestra atención al *Libro de Latón*, al *Libro de Abraham el Judío*. —Diciendo esto puso sobre la mesa un pesado bolso de cuero negro, del que extrajo el libro—. *Hic est* —dijo con solemnidad clerical.

Sobre las tapas brillaban los extraños y dorados signos. El canónigo lo abrió cuidadosamente y pasó con calma varias páginas del texto en las que había extraños dibujos cuyo significado era difícil de comprender a primera vista. Luego lo dio a los presentes para que satisficieran cumplidamente su curiosidad. Cuando todos hubieron hojeado aquella impresionante obra, don Diego de Armenta les pidió que se acomodasen porque iba a exponerles el plan que había trazado para proteger a Santiago y también el libro.

5

El otoño de aquel año de gracia de 1492 había llegado temprano. En los primeros días de octubre un frío procedente del norte había puesto fin a las apacibles jornadas, que por San Miguel solían disfrutar los toledanos. Las hojas de los árboles caían en grandes cantidades, formando en el suelo espesas capas. Muy pronto las verdes frondosidades de los robledales que a lo largo del curso del Tajo rodeaban la ciudad, como un primer cinturón que antecedía al de sus murallas, habrían desaparecido y solo quedarían, como esqueletos inertes, los troncos y ramas desnudas de aquellas arboledas, donde los vecinos que se lo podían permitir poseían sus *cigarrales* y combatían en ellos los rigores meteorológicos del estío.

Después de la llegada del fresco que anunciaba el final de una estación, vinieron las lluvias que de forma mansa pero continuada caían día tras día en aquel Toledo gris que tan recias convulsiones había vivido las semanas anteriores. Calles y plazas se habían convertido ya en barrizales por donde era difícil transitar; muy pocas de ellas tenían un pavimento enlosado por donde el agua resbalase buscando las pronunciadas pendientes que bajaban hacia el Tajo. Las casas y los edificios perdían poco a poco el calor acumulado en sus paredes durante el verano y paulatinamente sus interiores se refrescaban primero para convertirse en muy pocas fechas en sitios donde se enseñoreaba a sus anchas un frío intenso y una pegajosa humedad. Las gentes tenían ya la sensación de que el invierno, pese a la fecha que señalaba el almanaque, se había echado encima y sería largo y duro porque, además de los temporales que ya habían iniciado su presencia, la cosecha había sido escasa. Tan escasa que a aquellas alturas del año el precio de la fanega de trigo había empezado a subir y eso significaba que para antes de San Andrés el pan sería caro y en Navidad estaría ya por las nubes. Sobre los precios que podría alcanzar en primavera mejor era no pensarlo. La situación sería calamitosa y los pobres pasarían hambre si alguien no ponía remedio. Y cuando el hambre apretaba...

El canónigo Armenta, sentado en un aposento bajo de su casa de la calle de las Bulas, en el barrio de San Martín, estaba sumido en profundas reflexiones. Su morada estaba situada cerca de donde se levantaba la inconclusa obra de la iglesia de San Juan, a la que el vecindario empezaba a llamar de los Reyes, en honor de sus majestades doña Isabel y don Fernando. De vez en cuando dirigía una rápida mirada a través de los cristales emplomados —todo un lujo al alcance de muy pocos— de la ventana que daba a la calle y comprobaba cómo el agua golpeaba en ellos. Era un ruido sordo y monótono que de vez en cuando se intensificaba con fuerza a causa de rachas de viento, que convertían la lluvia en temporal. Estaba plácidamente arrebujado en un cómodo sillón de cuero y arropado con la capa de gruesa lana que María, su ama de llaves, le había traído. Su rostro reflejaba pesadumbre y su mirada encerraba una profunda tristeza. ¡Cuántas cosas habían acaecido desde que llegó a sus manos aquel extraño y fascinante libro! ¡El *Libro de Abraham el Judío*! ¡Su plan para proteger a Santiago había fracasado estrepitosamente!

Aquella jornada, como muchas otras, el canónigo toledano había dedicado largas horas —tantas como le permitía el cumplimiento de sus obligaciones catedralicias— a su estudio y entendimiento. En el conocimiento de aquella extraordinaria obra avanzaba con lentitud y a saltos, pero avanzaba y, a fin de cuentas, eso era lo importante. A veces, ese avance tenía graves retrocesos que le embargaban el espíritu de pesimismo y hacían que por su mente pasasen fugaces deseos de abandonar el camino por el que tan trabajosamente transitaba. Pero aquellos deseos eran solo una ligera sensación que se desvanecía rápidamente. A pesar de lo ímprobo del esfuerzo, su ánimo se recuperaba y reemprendía la tarea con mayor ahínco. Era un hombre tenaz hasta la cabezonería llegado el caso, que no abandonaba fácilmente los trabajos que emprendía una vez comenzados estos. Incluso aquellos últimos días tenía la sensación de que las largas horas de estudio dedicadas a aquel misterioso libro venían a ayudarle en la superación de los difíciles momentos vividos a lo largo de aquellos meses. El estudio se había convertido en una especie de refugio que actuaba como un bálsamo ante la dureza con que la adversidad le había golpeado.

Primero, fue la inesperada muerte de Pedro de Aranda. Aquel lamentable accidente que había acabado con la vida del boticario de la Puerta Vieja de Bisagra. Nadie se explicaba cómo podía haberle ocurrido una cosa así a un hombre de su experiencia. ¡Cuántos catarros había curado con aquel jarabe que, confeccionado a base de un cocimiento de menta, era la mejor medicina que se conocía contra dicho mal! ¡Cuántas veces en su vida había medido y pesado las cantidades de la fórmula de la poción!

Se había resfriado con un mal aire la tarde de San Ildefonso, cuando acudió a la misa solemne, que se celebraba en honor del santo patrón de Toledo. Había sido una tarde fría la de aquel 23 de enero y la catedral, un edificio impresionante, levantado a mayor gloria de Dios, era también un lugar inhóspito, poco acogedor. El boticario se sintió mal y cuando regresó a su casa, con las primeras sombras de la noche cayendo sobre la ciudad, indicó a Jerónimo de Monardes, su oficial, que pusiese agua a hervir para hacer un cocimiento de menta porque sentía opresión en el pecho y tenía una tos molesta que le salía desde muy hondo. Después de aspirar los vapores del cocimiento, que, desde luego, despejaron sus viejos pulmones, tomó un caldo de ave, como era su costumbre, y algo de queso. Cuando concluyó aquella frugal colación se encontraba alicaído y se quejó de dolores musculares y fuerte presión en la cabeza. Doña Jerónima, a la que algo se le había pegado del oficio después de cincuenta años de matrimonio, pensó que el catarro venía acompañado de fiebres. El boticario estaba tan mal que se vio obligado a recibir ayuda de su esposa para poder subir la escalera y llegar hasta la alcoba. Una vez en el dormitorio la mujer comprobó que su marido estaba sudando, a pesar del frío reinante. Sudaba tanto que tenía empapadas la camisa y las calzonetas de lienzo. Hubo de colocarle el camisón de dormir y reclamar la ayuda de una de las sirvientas para poder acostarle. Cuando el boticario quedó amorosamente arropado en su cama, había perdido el conocimiento y entrado en una fase de delirio. Empezó a agitarse y a decir frases sin sentido y cosas extrañas. Parecía asustado, como si le estuviesen persiguiendo o amenazando.

La botica hacía rato que estaba cerrada y el oficial y los aprendices se habían marchado a sus casas, porque Pedro de Aranda se había negado a seguir las orientaciones del Consejo de los gremios en lo tocante a que unos y otros, aprendices y oficiales, viviesen en casa de los maestros. La preocupada esposa del boticario tuvo que mandar a una de las sirvientas a casa del doctor Conques para que viniese presto a ver a su esposo. A doña Jerónima no le gustaba el cariz que había tomado el resfriado de su marido.

Al poco rato el médico judío llegaba a casa de su amigo. Su ojo experto comprobó de inmediato que la situación era delicada. Como en las condiciones en que se hallaba no podía preguntar nada al enfermo, lo hizo a los que le atendían, quienes le informaron de lo que sabían.

—¿Que tenía catarro decís, mi señora doña Jerónima?

—Así es. Un mal aire que habrá cogido al ir a la misa del patrón, digo yo.

—¿Y decís que aspiró un cocimiento de menta?

—Sí. Él mismo lo preparó cuando volvió de los oficios de la catedral —señaló una de las sirvientas.

—¿Dónde está ese cocimiento? —preguntó el médico.

Las mujeres presentes se miraron entre sí, como preguntándose unas a otras, aunque no dijeron palabra.

—¿Queréis que vayan a la rebotica para ver si...? —requirió doña Jerónima. El médico iba a contestar afirmativamente, cuando un grito estentóreo y cargado de horror salió de la boca del enfermo que se agitó espasmódicamente. Todos los presentes quedaron sobrecogidos. Salomón Conques puso su mano en la frente del enfermo y comprobó que estaba ardiendo. La fiebre era altísima. Si no lograba detenerla las consecuencias podían ser fatales. Indicó que se le aplicasen paños de agua fría en la frente y pidió a la mujer del boticario que le acompañase a la rebotica. Tenía que preparar una medicina y no había tiempo que perder.

Cuando el médico entró en la estancia donde tantas reuniones había mantenido con el boticario y los otros amigos, se le cambió el color del semblante. Fue algo instantáneo. Haciendo un esfuerzo aspiró varias veces por la nariz, parecía buscar algo con el olfato. El ambiente estaba cargado de olores, como correspondía a un lugar como aquel, pero había algo en él que era lo que, tan repentinamente, había descompuesto al galeno.

Sin decir palabra se dirigió hacia un bol vidriado al estilo de la cerámica talaverana que reposaba en uno de los mostradores de la rebotica. De allí emanaba el olor que tanto le había llamado la atención y que trataba de aspirar y aislar del conjunto de aromas que se entremezclaban. Tomó el recipiente entre sus manos y lo acercó a la nariz. Se volvió hacia la mujer.

—¿Es este el cocimiento de menta que ha inhalado vuestro esposo?

Doña Jerónima se encogió de hombros, con un gesto de duda.

Salomón Conques clavó su mirada en la mujer del boticario y, sin rodeos, le espetó.

—Si es este el cocimiento con que se ha tratado el catarro, vuestro marido está envenenado.

Al oír aquello, doña Jerónima contrajo el rostro, puso los ojos en blanco y desmadejándose, como si su esqueleto se hubiese descompuesto, cayó sobre las esteras de esparto que cubrían el suelo de la rebotica. El médico reclamó el auxilio de la servidumbre para que atendiesen a la desmayada y a grandes zancadas subió a la alcoba donde agonizaba su amigo.

—¡Rápido, rápido, agua templada para preparar una lavativa!

Una sirvienta corrió a preparar el agua, mientras él asía por la mano al moribundo que seguía agitándose en medio de convulsiones, cada vez más intensas.

Antes de que las criadas acudiesen con la lavativa y la palangana que el médico había solicitado, Pedro de Aranda había entregado su alma a Dios. En el rostro de Salomón Conques se reflejaba el abatimiento y la impotencia. Cerró los ojos de su amigo, que habían quedado desmesuradamente abiertos y pidió un lienzo para apretarle la mandíbula, rodeando el óvalo de su cara y anudándolo en la coronilla. No quería que el rostro quedase desencajado. Con pasos cansinos bajó a la rebotica, donde dos sirvientas se afanaban en atender a doña Jerónima. Comprobó que el tarro de la menta contenía, efectivamente, menta. Buscó el recipiente donde se guardaba el acónito, un veneno de efectos fulminantes, conocido vulgarmente con el nombre de matalobos, que en dosis minúsculas se utilizaba en la preparación de algunos remedios farmacéuticos. También el acónito estaba en su sitio, pero era aquel peligroso veneno lo que se había utilizado en la preparación del cocimiento que había matado al boticario.

Cuando el oficial y los aprendices fueron preguntados acerca de lo que sabían sobre aquel horrible asunto, todos coincidieron en afirmar que había sido el propio maestro quien preparó de su mano el fatal cocimiento. Nunca se pudo averiguar si Pedro de Aranda había cometido un error, cosa poco probable en un hombre de su experiencia, o si alguien había oficiado para que se produjese aquel desenlace.

Pocos días después de la muerte del boticario la parca golpeó otra vez entre los reunidos en torno al *Libro de Abraham el Judío* aquella tarde de enero en la botica de la Puerta Vieja de Bisagra. Era la festividad de la Candelaria, el 2 de febrero. Al caer la noche de aquel día la mujer del escribano Santiago Díaz comenzó a inquietarse al comprobar cómo pasaba el tiempo y caían las sombras de la noche, pero su marido no regresaba a casa. Santiago era hombre de costumbres rutinarias y solo algún asunto de carácter excepcional podía hacerlas variar. La inquietud inicial se transformó en preocupación conforme transcurrieron los minutos y el escribano no llegaba a las casas de su morada. Era ya noche cerrada cuando la esposa, acompañada de Elvira, su esclava, se dirigió a la tienda de la costanilla donde su marido trabajaba. Las dos mujeres caminaban con prisa, una detrás de otra. La esclava abría camino, portando un farol de mano con cuya luz se rompía tenuemente el velo de oscuridad que ya lo inundaba todo, y la dueña la seguía con paso firme. Un negro presentimiento atenazaba su corazón que se manifestaba a través del ahogo, cada vez más pronunciado, que agitaba su pecho. A lo largo del trayecto que las dos mujeres hubieron de recorrer, una vez que habían pasado la plaza de Zocodover, donde había algunas personas que marchaban presurosas a sus destinos, solo se cruzaron con un par de embozados que abrieron calle, extrañados, de ver a dos mujeres deambulando solas en la nocturnidad toledana.

Cuando llegaron a la tienda ambas tenían la respiración entrecortada porque en un momento determinado la dueña, presa del nerviosismo, había arrebatado el farol a su sirvienta y tomando la iniciativa, había acelerado el paso de tal forma que en los últimos tramos las dos mujeres corrían más que caminaban. Encontraron abierta la puerta del establecimiento, pero no se veía alumbrar ninguna lámpara en el interior. Los negros presentimientos que agobiaban a la mujer del escribano se acentuaron. La puerta abierta y la oscuridad reinante en el interior no podían presagiar nada bueno. Levantó el farol por encima de su cabeza todo lo que daba de sí su brazo, en un intento de mejorar la iluminación que le proporcionaba aquella débil bujía y con un hilo de voz, que apenas le salía de la garganta, preguntó:

—Santiago, Santiago, ¿estás ahí?

La respuesta fue un silencio tenebroso roto por el chillido lejano de un búho que, con una cadencia perfecta, dejaba oír su nocturna llamada. Las dos mujeres permanecían inmóviles, apenas habían cruzado el umbral de la tienda. Ana Girón agitó suavemente el farol y escudriñó con sus ojos en la oscuridad, pero no logró ver nada de lo que había en el interior. Volvió a llamar a su marido con voz un poco más recia, pero tampoco obtuvo respuesta. Adelantó el farol para iluminarse el camino y, con paso vacilante, avanzó lentamente entre rimeros de papeles, legajos y libros esparcidos por todas partes. Aunque la escasa luz de que disponía no le permitía hacerse una idea clara del panorama que allí había, no se podía albergar ninguna duda de que reinaba el desorden más absoluto. Un escalofrío de terror recorrió su espalda. Tropezó en varias ocasiones con libros y papeles que había tirados por el suelo y a punto estuvo de perder el equilibrio. Conforme avanzaba hacia el interior el desorden era aún mayor. La esclava, que seguía a su señora temblando de miedo, no podía evitar que los dientes le castañeteasen, lo que en medio del silencio producía un sonido poco tranquilizador. Hubo un momento en que las dos mujeres no pudieron seguir avanzando porque ante ellas estaba tirada una de las estanterías de las que, adosadas a la pared, contenían legajos y escrituras acumuladas durante largos años de trabajo.

Ana Girón trató inútilmente de elevar más el fanal para mejorar la iluminación del conjunto, aunque perdiese intensidad. Comprobó que aquella estantería atravesaba el local de pared a pared, pero, por su altura, no era un obstáculo insalvable. Con la mano libre se arremangó las sayas y se subió encima de la informe masa que formaban el mueble, roto por varios sitios en su caída, y los papeles que por allí se desparramaban. Al ganar aquella pequeña altura levantó de nuevo la luz y rompió levemente el conjunto de tinieblas que envolvía el lugar. Sus ojos se clavaron en un bulto negro que yacía en el suelo. Se le escapó un grito de angustia, se acercó al lugar, dando trompicones y vio con horror que aquella masa inerte era su marido. Estaba degollado, igual que el forastero cuyo cadáver había visto en la iglesia de Santo Tomé.

La terrible herida dejaba ver multitud de músculos y

venas seccionados. La pechera del muerto estaba manchada de sangre, que también formaba un charco alrededor del cuerpo. A la luz de la oscilante llama de la vela que había en el interior del farol la escena era pavorosa. Ana Girón se abalanzó sobre el cadáver de su esposo, lanzando desgarradores gritos de dolor, a los que se unieron los estridentes chillidos de la esclava, cuando se dio cuenta de lo que allí había ocurrido.

La justicia no pudo descubrir a los autores de aquel asesinato. El alguacil mayor de la ciudad no tenía ningún género de dudas acerca de que quienes asesinaron al escribano eran gentes que buscaban algo aunque los alguaciles no pudieron determinar de qué podía tratarse. Descartaron que la causa de aquella horrible muerte, que conmocionó a la ciudad, fuera el robo porque, si bien nadie estaba en condiciones de afirmar que los matadores no se hubiesen llevado algo, no prestaron atención al dinero que el escribano guardaba en uno de los cajones de su mesa: dos ducados, siete reales y dieciocho maravedises, una suma no despreciable. A lo más que llegaron fue a establecer una relación entre la muerte del escribano y la del forastero al que habían perseguido unos hombres vestidos de negro. Un forastero que había hablado de algo con la persona que ahora le acompañaba al sepulcro.

Todas las pesquisas que se realizaron resultaron inútiles. La viuda de Santiago Díaz solo pudo decir que había visto a su marido ensimismado los días anteriores a su muerte y que daba la sensación de estar asustado, pero que cuando ella le preguntaba sobre las cuitas que le tenían sumido en aquel estado, le respondía irritado que le dejase en paz. Ana Girón no dijo a nadie nada acerca del libro que una tarde, poco antes de morir, su difunto esposo había llevado a la casa; a pesar de que estaba convencida de que allí se encontraba la clave de todo aquel asunto que tan mal había terminado para el escribano. El libro había desaparecido y no sabía nada acerca de su paradero, pero tampoco hizo ninguna pesquisa para descubrirlo. Optó por instalarse en su estado de viuda con el buen pasar que el trabajo de su marido le había dejado. Todos los días elevaría sus plegarias por el eterno descanso de su alma y mientras ella viviese no le faltaría un buen puñado de misas que ayudasen a garantizarle la gloria eterna. Sabía que aquel libro era la fuente de sus desgracias, y cuanto menos supiese de él, mejor.

Por Toledo circularon todo tipo de rumores, pero ninguno de ellos hizo la más mínima referencia a un libro extraño. Un libro que era un codiciado objeto de deseo y que en pocas semanas había sido la causa de dos muertes violentas en la capital castellana.

Aunque no habían muerto, ni Samuel Leví ni Salomón Conques estaban ya en Toledo. En el transcurso de aquel agitado año, había acabado por ocurrir lo que hacía tiempo las gentes de su raza temían que llegara. Fue el 31 de marzo cuando se hizo realidad el temor que había atenazado a las aljamas judías de Castilla y de Aragón desde hacía varios años, aunque a Toledo la noticia de aquella desgracia no llegó hasta nueve días después: el Viernes Santo de 1492. Doña Isabel y don Fernando, reyes de Castilla y de Aragón, recientemente también reyes de Granada, a quienes por su celo religioso —habían implantado en sus dominios el tribunal de la Santa Inquisición— se les empezaba a conocer como los Reyes Católicos, habían firmado un decreto de su real mano por el que se ordenaba la expulsión de todos aquellos judíos que morasen en sus reinos y señoríos, que no abandonasen las abominables prácticas de la ley de Moisés y abrazasen, mediante el santo sacramento del bautismo, la verdadera religión: la católica, apostólica y romana.

Aquel decreto decía así: «Don Fernando y doña Isabel, por la gracia de Dios rey y reina de Castilla, de León, de

Aragón, etc. Bien sabedes o devedes saber que porque nos fuimos informados que en estos nuestros reinos havia algunos malos cristianos que judaizaban y apostataban de nuestra sancta Fe católica, de lo cual era mucha causa la comunicación de los judíos con los cristianos... Según somos informados de los inquisidores y de muchas otras personas religiosas y eclesiásticas e seglares, consta e paresce el gran daño que a los cristianos se ha seguido e sigue de la participación, conversación e comunicación que han tenido y tienen con los judíos; los cuales se prueva que procuran siempre por cuantas más vías pueden de subvertir e substraer de nuestra sancta Fe católica a los fieles cristianos e a los apartar de ella, e atraer e pervertir a su dañada creencia y opinión, instruyéndoles en las ceremonias y observancias de su ley, haciendo ayuntamientos donde les lean y enseñen lo que han de creer y guardar según su ley; procurando de circuncidar a ellos e a sus hijos, dándoles libros por donde rezasen sus oraciones y declarándoles los ayunos que han de ayunar e juntándose con ellos a leer y enseñándoles las historias de su ley, notificándoles las pascuas antes que vengan, avisándoles de lo que en ellas han de guardar y hacer, dándoles y llevándoles de su casa el pan cenceño y carnes muertas con ceremonias, instruyéndoles de las cosas de que se han de apartar, así en los comeres como en las otras cosas por observancia de su ley y persuadiéndoles en quanto pueden que tengan e guarden la ley de Moisés... Lo qual ha redundado en gran daño y detrimento e oprobio de nuestra sancta Fe católica... para obviar y remediar como cese tan gran oprobio y defensa de la Fe y religión cristiana... Con consejo y parecer de algunos prelados y grandes y cavalleros de nuestros reinos e otras personas de ciencia del nuestro consejo, aviendo avido sobre ello mucha deliberación, acordamos mandar salir todos los dichos judíos y judías de todos nuestros reinos e que jamás tornen ni buelvan en ellos ni en alguno dellos. E sobre ello mandamos dar esta nuestra carta, por la qual mandamos a todos los judíos e judías de qualquier edad que sean que viven y moran y están en los dichos nuestros reinos y señoríos, así naturales, de ellos como no naturales y están en ellos, que fasta el fin del mes de julio primero que viene deste presente año salgan de todos los dichos nuestros reinos y señoríos con sus hijos e fijas, e criados e criadas, e familiares judíos, así grandes como pequeños, de cualquier edad que sean...»

Entre aquel 9 de abril y el último día de julio Toledo fue una ciudad en ebullición. Los lamentos y la tristeza de unos contrastaban con la alegría de otros. Fueron semanas de numerosas e importantes transacciones comerciales. Las ventas de las casas de los que tenían que marcharse hicieron caer los precios de forma escandalosa, porque un tercio de la vecindad de la ciudad era judía de religión y fueron tan escasas las familias que se convirtieron a la fe católica que podían contarse con los dedos de las manos. Los expulsados hubieron de malvender sus casas y viviendas; deshacerse por precios ridículos de mobiliario y enseres que no podían llevarse en su destierro. Eran legión los que trataban de realizar pingües negocios a costa de aquellos desgraciados que en fecha fija saldrían hacia el destierro. En aquellos meses hubo gentes con pocos escrúpulos que hicieron verdaderas fortunas con solo tener moneda contante y sonante.

Algunos de aquellos desgraciados trataron inútilmente de defender el valor de sus pertenencias y se resistieron a ventas que eran verdaderas burlas hasta los últimos días que el terrible decreto les daba de plazo. Fue peor porque cada día que pasaba, al hacerse su situación más crítica, los precios disminuían de forma considerable.

Desde los primeros días de junio Toledo vivía la marcha de docenas de familias que cada día, en medio de lamentos, abandonaban la ciudad. Salían por la Puerta de Bisagra, por la del Sol, por la de San Martín, por la de los Doce Cantos, por la de Adabaquín o la de los Alarcones, ofreciendo una triste estampa; algunos de los desterrados, una vez cruzado el Tajo, volvían sus ojos para ver por última vez los perfiles de aquella ciudad que había sido su hogar y el eje de sus vidas. Otros preferían no volver la vista atrás. El contrapunto al sufrimiento, la pena y el dolor de aquellas gentes que marchaban a un destino incierto, con sus vidas a la deriva, lo componían grupos de vecinos que, asomados en lugares estratégicos de la muralla, se divertían con las escenas que desfilaban ante sus ojos. Muchos de ellos se acomodaban desde las primeras horas del día, provistos de cestas con viandas y recipientes de refrescos, para no perder detalle del drama que vivían aquellos desgraciados obligados al destierro por mantener viva su fe. No eran pocos los que a la contemplación de aquellas miserias unían los insultos y los denuestos hacia los desterrados. En algún caso hasta hubo agresiones, les arrojaban inmundicias, piedras y otros objetos contundentes. La presencia de algunos piquetes de soldados evitaron que aquellos conatos de furor no pasasen a mayores. Fueron muchos los judíos toledanos que tomaron la decisión de abandonar su ciudad aprovechando las sombras de la noche para evitar, de ese modo, el escarnio y las burlas de los que hasta aquel momento habían sido sus convecinos.

Nadie que contemplase aquellas escenas podía creer que aquella ciudad, de pasado glorioso, hubiese sido, tiempos atrás, ejemplo de tolerancia y convivencia de gentes de distintas razas, credos y culturas. Nadie que contemplase las escenas que se vivían a diario por aquellas fechas podría dar crédito al hecho de que allí mismo Alfonso X, a quien no llamaron el Católico, pero sí el Sabio, hubiese asentado, sobre la base de la tolerancia, una escuela de traducción que permitió la difusión por media Europa del conocimiento que tenían musulmanes y judíos en materias donde el mundo cristiano estaba ayuno o era lego. Toledo, por aquellas fechas, era ya una ciudad dominada por la intolerancia y el monolitismo, donde no tenían cabida aquellos que se apartasen de la norma impuesta por la mayoría.

El 31 de julio en la catedral toledana de celebró un solemne *tedeum* al que acudió un gentío que abarrotaba las naves y las zonas aledañas al templo porque resultaba imposible encontrar acomodo en el interior. El oficio religioso se celebraba en acción de gracias al Altísimo por haber librado a los reinos de su Católica Majestad y a la ciudad de Toledo en particular de aquella peste que durante siglos había contaminado la pureza de las creencias de la verdadera y santa religión católica.

La víspera del 24 de junio, día de San Juan Bautista, dos médicos toledanos con sus familias integraban una de aquellas infames caravanas de desterrados que abandonaban la ciudad. Salieron muy temprano, aún la luz del alba no había roto los oscuros velos de la noche, por la Puerta de Alcántara. Escogieron aquella hora porque bastante tenían ya con la pena que arrastraban a cuestas para sufrir mayores escarnios y violencias. Dirigieron sus pasos hacia el sur. Embarcarían hacia un lugar del Mediterráneo que les diese acogida, desde alguno de los puertos de la costa andaluza.

Aquella lluviosa tarde del otoño toledano el canónigo Armenta reflexionaba, lleno de tristeza, sobre unos hechos que le habían convertido en un ser solitario y melancólico, ensimismado en la búsqueda de las claves que le permitiesen la interpretación correcta de los saberes encerrados en las páginas de aquel libro que estaba en su poder.

6

El librero de viejo de la plaza de las Descalzas esperaba nervioso la llamada telefónica que tenía anunciada. Su olfato le decía que el negocio que podía salir de dicha llamada era de los que reportaban unos beneficios extraordinarios. Llevaba tantos años en el negocio que sabía cuándo había dinero de verdad en una operación, pero a veces en aquel extraño mundo de los bibliófilos se producían hechos y situaciones tan inexplicables que la sorpresa podía saltar en cualquier momento. Nunca podría olvidar el chasco que se llevó a finales de los años setenta, cuando logró hacerse en Praga con una *Biblia de las 42 líneas*, corriendo riesgos graves y exponiendo todo el patrimonio que había acumulado a lo largo de una vida de trabajo —veintidós millones de pesetas en dólares americanos, conseguidos por procedimientos poco ortodoxos—, pensando que el negocio era seguro y redondo. Luego el cliente por el que tantos desvelos, molestias y hasta peligros había corrido no quiso comprarla porque la impresión no era todo lo limpia que él esperaba, la encuadernación estaba deteriorada en el tejuelo y había manchas de humedad en la parte superior de algunas de las páginas. ¡Cómo quería que estuviese un libro que había cumplido los quinientos años!

Pero ahora tenía la seguridad de haberse dirigido al cliente adecuado. ¿No había sido don Germán Arana quien le había solucionado la terrible papeleta de la *Biblia de las 42 líneas*? Don Germán, que era hombre de palabra, había quedado en llamar a las seis de la tarde para concertar la cita y ver aquel prodigio de libro que le había anunciado y que ahora, por esas casualidades del destino, estaba en su poder, en poder de Manuel Ruiz, el librero de viejo de la madrileña plaza de las Descalzas. Ruiz levantó la vista y miró el antiguo reloj de pared que había heredado de su abuelo, de caja de madera de nogal, esfera blanca amarillenta por el paso de los años, números romanos y agujas finamente trabajadas, y que había marcado el paso de los trabajos y los días en aquella librería. El reloj señalaba las seis menos tres minutos, quedaba muy poco para que se produjese la ansiada llamada de don Germán, pero a él aquellos tres minutos se le iban a hacer interminables. Recordó entonces cómo había llegado el libro a sus manos, hacía justo una semana. No se le iba a olvidar mientras viviese aquel lunes 13 de marzo, festividad de San Rodrigo mártir, cuando se presentó en la tienda, sin anunciarse previamente, un jovencito. Le vio a través de la puerta, que mantenía permanentemente cerrada por razones de precaución y estuvo a punto de no abrirle. Tenía pinta de estudiante y pensó que lo que tal vez buscaba era un manual de segunda mano para alguna de las asignaturas que cursaba. La verdad es que su ojo clínico no le engañó, aquel joven era estudiante, de cuarto de arquitectura. Pero lo que le había llevado hasta su establecimiento no era comprar nada. Venía a vender. Puso sobre el mostrador una cartera de piel negra, muy deteriorada por el uso, y sacó de su interior un libro extrañamente encuadernado. Había visto a lo largo de sus muchos años de oficio todo tipo de encuadernaciones, pero no había nada que se pareciese a lo que aquel joven estaba poniendo delante de sus ojos. Su interés aumentó cuando hojeó las páginas del ejemplar. Su tacto y textura eran poco corrientes y su estado de conservación, para la antigüedad de aquel documento, pues se trataba de un manuscrito iluminado, verdaderamente increíbles. Su ojo de experto pensó en una falsificación, pero después de un examen superficial se convenció de que era una pieza auténtica. Disimuló lo mejor que pudo, también era experto en el arte del disimulo, la creciente excitación que le invadía. Le sirvieron los muchos años de oficio. Abrevió el examen de aquella singular obra que el destino le había puesto por delante para reducir la sensación del interés que sentía por ella y que a duras penas podía contener. Cerró el ejemplar con cierta displicencia y se encogió de hombros, interrogando con aquel gesto al joven que tenía delante de él.

—Quisiera... quisiera saber qué precio puede tener este libro —preguntó con tono dubitativo el estudiante—. Porque... porque se trata de una obra antigua, ¿no es cierto?

Ruiz miró al libro y a los ojos de su interlocutor, alternativamente, varias veces.

—Sí, parece antigua, aunque las páginas están demasiado nuevas... Está... está escrito en latín y eso le quita valor. Debe tratarse de una obra religiosa de las que hay más de las que pensamos. —Hizo un gesto muy expresivo abriendo y cerrando varias veces las puntas de los dedos de una mano.

El muchacho le miraba fijamente y con suspicacia. El librero se percató de que, tal vez, estaba excediéndose en sus apreciaciones negativas, por lo que pensó que podría levantar alguna sospecha. Decidió corregir.

—Aunque la encuadernación aumenta su valor porque es muy original. Yo no he visto muchas así.

El librero juzgó prudente no decir nada más y esperó a que su interlocutor tomase la iniciativa. El silencio empezaba a resultar incómodo cuando surgió el milagro. En la puerta del establecimiento se dibujó la corpulenta silueta de

Gorka Uribe, el maestro asador del vecino restaurante La Marmita Bilbaína y cliente de la librería porque era un bibliófilo gastronómico. Uribe tocó el timbre de la puerta para que le franqueasen el paso, cosa que el librero hizo desde el interruptor que tenía instalado en el bajo del mostrador. La humanidad generosa del cocinero llenó el establecimiento y su expansiva jovialidad rompió la atmósfera de silencio que había en la librería.

El joven estudiante parecía azorado ante la presencia de aquel hombre vociferante, que tenía todas las trazas de un experto y que estaba devaluando su libro por momentos. Con un hilo de voz que apenas lograba que le saliese del cuerpo preguntó como si temiera ofender:

—¿Cuánto puede valer esta obra?

—¡Eso! ¡Si consigues para una buena comida acompañado y un buen polvo después, sales ganando! —sentenció el restaurador vasco, mirando el libro con displicencia.

El estudiante de arquitectura se rehízo y se encaró a aquel gordinflón entrometido.

—Señor, yo no le he preguntado a usted. ¡Que me parece se está metiendo donde no le llaman!

Uribe levantó los brazos con las palmas de las manos abiertas y mirando hacia delante, como en señal de disculpa.

—¡Chico, perdona, yo no pretendía ofenderte! ¡Solo ha sido un comentario!

El librero, que sabía que la entrada de aquel extravertido vasco había sido providencial, decidió que había llegado la hora de intervenir. Probablemente no tendría otra oportunidad.

—No hagas caso a los comentarios del señor. Él, que es experto en la materia, sabe que abundan los libros de oraciones y este parece serlo. Ello hace que no sean obras excepcionales. Pero no ha tenido en cuenta ni la encuadernación ni el estado de conservación, que mejoran la tasación de la obra. ¿Tienes interés en la venta del libro o solo quieres información acerca del valor que pudiese tener?

Ruiz, que había utilizado un tono sosegado y hasta conciliador, sabía que de la respuesta a aquella pregunta dependía el negocio que tenía delante. El propietario del libro pareció meditar la respuesta antes de darla. Y lo que dijo le dio al librero la clave de todo.

—Pues mire usted, eso depende del precio.

—Entonces, confianza por confianza, muchacho, la cifra dependerá en parte de la procedencia del libro. Si tienes documentos que acrediten su propiedad —sabía que eso era prácticamente imposible—, se puede pagar algo más. Pero si es un hallazgo casual, tratándose como se trata de una obra antigua, la cosa cambia. En caso de una subasta, por ejemplo, que es donde quizá mejor precio se pudiese obtener, los de la Dirección General del Libro y Bibliotecas pedirán datos, los de la Biblioteca Nacional se encontrarán también con derecho a decir algo y todos querrán meter las narices. No porque el libro tenga interés para ellos, sino porque es una pieza antigua y por cuestiones de competencias querrán demostrar que es cosa suya. ¡Burocracia!

Se dio cuenta, con solo mirar el rostro del propietario del libro, que el joven estaba *touché*. No tenía la menor duda de que si algo no deseaba aquel joven eran complicaciones. Su ojo de experto le indicaba que la pieza estaba a tiro si no se mostraba cicatero.

—¿Cuánto podría ofrecerme usted sin entrar en una subasta? —La voz de Eduardo Pareja, que era el nombre del estudiante de arquitectura, sonaba trémula y debilitada.

El librero se acarició el mentón y puso cara de estar tasando el valor de la operación, dejó transcurrir unos segundos.

—¡Hummm! Si pudieses esperar algunas semanas o, tal vez dos o tres meses, podría encontrarte un cliente que estuviese interesado por este tipo de obras. Trataría de sacar el mejor precio posible y yo te cobraría una comisión del veinticinco por ciento. Pero si lo que quieres es una compra al contado en este momento... —Hizo como que calculaba la cifra—. Tal vez podría llegar hasta setenta y cinco mil pesetas, pero para eso tendrías que dejarme el libro hasta mañana para poder verlo con detenimiento. Ya sabes... no es que desconfíe, pero hay tanta falsificación que tengo que asegurarme.

El joven estudiante de arquitectura no contestó a la propuesta que acababan de hacerle. Parecía estar meditándola, cuando sorprendió al librero por la energía con la que hizo la petición.

—Setenta y cinco mil pesetas es muy poco para un libro tan antiguo como este. Yo no sé de que época es, pero sé que es antiguo y que no es una falsificación. ¡Eso puedo garantizárselo! Si usted dobla la oferta, ciento cincuenta mil pesetas, que es lo que necesito para viajar al centro Alvar Aalto, en Finlandia, el libro es suyo y usted y yo no nos conocemos de nada. Pero si no me da ese precio, hemos terminado. —Hizo ademán de recoger el libro y guardarlo en la deteriorada cartera de piel donde lo había llevado.

—Despacio, muchacho, despacio. Antes de que responda a tu propuesta, necesito saber algo muy importante. ¿El libro es robado?

Los ojos de Eduardo Pareja fulminaron al librero, con una mirada cargada de ira.

—¿Por quién me ha tomado usted? ¿Quién le autoriza a dudar de mi honradez? ¡Usted es... usted es...! —Buscaba la palabra adecuada, pero la cólera que se había apoderado de él no le permitía encontrarla.

En aquel instante crítico, la intervención de Gorka Uribe, al igual que su llegada, fue providencial.

—Vamos, vamos. —Su voz era cálida y suave, parecía imposible que saliese de aquel corpachón habituado a fogones y candelas—. ¡No te sulfures, chico! La pregunta de don Manuel es lógica, aunque la haya formulado de manera poco adecuada. Si te va a comprar el libro, comprenderás que no quiera tener problemas. Veamos, ¿cómo ha llegado este libro a tu poder?

Pareja titubeó antes de contestar a la pregunta. Aquello no era tan fácil como él se lo había imaginado cuando su padre, la tarde anterior, le había dado el maldito libro aparecido en la obra que estaba llevando, diciéndole: «Ahí tienes, procede de un derribo. Yo no sé lo que puede valer, pero lo que saques es tuyo.» Al fin se decidió a ponerle el punto final a una situación que le estaba poniendo nervioso.

—Mire usted, el libro no es robado, si eso le tranquiliza. Ha aparecido en el derribo de una obra en Toledo, estaba en una casa antigua. Yo no sé más, ni me interesa. Si me da la cifra que le he pedido, trato hecho, si no, me voy a otra librería, tal vez salga ganando.

El librero recondujo la situación en un instante.

—Perdona por la pregunta, no he debido... pero ¿has ofrecido el libro a alguna otra librería antes de venir aquí?

La respuesta a la pregunta llegó con un significativo movimiento de cabeza.

—Está bien. Para lavar mi culpa, voy a darte lo que me pides. No sé si hago un buen negocio. Pero, en esto, como en todo, a veces se gana y a veces se pierde.

Manuel Ruiz sacó un talonario de cheques y una preciosa pluma estilográfica, lacada en negro, de las de émbolo, que podía muy bien ser considerada pieza rara, casi de museo. Iba a extender el cheque, cuando la voz de Pareja le interrumpió.

—Perdone, señor, pero nada de cheques. Yo quiero dinero contante y sonante. Si no, no hay trato.

Ahora fue el librero quien miró con ojos amenazantes al joven estudiante. El cocinero vasco se percató que otra vez podía surgir la tensión y trató de controlar la situación. Lo hizo de la mejor manera que podía hacerlo.

—No hay problemas. —Diciendo esto metió la mano en el bolsillo de su pantalón y extrajo un cilindro de por lo menos dos centímetros de diámetro formado por azulados billetes de diez mil pesetas. En el centro estaba atado por una goma de color verde de un dedo de ancho. Contó quince billetes que apenas influyeron en el grosor del cilindro—. ¡Asunto zanjado! ¡Daos un apretón de manos! ¡Tú —miró al librero—, a buscarle salida!, y ¡tú —ahora miró al estudiante— a Finlandia, al sitio ese que has dicho!

El librero de viejo de la plaza de las Descalzas miró el decimonónico reloj de pared y puso gesto de preocupación. Eran las seis y diez —los minutos habían volado en medio de los pensamientos— y el teléfono no había sonado. Se había ensimismado en los recuerdos de la mañana en que se hizo con el libro y el tiempo había transcurrido sin que se diese cuenta. Se levantó y empezó a pasear nervioso de un lado para otro. A los pocos minutos sonó de forma estridente el viejo teléfono negro de dial de disco que la compañía de teléfonos había consentido en mantener en uso, a pesar de los cambios tecnológicos y de que la política de imagen de la compañía había impuesto otros modelos más acordes con las nuevas tecnologías que llegaban al sector. Le fue de gran utilidad la afición a los libros de un antiguo alcalde de Madrid, quien intercedió para que en aquel viejo santuario de la bibliofilia se mantuviese el discreto encanto de lo vetusto.

Literalmente se abalanzó sobre el teléfono cuando apenas se había iniciado el ruido del segundo tono de llamada.

—Casa de Manuel Ruiz, ¿dígame?

—Ruiz, perdóneme el retraso, pero estoy en un atasco en Cibeles. —La voz de don Germán Arana, pues de él se trataba, sonaba borrosa y llena de interferencias—. Quería haberle llamado desde mi oficina, pero no sé cuándo llegaré y me he decidido por utilizar este trasto del demonio, que no sé por qué razón no me ha dado cobertura hasta ahora.

—No se preocupe, don Germán. —El librero procuraba que su tono fuera tranquilo, pensó que la mala calidad del sonido era buena para su propósito—. Eso le puede ocurrir a cualquiera. No se preocupe.

—Le propongo una cosa, Ruiz. Si a usted no le parece mal, podríamos quedar esta misma tarde. Ahora son las seis y cuarto, ¿por qué, cuando usted cierre a las ocho, no se viene a mi oficina? Yo le espero allí, en la de la Gran Vía, me lleva el libro, lo vemos y luego le invito a cenar.

El librero aceptó la propuesta sin dudarlo.

—Me parece una magnífica idea. Sobre las ocho y cuarto yo estaré en su oficina... ¿Es en el número 17, verdad?

—Sí, sí, el 17, en el principal.

A las ocho y cuarto Manuel Ruiz, el librero de viejo de la madrileña plaza de las Descalzas, pulsaba el timbre del principal en el interfono de la pesada puerta de hierro fundido que daba acceso al número 17 de la Gran Vía madrileña. Una voz femenina contestó a su requerimiento y le franqueó el acceso. Como el número de escalones era corto decidió que no merecía la pena utilizar el ascensor. Cuando llegó al rellano la secretaria que la había abierto le esperaba ante una pulida y encerada puerta de roble macizo que daba acceso a las amplias oficinas que allí tenía la constructora Germán Arana, S. A., una de las más importantes de la capital de España. Con la secretaria estaba el uniformado portero del inmueble, quien se despedía en aquel momento con un pequeño paquete en sus manos. El librero escuchó las últimas palabras de la secretaria.

—... no más de cinco minutos. Eso es lo que ha dicho el mensajero.

—Quede sin cuidado, señorita Marta. —Hizo un leve gesto con la cabeza, a modo de saludo, cuando se cruzó con el librero.

—Señor Ruiz, pase usted, don Germán le atenderá enseguida. Sígame, por favor.

La señorita Marta era una mujer escultural. Se encontraba en el esplendor de la madurez, tendría unos treinta y cinco años. Sus formas redondas y opulentas se remarcaban discretamente en su indumentaria. Vestía una falda tubo de color negro que se ajustaba como una piel a su cuerpo y que llegaba hasta algunos centímetros por debajo de sus rodillas. La blusa que vestía era de seda blanca, con forma ligeramente entallada; ceñía su cintura y resaltaba la prominencia de un pecho generoso. El librero pudo comprobar, mientras la seguía por un pasillo alfombrado y discretamente iluminado, que aquella mujer despedía sensualidad por todos sus poros y en cada uno de los movimientos que sacudían su cuerpo de forma natural al caminar. Su piel era blanca, matizada por un bronceado ligero que le proporcionaba unos suaves tonos dorados. Tenía una llamativa melena que, partida en una raya central caía a ambos lados de la cara, con las puntas remetidas hacia adentro, hasta rozar ligeramente sus hombros, era de color castaño con reflejos caoba. Lo condujo hasta una salita de espera, le indicó que en breve don Germán le recibiría y le ofreció algo de beber, oferta que el librero rechazó cortésmente.

La espera fue corta, menos de cinco minutos, que se le pasaron en un santiamén porque la visión de aquella hermosa mujer le había embargado el ánimo. ¡Dios, qué mujer! Tuvo pensamientos libidinosos que le excitaron al imaginarse que compartía cama con aquella beldad. ¡Cómo sería aquella hermosura en la cama y con ropa interior de color negro! ¡Tenía una fijación con la lencería femenina de color negro! Se sobresaltó cuando la secretaria le sacó de sus ensoñaciones para anunciarle que don Germán le esperaba.

Otra vez la siguió, como si fuese un perrillo faldero, en un trayecto que le pareció excesivamente corto, hasta el despacho del señor Arana.

Este despacho era de considerables proporciones, se trataba de un lugar donde se revelaba, sin estridencias, el gusto de su propietario. Todo lo que allí había tenía el gusto de lo exquisito, las maderas nobles que forraban las paredes, los muebles de estilo, tanto los grandes como los auxiliares, las alfombras eran de una riqueza que se percibía a través del calzado, la calidad de la seda, la elegancia de los dibujos y el brillo de los colores, pese a que se trataba de piezas antiguas. Las lámparas, que dotaban al conjunto de una iluminación justa y armoniosa, tanto las dos que colgaban del techo como las de pantalla que, distribuidas adecuadamente, cumplían su función. También los cuadros eran una manifestación de buen gusto. La atmósfera era cálida y envolvente. Ruiz tuvo la sensación de que estaba cayendo, sin remedio, en los brazos de un poder magnético, irresistible. Todo lo que allí había era armonioso y equilibrado. Una combinación de poder y exquisitez que no siempre aparecen unidas. Era la representación del poder que viene de antiguo, heredado. Generaciones de poder que se manifestaba a través de lo refinado que no se improvisa y que el dinero, aunque se tenga a espuertas, no puede dar por sí mismo. Aquella era la exquisitez que da la pátina del tiempo y eso, salvo falsificaciones, solo se conseguía con el paso de los años.

Todo aquello ejercía sobre el librero un poder de seducción, aunque había algo que no le gustaba y le había sorprendido desagradablemente. La contrariedad debió de reflejarse en su rostro porque el señor Arana, que se había levantado para saludarle efusivamente, se sintió en la obligación de excusar la presencia de un tipo alto, desgarbado y con un pelo del color de las zanahorias, cortado a cepillo que le daba más aspecto de cerdas que de cabellos.

—Mi querido amigo, he de pedirle disculpas por no haberle dicho que iba a estar con nosotros míster Andrews, míster Edward Andrews.

Señaló hacia donde estaba aquel sujeto de aspecto desgalichado que se había puesto de pie para saludar al librero dándole la mano.

Arana indicó que se trataba de un sobrino suyo. Era un profesor estadounidense que enseñaba historia de España en una universidad de California, la de Los Ángeles. Hacía más de diez años que venía a España. La primera vez lo hizo con una beca del Gobierno norteamericano para realizar investigaciones con destino a su tesis doctoral. Una tesis sobre la vida rural en las tierras comprendidas entre los ríos Duero y Tajo en tiempos de Felipe IV. En aquella primera estancia, acudió durante el verano a la Universidad Internacional de Santander, la Menéndez Pelayo, y allí conoció a una joven estudiante de económicas que se llamaba Beatriz Arana. Beatriz era sobrina de don Germán, una de las tres hijas de su único hermano, que había fallecido tiempo atrás junto a su esposa en un desgraciado accidente de automóvil. Pero Beatriz Arana era para don Germán mucho más que una sobrina, era su debilidad, la debilidad del tío Germán, que ya por aquella fecha del trágico accidente que le costó la vida a su hermano anunciaba su soltería, luego confirmada con el paso de los años. A Germán Arana no le hizo ni pizca de gracia que su sobrina Beatriz, su ojito derecho, anunciase, cuando regresó a Madrid, una vez terminado su curso de la Magdalena, que había conocido a un historiador californiano del que se había enamorado perdidamente. Menos aún le gustó cuando a los pocos meses anunció que se casaba porque los estudios de doctorado de su novio habían concluido en España y se marchaba a Los Ángeles. Beatriz fue capaz de allanar todos los obstáculos porque sabía cómo ganarse al tío Germán, cabeza visible de la familia desde la muerte de su padre. Aquella menuda pecosa convenció a su tío de que tendría que marcharse a vivir a más de diez mil kilómetros de distancia. Su sobrina le prometió que vendría a España dos veces al año: una en la primera quincena de julio para seguir acompañándole, como era ya norma, a la ibicenca playa de cala Tarida, donde tenían un retirado y maravilloso chalet, y la otra por Navidad para pasarla en familia. Don Germán, por su parte, prometió a Edward Andrews que le mataría si no hacía a su sobrina una mujer feliz. En el matrimonio todo había marchado a pedir de boca y con el paso de los años aquel americano, desgarbado y poco agraciado, se convirtió en un apreciado miembro de la familia a quien don Germán tomó cariño. Beatriz y Edward eran una pareja feliz, con tres hijos, dos niños y una niña, que eran otra de las alegrías de don Germán.

Edward Andrews era un experto en nuestro Siglo de Oro y, cada vez que sus obligaciones académicas se lo permitían, venía a España para encerrarse en alguno de los importantes archivos españoles, donde se guardaba documentación del período en el que estaba especializado. Había una personalidad de aquella dorada época de nuestra historia que desde hacía años atraía la atención del investigador norteamericano de una forma particular. Al conocimiento de esa figura había dedicado largas horas de trabajo, numerosas investigaciones y varias de sus publicaciones. El personaje en cuestión era don Gaspar de Guzmán, más conocido en los libros de historia como el conde-duque de Olivares, quien fuera todopoderoso valido del rey Felipe IV. Para sus investigaciones pasaba temporadas en Valladolid, cuando se encerraba en el Archivo General de Simancas. Otras veces era Sevilla su lugar de destino para bucear entre los documentos del Archivo General de Indias. También acudía con frecuencia al Archivo Histórico Nacional, situado en la madrileña calle de Serrano dentro del complejo donde se ubicaba el Consejo Superior de Investigaciones Científicas. En alguna ocasión había tenido, incluso, la oportunidad de acceder al archivo familiar de los Guzmanes, algo que resultaba por lo general bastante complicado, y había encontrado valiosísimas informaciones sobre asuntos de muy variada índole acerca de aquella linajuda familia andaluza, que le permitieron conocer aspectos inéditos acerca de diferentes actuaciones y actividades del famoso valido, así como sobre rasgos de su controvertida personalidad.

—Mi querido señor Ruiz, habrá usted de disculparme —insistía el dueño de la constructora— el que no le comentase nada acerca de la presencia de Edward, pero el atasco, las prisas, los nervios, en fin... esta maldita vida en la que nos hemos metido. Espero que no le moleste que esté aquí, ni que ello sea un obstáculo para el asunto que nos ha reunido... Respondo personalmente de su discreción. No obstante, don Manuel, si usted no quiere...

Ruiz dudaba si todo aquello era un montaje para tenderle una trampa o había ocurrido de aquella forma. Sin embargo, si quería hacer un buen negocio no podía contrariar a un cliente como don Germán y tenía obligatoriamente que aceptar la situación. Cualquier reparo que hubiese puesto a la presencia del sobrino, habría sido considerado una ofensa por quien podía ser el cliente más importante de su vida. Aquellos días no había dejado de pensar que, a sus sesenta y cuatro años, tenía entre manos la operación con la que todo librero sueña y si todo salía bien podría retirarse y convertir en realidad tantas y tantas ilusiones como había acumulado a lo largo de más de cuatro décadas de trabajo.

—Don Germán, por mi parte no existe ningún inconveniente. Tratándose de una persona de su confianza y además de su familia, no puede ser de otra manera. ¡Faltaría más! —Trató de poner énfasis en sus últimas palabras para borrar el gesto de desaprobación que había manifestado al principio.

Eran pasadas las diez de la noche cuando los tres hombres abandonaban el despacho de don Germán Arana. Al librero de viejo de la plaza de las Descalzas no dejó de llamarle la atención el hecho de que la secretaria continuase allí todavía. El silencio más absoluto reinaba en toda la planta que ocupaban las oficinas. Aquella secretaria tal vez era algo más que una simple secretaria. Sus ojos devoraron la pechera de la mujer cuyos senos se entreveían al estar desabrochado el botón superior de la blusa. Al señor Arana no se le escapó la ansiedad con que el librero la miraba.

—Marta —indicó don Germán con tono profesional—, haga usted el favor de llamar al *Don Pelayo* y pedir una mesa para tres. Indique que llegaremos enseguida.

A la puerta del edificio estaba preparado el automóvil del constructor, un elegante Mercedes negro de última generación. Los tres viajeros se acomodaron en el asiento de atrás y don Germán indicó al conductor adónde tenía que llevarlos.

El pequeño reservado del restaurante madrileño sirvió para determinar algunos detalles acerca de la posible adquisición del libro. A don Germán el precio de cuarenta y ocho millones de pesetas, en que estaba a punto de cerrarse la operación, no le parecía excesivo. Se trataba de una obra excepcional, de eso no había la menor duda. Lo único que no acababa de convencerle era la falta de datos acerca del origen y de la procedencia del libro. ¿Dónde había permanecido hasta aquel momento? ¿Cuánto tiempo llevaba oculto? ¿Cómo había salido a la luz? ¿De dónde había salido? ¿Quién era su anterior propietario? ¿Cómo había llegado a manos del librero? ¿Por qué su propietario de deshacía de tan bello y raro ejemplar? Había una montaña de preguntas y a ninguna de ellas daba contestación el librero. Por toda respuesta se limitaba a decir que él solo trabajaba a comisión y que el dueño deseaba, por encima de cualquier otra consideración, mantenerse en el anonimato. Que el precio que le habían dado, sin que estuviera autorizado para modificarlo, era de cuarenta y ocho millones de pesetas al contado en moneda española, en dólares americanos, libras esterlinas o marcos alemanes. Y que la operación debía hacerse con toda discreción.

—Siento mucho, don Germán, no poder darle mayor información. Solo le digo que, si el trato queda cerrado, usted habrá hecho una magnífica adquisición.

—Veo, amigo Ruiz, que es imposible obtener más detalles. —Hizo un elocuente gesto con los hombros, como dándose por resignado—. Supongo que no hay inconveniente en que el profesor Andrews disponga del libro un par de días para examinarlo. No es desconfianza... usted ya me conoce... simplemente es satisfacer su deseo de curiosidad. Para mayor tranquilidad de todos, yo le puedo firmar un documento en el cual respondo del libro por el precio tasado hasta que la compra quede cerrada... Además, comprenderá que reunir cuarenta y ocho millones en efectivo es algo que no puedo improvisar de una hora para otra, aunque esa, desde luego, no es la cuestión más importante. Si usted necesita alguna cantidad mañana mismo a primera hora mi secretaria la dejaría resuelta a su completa satisfacción. —Al decir esto último esbozó una maliciosa sonrisa.

El librero asintió con expresión sonriente. Había hecho el negocio de su vida y no había inconveniente para que el libro estuviese un par de días en manos de aquel profesor californiano, hasta que la operación se cerrase, don Germán Arana era persona de absoluta solvencia y un verdadero caballero. Ruiz se sentía transportado a un mundo maravilloso. Una buena comida, un excelente negocio y ahora una magnífica copa para rematar un día único. Se retrepó en la silla, como si fuese un sillón, dando a entender que disponía de todo el tiempo del mundo. No tenía ninguna prisa, quería saborear la culminación de su carrera como librero y vivir intensamente aquel momento cumbre de su existencia. Encendió un habano de notables dimensiones y aspiró con la fruición del experto el humo que le proporcionaba el cigarro; después de expulsarlo ceremoniosamente, preguntó a don Germán.

—¿Cómo podemos preparar el documento que me ha indicado, mientras cerramos la operación?

Por toda respuesta, el señor Arana pulsó el timbre que servía para llamar al camarero. Quien al instante hizo acto de presencia.

—¿Llamaba el señor? —preguntó con obsequiosa disposición.

Arana pidió un teléfono que le fue llevado de inmediato. Marcó un número que no tuvo necesidad de consultar.

—¿Marta? Le esperamos en el restaurante... Sí... sí... Eso es en Don Pelayo... Efectivamente... efectivamente... No se entretenga, la esperamos.

El librero trató de disimular el estupor que le produjo que don Germán llamase a su secretaria a aquellas horas, pero no pudo conseguirlo. En su fuero interno se alegró de volver a verla. A la perspicacia de Arana no escapó la reacción que aquella llamada había producido en el viejo librero.

—Parece, amigo Ruiz, que le ha impresionado mi secretaria. —Y esbozó la misma sonrisa cargada de intencionada malicia con que le había obsequiado hacía unos instantes.

Aquellas palabras sobresaltaron al aludido que reaccionó lo mejor que pudo.

—Ciertamente, don Germán, su secretaria es una mujer

de bandera, dicho sea con todas las consideraciones debidas.

Marta Ullá, que había llegado en pocos minutos al restaurante, redactaba en un ordenador portátil, con impresora incorporada, un documento que contenía una declaración de intenciones acerca de la compra del libro. Lo hizo con pulcritud y precisión profesionales. Sacó dos copias que fueron firmadas por las dos partes. Una vez que hubo terminado su tarea solicitó permiso para retirarse.

—Muchas gracias, Marta —señaló Arana—. ¿Le apetece tomar alguna cosa con nosotros?

La secretaria agradeció a don Germán la invitación y pidió un Marie Brizard.

La conversación que siguió no fue extensa, pero sí suficiente para que a la hora de la despedida Arana y Andrews marchasen por un lado y Marta Ullá y Manuel Ruiz por otro. La secretaria y el librero habían decidido tomar una última copa.

7

Después de que Marta Ullá y Manuel Ruiz se marchasen a compartir la última copa, el profesor norteamericano y don Germán Arana, tío y sobrino, se dirigieron al domicilio del segundo, al comienzo de la calle Jorge Juan, en el residencial barrio de Salamanca. Allí, el sobrino historiador disponía de una habitación dotada con todo lo necesario para realizar su trabajo cuando venía a España.

La pareja formada por el librero y la secretaria, después de algunas copas, más de una, se registró en un discreto hotel emplazado en una de las bocacalles de Serrano. Tomaron habitación y Ruiz se dispuso a poner en práctica todo lo que había pasado por su cabeza pensando en aquella mujer. Cuando quedaron a solas, Marta se introdujo en el cuarto de baño y apareció, ante los atónitos ojos de su acompañante, pocos instantes después. Se había despojado de toda la ropa que llevaba, excepto de unas minúsculas bragas, tipo tanga, y del sujetador. Ambas piezas eran de color negro y contribuían a realzar el erotismo que emanaba de su cuerpo. Con paso cadencioso, midiendo cada uno de sus movimientos, se acercó al librero, que había permanecido sentado en el borde de la cama sin saber muy bien qué hacer. No hizo falta. La mujer, se agachó y le besó con suavidad en los labios, mientras sus espléndidos senos se agolpaban sobre el sujetador, tratando de desbordar la sujeción que este les proporcionaba. Ruiz alargó tímidamente una mano y palpó una de aquellas redondeces. No acababa de dar crédito a lo que estaba sucediendo. Ella le ayudó en su empeño y con un hábil movimiento de su hombro desprendió el tirante de la prenda, bajó una de las copas del sostén y liberó el pecho que el librero trataba de acariciar. Apareció un hermoso y circular pezón de color rosa oscuro.

Ruiz se puso de pie y de manera desordenada, a tirones, se despojó de prácticamente toda su ropa. Solo le quedaron los calzoncillos, de tipo pantalón y de un blanco inmaculado. La pareja se abrazó con ardor, mientras el librero metía su rostro entre los pechos de la secretaria, a la que solo le quedaba el tanga. El abrazo terminó en la cama, donde comenzó una sesión de juegos eróticos en los que era Marta Ullá quien llevaba la iniciativa. El librero se dejó hacer de forma placentera, sintiéndose muy pronto en una situación próxima al éxtasis. Pensó que si el paraíso existía en algún lugar tenía que ser aquello. Había alcanzado una erección de tales proporciones que él mismo estaba asombrado. Cada movimiento de ella le producía una oleada de placer. Cuando ella abrió sus piernas para facilitar la penetración, el librero pensó que por un instante como aquel estaba dispuesto a entregar lo que le pidiesen. Fuera lo que fuese.

Acomodado en su dormitorio, el profesor Andrews, a quien su tío político había dejado el libro para que lo viese con detenimiento, se sentó en su mesa de trabajo y conectó el ordenador. Desde que aquella tarde don Germán le había hablado del libro, diciéndole que se trataba de un viejo manuscrito, extrañamente encuadernado, al que se le conocía con el nombre de *Libro de Abraham el Judío*, su cabeza no había parado de dar vueltas. Aquel título le resultaba vagamente familiar, pero no podía llegar más allá. Había oído hablar en alguna parte de aquel libro, pero no podía situar ni el lugar ni el momento. Aquel nombre *Abraham el Judío* tenía para él algún significado que no alcanzaba a concretar. Había forzado su memoria durante la tediosa negociación realizada en la oficina del señor Arana y a lo largo de la misma no había parado de pensar en ello. Siguió dándole vueltas a la cabeza, sin ningún éxito, durante la cena. Por discreción no había querido preguntar nada al librero. Cuando llegó al domicilio de su tío estaba verdaderamente obsesionado con aquel pensamiento. ¿Dónde había visto u oído aquel nombre? Porque desde luego no tenía la menor duda de que lo había visto escrito en alguna parte o escuchado en algún lugar. Pensó en que, tal vez, la clave estaría en las relaciones que el conde-duque de Olivares había tenido con los judíos portugueses por razones financieras. Pensó también que, quizás, el dato que le intrigaba estuviese en algún ejemplar de la biblioteca del conde-duque, uno de los mayores bibliófilos que hubo en la España del siglo XVII.

Una vez que el ordenador estuvo dispuesto, introdujo la clave Olivares y buscó en el archivo «judíos», pero no obtuvo ningún dato. Allí no tenía nada relacionado con aquel Abraham el Judío. Tampoco la clave «biblioteca» le proporcionó mayor información. Empleó un buen rato en recorrer el listado de los títulos que un día constituyeron la biblioteca de don Gaspar de Guzmán. En aquel listado se encontraban obras de un valor excepcional, verdaderamente raras e incluso alguno de los títulos eran ejemplares únicos. Pero entre aquellas maravillas no estaba el *Libro de Abraham el Judío*. Hubo un momento en que pensó que tal vez la denominación no era la correcta. Era posible que tuviese el dato delante de sus narices pero con otra nomenclatura. Sin embargo, pronto descartó la idea porque lo que bullía en su cabeza no eran unas simples palabras, él conocía alguna historia donde aparecía aquel nombre. Descorazonado, miró el reloj. Eran las tres treinta y cinco de la madrugada. Hizo cálculos y pensó que en Los Ángeles eran las cinco y treinta y cinco de la tarde, contando con la hora de adelanto horario que los españoles introducían. Con un poco de suerte en su departamento universitario todavía estaría Jenniffer, su secretaria. Aunque la jornada laboral terminaba a las cinco de la tarde, era habitual que se quedase algún tiempo más si había trabajo pendiente. Como nada iba a perder por intentarlo, cogió el auricular del teléfono y marcó el número de su despacho. En el silencio de la noche, los tonos del teléfono parecían sonar con más intensidad. Iba contando mentalmente... tres, cuatro, cinco... se habrá marchado... seis, siete... Iba a dar el intento por fallido cuando un chasquido le anunció que su llamada tenía respuesta.

—Despacho del profesor Andrews, ¿con quién hablo?

—¡Jenniffer! ¡Gracias a Dios! ¡Pensaba que ya se había marchado! ¡Soy yo, Edward!

—¡Oh, doctor Andrews! ¡Qué inesperada alegría! ¿Cómo se encuentra?

—¡Estoy perfectamente, Jenniffer! Solo que aquí en España es un poco tarde, pero tengo necesidad urgente de cierta información.

—¿De qué se trata, doctor Andrews? —preguntó solícita la secretaria.

—Busque usted, por favor, en el archivo «Olivares», teclee la entrada «Abraham el Judío». No sé si existe esa entrada, pero solo saldré de dudas si hace la consulta. Perdóneme que la moleste a estas horas, pero me interesa conocer si poseemos esa información. Solo le llevará unos minutos.

Desde el otro lado del Atlántico, la voz de la secretaria sonó cálida.

—En un momento tendrá la información que desea, si es que existe. No se retire del auricular, doctor.

No habían pasado cinco minutos —exactamente tres minutos dieciocho segundos según pudo comprobar en el reloj con pantalla de cuarzo líquido que tenía su teléfono—, aunque al historiador californiano se le antojó mucho más tiempo, cuando la voz de su secretaria volvió a escucharse a través del aparato. Solo con la primera palabra supo que había hecho diana.

—¡Bingo, profesor! Hay una entrada con el nombre de Abraham el Judío.

—¿Sabe exactamente a qué se refiere? —Sus palabras estaban cargadas de expectación.

—Como sabía que me lo iba a preguntar, algo he mirado. No le puedo dar detalles, pero ese nombre está relacionado con un sujeto llamado don Jerónimo de Armenta, y que parece ser que... que...

—¿Qué es lo que parece? ¡Jenniffer, por el amor de Dios!

La impaciente pregunta del historiador se cruzó con las palabras de su secretaria a miles de kilómetros. No se entendió nada. El californiano trató de tranquilizarse.

—Está bien, Jenniffer, está bien. Dígame, por favor, que es lo que parece ser. Perdone mi ansiedad.

Hubo unos segundos de silencio. Por fin, escuchó la voz de su secretaria.

—Profesor, he leído, tal vez con las prisas no lo he entendido bien, que ese tal don Jerónimo podía... podía fabricar oro. ¿Quiere usted que lo mire con más detenimiento?

—No, Jenniffer, no es necesario. Quiero que me envíe un *e-mail* a la dirección electrónica de mi ordenador portátil. ¡Ahora mismo le abro el buzón! ¡Muchas gracias por todo! ¡Saludos a su hija de mi parte!

Nada más colgar el auricular dio un salto de alegría.

—¡Lo sabía! ¡Lo sabía! —Edward Andrews parecía un

escolar de secundaria que acabase de obtener la graduación. Estaba exultante, como un colegial de dieciséis años—. ¡Sabía que había visto antes ese nombre! —Dio un fuerte golpe en la mesa del ordenador que hizo bailar al ratón que reposaba a su derecha.

Al rato el parpadeo de su ordenador le indicó que estaba recibiendo un mensaje en su correo electrónico. Acababa de llegar la información que su secretaria le enviaba desde el otro extremo del planeta. Abrió el buzón y leyó con avidez el texto que tenía delante. Decía así:

«Abraham el Judío. Nombre del supuesto autor de un texto manuscrito cuya fecha no se ha podido determinar con precisión. En todo caso se trata de una obra excepcional, en la que se afirma están recogidos los conocimientos alquímicos de los antiguos. Conocimientos que, supercherías aparte, permiten la obtención de polvo de proyección. Se asegura que el *Libro de Abraham el Judío* contiene una introducción y siete capítulos de veintiuna páginas cada uno. También se le conoce con el nombre de *Libro de Latón* porque algunas informaciones señalan que está encuadernado en este material, si bien este extremo no ha podido ser confirmado por nadie...»

Aunque en la habitación donde se encontraba hacía una temperatura agradable, algo fresca a aquellas horas de la noche, conforme las líneas del mensaje aparecían ante sus ojos, Andrews sentía un calor cada vez mayor, hasta que el mismo llegó a ser agobiante. Cuando leyó que el libro estaba encuadernado en latón, el sudor brotó, como si fuese una fuente, por todos los poros de su cuerpo. Notó cómo se le empapaba la ropa, que se pegaba a su piel. Se levantó y trastabillando llegó hasta la cartera donde estaba guardado el libro. Acelerado, notaba cómo la sangre golpeaba en sus sienes y se le agolpaba en la cabeza, lo sacó y comprobó la encuadernación. Acariciaba con sus manos el latón de las tapas como si de esa forma se cerciorase de que su vista no le engañaba. Notó la superficie del libro fría, muy fría. Cerró los ojos y trató de poner la mente en blanco, ningún pensamiento; pero no lo consiguió. Con gesto brusco abrió el libro y comprobó. Una introducción y luego contó los capítulos: uno, dos, tres, cuatro... cinco... seis... y siete. No había más. Luego, una vez comprobados los capítulos, contó las páginas: una, dos, tres, cuatro, doce, trece, catorce... veinte y veintiuna páginas cada uno.

Estaba tembloroso y excitado cuando se sentó otra vez ante su buzón electrónico y continuó leyendo:

«... El origen del libro se pierde en el tiempo. Al parecer el escribano parisino Nicolás Flamel, de quien se dice que logró la transmutación de los metales y fabricó oro en grandes cantidades, consiguió la posesión del libro y logró interpretarlo. Precisamente de su interpretación procedieron los maravillosos poderes que se le atribuyen. El libro se convirtió en el más deseado de los objetos, despertando la codicia de príncipes, reyes y poderosas organizaciones secretas que deseaban, por encima de cualquier otra cosa, hacerse con él, sin reparar en medios ni procedimientos para lograrlo. Una fuente de información no confirmada sitúa el libro en la ciudad española de Toledo en las postrimerías del siglo XV. Es la última noticia que se tiene de su azarosa existencia. Esa noticia se relaciona con una investigación y un proceso que se abrió a un tal don Jerónimo de Armenta, vecino de la ciudad española de Córdoba, en el año 1624, al afirmar este sujeto que era capaz de fabricar oro. Existe un acta notarial, levantada en Sevilla, que se conserva en el Archivo Histórico Nacional de Madrid, en la que se afirma que el dicho don Jerónimo fabricó oro en presencia de varias personas, entre las que se encontraban Su Majestad la reina doña Isabel, el propio don Gaspar de Guzmán, conde de Olivares, el arzobispo de Sevilla, un reputado teólogo y el protonotario mayor del reino, don Jerónimo de Villanueva, que levantó acta de lo ocurrido.»

Terminado el mensaje, tecleó para obtener una copia, al cogerla entre sus manos comprobó cómo temblaba de forma intensa. Estaba abrumado con lo que acababa de descubrir. Trató de serenarse y para ello fue al cuarto de baño y se mojó las muñecas, luego colocó la cabeza bajo el grifo y dejó que el agua fría corriese por su nuca. Así permaneció un buen rato hasta que notó el efecto tonificante del agua. Se secó y se sentó en un cómodo sillón de orejas, tapizado en cuero, con el libro entre las manos. Se dispuso a verlo detenidamente ahora que estaba mucho más tranquilo. Palpó una vez más el tacto del latón. Pasó una y otra vez, repasándolas, las hojas del libro que parecían finas vitelas, sin serlo. Leyó varias veces la introducción sin comprender nada de lo que allí se decía. Tampoco entendía lo que contenían los siete capítulos porque sus conocimientos de latín eran elementales. Fijó su atención en los dibujos que ilustraban la obra. Eran siete y parecían tener un carácter hermético. Uno de ellos representaba una cruz en la que estaba crucificada una serpiente. En otro se representaba un desierto en medio del cual había unas hermosas fuentes de las que salían muchas serpientes que corrían por todas partes. Otro de ellos representaba dos serpientes luchando entre sí, mientras que en otro eran dos dragones los que se enfrentaban en la falda de una montaña coronada por un hermoso rosal. Había en algunas páginas anotaciones marginales escritas en latín. Deberían ser, supuso, comentarios o precisiones de uno de los propietarios que poseyó aquel tesoro. Al final había varias líneas, casi media página, escritas por el mismo autor de las notas del margen. Era la misma letra, pero el contenido era un galimatías sin sentido. Tal vez, se trataba de un mensaje secreto escrito en clave. Había de ser algo importante para que alguien, quienquiera que fuese, lo hubiese dejado consignado de aquella forma. Lo único que entendió, amén de alguna que otra palabra suelta, cuyo significado conocía, fue la firma del autor de aquellas anotaciones y de aquel mensaje secreto. La firma era perfectamente legible. Ponía Diego de Armenta. Edward Andrews lamentó aquella noche, más que nunca en su vida, no saber latín para tratar, al menos, de leer el texto que tenía en sus manos y las anotaciones marginales. Hubo de limitarse a verlo, pasar y repasar sus hojas, observar sus dibujos y extasiarse en la contemplación de aquella joya bibliográfica que, de ser cierto, lo que contenía la documentación que él había encontrado, investigando la época del conde-duque de Olivares, guardaba entre sus páginas un secreto por el que a lo largo de los siglos muchas personas habían gastado su vida, otros habían matado y muchos otros habían muerto. Confirmaba así algunas de las afirmaciones realizadas por el librero durante la reunión mantenida en el despacho de don Germán y que había atribuido, erróneamente, a palabrería de vendedor.

Acariciaba, sumido en las reflexiones que aquel libro le provocaba, las guardas de la tapa posterior y percibió una pequeña arruga. Distraídamente fijó su mirada en ella y comprobó que no era fruto de la encuadernación. Palpó con cuidado, afinando el tacto con la yema de los dedos y se dio cuenta de que entre la guarda y la tapa había una delgada lámina. Si alguien la había ocultado allí, lo había hecho de manera primorosa. El corazón se le aceleró y de nuevo las palpitaciones sacudieron su organismo. Otra vez se puso en tensión y se sintió acalorado. Sin saber muy bien lo que hacía, colocó el libro bajo la intensa luz de su mesa de trabajo y observó cuidadosamente la guarda. Quienquiera que fuese el que había ocultado allí aquello lo había hecho con un cuidado extremo, y su objetivo había sido que no se pudiese percibir con facilidad su existencia, confundiéndose con la propia encuadernación. Tomó un afilado abrecartas y tuvo la tentación de cortar la guarda para sacar lo que allí estaba oculto. Fue un deseo loco y una tentación absurda. ¡Quién era él para hacer una cosa así! No solo no era el dueño de aquella maravilla, sino que faltaría a la confianza depositada en él. Soltó el abrecartas como quien aleja de sí una tentación. Recordó, incluso, que el precio fijado para el libro había sido de cuarenta y ocho millones de pesetas y con la tontería que iba a hacer podía dañarlo de forma irreparable. Se sintió molesto consigo mismo por aquel acceso de irresponsabilidad. Decidió llamar a Germán, aunque eran las cuatro y media de la madrugada.

Acababan de dar las siete de la mañana y don Germán y Edward guardaban silencio. Hacía ya mucho rato que no habían cruzado palabra. Cada uno de ellos estaba sentado en un extremo de uno de los sofás que amueblaban el enorme salón de la casa. Hacía ya rato que habían logrado, aplicando vapor de agua, despegar la guarda posterior del *Libro de Abraham el Judío* y sacado con exquisito cuidado una hoja de finísimo pergamino que había colocada entre la guarda que habían despegado y la tapa. Aquella lámina contenía un texto escrito con una letra pequeña y picuda por las dos caras. Era el mismo tipo de letra de las glosas marginales redactadas en latín y del mensaje en clave de la página final. Todo aquello había sido escrito por la misma persona. Había, sin embargo, una diferencia fundamental: aquel texto, cuidadosamente ocultado, estaba redactado en romance. Era castellano antiguo, de finales del siglo XV, y la tinta de color sepia muy suave había resistido, oculta tras la guarda, el paso de los siglos sin perder un ápice de nitidez. Para el profesor Andrews había sido sumamente fácil leer aquel texto. Solo el significado de algunas palabras relacionadas con la especificidad de la ciencia alquímica se escapaban a su conocimiento, pero ello no representaba el más mínimo problema para conocer el contenido de aquella información que una casualidad fruto del destino había puesto en sus manos. Aquel texto tenía la misma firma: Diego de Armenta. Ahora sabían que el tal Armenta fue un canónigo de la catedral de Toledo que vivió en la segunda mitad del siglo XV y primeros años del XVI. Cuando el historiador concluyó la lectura los dos hombres estaban anonadados. Los dos contenían la respiración para no perturbar el ambiente en que se encontraban. Lo que allí había escrito superaba todas las fantasías que cualquiera de ellos hubiese podido imaginar y si era cierto lo que aquellas líneas afirmaban, cosa que no era complicado comprobar, el contenido de las mismas era una auténtica bomba cuyas consecuencias eran impredecibles.

Germán Arana había tomado ya una primera decisión. Por nada del mundo se desprendería de aquel libro. Pagaría, sin ningún tipo de regateo, los cuarenta y ocho millones de los que habían hablado la noche anterior.

También Edward Andrews había decidido algunas cosas. La primera de ellas era ducharse, ponerse ropa cómoda y acudir a primera hora al Archivo Histórico Nacional. Quería ver el legajo donde se guardaba la documentación del proceso que se le abrió al cordobés Jerónimo de Armenta en 1524. A las ocho se abrían para los investigadores las puertas del archivo, y como tenía la signatura del legajo en cuestión, antes de las ocho y media tendría aquellos papeles entre sus manos y podría estudiarlos a la luz de los nuevos e increíbles datos que ahora poseía.

—Creo, Germán —dijo Andrews rompiendo el largo silencio en que se habían sumido los dos hombres—, que no deberíamos decir nada de esto a nadie. Yo voy a buscar una documentación en el Archivo Histórico Nacional que pienso nos podrá facilitar información adicional a lo que ya sabemos. Voy a prepararme para ir al archivo. Si quiero estar allí a la hora de abrir, ya no puedo perder un minuto. ¿Qué te parece si te llamo cuando tenga algo concreto? Tal vez podamos vernos para la hora del almuerzo.

Arana asintió dando por buena la propuesta que le hacían. Lo que el marido de su sobrina no le dijo era que aquella misma mañana pensaba acudir, además de al Archivo Histórico Nacional de España, a otro lugar, que estaba en la misma calle de Serrano.

Eran las ocho menos cuarto cuando el profesor Andrews se hallaba en la confluencia de la calle Jorge Juan con la de Serrano. Si apretaba el paso estaría en la puerta del Archivo a la hora de abrir.

Poco antes de que él enfilase Serrano arriba, una desigual pareja había dejado un hotel de las proximidades. Él era ya un sesentón que peinaba canas en aquellas partes de su cabeza donde la calvicie no había causado estragos. Bajito, no alcanzaría el metro sesenta y cinco, vestía un traje anticuado, algo usado, pero de buen paño. Las gafas redondas con montura de concha negra le daban aspecto de persona de otra época, parecía sacado de una fotografía de los años de la Segunda República. A su lado, cogida del brazo, caminaba una mujer cuya figura desacompasaba con la suya. Medía más de uno setenta, tenía un porte no exento de majestuosidad que, sin embargo, no desdecía de un aire moderno y elegante. Era una mujer de su época, en sus ademanes y en su indumentaria, y mucho más joven que el avejentado caballero, ya que andaría por los treinta. Era una mujer que llamaba la atención sin proponérselo. La belleza de su rostro, enmarcada en una melena caoba, era la adecuada a la figura modélica de su cuerpo.

El rostro del caballero emanaba satisfacción, si bien podía atisbarse en él un leve signo de tristeza. Parecía abrumado por aquella diosa del amor que llevaba al brazo. Los dos miraban al frente, sin hablar, cada uno pensando en lo suyo.

Él no se podía quitar de encima los recuerdos de la noche que acababa de terminar y en la que había gozado sin tasa de aquella mujer. Pensaba que Marta Ullá follaba con cierta parsimonia y que mientras lo hacía imprimía a sus caderas tal cadencia de movimientos que convertía un polvo en un acto de suprema elegancia. Ella pensaba en otras cosas... cosas muy diferentes a las que había vivido aquella noche.

Solo fue cuestión de minutos que el historiador californiano y la desigual pareja no cruzasen sus caminos por la populosa calle de Serrano que empezaba a poner de manifiesto que los madrileños iniciaban una nueva jornada. Todavía el paseo era agradable, eran pocos los coches que circulaban y menos aún los transeúntes, pero al cabo de una hora aquello se convertiría en un lugar lleno de ruidos, de humos y de prisas.

Sin embargo, ninguno de aquellos mortales tendría la más ligera sospecha de que en su ciudad se iban a desatar los acontecimientos más inesperados e increíbles.

8

Los rumores que corrían entre las gentes del barrio y entre sus compañeros de cabildo eclesiástico apuntaban en la misma dirección: el canónigo Armenta había sufrido una profunda transformación. Nunca había sido una persona dada a los convencionalismos, pero ahora su manera de actuar indicaba claramente que su reverencia andaba metido en algún asunto oscuro. En el cumplimiento de sus obligaciones religiosas se limitaba al mínimo que marcaban las normas establecidas por el capítulo catedralicio. Acudía a los rezos de coro, cumplía con su misión de penitenciario en la celebración de las solemnidades litúrgicas, asistía a su eminencia el arzobispo en las materias propias de su canongía y celebraba su misa diaria en la capilla de San Ildefonso. Su participación en las sesiones capitulares se limitaba desde hacía mucho tiempo a asistir, haciendo gala de un silencio sepulcral que no había forma de romper y que asombraba a quienes le conocían y sabían de su fervor por la discusión y la defensa de tesis que bordeaban la heterodoxia, hilvanadas de la forma más fina que un teólogo pudiese hacer y defendidas con la elocuencia de quien ha sido dotado con el don de la palabra. Hacía varios años que habían quedado atrás sus largas disquisiciones acerca de complicadas materias o sus alegatos en defensa de las posiciones que siempre sostenía con el ardor de un neófito. Se había convertido en una sombra silenciosa que deambulaba, como perdida, para acudir al cumplimiento de las obligaciones, no muy numerosas, que le imponía su cargo en la catedral.

Tampoco se le veía ya en actos públicos organizados por el cabildo municipal, a los que con asiduidad había concurrido en otro tiempo. Había también abandonado sus tertulias y dejado de frecuentar a sus amistades de otra época. Don Diego de Armenta se había convertido en un ser solitario que esquivaba el contacto con sus semejantes. Pasaba la mayor parte del tiempo en su casa, sin que se supiese a ciencia cierta en qué empleaba el mismo ni a qué se dedicaba, porque las puertas de su morada estaban cerradas a cal y canto. Acerca de las actividades en las que pudiese ejercitarse corrían las más fantásticas versiones. Los rumores que iban de boca en boca se habían visto alimentados por el hecho singular de que el canónigo había despedido además a toda la servidumbre de la casa: las tres criadas, el mozo y el recadero. Aquello solo podía explicarse, en una persona de su posición, como signo inequívoco de quitar de en medio a testigos molestos para sus obscenas prácticas brujeriles y lujuriosas.

En su morada solo recibía las atenciones de María de Contreras, una mujer a la que el canónigo doblaba la edad y que había entrado en su casa hacía más de quince años cuando era una adolescente que apenas había dejado atrás la pubertad. A los pocos años de estar a su servicio y pese a su juventud, se había convertido en ama de llaves de su reverencia y, según el decir de las maledicientes lenguas del vecindario, en algo más que en la organizadora de la casa. Algunas comadres del barrio de San Martín, con una intencionalidad maligna, la llamaban «la concubina del canónigo». Se decía entre el vecindario que don Diego había comprado a María de Contreras en un pueblo situado al norte de la sierra de Gredos, llamado La Alberca. Entregó a sus padres una bonita cantidad de doblones y se convirtió en propietario de la criatura cuando empezaba a despuntar como mujer. Otra de las versiones que circulaban la hacían hija de unos mudéjares de Plasencia, cerca de la raya con Portugal, y hasta se daba la cifra que don Diego había pagado por la criatura: veinte doblas de oro castellanas. Los que combatían aquella versión lo hacían sobre la base de que tenía la piel demasiado clara para ser hija de moros. Otros comentarios, en fin, señalaban que María había quedado embarazada en varias ocasiones, sobre el número de embarazos no había acuerdo y la cifra variaba mucho según la versión, pero que nunca dio a luz porque don Diego, que tenía probada fama de nigromante y hechicero, aunque nadie se hubiese atrevido a jurar ante los santos evangelios que le había visto practicar ni hechicerías, ni conjuros, ni rituales extraños, se había encargado de hacerla abortar con hierbas y cocimientos que le suministró mientras estuvo vivo, su amigo el boticario de la Puerta de Vieja Bisagra. Todos aquellos comentarios se realizaban en voz baja, eran murmuraciones. Nadie se hubiera atrevido tampoco a jurar sobre la Biblia que había visto a «la concubina del canónigo» embarazada, ni nadie podía testificar, en modo alguno, que hubiese abortado. Asimismo nadie podía aportar pruebas concluyentes sobre el origen y la relación que mantuviesen don Diego de Armenta y su ama de llaves. Como tampoco, aparte de las habladurías, ningún vecino podía demostrar que el canónigo practicaba artes diabólicas o cultivaba ciencias ocultas.

El retraimiento de don Diego había coincidido con un decaimiento de su salud que a nadie se le escapaba. Había adelgazado hasta el punto de que su oronda y vitalista figura de otro tiempo quedó en un recuerdo, ahora irreconocible. Tan pronunciada era su delgadez que anunciaba algún tipo de mal, alguna enfermedad de las que poco a poco se van comiendo las carnes hasta dar con los huesos del enfermo en la tumba. Su rostro había perdido la color y tomado un aspecto macilento, sombrío, casi cadavérico. Contribuían a ello las profundas y oscuras ojeras que rodeaban sus ojos. La viveza y fuerza de su mirada, que en otra época había constituido el rasgo más llamativo de su expresión, se había apagado. La de ahora era una mirada mortecina que carecía de la fuerza suficiente para concentrarse en algo. Era como si esa sensación de sombra que deambulaba se hubiese trasladado también a su mirada, que estaba perdida.

Entre sus conocidos y sobre todo entre sus vecinos circulaban diferentes versiones para explicar aquella situación. El canónigo estaba experimentando en su propio organismo plantas, brebajes y pócimas relacionadas con los oscuros conocimientos que habían sido siempre objeto de su atención, y como ahora no tenía el asesoramiento de su amigo el boticario, estaba pagando las consecuencias de algunos errores. Otros, sin embargo, ponían en circulación una versión mucho más fantástica sobre el origen de su enfermedad: don Diego de Armenta había firmado un pacto con el diablo en el que a cambio de su salud y de su vida, cuyo final estaba fijado en el contrato y en el que se daba por sentado que el ánima también entraba en el acuerdo, tendría todo el oro y la plata que desease mientras le durase la vida. Los que difundían esta versión la fundamentaban en el hecho de que desde hacía varios años, algunos menos de los que habían pasado desde que se operase tan singular transformación en el penitenciario toledano, don Diego disponía de gruesas sumas de dinero como era notorio y del dominio público. Sumas tan importantes que no podían proceder de su peculio particular que, siendo importante, no daba para tanto, ni tampoco de los beneficios de su canonjía. Se decía que había aportado la suma fabulosa de veinte mil ducados para la conclusión de las obras de San Juan de los Reyes, donde había ordenado que se labrase una capilla para albergar un túmulo funerario donde reposasen sus restos mortales. Había costeado de su bolsillo la venida a Toledo de uno de los más famosos escultores de la época, un borgoñón llamado Felipe Bigarny, para que trabajase en la conclusión del retablo mayor de la catedral. Asimismo se estaba ejecutando a su costa una hermosísima reja —una verdadera obra de arte— para cerrar el presbiterio catedralicio. En ella trabajaba el maestro Villalpando y una docena de oficiales a su cargo para que la obra avanzase con la rapidez que deseaba su patrocinador. Aunque no se sabía con seguridad la cantidad de dinero allí invertida, se afirmaba que, aun antes de concluir, don Diego había desembolsado más de veinticuatro mil quinientos ducados. También por encargo suyo, con la aprobación de su ilustrísima el arzobispo y los parabienes del cabildo catedralicio, se labraba un espléndido coro para los canónigos. Era todo él de doble sillería y trabajada con primor por otro de los grandes artistas de la talla, un alemán de extraño y complicado apellido que los toledanos habían acabado llamando el maestro Rodrigo. Por expreso deseo del mecenas que financiaba tan importante obra, las tallas de los respaldos se dedicaron a asuntos relacionados con las victorias cristianas en la recién concluida guerra de Granada, que había puesto fin al dominio de los musulmanes sobre territorios de la península Ibérica. También por expreso deseo de don Diego, las misericordias de los asientos se adornaron con escenas llenas de una fantasía desbordante donde abundaban engendros y dragones, así como otros animales monstruosos; había igualmente varias escenas de un elevado contenido erótico. Eran muchos los que afirmaban, sin ningún género de dudas, que el canónigo había querido dejar a través de aquellas obscenidades un mensaje en clave de sus intenciones y que las laudables escenas dedicadas a la expulsión de los moros de España eran solo una tapadera con la que camuflar sus verdaderos deseos, que estaban contenidos en los bajos de aquella sillería. Que era allí, en los bajos, donde había, a través de enigmas y mensajes esotéricos, una alabanza a quien era su verdadero señor.

Lo cierto es que había muy poco de verdad en aquellas afirmaciones, aunque algunos detalles encajaban con la realidad que daba pábulo y alimentaba aquellos rumores. Así, por ejemplo, era cierto que desde hacía varios años el canónigo Armenta se había convertido en el mecenas más importante de Toledo y que, sin que se supiera su origen, disponía de cantidades fabulosas de dinero. Unas cantidades que ni siquiera estaban al alcance del mismísimo cardenal primado de España, propietario y administrador de las ingentes rentas que le proporcionaba la mitra de Toledo. Aquella abundancia de recursos era, junto al aspecto enfermizo de don Diego, la única base cierta de los rumores y habladurías que circulaban por la ciudad. Nadie sabía lo que ocurría tras las paredes de su casa, donde pasaba la mayor parte de su tiempo, lo que suponía un comportamiento extraño.

En el sótano de la casa, donde antaño existió una bodega, su reverencia había instalado un laboratorio donde llevar a cabo experimentos alquímicos. Las obras fueron hechas con tanta discreción y habilidad que por Toledo no corrió ningún rumor acerca de dicha instalación. Allí, en aquel laboratorio lleno de alambiques, atanores, mecheros, anafes, hornillos, redomas, ampollas y crisoles, pasaba las horas y los días experimentando y probando métodos, fórmulas, medidas y proporciones en un intento de materializar en la práctica los conocimientos que atesoraba el *Libro de Abraham el Judío*. Fueron largas horas de estudio y meditación. Noches enteras de vigilia tratando de convertir en realidad las interpretaciones que realizaba de los conocimientos escondidos en aquellas páginas hermosas y terribles. Jornadas donde los fracasos, varios de ellos estrepitosos y hasta peligrosos en algún caso, se acumularon uno detrás de otro. Días de desánimo y de recuperación, de fracasar y de volver a empezar. Así, una y otra vez, así un mes tras otro, así un año tras otro. Fue un trabajo desalentador y encarnizado, no solo por el hecho de llevarlo a cabo encerrado en aquel oscuro sótano, bajo las bóvedas ennegrecidas por años de humos nocivos y vapores perniciosos que acabaron afectando su salud, sino también por el peligro que aquellas prácticas encerraban. No es que al canónigo le preocupase, en el terreno espiritual, la realización de unas actividades condenadas por la Iglesia, pero sentía escalofríos cuando a su mente venía la imagen del Santo Oficio de la Inquisición, un organismo que en sus escasos años de existencia ya se había ganado fama de dureza.

¡Cuántas veces se había apagado el hornillo alquímico o no se había mantenido la invariable temperatura necesaria para culminar la *Obra* y por causa de ello se habían perdido horas y horas! A veces, por su culpa, por el agotamiento que producía un trabajo continuo sin la posibilidad de un descanso reparador. A veces, por sus propios errores o por los de su fiel colaboradora, María, que había decidido compartir con él aquella experiencia terrible y fascinante a la vez. En medio de las dificultades, el tenaz canónigo nunca perdió ni la fe ni la esperanza de culminar la *Obra* que tantos y tantos habían buscado a través de los siglos porque era plenamente consciente de que tenía en sus manos el instrumento teórico que permitiría la realización práctica de la misma: el *Libro de Abraham el Judío*.

Una y otra vez, con el espíritu purificado y el corazón limpio, comenzaba la preparación del proceso. Mezclaba los tres elementos constituyentes en un mortero de ágata. El primero era un mineral, una pirita de arsenio o, en su defecto, un mineral de hierro lleno de impurezas; el segundo, un metal que podía ser hierro, plata, plomo o mercurio, siempre prefirió el azogue, cuyas propiedades «metalúrgicas» consideraba insuperables; era, además, una sustancia cargada de misterio. El tercero de los elementos era un ácido de origen orgánico, ácido tártrico o ácido cítrico. El trabajo consistía en triturar primero para mezclar después y obtener una masa lo suficientemente homogénea como para que se pudiese efectuar el trabajo al que estaba destinada. Aquel proceso duraba a veces, según los elementos utilizados, cinco o seis semanas hasta obtener una masa de la textura deseada.

El producto obtenido pasaba del mortero de ágata al crisol, y para ello tenía que entrar en juego el hornillo de atanor. Había que calentar con temperatura constante durante doce días sin que pudiera haber ni abandono ni desfallecimiento; era la parte más delicada de la operación por la perseverancia y continuidad que requería esta fase del proceso y por los riesgos que comportaba. Aquella cocción desprendía peligrosos vapores de mercurio o de arsénico, sustancias venenosas, cuya inhalación en determinadas dosis era mortal.

Una vez sublimada la masa por el fuego, se diluía el contenido del crisol con un nuevo ácido. Esta disolución había que realizarla en condiciones especiales, con lo que el libro denominaba «luz polarizada», es decir una luz de origen natural pero débil que podía ser luz solar reflejada a través de un espejo o luz proporcionada por la luna en plenilunio. Aquella luz era imprescindible en el procedimiento porque vibraba en una sola dirección. Don Diego y María hubieron de ser sumamente cuidadosos cuando exponían el objeto de sus anhelos a los ojos vigilantes de unos vecinos corroídos por una curiosidad malsana y dispuestos a denunciarlos, a la menor de las oportunidades, ante el tribunal de la Inquisición.

Fue aquella una labor lenta y difícil. Repetida una y otra vez ante los reiterados fracasos que cosechaban el canónigo y su ayudante en los numerosos intentos efectuados. Una y otra vez, don Diego de Armenta, rosario en mano, invocaba la ayuda celestial para culminar con bien aquella obra y ponerla al servicio de Dios nuestro Señor. Los problemas estaban en encontrar las proporciones exactas y las temperaturas precisas para la fusión, con unos medios rudimentarios como los que poseía en aquel laboratorio. El penitenciario toledano sospechaba que el procedimiento para alcanzar la *Gran Obra* había de desarrollarse en las condiciones cósmicas adecuadas, pero sus conocimientos de astronomía eran muy escasos.

Nunca había logrado pasar de aquella fase con éxito y llegar a la siguiente en la que a la mezcla obtenida después de la disolución en el ácido tártrico había que añadir un nuevo oxidante. Era necesario comenzar una nueva disolución y calcinar el producto así obtenido hasta que en la superficie de la pasta trabajada se formase una capa de cristales. En ese momento, si era correcta la interpretación que hacía de las indicaciones del libro, había que introducir el producto en un matraz y protegerlo herméticamente del aire y de la humedad. Llegados a esta fase, Abraham el Judío prescribía la necesidad de calentar el contenido de ese matraz hasta que en su interior se formase un fluido opaco. Después, en la oscuridad o bajo la luz de la luna, había que abrir ese recipiente hermético para que el fluido contenido en su interior solidificase y dejase escurrir las escorias. Ese sólido había de ser triturado y después lavado y relavado, una y otra vez, con agua tridestilada, tantas veces como fuese necesario hasta conseguir polvo de proyección.

Don Diego de Armenta y María Contreras estaban perdiendo la salud en aquel intento que, por las más diversas circunstancias, quedaba siempre en el camino. Unas veces eran los fallos que cometían en el complicado proceso que llevaba a la culminación, otras los errores de interpretación de una obra tan compleja y complicada como la que les estaba sirviendo de guía en su trabajo. Sin embargo, la perseverancia tuvo su premio. Uno de tantos intentos, el comenzado a principios del otoño de 1497, logró superar por primera vez la disolución en el ácido tártrico. Era la madrugada del Martes Santo de 1498. El canónigo vertió aquella mezcla valiosísima con sumo cuidado en un matraz de forma panzuda y capacidad para media arroba.

—¡Ten mucho cuidado, María, ten mucho cuidado! —indicaba el canónigo a su ama de llaves que sostenía el matraz firmemente apoyado en la mesa con ambas manos, mientras él, con pulso tembloroso, volcaba el contenido en su interior.

—Sois vos, mi señor don Diego, quien habéis de tener el cuidado que me pedís —le replicó María, que aparecía mucho más tranquila que el eclesiástico.

Cuando hubo concluido el trasvase, el canónigo suspiró aliviado.

—Gracias a Dios, ahora todo queda en sus poderosas manos.

El matraz quedó lleno en tres de sus cuatro partes. Don Diego lo tapó con un corcho hecho para que ajustase a medida, luego lo selló con cera y después:

—¡María, María, trae el lacre! ¡Rápido!

Con la lumbre de un cirio vertió una generosa cantidad de lacre rojo, que cubrió la totalidad de la superficie del corcho con lo que el matraz quedó herméticamente cerrado. Aunque la madrugada era fría, don Diego sudaba copiosamente y sus manos sarmentosas temblaban, aun después de concluida la operación, como reflejo de la emoción que sentía. En aquel momento tan especial de su existencia, sentía que estaba a punto de alcanzar algo maravilloso por el que tantos seres humanos habían suspirado a lo largo de los siglos. Por sus mejillas corrían copiosas lágrimas fruto del sentimiento que le invadía. Sin pensárselo abrazó a la mujer que había compartido con él tantos trabajos y sacrificios, que también vivía aquellos instantes de una forma especial. Pero el canónigo, hombre práctico donde los hubiera, no se tomó un respiro.

—¡Prepara el horno! ¡Hemos de calentar y enfriar hasta que el contenido fluya!

Fueron nuevos días de trabajo, pero sobre todo fueron días de tensión febril. Calentar-enfriar. Calentar-enfriar. Así sucesivamente, un día tras otro, en unas fechas difíciles de compaginar con sus obligaciones litúrgicas y que el penitenciario resolvió, mandando con María recados a la catedral de encontrarse enfermo en cama, a la vez que señalaba su deseo de no recibir visitas. Hasta que, por fin, a eso del mediodía del Lunes de Pascua, el siguiente a la celebración de la resurrección de Nuestro Señor Jesucristo, consiguió la formación del esperado fluido opaco. Aquella misma noche, bajo la luz de la luna, que estaba en cuarto menguante, se produjo la separación de la masa sólida y las escorias líquidas. El resultado fue una pasta rojiza, del color del cobre puro, pero de tonalidad más intensa. Sin darse descanso y relevándose el uno al otro cuando el cansancio acababa con las fuerzas del que hacía el turno de trabajo, trituraron aquella pasta hasta convertirla en un finísimo polvo cuyo tacto apenas se percibía entre los dedos. Mientras realizaban aquella tarea, en el alambique se destilaron por tres veces cinco cántaras de agua, que serían necesarias para la finalización del proceso, aunque ya se trataba de un trabajo simple.

Antes de iniciar aquella última fase, el lavado del polvo de proyección, el canónigo y su ama de llaves se tomaron un respiro. En el fondo era un deseo compartido de saborear el éxito que estaban tocando con la punta de sus dedos, recrearse en la culminación de su empresa, después de años de fatigas y fracasos. Subieron a la cocina y comprobaron cómo hacía rato que el sol alumbraba un nuevo día. María preparó un suculento desayuno: frio en abundante aceite rebanadas de un dedo de grosor de pan asentado de varios días, otras del mismo tono fueron tostadas en el hornillo que, con la habilidad que da la práctica cotidiana, encendió en un instante, luego las untó de manteca roja que guardaba en una orza vidriada en tonos melados. Sacó de una alacena queso y requesón que puso sobre una tabla. A ello unió varias lonchas de jamón que cortó con destreza de un pernil de cerdo curado que colgaba de una viga exenta que había en la despensa. También sacó de la alacena una caja de madera donde guardaba, protegido por papel encerado, dulce de membrillo, y sirvió de un búcaro, estrecho y largo, de cerámica basta, dos generosas raciones de aguardiente. Aquello era capaz de resucitar a un muerto.

Por primera vez en mucho tiempo el ama de llaves pudo comprobar cómo su amo comía con fruición y bebía con entusiasmo.

Repuestas las fuerzas, bajaron otra vez al sótano. Mientras el canónigo preparaba una barra de plomo cuyo peso superaba las dos libras, ordenó a María:

—Limpia el crisol grande y prepáralo para una fundición en el atanor.

La mujer realizó con diligencia la tarea encomendada y dos horas después, a eso del mediodía, el crisol había alcanzado una elevada temperatura. Don Diego introdujo el plomo, que tardó cerca de una hora en fundirse y se convirtió en una masa blanda y moldeable que él removió sin cesar con un batidor de madera, como si se tratase de unas gachas. Cuando consideró que había alcanzado el grado de fluidez adecuado, vertió una minúscula parte, menos de un adarme, de polvo de proyección para que se entremezclara con el plomo fundido. Cuando consideró que estaba entremetido por completo, dejó de remover y se dispuso a esperar el milagro.

—Ahora, María, todo está en manos de Dios nuestro Señor. Recemos una oración para que, con su infinita bondad, tenga a bien concedernos la gracia por la que tanto hemos suspirado y padecido.

Los dos cruzaron los dedos de las manos, inclinaron levemente la cabeza, en señal de humildad, y rezaron con devoción tres *Pater noster* con sus correspondientes *Avemarías* y *Glorias*.

Don Diego de Armenta levantó su humillada cabeza después de implorar la ayuda de su Señor y creador para ver cómo del crisol que, apartado del fuego solidificaba su contenido, salía un dorado resplandor. Aquello no podía ser otra cosa que...

—¡Oro!

El grito de júbilo quedó medio ahogado en su garganta por la emoción. Miró a su ama de llaves, que también se había percatado del extraordinario acontecimiento: el plomo se había convertido en oro al añadírsele aquella sustancia milagrosa, aquel polvo rojizo que a lo largo de siglos había sido el deseo final de miles y miles de personas que habían entregado su vida en aras de aquel sueño.

¡Transmutar metales viles en oro! ¡Dos libras de oro con una pizca de polvo, del que el canónigo poseía cerca de medio almud!

¡Con aquella cantidad y aquellas proporciones podía tener todo el metal precioso que su voluntad desease! ¡Era el hombre más rico del mundo!

Don Diego, presa de una agitación apenas controlada, vació el contenido del crisol. La operación no revistió dificultad alguna porque el dorado metal no estaba adherido al crisol. Sobre la pulida superficie de una de las losas en las que trabajaban quedó depositada una torta de reluciente metal que tenía la forma del crisol donde se había vertido el plomo. Con un afilado cuchillo realizó varias incisiones y cortes. No había ninguna duda, aquello era oro finísimo, de primera calidad.

Los dos compañeros de fatigas, aquel hombre y aquella mujer, objeto de toda clase de rumores, comentarios y murmuraciones se miraron fijamente y no abrieron la boca, no se dijeron nada porque nada había que decir, les bastaba con mirarse. Aquel silencio emotivo que los dos guardaban, en un deseo de no romper la magia del momento, era más elocuente que todos los discursos que pudieran pronunciarse. Aquello era el premio a la tenacidad y a la perseverancia. El Altísimo había querido que aquel libro de las pastas de latón, el *Libro de Abraham el Judío* hubiese llegado de forma casual a manos de un canónigo toledano capaz de interpretar su esotérico contenido y alcanzar la meta soñada por generaciones de alquimistas y filósofos. Aquello era el ambicionado, desde hacía siglos, polvo de proyección. Era la culminación de las ilusiones y de las ambiciones de gentes que habían estudiado, perseguido y hasta matado por tener la fórmula que conducía a aquel destino dorado.

El canónigo se desplomó al fin sobre uno de los sillones donde había rumiado sus fracasos y donde también se había recobrado para poner en marcha un nuevo intento. En aquel momento no sabría decir cuántas veces. ¡Tantas que había perdido la cuenta! Allí sentado parecía dormitar, agotado por el esfuerzo del trabajo y la emoción del momento. Sin embargo, estaban pasando por su mente numerosos recuerdos del largo camino recorrido para llegar hasta aquella meta ansiada. Recuerdos de sus amigos muertos, como el escribano Santiago Díaz y el boticario de la Puerta Vieja de Bisagra. Recuerdos de los médicos Leví y Conques. ¿Qué habría sido de ellos desde el día ya lejano en que se dijeron adiós con la terrible convicción de que jamás volverían a verse? Recuerdos de tantos fracasos, vicisitudes e incomprensiones.

Tras un largo rato de meditación don Diego comentó a María, que también había tomado asiento y guardaba un discreto silencio sumida también en los recuerdos que había almacenado a lo largo de aquella extraordinaria experiencia:

—Tenemos en nuestras manos la más poderosa arma que el hombre ha dispuesto hasta el momento presente, María. Tenemos el poder de fabricar la materia más codiciada por los hombres. Por ella, por su posesión, se mata y se muere. Pidamos a Dios nuestro Señor que nos dé fuerza y voluntad para emplearla en obras que ensalcen su bendito nombre y que sean en beneficio de sus criaturas. —El canónigo murmuró una breve oración que su ama de llaves siguió con devoto recogimiento.

Aquí radicaba el origen de las fabulosas riquezas de que dispuso, en los años que siguieron a aquella fecha singular, el canónigo don Diego de Armenta, penitenciario de la santa, metropolitana y primada archidiócesis de Toledo. Nadie supo nunca lo que realmente había ocurrido durante años en las paredes de aquella casa próxima a San Juan de los Reyes, en las postrimerías del siglo XV. Entre sus contemporáneos sirvió para rodear a aquel canónigo de una extraña y disparatada aureola. Tal cantidad de cosas se dijeron que la familia Covarrubias, gente de orden y que tenía a gala su limpieza de sangre, jamás contaminada ni por moros ni por judíos, presentó a comienzos del año 1504 una denuncia ante el Santo Oficio toledano contra el «canónigo Armenta y su ama de llaves María Contreras. Al primero por sostener proposiciones contrarias a los dogmas de nuestra verdadera y santa fe y a los mandamientos de la Santa Madre Iglesia y a los dos mancomunadamente por prácticas brujeriles y hechiceriles, como es público y notorio. Ítem fundamentan su grave acusación en las manifestaciones hechas públicas por el penitenciario en favor de los conversos, así como en la defensa realizada con sus continuadas opiniones y pertinaces actitudes de la execrable ralea de los judíos, afirmando, entre otras maldades, que era de esa impía raza el propio Jesucristo, Dios y Señor nuestro. Ítem por defender la convivencia con practicantes de la ley de Moisés y seguidores de la impía secta de Mahoma. Ítem contra el canónigo y la María Contreras por vivir en pecaminoso concubinato, como es público y notorio, y por practicar, como igualmente es de notoriedad y público conocimiento, artes diabólicas contra la doctrina de la Santa Madre Iglesia que les han proporcionado riquezas sin cuento no solo para loables fines que, so capa de buenos cristianos han empleado en obras para la mayor gloria de Dios nuestro Señor, sino para oscuras hermandades y cofradías donde se insulta lo más venerable de nuestra Santa Religión».

La denuncia de los Covarrubias, hidalgos venidos a menos a los que solo les quedaba a gala sus ancestros y el apellido, levantó un auténtico revuelo entre los miembros de la Inquisición toledana. No ya por tratarse, pese a lo controvertido de su figura, de un miembro del cabildo catedralicio de la ciudad, sino sobre todo y muy principalmente por las ingentes donaciones que Armenta había realizado a las más importantes obras que la mitra toledana realizaba. Otra cosa era aquella mujer de vida oscura que ejercía funciones de ama de llaves, aunque todos sabían, pese a que nadie podía aportar pruebas fidedignas, que desempañaba tareas menos honorables.

Después de un áspero debate entre los dos comisarios del tribunal inquisitorial de la ciudad y de las dudas expuestas por el notario a la hora de calificar los hechos contenidos en la denuncia, se tomó la decisión de enviar el caso a la Suprema, que era el nombre con que ya se conocía el tribunal cabeza de la Inquisición, y norte y guía de la importante red de tribunales que se había extendido como una mancha de aceite por las vastas tierras de las coronas de Castilla y de Aragón. También allí el debate resultó complejo y difícil. Al final se impuso el criterio del inquisidor general, Diego de Deza, sucesor de fray Tomás de Torquemada: «En caso de duda el acusado es culpable.» Aquella máxima terrible sentó jurisprudencia en el tribunal y se convirtió en norma de conducta para todos los inquisidores, de tal forma que bastaba una denuncia para convertir al denunciado en reo.

Sin embargo, las discusiones y los debates que el caso del canónigo Armenta había desatado en el seno del Santo Oficio consumieron largos meses. Cuando a Toledo llegó la resolución de la Suprema, que por aquellas fechas no estaba dotada de una sede fija, sino que seguía el carácter itinerante que tenía la corte de los reyes don Fernando y doña Isabel, hacía varias semanas que el penitenciario toledano había entregado su alma a Dios.

Aquellos meses que se consumieron en dimes y diretes fueron aprovechados por el denunciado para realizar pequeñas obras de albañilería en su casa destinadas a clausurar el sótano que le había servido de laboratorio. Ocultó, con la protección debida el *Libro de Abraham el Judío*, en lo que fue una alacena que le había servido para guardar los productos utilizados en sus experimentos y ensayos. La tapió con sus manos en una obra de verdadero primor, propia de un maestro alarife, disimulando la existencia de aquella oquedad en la pared del sótano. Más tarde cerró el acceso al mismo, utilizando para ello unas lápidas que desde hacía años yacían abandonadas en una corraleta del último patio de la casa. En una de las guardas del libro introdujo un pliego de fino pergamino donde había anotado las proporciones, las medidas y los procedimientos a seguir para obtener la fórmula que con tanto esfuerzo había desentrañado. Allí quedaría para que según fuese la voluntad del Creador llegase a manos de alguien o se perdiese por los siglos de los siglos, si esa era la divina voluntad. Hubo una época en la que pensó en destruir un libro que contenía saberes que en malas manos suponía un grave peligro para la humanidad. Acabó desechando aquella idea porque significaba la destrucción de un patrimonio que la providencia había puesto en sus manos y del que solo se consideraba depositario. Decidió que fuese esa misma providencia la que determinase el curso que habían de tomar los acontecimientos.

Unas semanas antes de que se produjera su muerte, acaecida la víspera del día de San Andrés del año del Señor de 1504, el mismo día en que llegaba a Toledo la noticia de la muerte de la reina Isabel, ocurrida el 26 de aquel mes de noviembre, don Diego había hecho venir a Toledo, desde Córdoba, lugar donde su familia se había asentado a mediados del siglo XIII, tras la conquista de aquel reino a los moros, al hijo mayor de su único hermano, que era quien poseía el mayorazgo de la familia. Después de una larga serie de sabios consejos, le hizo entrega de dos arquetas, no pequeñas, de recia madera de roble, forradas por dentro en tafetán negro y por fuera herradas con planchas de hierro de media pulgada de grosor. Eran arcas de las de tres llaves, lo que suponía la máxima seguridad. Para mayor tranquilidad estaban dotadas de unos refuerzos de hierro que, a modo de abrazaderas, rodeaban el arca y cerraban con unos candados. Cada una de aquellas arcas contenía la fabulosa suma de dos cuentos y medio de maravedíses, en ducados de oro nuevos, acuñados en la ceca de Segovia, adonde el canónigo había mandado diferentes partidas de lingotes de oro para que fuesen amonedados por su cuenta. ¡Toda una fortuna!

Don Diego se había encargado de preparar todo lo necesario para el transporte de aquella preciosa carga. Un carruaje tirado por cuatro mulas con sus dos conductores y una escolta formada por una docena de arcabuceros a caballo. Además, al carruaje y a la escolta se incorporaba una recua de arrieros maragatos que bajaban hasta Tarifa en busca de atunes en salazón, procedentes de las almadrabas del duque de Medinasidonia. El itinerario también estaba previsto: cruzarían, tras dejar atrás Toledo, la comarca de la Sagra para ganar luego el valle de la Alcudia y enfrentarse a continuación al siempre peligroso paso de sierra Morena, que era el lugar preferido por los salteadores para atacar a los viajeros, aprovechando las soledades de aquellos riscales y la facilidad que ofrecían para ocultarse en las fragosidades serranas. Con todo, las expeditivas actuaciones de los cuadrilleros de la Santa Hermandad, aquella policía rural creada hacía algunos años, había hecho desistir a muchos del mal camino del bandidaje. Una vez que alcanzasen el valle de los Pedroches, descenderían hacia Córdoba, junto a la ribera del Guadalquivir, donde Juan de Armenta, que era como se llamaba el sobrino de don Diego, rendiría viaje.

Lo que más llamó la atención del sobrino del canónigo fueron las órdenes y las recomendaciones que le dio su tío al hacerle entrega de una bolsa de paño morado forrada por dentro de una tupida seda del mismo color, en la que estaban bordadas las armas de los Armenta: un león rampante dorado sobre campo de sinople. Esta bolsa protegía un recipiente de vidrio de gruesas paredes que contenía como medio almud de un finísimo polvo de color rojizo. También le hizo entrega de una carta lacrada y sellada cuyo texto estaba relacionado con el extraño polvillo que iba en la bolsa.

—Has de hacerme solemne juramento de que solo accederás al contenido de esa carta cuando se hayan cumplido dos condiciones. La primera de ellas es que no lo harás hasta que tengas noticia cierta de que yo haya fallecido, cosa que no ha de demorarse mucho según presiento, si bien todo está en manos de la voluntad de Dios nuestro Señor. La segunda es que habrás de esperar igualmente a que te conviertas en cabeza del linaje porque también tu padre y mi hermano, don Jerónimo, haya hecho entrega de su ánima al Altísimo.

Diciendo esto, el canónigo tomó un libro, encuadernado en fino tafilete negro, en cuya tapa había grabada a fuego una cruz.

—Pon tu mano derecha sobre los Santos Evangelios y júrame por la salvación de tu alma que cumplirás fielmente todas las órdenes que te doy acerca del pliego que llevas en esa bolsa.

Con voz solemne y grave, entrecortada por lo que aquel acto significaba, Juan de Armenta vinculó su salvación al cumplimiento de aquella condición impuesta por su tío. Realizado el juramento, el canónigo le dio a conocer las propiedades de aquel polvo rojizo y que las instrucciones para su uso estaban en el documento lacrado que con el matraz recibía como herencia familiar, junto a las dos arcas repletas de buenos ducados de oro.

Una vez resueltos los asuntos familiares, don Diego hizo testamento de sus bienes. Dejaba a su fiel ama de llaves, María Contreras, «la propiedad de la casa que había sido y lo es en momento presente su morada en el barrio de San Martín. Ítem le dejo un legado de mil quinientos y ducados en buena y legal moneda acuñada en las cecas de los reyes nuestros señores, para su sostén y mantenimiento y porque con ello tenga un honesto pasar, mientras Dios nuestro Señor no disponga de su ánima. Ítem más queda nombrada la susodicha María Contreras patrona de dos capellanías que por mí fueron fundadas en San Juan de los Reyes en cuya posesión quieta y pacífica entrará desde el día de mi óbito, así como en el disfrute de sus rentas, habiendo de tener la obligación de pagar a los capellanes que las tuviesen encomendadas el estipendio correspondiente por decir en cada un día una misa con responso por el eterno descanso de mi ánima. Ítem dispongo que a la muerte de la susodicha María Contreras la propiedad de dichas capellanías pasará a engrosar el fondo del Hospital de la Santa Cruz, que por estas fechas se está labrando en el antiguo convento de las Dueñas para atender en él a niños expósitos y huérfanos. Las dichas capellanías están dotadas con dos pares de casas cada una de ellas, las unas en el callejón de la Santa Fe, junto al Arco de la Sangre, las otras en la calle que llaman del Vicario, fronteras a la Santa iglesia catedral. Igualmente se benefician las dichas dos capellanías de las rentas de dos hazas de pan, la una con cabida de diecisiete fanegas y ocho celemines, según el marco de la ciudad, y la otra de veintidós fanegas y tres celemines, medida también según el susodicho marco. Ambas situadas en el partido de la Fuencisla en el ruedo de esta ciudad. Ítem dejo la suma de cuarenta ducados equivalentes a diecisiete mil maravedises para que se digan ocho mil y quinientas misas por el eterno descanso de mi ánima, dentro de los treinta días siguientes al de mi entierro, el cual habrá de efectuarse en el enterramiento que para ello tengo dispuesto en la iglesia de San Juan, denominada de los Reyes. Las mil de ellas habrán de rezarse el mismo día de mi defunción. Ítem dejo una manda al convento de los franciscanos para que se obliguen al cuidado de mi tumba por los siglos de los siglos, dotada con las rentas de una casa en la calleja de San Roque y dos censos perpetuos de doce mil y catorce mil maravedises cada una respectivamente, contra la fábrica de la Santa iglesia catedral, al rédito del tres por mil pagaderos a medias partes en las festividades de los santos Juan y Miguel. Ítem lego a la fábrica de la Santa iglesia catedral la suma de ocho mil trescientos cincuenta ducados, a disposición de su cabildo de canónigos y beneficiados...».

Aquel testamento estaba fechado el cuarto día del mes de octubre, día de San Francisco y otorgado ante el escribano Pedro de Castro.

La víspera de San Andrés, sintiendo que sus horas estaban contadas, mandó llamar al deán de la catedral y al canónigo lectoral, quienes acudieron presurosos a la llamada de su generoso compañero, sabedores de que su final estaba próximo ante la «fiebre de tabardillos maliciosos y agudos» que días atrás le había diagnosticado el doctor Larrea, quien prescribió dieta rigurosa, dos lavativas diarias, una por la mañana y otra por la tarde, además de que se le practicase sangría por sanguijuelas durante tres días. El canónigo, que solo había aceptado recibir la visita del galeno a ruegos de María, se negó a cumplir la dieta, a recibir los enemas y a que las sanguijuelas le chuparan la sangre. Al deán lo puso al corriente de sus disposiciones testamentarias y le hizo ser testigo, junto al lectoral, de un juramento solemne:

—Pongo a Dios por testigo, ante vos, señor deán de la santa, metropolitana y primada iglesia catedral de Toledo, que nunca jamás he tenido contacto carnal con mi ama de llaves María Contreras y que he mantenido mi castidad y cumplido con el celibato debido a mi condición. Lo juro solemnemente por la salvación de mi ánima en este momento postrero de mi vida cuando ya solo importa la comparecencia ante Dios nuestro Señor. Y que si fuese falso lo que acabo de declarar, que mi condenación sea eterna por los siglos de los siglos. Amén.

Los dos eclesiásticos, que asistían atónitos a aquel juramento realizado por un moribundo en vísperas de comparecer ante el Juez Supremo, no pronunciaron palabra, sumidos en profunda perplejidad como se encontraban. Asintieron con un gesto de cabeza y se persignaron. Luego de esto, don Diego pidió al deán que le dejase a solas con el lectoral para hacer confesión de sus culpas y ponerse en condiciones de iniciar el camino que le llevaría a la otra vida. Fue una confesión larga, como la de quien hace repaso de su vida. Duró más de dos horas que transcurrieron entre el llanto del ama de llaves y el silencio del deán que, pese al largo tiempo que el canónigo Armenta necesitó para descargar su conciencia, no tuvo que hacer siquiera un ejercicio de paciencia porque estuvo sumido en profundas reflexiones motivadas por el juramento que su compañero de cabildo había hecho en su presencia. En todo Toledo se había afirmado, sin ambages, que María Contreras vivía amancebada con don Diego de Armenta. María era, según *vox populi*, la «concubina del canónigo». Varias veces movió la cabeza negando lo que quiera que fuese que estuviese pasando por su mente. Cuando don Diego hubo concluido su tarea, el lectoral salió a la puerta de la alcoba donde había escuchado en confesión al moribundo y reclamó junto a él la presencia del deán. Los dos religiosos se despidieron de su compañero de cabildo, sabedores de que era la última vez que le veían con vida, salvo el caso poco probable de que la voluntad de Dios dispusiese otra cosa.

A modo de despedida don Diego, que mantenía una lucidez sorprendente, les pidió que hiciesen todo lo que estuviese en su mano para que el proceso inquisitorial que pretendían abrirle a él y a María quedase anulado, no por lo que a su persona se refería, sino porque su ama de llaves era una buena cristiana, cumplidora de sus obligaciones para con la Santa Madre Iglesia y que todos los rumores que corrían acerca de ella eran falsos. Pidió al lectoral que le alcanzase una arquilla de madera de nogal primorosamente labrada, que tenía dispuesta sobre la cómoda de su alcoba, de ella sacó un papel. Agitándolo, les dijo:

—Es cristiana vieja, hija y nieta de cristianos. ¡Os los puedo garantizar! Y aunque yo no doy a ello mayor importancia, como bien sabéis, porque la creencia en Nuestro Señor Jesucristo y en su Santa Iglesia no se hereda sino que es algo ligado a la persona y a su intimidad, es bueno que sea público y notorio, por lo que pudiere convenirle. Es la única hija de mi única hermana, a la que engañó un capitán del ejército de Granada, al comienzo de aquella guerra allá por 1481, con promesa de matrimonio, que aquel fementido luego no cumplió. Mi hermana Leonor, que tal era su nombre, murió de sobreparto tras un penoso embarazo del que solo yo tuve conocimiento por confesión no sacramental, pero bajo promesa de silencio que aquella desgraciada obligó a hacer. Llegada que fue la hora del parto en mi familia aquello se consideró tal deshonor que no quisieron saber nada de la criatura. Yo, que había acudido a Córdoba para estar junto a Leonor en tan delicado momento, conociendo además la reacción que un hecho como aquel había de producir en mi familia, había tomado mis medidas, previendo, como os digo, el desenlace de los acontecimientos, que fue el peor de todos los que había imaginado. Tomé a la recién nacida a mi cargo y acudí a recogerla de la puerta de la iglesia de la Magdalena la misma noche en que había sido abandonada en el mencionado lugar por un fiel criado de la casa, siguiendo las precisas y severas instrucciones dadas por mi padre. Pude llevarla conmigo hasta Almadén de la Plata con la ayuda de un ama de cría que pagué a golpe de ducado y la dejé al cuidado de una buena familia de aquella población para que la criasen por mi cuenta. Almadén está situada a distancia discreta y no tan lejos como para que yo no pudiese realizar visitas espaciadas. Cuando cumplió trece años la traje a Toledo. Desde entonces ha vivido a mi lado, a mis expensas. A lo largo de estos años ha soportado con resignación cristiana la maledicencia de las lenguas que la han mancillado en su honra y en su honor, acusándola de concubina y barragana, sin ser ni la una cosa ni la otra. Hace ya muchos años —la voz del canónigo sonaba cada vez más cansada, tenía que hacer pausas crecientes y era evidente el esfuerzo que había de realizar para seguir hablando—, poco después de que empezasen a circular los insidiosos rumores acerca de su condición y papel en esta casa, le descubrí su origen y causa de la verdadera situación en que se encontraba. La invité entonces a abandonar esta ciudad, bien procurando su entrada en religión, bien buscando un buen partido por vía de casamiento lejos de aquí. Ni lo uno ni lo otro hubiese supuesto un problema para persona de mis posibles. Mi sobrina rechazó de plano las dos proposiciones y ha consagrado los días de su vida hasta el presente a cuidarme y atenderme en medio de la incomprensión y la maldad.

El canónigo parecía agotado después de aquella nueva confesión, la tercera que realizaba en pocas horas. Quedó hundido entre los almohadones sobre los que se recostaba. Su delgadez era extrema y lo afilado de la nariz anunciaba la llegada de la parca. Los dos religiosos que acababan de escuchar aquella revelación estaban estupefactos. No reaccionaban. Por fin el lectoral se sobrepuso y comentó:

—Así pues, don Diego, María Contreras es vuestra sobrina.

El canónigo, por toda respuesta, realizando un esfuerzo considerable, le alargó el papel que tenía en la mano que, desmayada, estaba caída sobre la cama. Aún le quedaron fuerzas para concluir:

—Y hembra sin mancha, ni mácula en lo tocante a su virginidad.

Fueron sus últimas palabras. Poco después expiró.

9

Edward Andrews pidió el legajo que deseaba consultar, rellenando la papeleta que para poder solicitar cualquier documentación del archivo era preceptiva. A aquella hora eran muy pocos los que habían llegado para iniciar sus tareas, pero Andrews sabía por experiencia que conforme avanzase la mañana, la sala se iría paulatinamente llenando de gente, aunque rara vez había visto todos los asientos ocupados.

Hubo de esperar algo más de diez minutos, que se le hicieron larguísimos, hasta que fue advertido de que podía retirar los documentos que había solicitado. Una vez tuvo los ansiados papeles en sus manos, colocó el legajo sobre la mesa de trabajo, se sentó cómodamente y entrecruzó los dedos de las manos e hizo presión hasta que sonaron unos secos y leves chasquidos. Después desató las cintas de color rojo que cerraban las tapas del legajo y buscó el documento en cuestión, era el número once de los veinticuatro que contenía aquella carpeta. Se trataba de nueve folios de papel sellado, de los de cuatro maravedises el pliego —uno de los inventos más famosos del equipo de economistas organizado por el conde-duque de Olivares para buscar fondos con los que financiar la política exterior de la monarquía de Felipe IV—, escritos por ambas caras con tinta sepia, cuya intensidad variaba mucho de unas líneas a otras en función de lo humedecido por la tinta que hubiese estado el cálamo del escribano. No se trataba de una copia, era un documento original. Aún quedaban restos de arenilla, de la que se utilizaba en la época para secar más rápidamente la tinta. En algunas partes la acidez de esta se había comido el papel, pero el estado de conservación era bastante bueno.

Y comenzó a leer.

En la ciudad de Sevilla, a catorce días del mes de mayo de mil y seiscientos veinte y cuatro años, en las Casas de la Moneda desta ciudad, sitas en el barrio que llaman del Arenal, siendo pasadas las once horas del susodicho día, ante mí don Jerónimo de Villanueva, protonotario mayor del reino, como mejor parezca en derecho, comparece don Jerónimo de Armenta, vecino de Córdoba y caballero veinticuatro del cabildo municipal de ella. El dicho don Jerónimo ha sido traído a esta ciudad de Sevilla, escoltado por miembros de la guardia del excelentísimo señor don Gaspar de Guzmán y Pimentel, conde de Olivares, ministro del rey nuestro señor don Felipe, cuarto de su nombre (que Dios guarde), quien a la sazón se encuentra en esta dicha ciudad de Sevilla.

Realizadas por mí las formalidades que el rigor de estos casos requiere, se procedió a tomar juramento al dicho don Jerónimo, quien lo hizo jurando por la salvación de su ánima sobre unos Santos Evangelios que allí había prevenidos al efecto, poniendo, como queda dicho, en garantía de su testimonio la salvación de su alma. Resueltos todos los preliminares se procedió al interrogatorio, cuyo resultado es el que se recoge a continuación, en papel sellado de oficio de los de a cuatro maravedises el pliego, de todo lo cual, como protonotario mayor de estos reinos, doy fe con mi firma y rúbrica al pie de este protocolo.

Antes de dar comienzo a las preguntas pertinentes se dijo y explicó al susodicho Jerónimo de Armenta, caballero veinticuatro de la ciudad de Córdoba, cómo hase corrido la voz de que posee un extraordinario elixir entre cuyas propiedades se encuentra la de transmutar metales viles cuales son el plomo o el estaño en oro de fina ley y total pureza. Como quiera que la voz difundida no ha sido desmentida por el susodicho y los hechos conocidos denuncian como cierta y verdadera la existencia de ese elixir, dada la fabulosa fortuna de que son propietarios los Armenta de Córdoba, sin que se le conozcan heredades en su mayorazgo cuyas rentas permitan la existencia de la dicha fortuna, así como de los cuantiosos dispendios y grandes derroches en lujos fútiles y otras sutilezas de gasto en abalorios, chucherías y la vida de desenfreno de que hace gala el don Jerónimo, quien mantiene a su costa cuadrillas de rufianes que le escoltan y dan compañía en sus excesos y licencias. Los cuales han desbordado con mucho los límites de su Córdoba natal, siendo notoria su fama en los Percheles malagueños, en la Olivera valenciana, en las más famosas mancebías y casas de lenocinio de la Villa y Corte, así como en los «monipodios» sevillanos. Sus continuas pendencias y numerosos desafueros le han llevado a refugiarse en sagrado y a verse en ocasiones varias ante la justicia del Rey nuestro señor, la cual le ha castigado por razón de su nobleza con penas pecuniarias, algunas de ellas de elevada consideración, sin que se haya visto el más leve atisbo de enmienda en la consunción de sus desmanes y fechorías.

Ahora, en el momento presente, y por medio de una requisitoria ordenada por su excelencia el señor don Gaspar de Guzmán y Pimentel, conde de Olivares, se le ha traído a esta ciudad de Sevilla con la finalidad de aclarar ciertos extremos acerca de las voces que sobre el susodicho elixir corren. En virtud de la dicha requisitoria, por la presente tomamos declaración a don Jerónimo de Armenta en la sala grande de reuniones que hay en la primera crujía de la planta alta de la referida Casa de la Moneda de esta ciudad de Sevilla.

Preguntado el compareciente acerca de su nombre y vecindad, declaró llamarse don Jerónimo de Armenta, hijo de don Pedro de Armenta, avecindado en Córdoba, donde su familia tiene, como suya propia, una reguría del cabildo municipal desde hace muchos años y que pasa por herencia de padres a hijos.

Preguntado sobre sus medios de vida, respondió que son gente hidalga, procedentes de la jurisdicción del señorío de Vitoria y que llegaron a Córdoba en tiempos de la conquista a los moros de aquella ciudad por el santo rey don Fernando. Que allí se avecindaron como caballeros hijosdalgo y recibieron tierras, en juro de heredad, en premio a los servicios prestados al Rey nuestro señor por sus antepasados. Insistió en que son nobles y jamás han realizado, como corresponde a su condición, ningún tipo de trabajo vil y deshonroso, como es público y notorio. Asimismo manifestó que adquirieron por compra a la Corona el derecho de reguría en el cabildo cordobés.

Preguntado acerca de los lances y latrocinios que se le achacan y de los que hay constancia certificada por las justicias de diferentes lugares de estos reinos, respondió que fueron cosas de juventud, pero que al momento presente lleva una vida bien ordenada y sosegada, acorde con los merecimientos y obligaciones de que es acreedora una casa tan noble y de tanta hidalguía como lo es la de los Armenta de Córdoba.

Ítem preguntado por desafueros recientes en el tiempo, que no concuerdan con sus palabras en la presente declaración, el tal don Jerónimo no supo qué contestar, limitándose a señalar que aquellos lances a los que se refería eran cosas de soltería y de los pocos años. Igualmente declaró que algunos de los mencionados eran calumnias y mentiras con las que pretendían cargarle sus enemigos, faltando notoriamente a la verdad de los hechos. Preguntado sobre su edad y condición de estado, afirmó haber nacido en el año en que falleció el Rey nuestro señor don Felipe, segundo de este nombre y abuelo de la majestad terrenal que al presente reina, y que está bautizado en la iglesia de la Magdalena, según habrá constancia en los libros de fe de bautismos de dicha parroquia, que no recuerda ni el día ni el mes, pero que eso puede comprobarse fácilmente. Que es de estado soltero, si bien tiene dada palabra de matrimonio a la señora doña Luisa de Velasco, vecina de la ciudad de Córdoba, hija de don Luis de Velasco, y que al tiempo presente se están preparando las moniciones y capitulaciones matrimoniales. Que su padre, don Pedro de Armenta, entregó a Dios su ánima hace años, cuando él era un mozuelo, pero no recuerda la fecha con mayor precisión, salvo que fue cuando por orden del rey nuestro señor don Felipe (que gloria haya), padre de nuestro rey, ordenó expeler de estos reinos a la ralea de los mudéjares, llamados moriscos. Que su madre, doña Manuela de Rojas, vive en las casas principales de su familia, sitas junto al convento San Pablo y cercanas a la plaza que dicen de la Corredera. Que la susodicha doña Manuela, su madre, está impedida de un paralís y que padece de mal de ceguera. Que solo tiene una hermana, doña Leonor de Armenta, menor de edad que el declarante y que profesó años ha en el convento de las franciscanas de la ciudad de Córdoba. Que hubo otros hermanos y hermanas con que Dios nuestro Señor bendijo el matrimonio de sus progenitores, pero que por diversas causas y accidentes todos han dejado esta vida, porque esa y no otra ha sido la voluntad de Dios nuestro Señor.

Ítem preguntado por la procedencia de los dineros que emplea en su desaforada vida, en mancebías y casas de lenocinio, en mesones y tabernas, en juegos de azar varios como el naipe y los dados, en el mantenimiento de rufianes a su costa y en otras cargas de elevada cuantía, cuyo monto alcanza sumas exorbitantes, respondió que hay notoria exageración en las susodichas acusaciones y que los dineros para pagar sus necesidades proceden de las rentas familiares de las cuales él es, por voluntad de Dios nuestro Señor, el único depositario.

Llegados a este punto se le recordó al tal don Jerónimo que se encontraba bajo solemne juramento sobre los Santos Evangelios, a lo que respondió con un gesto afirmativo de cabeza y diciendo «Que era la pura verdad todo lo que afirmaba. Que lo que él decía eran los Evangelios». Luego, rápidamente se retractó de esta última afirmación para excusarse de otras complicaciones, que era cristiano viejo y cumplidor de los deberes y mandamientos a que nos exhorta la Santa Madre Iglesia. Fue entonces requerido a que señalase los orígenes de las rentas que le proveían para tan elevado gasto como ejecutaba. A esta pregunta respondió con la enumeración de una serie de propiedades, la totalidad de ellas en el reino de Córdoba. Unas formadas por tierras de encinar, en un valle que llaman de los Pedroches, y otras, en su mayoría tierras de sembradura y alguna viña en las campiñas de aquel reino. Todas ellas están entregadas en arrendamiento o aparcería y suponen, unos años con otros, unas rentas de ciento y ochenta ducados. Percibe, asimismo, los dineros de ciertos censos, unos al quitar y otros perpetuos, cuyo principal alcanza los ochocientos ducados y los réditos veintiocho ducados anuales. En total doscientos ocho ducados, que permitirían a un honesto pasar a una familia hidalga, pero sin larguezas ni dispendios. Hechos que no se corresponden con la vida de que hace gala el tal don Jerónimo, como es público y notorio, a quien se le calculan gastos superiores a los diecisiete mil ducados anuales, tirando por lo bajo. El interrogado no negó este cálculo, ni tampoco respondió en este momento cómo obtenía unos dineros tan por encima de las rentas que podían proporcionarle sus bienes y propiedades.

Ítem preguntado acerca de los rumores que corren sobre la posesión de un elixir maravilloso que le permite efectuar la transmutación de metales viles, como el plomo, en oro puro, contestó que ese rumor tenía algo de cierto, porque poseía un polvillo, que no elixir, de color cobrizo, como si fuera cobre molido y remolido, que causaba la transformación de cualquier metal en oro de ley. Y dijo esto sin vacilación alguna y sin siquiera pestañear una sola vez. Fue requerido por mi persona a que declarase el origen del dicho polvillo y el procedimiento a seguir para la obtención del mismo, a lo que contestó que el susodicho polvillo, del cual le queda una escasa porción, ha formado parte de la herencia familiar durante generaciones y que no conoce ni sabe cuándo llegó a poder de su familia, pero que sabiendo como sabe que es cosa de moros y judíos supone que estará relacionado con la llegada de su familia a las tierras de Córdoba, que entonces eran de infieles, en los tiempos de la conquista, hace cosa de trescientos años. Que ese polvillo lo guarda en un matraz de vidrio incoloro, conservado en una bolsa de tafetán muy vieja y desgastada, donde están bordadas las armas de los Armenta. Que su padre, antes de morir y a pesar de su corta edad, tendría por entonces unos quince años, le descubrió la existencia de aquel polvillo misterioso que su familia conserva desde tiempo inmemorial, según queda dicho, y que de ese polvillo, en diferentes y numerosas ocasiones ha llevado a cabo la transmutación de metal vil y obtenido elevadas sumas de pasta de oro que ha entregado para ser amonedadas por su cuenta en cecas reales y que ha pagado el impuesto del amonedamiento establecido por el Rey nuestro señor. Y dijo todo esto sin que hubiese ningún tipo de intimidación ni presión al declarante, que lo hizo por su propia voluntad, sin que produjese en el don Jerónimo ni pizca de extrañeza, e hizo esta declaración como si el fabricar oro se tratase de la cosa más natural y corriente del mundo. Preguntado otra vez, para mayor certificación, acerca de estos extremos, volvió a responder en la misma forma en que lo había hecho la primera vez y en este protocolo queda recogido.

Ítem preguntado sobre la fórmula para realizar la transmutación, afirmó que la misma es cosa muy simple, que basta con añadir al metal vil, que previamente ha sido fundido en un crisol, una pizca del polvo cobrizo, que se remueve la dispar mezcla hasta que el polvillo se queda entremetido totalmente. Que una vez conseguido esto, la sustancia se aparta del fuego para que solidifique y que en ese momento, sin que él sepa ni el porqué, ni el cómo, se lleva a cabo por sí misma la transmutación y se obtiene la pasta de oro, que se desprende del crisol, sin trabajo de ninguna clase. Que de esta manera se obtiene como una especie de pepita gigante de oro puro y sin ningún tipo de contaminación, ni ganga que quitar. Que si se quiere se puede fundir el oro y vaciarlo en moldes, para de esta forma obtener lingotes del tamaño y forma que desee. Que él suele hacer los lingotes susodichos porque a la vista ofrecen mejor aspecto que la pepita salida del crisol, pero que no hay alteración ni en la pureza ni en la calidad del oro que consigue.

Luego fue requerido para que señalase las veces que ha llevado a cabo este experimento, a lo que contestó que no se trata de un experimento sino de un procedimiento alquímico, y que lo ha realizado con gran frecuencia desde que entró en posesión del matraz, cuyo contenido hace unos diez años era de casi medio almud, pero que ahora la cantidad de sustancia que posee se ha reducido considerablemente, porque a veces ha realizado varios procedimientos alquímicos en una sola semana y que el resultado es invariablemente infalible. Declaró igualmente que cuando su progenitor le encomendó la bolsa de tafetán morado donde se guarda el matraz que contiene el polvillo, había también con el dicho matraz un pliego de pergamino muy antiguo donde se contienen las instrucciones para realizar la transmutación y que llevaba consigo aquel pliego, aunque el procedimiento es tan simple que no necesita de su concurso para llevar a cabo el susodicho procedimiento. Acto seguido a esta declaración fue requerido para que presentase el susodicho pliego de pergamino, cosa que hizo de voluntad propia. Lo extrajo de un bolsillo disimulado que llevaba al pecho de su jubón. Ese escrito dice lo que sigue:

Procedimiento válido, cierto y verdadero para la transmutación de metal vil en oro.

Se toman varias onzas de metal vil tales como pueden ser plomo, hierro, estaño o cobre. Si bien la experiencia dice que el plomo, el cobre o el estaño por ser sustancias más fáciles de fundir se adecuan mejor al propósito que nos ocupa. Siempre serán metales puros, y no se considerarán en modo alguno ni los minerales que tengan ganga ni tipo alguno de aleaciones de metales.

Se depositará la cantidad de metal elegida en un crisol que previamente habrá sido calentado a altas temperaturas, las cuales llegado el momento habrán de permitir la fundición del dicho metal hasta convertirlo en un fluido pastoso. Una vez fundido el dicho metal, se añadirá a la masa polvo de proyección del que contiene el matraz en pequeña porción, pues un adarme de ello basta para que se alcance la transmutación, luego de añadido se removerá sin descanso hasta que el susodicho polvo de proyección quede entremetido en su totalidad. Obtenida la mezcla pastosa se apartará el crisol del fuego y se dejará enfriar por método natural. La transmutación obrará por sí misma y se alcanzará por este camino una pasta de oro, el más puro que jamás se hubiese visto y de ley sin igual.

El procedimiento de transmutación es alquímico por su naturaleza, pero todo estará siempre en manos de la Divina Providencia, que iluminó a Abraham el Judío facilitando a su persona los conocimientos y saberes necesarios para encontrar el camino que tantos buscaron y no encontraron, y que permitió que llegase hasta mis manos el libro por él escrito y donde se contiene la sabiduría para alcanzar la Gran Obra.

Debajo de estas instrucciones hay una firma con su rúbrica que no es legible, aunque parece ser que pone Diego. El pergamino que contiene este texto es ciertamente antiguo y los pliegues atestiguan también esa antigüedad. Por las formas de las letras diríase que es obra de la época de los ínclitos reyes don Fernando y doña Isabel, que gloria de Dios hayan.

Ítem preguntado por el libro al que se hace mención en el susodicho pergamino, el don Jerónimo contestó que no tenía conocimiento alguno acerca del mismo, salvo la mención que aparece escrita en el dicho pergamino. En este punto instósele a recordar que estaba bajo palabra de juramento, a lo que respondió que, si preciso fuere, estaba dispuesto a renovarlo porque lo que había dicho respecto del libro de ese judío y todo lo demás era la pura verdad.

Ítem preguntado de nuevo si había escuchado, oído, visto o alcanzado por cualquiera otra vía algún conocimiento del susodicho libro, reiteró su negativa y afirmó que tampoco su padre le refirió nada al respecto, cuando le participó aquel secreto.

Ítem preguntado acerca de si sabía de la existencia de otros recipientes que contuviesen aquel polvillo o si tenía conocimiento de dicha existencia por cualquier otro camino, contestó negativamente. Dijo que solo sabía de la existencia de aquel matraz y que, si bien nunca lo pesó, calculaba por su volumen y la cantidad que contenía que sería como medio almud a poca diferencia la cantidad de polvillo que había recibido de manos de su progenitor. Y dijo también que ignoraba si entre sus antepasados había habido otros matraces.

Ítem preguntado acerca de dónde guardaba las existencias de aquel polvo, respondió que el mismo estaba a buen recaudo en las casas de su morada en Córdoba.

Ítem preguntado que si estaba en disposición de llevar a cabo el procedimiento ante testigos, si para ello fuese requerido, dijo que lo estaba y que, tratándose de un deseo de su excelencia el señor conde de Olivares, lo haría con sumo gusto y satisfacción.

Ítem preguntado sobre las razones o causas por las cuales había mantenido en secreto aquel conocimiento, contestó diciendo que él no había mantenido en secreto aquel conocimiento sino todo lo contrario. Que una vez fallecido su padre y entrado en plena posesión quieta y pacífica de los bienes familiares, como único heredero legítimo, por ser su única hermana menor y mujer, lo fue publicando y diciéndolo a todos los que lo quisieron escuchar. Que los más lo tomaron a burla, como locura de juventud y otros lo consideraron como indicio de desvarío. Que le ha producido gran sorpresa y mucho pavor que le hayan puesto guardias para traerle a esta ciudad de Sevilla; porque, de saber el asunto, él hubiera venido gustoso y por voluntad propia. Y mayormente tratándose de un deseo de su excelencia.

Concluido y terminado el presente interrogatorio y consiguiente declaración, el dicho don Jerónimo fue conducido a unas dependencias de la llamada Casa de Contratación, que se encuentra cercana a esta Casa de la Moneda. Y allí ha sido puesto en una alcoba de su planta superior, con custodia permanente y órdenes estrictas y perentorias de que habrá de permanecer incomunicado hasta que otra cosa se mande.

El presente testimonio se levantó siendo dadas las doce horas y media del mismo día que se contiene en el encabezamiento del mismo y en el lugar que igualmente está consignado.

Doy fe de que todo su contenido se atiene a la verdad de lo dicho y acaecido en el susodicho interrogatorio, que fue realizado por voluntad expresa de su excelencia, don Gaspar de Guzmán y Pimentel, conde de Olivares... y ministro del rey nuestro señor (cuya vida Dios guarde), quien nos requirió para levantar este testimonio en calidad de nuestro empleo como protonotario mayor del reino y fedatario público de su majestad.

En la ciudad de Sevilla *ut supra*

El testimonio que Edward Andrews acababa de leer conservaba intacto el sello en lacre, de color rojo apagado, del protonotario Villanueva, y su firma y rúbrica, en la que podía leerse sin dificultad su nombre y apellido.

El expediente siguiente de aquel legajo, el número doce,

también contenía información relacionada con el mismo asunto. Se trataba de otro testimonio notarial, levantado también por Villanueva y fechado asimismo en la capital andaluza cinco días más tarde, donde se recogía el proceso, ante testigos, de la fabricación de oro por parte de don Jerónimo de Armenta. Esos testigos, amén del notario, eran el conde de Olivares, el arzobispo de Sevilla, un teólogo y la mismísima reina de España, Isabel de Borbón, la esposa de Felipe IV. Este había sido informado de todo por el ministro, pero prefirió marcharse a cazar patos, cosa que tenía más complicada en la corte —lo complicado era que las piezas fuesen patos, no ir a cazar— acompañado de varios de sus cortesanos y media docena de las más finas putas sevillanas, entre las que se encontraba la famosa *Repolida*.

Andrews leyó con fruición aquellas páginas donde desde luego no se consignaba ni lo referente a la caza, ni lo relacionado con las putas. Sin embargo, concluida la lectura de aquellos papeles se imaginó cómo pudo ser aquella singular escena.

10

La carroza en la que llegó el conde de Olivares al sitio donde iba a tener lugar el prodigioso experimento reflejaba hasta en los más pequeños detalles el poder de su dueño. Era una carroza regia, aunque no fuese rey su propietario.

Se había elegido para tan extraordinario acontecimiento, que de resultar cierto pondría fin a los continuos apuros financieros en que se debatía la Real Hacienda por culpa de las costosas guerras que, una vez más, había sido necesario emprender contra los herejes y rebeldes holandeses y los malditos protestantes alemanes, el palacio de su eminencia ilustrísima el arzobispo de Sevilla, quien había ofrecido las casas de su morada para una ocasión tan especial como aquella a la que, por añadidura, iba a asistir su majestad la reina, la bellísima Isabel de Borbón.

El palacio arzobispal era un soberbio ejemplar renacentista, con añadidos al nuevo gusto barroco que de unos años a aquella parte se imponía por todas partes como muestra del poder terrenal de una Iglesia todopoderosa. Estaba emplazado en uno de los laterales de la plaza de la Virgen de los Reyes, patrona de la ciudad, junto a la impresionante catedral sevillana, una de las más grandes del orbe cristiano. Desde las numerosas ventanas y balcones de su fachada principal se podía contemplar la esbelta torre que servía a aquel templo de campanario y que suponía una singularidad exclusiva en un templo cristiano. Era aquella torre obra de moros, como podía apreciarse fácilmente por el ladrillo de sus paredes y por las formas de sus arcadas y de sus elementos decorativos. A aquella torre, que desde hacía algunos años los sevillanos habían dado en llamar la Giralda, se le había añadido en tiempos del emperador Carlos, bisabuelo del monarca felizmente reinante, un cuerpo de campanas, como correspondía a una iglesia cristiana. Coronando dicho cuerpo se había colocado una estatua que simbolizaba la fe y a la que se conocía con el nombre popular de *Giraldillo*, el cual había acabado por dar su nombre a toda la torre, una de las más hermosas de la cristiandad. También podía verse desde el palacio de su eminencia el patio de los Naranjos, de traza musulmana al igual que la Giralda, que era lugar de encuentro de la canalla y de la truhanería sevillana que allí, acogida a lo sagrado del recinto, tenía sentados sus reales. Allí se hacían juntas y conciliábulos y se organizaban cofradías de matones. Allí se cerraban tratos para ajustes de cuentas y se encargaban «trabajos», según unas tarifas establecidas por los jefes de aquellas comandas y que eran respetados escrupulosamente: por partir un brazo dos ducados, por una pierna tres; si el encargo era pierna y brazo, cuatro ducados, siempre en buena moneda de oro o plata. Allí no tenía cabida el maldito vellón. Saltar un ojo estaba tasado igual que la pérdida de una pierna: diez ducados, la misma tarifa que se cobraba por una paliza sin roturas graves. Una vida costaba cuarenta ducados, y el precio se doblaba si se trataba de persona principal.

La hora que se había escogido para el ensayo o el procedimiento, como gustaba decir don Jerónimo de Armenta, era discreta, después del toque de oración y una vez que los sevillanos habían dado por concluida su jornada y se habían recogido al amparo de sus casas, porque a partir de aquella hora, a pesar de las prohibiciones de la autoridad y, de alguna forma, por ello, la ciudad se convertía en un lugar poco recomendable para los buenos cristianos. Sin embargo, el sitio elegido para la prueba no era discreto, dada la vecindad del lugar donde se congregaba la mala vida de Sevilla, una ciudad que era asombro del mundo porque una decisión real la había convertido en el emporio del comercio con las Indias. Allí se concentraban las flotas de galeones que habían de partir hacia las colonias, cargados de mercaderías que abarrotaban los almacenes situados en la orilla del Guadalquivir y que daban una actividad sin igual al populoso barrio del Arenal. Allí llegaban, en medio de la alegría desbordada de los mercaderes, de los agentes de banca y de cambio, de los accionistas de sociedades, de los comerciantes y del común de las gentes, las mismas flotas procedentes del otro lado del Atlántico llenas a rebosar de especias, cochinilla, palo de tintura, cacao, añil y, sobre todo, oro y plata procedentes de las minas de Potosí, de Zacatecas y de muchos otros lugares. La arribada de las flotas, anunciada con entusiasmo desde que los impresionantes galeones cruzaban la barra de Sanlúcar y sus proas enfilaban las aguas del río hasta rendir viaje en Sevilla, estremecía a la ciudad que se convertía en un hervidero festivo.

La fachada del palacio arzobispal estaba iluminada como en las grandes solemnidades para recibir a la reina y al hombre más influyente, después del rey, naturalmente, de la monarquía más poderosa de la tierra, en cuyo nombre la gobernaba. Era como si aquel día hubiese arribado a Sevilla una flota de galeones procedentes de las Indias cargada con grandes cantidades de oro y de plata que fuesen a aliviar las penurias en que se debatía la Real Hacienda. Varios piquetes de soldados armados con alabardas y luciendo vistosos uniformes guardaban el lugar y sus alrededores. A la llegada de la carroza, uno de los pelotones formó para rendir los honores establecidos en el rígido protocolo cortesano. Con agilidad impensable en un hombre de su envergadura, descendió don Gaspar del coche sin esperar a que criados ni lacayos le abriesen la portezuela y le rindiesen el estribo. Iba descubierto dejando ver su negra melena de pelo lacio con las puntas remetidas y la poblada barba que cubría buena parte de su rostro. Con todo, lo más llamativo de aquella figura, que rebosaba poder en sus gestos y ademanes, eran unos hermosos y espectaculares mostachos que formaban un rizado caracol en sus extremos. No hizo caso a ninguno de los numerosos saludos del pequeño grupo de personas que estaban congregadas en el patio donde había parado la carroza y pidió que le condujesen ante la presencia de su ilustrísima, que ya bajaba por la escalinata principal de la casa para recibir a tan egregio visitante. Había tantos faroles, entre los que colgaban de las paredes y los que portaban los criados, que más parecía hora del mediodía que la caída de la tarde y la llegada de las primeras sombras de la noche en poco rato iban a cubrir la capital andaluza. El encuentro entre los dos magnates se produjo en el arranque de la escalera. Su eminencia era hombre de talla, pero de figura delicada; tenía aspecto enfermizo. Recibió al valido de Felipe IV con una leve inclinación de cabeza, a la par que extendía su morada mano enguantada y se la ofrecía para que besara el anillo que simbolizaba su dignidad eclesiástica. Olivares hizo una cortesana reverencia y besó con ligereza la piedra del anillo arzobispal.

—Excelencia, supone para nos un honor recibiros en esta humilde morada.

—El honor es nuestro, eminencia. —Diciendo esto el conde dio por concluidos los protocolos y tomó las riendas de la situación, indicando a su anfitrión, con un contundente gesto, que no estaban allí ni para cumplidos ni para finezas. Mientras subían por la escalera Olivares preguntó con el tono de quien sabe de antemano la respuesta—: Supongo que todo está preparado, ¿no es así?

—Así es, excelencia. Todo está dispuesto para que la función comience cuando llegue su majestad la reina, nuestra señora, que Dios guarde.

—Si no os molesta, eminencia, me gustaría ver el salón antes de que su majestad llegue. No es que desconfíe... pero vos ya sabéis...

Al arzobispo no le gustó aquella desconfianza y torció el gesto. Fue un leve matiz que no pudo contener. Sobreponiéndose trató de mostrarse obsequioso y complaciente.

—En absoluto, excelencia. Así podréis comprobar cómo se han seguido puntualmente todas vuestras instrucciones.

Fuera, en la plaza de la Virgen de los Reyes, se habían formado algunos corrillos de curiosos cuyo número fue aumentando con el paso de los minutos hasta congregar un cierto gentío que los soldados mantenían a una prudente distancia de la puerta, que permanecía despejada. Algunos cofrades del patio de los Naranjos, aprovechando la presencia de los curiosos, se habían sumado a aquella concurrencia que no respetaba el toque de oración y a la que los corchetes y alguaciles que por allí deambulaban no dispersaban. Habían recibido instrucciones muy precisas para aquella jornada y en lo que se refería a aquel lugar.

—Dicen que el valido ya está en el palacio —afirmaba uno de los congregados.

—Sí, sí. Ha poco que llegó en una carroza de rey —respondía otro de los presentes, aseverando el rumor.

—¡Como que el rey es él! —terció un tercero.

Ante aquella exclamación que podía llegar a oídos indiscretos varios de los presentes pidieron chitón.

—Se espera a la reina de un momento a otro, porque también ella viene a esta reunión. Y esto que digo lo sé de buena muy buena tinta. —Quien hacía esta afirmación era un fornido hombretón que por su aspecto y formas parecía soldado viejo, tuerto del ojo izquierdo y lisiado del mismo brazo, que le colgaba sin vida.

—Si viene la reina nuestra señora y con la presencia del de Olivares, debe tratarse de un asunto del máximo interés.

—¡Cómo! ¿Vos no sabéis cuál es el motivo de esta reunión?

—¡Voto a Dios que no conozco el motivo de tan importante concurrencia en el palacio de su eminencia! —replicó el aludido, como sacudiéndose una culpa que no era suya y con la que no estaba dispuesto a cargar.

Casi todos los presentes rieron o sonrieron y también varios de ellos, atropellándose los unos a los otros, trataron de explicarle la causa de la reunión.

—¡Van a efectuar un experimento de alquimia para convertir el plomo en oro!

El hombretón se retorció, con la mano buena, una de las puntas de su mostacho y esbozó una sonrisa displicente:

—¡Venga ya! ¡A otro chucho con ese cuento! ¡Convertir el plomo en oro!

—¡Sí! ¡Sí! ¡Se trata de ensayar un procedimiento que un cordobés viene realizando con éxito desde hace ya muchos años! —afirmaron a coro varias voces.

—¡No me lo puedo creer! —insistió el veterano tuerto y manco—. ¡Además, cordobés y hombre de bien no puede ser!

—¡Que sí, que es cierto! ¡Que la fórmula para fabricar oro con cualquiera de los metales viles la tiene un hidalgo Cordobés que lleva gastando sin tasa toda la vida! —apostilló un individuo malencarado y de estatura tan pequeña que casi era un enano.

—¡En efecto! —señaló otro de los presentes—. ¡Ese hidalgo cordobés se llama don Jerónimo de Armenta!

—¿Don Jerónimo de Armenta, decís? —preguntó un individuo con la cara picada de viruela y que se embozaba en una vieja capa de paño negro.

—¡Así es! ¡Don Jerónimo de Armenta! ¡Ese es su nombre!

—Si es quien me creo —recalcó el de la capa vieja—, se trata de un perdulario cordobés, matachín y putañero que en efecto va por ahí diciendo que fabrica oro con pedazos de plomo o de cobre. ¡Yo no me creo eso de que fabrica oro! ¡Pero tener dineros los tiene! ¡Muchos dineros!

En esto estaba la conversación cuando un movimiento del gentío anunció que se producía alguna novedad. Por la embocadura de la plaza que daba a la calle que conducía hasta los Reales Alcázares se sintió el piafar de los caballos y los golpes de los cascos en el empedrado. En medio de la creciente oscuridad pudo vislumbrarse una carroza fuertemente escoltada que ya llevaba sus faroles encendidos. Casi por inercia se abrió un piquete de respeto que dejaba paso a la comitiva que llegaba en aquel momento. Los piquetes de soldados que hacían guardia a la puerta del palacio arzobispal se agitaron y por encima del rumor del gentío se elevaron las voces de sus cabos ordenándoles que ocuparan sus puestos. También se produjo movimiento en el interior del palacio, donde muchos clérigos de los allí presentes se movían de un lado para otro provocando cierto desconcierto, mientras don Gaspar y el arzobispo bajaban la escalera a toda prisa y ganaban la puerta principal para recibir a la reina que, al parecer, se había adelantado algunos minutos sobre la hora en la que estaba prevista su llegada. Solo el anuncio de que se acercaba su majestad había desatado los nervios de quienes la esperaban.

Entre el gentío se levantó primero un rumor y después un griterío:

—¡La reina! ¡La reina! ¡Llega la reina!

—¡Es la reina! ¡La reina!

Entre los gritos de la numerosa concurrencia se perdían ahora las voces de los cabos dando instrucciones a sus soldados:

—¡A formar! ¡A formar!

—¡A tu izquierda! ¡Más deprisa! ¡Esas alabardas! ¡A ver qué pasa con esas alabardas!

—¡Vamos, vamos! ¡En fila!

Los dos lados de la puerta de palacio quedaron flanqueados por sendas hileras de soldados con alabardas. Otros hombres formaron un cordón, a distancia prudencial de la fachada, para evitar que la aglomeración entorpeciese la llegada de su majestad. Todo se hizo con la precisión y la rapidez de quienes están acostumbrados a realizar aquellos menesteres con frecuencia. Justo en el momento en que la carroza de la reina, mucho más sobria y también más elegante que la del valido, se paraba ante la puerta, Olivares y su eminencia aparecían en el umbral de la misma. Un joven y apuesto capitán que venía al frente de la escolta real descabalgó de un salto de su montura y rindió el estribo para que Isabel de Borbón bajase del vehículo. Con desenvoltura cortesana tomó la mano de la reina a la que acompañaba una sola de sus damas. Aquel capitán era donjuán de Tassis, conde de Villamediana. En ese instante los soldados aprontaron las armas y saludaron a su reina, que se deslizó como una pálida sombra entre las sombras de la noche, en medio de reverencias y genuflexiones.

El salón donde don Jerónimo de Armenta iba a transmutar el plomo en oro estaba iluminado con cientos de velas sostenidas por numerosos candelabros de cristal y de bronce. El resplandor era tal que los llamativos colores de las alfombras que tapizaban el suelo y la riqueza de las cortinas que colgaban en los huecos de balcones y ventanas lucían en todo su esplendor. La pieza, por orden expresa de Olivares, había sido despojada de todo el mobiliario. En el centro de la habitación había una mesa y en ella un crisol limpio y reluciente, y una bandeja de plata con varios lingotes de plomo. Junto a la mesa y sobre un pedestal de mármol rojo estaba dispuesto un horno de atanor, de los usados por los alquimistas que, por el calor que desprendía, debía llevar largas horas encendido. Varios criados atendían el fuego y lo alimentaban continuamente para que mantuviese la elevada temperatura que requería el proceso que allí iba a tener lugar.

A una distancia prudencial había sido colocado un sillón con dosel. La reina tomó asiento en él y los dos personajes se situaron a sus lados, Olivares a su derecha y el arzobispo a su izquierda, mientras que su dama de compañía se mantuvo en un discreto segundo plano, pendiente de su señora por si esta requería sus servicios. Un teólogo de aspecto severo y cara afilada ocupó sitio junto al arzobispo. Era un dominico de aspecto fiero y desconfiado. Isabel de Borbón estaba espléndida, era una belleza regia. Vestía un traje de brocado negro con diminutas flores de lis bordadas con hilos de oro. El talle del vestido era ajustado y las mangas largas. La falda, que tenía forma de campana lisa y sin adornos añadidos, llegaba hasta los pies. Tenía su negra melena recogida en una especie de moño gracioso al que se había acoplado un diminuto sombrero de terciopelo rojo en el que resaltaban tres perlas pequeñas de forma alargada y adornaban un prendedor que sostenía una pluma blanca. El negro azabache del pelo de su majestad tenía su complemento en unos grandes ojos también de un negro intenso y vivo. Su mirar era enérgico, aunque estaba velado por un fondo de tristeza que no le quitaba belleza y le hacía ganar en elegancia. El color de su piel era blanco, sin manchas, poseía un cutis tan delicado y brillante que parecía de porcelana; daba la sensación de que se podría romper con solo tocarlo.

Una vez la reina hubo tomado asiento, el protonotario Villanueva, la otra persona que había en el salón, además del teólogo, que era figura imprescindible en cualquier acto de la corte española para garantizar la ortodoxia de cualquier acción o decisión, solicitó la aquiescencia real para sentarse tras un bufetillo revestido de un lienzo encarnado que se había dispuesto para la ocasión y donde había papel y recado de escribir. Cuando tuvo dispuestos todos los trebejos hizo una inclinación de cabeza a la reina, indicando que, por su parte, todo estaba dispuesto.

—Majestad —señaló Olivares entre obsequioso y cauto—, cuando vos dispongáis podemos comenzar.

Con un gesto lleno de dulzura la soberana se dirigió al purpurado que ocupaba el lugar de su izquierda.

—Cuando monseñor —la reina utilizaba el tratamiento que los franceses daban a los príncipes de la Iglesia— lo considere adecuado, tiene nuestra venia.

Aquel gesto de la reina dolió profundamente al valido que entendía que era a él a quien la soberana debería haberse dirigido. Era una muestra palpable del enfrentamiento que, de forma latente, si bien era del dominio público, sostenía Isabel de Borbón con el valido de su marido. Nunca había admitido que su real esposo depositase las tareas de gobierno y las decisiones de Estado en otras manos, y no entendía cómo no las asumía el propio monarca ayudándose de los consejos que considerase oportunos. Aquel desacuerdo se convertía en abierta animadversión hacia el valido, cuando la relación de don Gaspar con el rey caminaba por otros derroteros. Era un secreto a voces que Felipe IV, además de cumplir las obligaciones de su matrimonio con su bella esposa, buscaba alivios para su rijosa sensualidad en todas las camas que se pusiesen a su alcance. Desde las damas más encopetadas de su corte hasta las cortesanas más afamadas de entre las que ejercían en la villa y corte de Madrid, pasando, sin mayores reparos, por novicias conventuales. En aquellas lujuriosas funciones Olivares ejercía de regio alcahuete y compañero de correrías. La reina, que se sentía impotente y humillada ante las infidelidades de su marido, no perdía la más mínima ocasión que se le presentaba para zaherir en su orgullo al poderoso valido.

El arzobispo dio dos palmadas secas y, como si se hubiese puesto en funcionamiento un resorte, se abrió una de las puertas que daban acceso al salón. Acompañado de dos sacristanes entró un individuo de unos treinta años, aunque su aspecto avejentado parecía indicar muchos más. Tenía un porte hidalgo, pero estaba desgastado. Los sacristanes le condujeron ante la presencia de su majestad, donde hizo una elegante reverencia que denotaba alcurnia y mundo.

—Majestad, este es don Jerónimo de Armenta. —Olivares tomaba de nuevo la iniciativa, pero la reina cortó su intervención de forma severa.

—¿Decíais algo, monseñor?

—Señora, este que veis —el prelado sevillano parecía azorado con lo que estaba ocurriendo, aunque en el fondo disfrutaba con la situación, verdaderamente embarazosa, en que se encontraba el que era considerado el hombre más poderoso de aquella monarquía— es don Jerónimo de Armenta, la persona de quien os hemos hablado y quien posee la prodigiosa sustancia que permite la fabricación de oro a partir de metales no nobles.

El aludido, haciendo gala de un descaro notable, hizo una nueva reverencia y, por su propia iniciativa, sin la pertinente autorización, tomó la palabra. El arzobispo no reaccionó y Olivares no quiso intervenir, abrumado por los desplantes recibidos.

—Majestad, poseo por herencia familiar un polvillo rojizo, su verdadero nombre es polvo de proyección —aclaró con una desenvoltura chulesca—, que permite convertir en oro el vil metal. Creo que es para ello para lo que me han conducido ante vuestra real presencia. —Había cierto tono de sarcasmo en esta última afirmación.

La reina esbozó una leve sonrisa ante la desenvoltura de aquel charlatán. Don Jerónimo la interpretó a su modo: como salvoconducto indulgente para maniobrar a su antojo. ¿Acaso no era su persona el centro de atención de todo el tinglado que el valido del rey había organizado?

—Muy bien, majestad, contando con vuestra venia comenzaré el procedimiento.

Antes de que iniciase su trabajo el protonotario intervino.

—Majestad, si no hay reparo alguno por parte de vuestra augusta persona, sería conveniente que don Jerónimo fuese explicando cada uno de los pasos que contiene el proceso, de modo y forma que podamos tomar buena nota de todo lo que aquí suceda.

Isabel de Borbón respondió con un lacónico:

—Que así sea.

—Majestad, como tendréis ocasión de comprobar, el procedimiento es muy sencillo. Todo radica en el famoso polvillo. —Miró de reojo con acusada malicia a Olivares, quien hubo de tragarse su altanería y guardar su despecho para mejor ocasión. Ya tendré tiempo de ajustarte las cuentas, bribón, pensó el conde—. Hemos de poner el crisol sobre el horno y depositar en su interior los trozos de plomo.

Cuando Armenta iba a colocar el crisol en el hornillo, se vio sorprendido. Uno de los criados le sujetó por las muñecas y le inmovilizó. La reina, con gesto desabrido, dirigió al valido de su esposo una mirada fulminante.

—¿Qué es lo que ocurre, don Gaspar?

—Majestad, hemos de tomar todas las prevenciones a nuestro alcance. Este bribón es individuo de mala vida, perito en truhanerías y podría falsear el proceso. Solo se acercará al crisol cuando vierta lo que él llama polvo de proyección. No podemos fiarnos de gente de su ralea, majestad. La reina no dijo nada, solo apretó con fuerza los labios. Una vez colocado el crisol sobre el horno, uno de los criados introdujo en él los trozos de plomo. Fue necesario que transcurriesen casi veinte minutos para que el metal comenzara a fundirse. Este tiempo fue aprovechado por Armenta para realizar comentarios jocosos y burlescos que hicieron las delicias de su majestad, quien en algún momento hasta perdió la compostura que una reina de España tenía que guardar en público, de acuerdo con la rígida etiqueta cortesana. Isabel de Borbón rio de buena gana ante algunas de las ocurrencias de aquel individuo, mientras que el valido y el arzobispo asistían a la escena con cara de circunstancias y un punto escandalizados ante lo que estaba ocurriendo delante de sus narices. La reina, que hacía poco caso a la actitud circunspecta que mantenían aquellos prohombres de la monarquía, se limitó a comentar:

—Como vuestras excelencias podrán comprobar, don Jerónimo está muy seguro del éxito de su experimento ya que es el único de los presentes que no está tenso.

Haciendo gala de una osadía inaudita, aquel parlanchín se permitió corregir a la reina.

—No se trata de un experimento, majestad, sino de un procedimiento, de un procedimiento para obtener oro. Yo no necesito experimentar.

Ante aquel desafuero, un gemido escapó de la boca de su ilustrísima, que se llevó, en un intento estéril de taparla, una de sus enguantadas manos a la boca. La mirada que Olivares dirigió a aquel individuo mataba. En aquellos momentos el poderoso valido se sentía humillado hasta lo más profundo de su ser, más humillado incluso que ante los desaires de la reina. Al fin y al cabo la reina era la reina, pero aquel mequetrefe... Se cuestionaba, incluso, si había sido una buena idea montar todo aquel teatro. La única que estaba disfrutando con la situación creada era la soberana, quien colaboraba con su divertida actitud al mal trago, a caballo entre la sorpresa y la vergüenza, que estaban pasando los dos personajes que flanqueaban su sillón. Por fin, el plomo se había convertido en un fluido viscoso que uno de los criados removía con una pequeña pala de hierro.

—Ha llegado el momento más importante del procedimiento, majestad. —Don Jerónimo tomó una ampolla de uno de sus bolsillos, la abrió y vertió su contenido, un fino polvo rojizo, en el crisol donde fundía el plomo. Armenta parecía un actor de corral de comedias en el momento culminante de su representación—. ¡Remueve, remueve con más energía! —El perdulario, en presencia de la reina, casi estaba gritando al criado que movía la pala con cierta dejadez. Pero nadie se atrevía a intervenir. Olivares aguardaba a mejor ocasión para ajustar cuentas con aquel fantoche.

Bastaron pocos minutos, muchos menos de los que se habían necesitado para que el plomo se fundiera, para que el polvo de proyección desapareciese, como engullido, por el gris de la plúmbea masa, que estaba a punto de hervir. En la superficie de la misma habían empezado a formarse las primeras burbujas.

—¡Retirad el crisol! ¡Retiradlo! —Don Jerónimo ordenaba y gritaba sin que al parecer le importase ni mucho ni poco la presencia de su majestad. Él estaba en lo suyo, fabricando oro.

Una vez que el crisol fue puesto sobre la mesa, encima de una plancha de hierro, se produjo la transmutación. La luz de las innumerables velas palideció ante el resplandor que en un momento determinado salió del crisol, sin que nadie se explicase qué era lo que realmente había ocurrido. Ante el extraño fenómeno la reina se levantó y se acercó, dubitativa, al brillante recipiente. A Olivares y al arzobispo les faltó tiempo para seguir a la soberana. El crisol estaba lleno de una pasta dorada que solidificaba por momentos. Los hermosos ojos de Isabel de Borbón se habían abierto de una forma desmesurada. Había desaparecido por un instante la veladura de tristeza que parecía serles congénita.

—¡Oh! —La reina se llevó una de sus delicadas manos hasta la boca—. ¿Eso es oro, don Jerónimo? —preguntó.

—¡De la mayor pureza y de la más fina ley, majestad! —Armenta miraba con aire retador y desafiante a todos los que en torno a la mesa comprobaban estupefactos lo que había ocurrido ante sus ojos.

—¡Santo cielo! ¡Esto es obra de Satanás! —El arzobispo, después de aquella exclamación que sonó estentórea, juntó sus manos a la altura del pecho y sus labios empezaron a bisbisear. Estaba rezando jaculatorias y también estaba a punto de perder la compostura.

Olivares, más habituado a las cosas del mundo, mantenía el tipo. Su rostro era inescrutable. Nadie en aquel momento podría adivinar lo que estaba pasando por su enorme cabeza. Tal vez, los ejércitos y las flotas que podrían armarse con los recursos que estaban a su alcance, o las empresas que podrían acometerse para mantener en todo el orbe el prestigio de la más poderosa de las monarquías, cuya responsabilidad, como si de un Atlas se tratase, Felipe el Grande había depositado sobre sus espaldas.

Ante el silencio del valido, la reina se dirigió a él.

—¿Cuál es la opinión de su excelencia?

El conde decidió ser cauto. No podía fiarse de aquella arpía francesa, paisana del cardenal Richelieu.

—Majestad, con el debido respeto —miró intencionadamente a don Jerónimo—, opino que antes de nada debería extraerse esa pasta del crisol y...

Olivares se quedó con la palabra en la boca.

—Eso es muy fácil, majestad, basta con sacarla, no se

pega al fondo del crisol. —Armenta había interrumpido, sin ningún tipo de miramientos, la exposición del valido.

Pese al regocijo que a doña Isabel le producía la situación, decidió que había llegado el momento de colocar en su sitio a aquel sujeto que llevaba rato tomándose atribuciones impropias:

—¿Cómo es que osáis interrumpir a su excelencia? ¡Disculpaos, don Jerónimo! ¡Ahora!

Por primera vez, Armenta perdió la compostura. Visiblemente azorado murmuró una disculpa, con la cabeza gacha.

—¡No os oigo, don Jerónimo! —La amabilidad y la dulzura habían desaparecido del rostro de la soberana. Ahora su faz estaba rígida, hierática. Era como si todo sentimiento hubiese desaparecido de su persona. En un instante se había transformado en la reina de las Españas, y para que nadie albergase dudas, estaba ejerciendo de tal. Los criados, temerosos y por instinto, dieron varios pasos hacia atrás. Al arzobispo se le atragantaron las jaculatorias y su boca quedó cerrada con los labios apretados. Olivares se tensó. Todos percibieron que el valido podía moverse ahora a sus anchas.

—Majestad... yo... yo... mil perdones, majestad... os presento mis excusas, excelencia... —A Don Jerónimo la costaba trabajo articular las palabras. La voz no le salía del cuerpo.

—¿Decíais, don Gaspar?

—Si vuestra majestad lo tiene a bien, una vez extraída la pasta, cosa al parecer fácil, debería pasar el maestro ensayador que hemos hecho venir y que espera a que se le llame para que certifique la calidad de esta sustancia.

—Sea. Que venga, pues, el ensayador.

Olivares miró hacia los centinelas que custodiaban una de las puertas. No tuvo que decir palabra. Uno de los guardias salió del salón y regresó instantes después acompañando a un hombrecillo vestido de negro con una especie de sotana.

Era persona de edad avanzada y su cabeza peinaba unas escasas canas hirsutas que, a modo de corona, rodeaban su cogote y desaparecían a la altura de las orejas. La negrura de sus cejas, muy pobladas, era lo más llamativo de un rostro bastante anodino. Portaba un pequeño maletín de cuero negro.

—Majestad, vuestro humilde servidor, Juan de Mondáriz, maestro ensayador de vuestro real esposo, en la Casa de la Moneda de esta ciudad. —Hizo una reverencia tan ampulosa que resultó risible. Sin embargo, nadie movió un músculo. Solo una risilla conejil escapó de la garganta de Armenta. Se le cortó en seco ante la mirada de Olivares. La situación había cambiado por completo.

—Haced vuestro trabajo, maestro —ordenó el valido al ensayador sin mayores preámbulos.

Juan de Mondáriz sacó de su maletín una especie de piedra de afilar parecida a un cristal translúcido y de tonos ambarinos, así como un pequeño frasco del que extrajo, con la ayuda de un punzón de marfil, varias gotas de un líquido incoloro que extendió por la superficie del cristal. Luego con un pequeña navaja raspó la pasta dorada y colocó las raspaduras sobre el cristal mojado. Se colocó una lente montada en una arandela de hierro en su ojo derecho, que se agrandó hasta tomar un aspecto deforme, y observó con atención las raspaduras. El silencio entre los presentes era total. Los criados se habían acercado poco a poco al lugar donde se ensayaba la calidad de aquella sustancia. Sin hacer caso, Mondáriz raspó más limaduras y las depositó sobre su piedra de toque en la que vertió nuevas gotas del líquido incoloro. Después de aquella operación cortó, no sin esfuerzo, un trozo mayor de metal, lo miró al trasluz de las velas e hizo un gesto de asentimiento.

—Majestad, este es el oro más fino que he visto en toda mi vida. Su pureza es verdaderamente extraordinaria. —Volvió a mover con el punzón de marfil las limaduras y dirigiéndose a Armenta le preguntó—: ¿Cómo conseguís, señor, este prodigio? Parece cosa sobrenatural.

Mientras el arzobispo se santiguaba, una vez más, Olivares agradecía al maestro ensayador su trabajo y le despedía sin muchos miramientos.

—Bien, señor de Guzmán, ya tenéis lo que tanto anhelabais. Espero que de aquí en adelante los agobios financieros de la monarquía dejen de serlo.

Con estas palabras, dichas con regia frialdad, la reina dio por concluido el acto y tomando con ambas manos la falda de su vestido elevó este una pulgada para dirigirse a continuación hacia una de las puertas. La camarera siguió a su señora y después hicieron lo mismo todos los demás.

—Majestad, disculpadme, pero es por aquí. —El arzobispo, extendiendo un brazo, indicó a la reina la puerta que había de tomar y que los guardias abrieron de par en par.

Por pasillos, escaleras y galerías se produjo un verdadero revuelo en torno a Isabel de Borbón, mientras esta abandonaba el palacio de su eminencia. Como abejas alrededor de su reina, pululaban sotanas, bonetes y uniformes. Cuando llegó a la puerta de la arzobispal residencia, en un gesto de despedida, la reina alargó su mano dándola a besar al prelado y al valido. Luego, escoltada por el capitán de su guardia, el conde de Villamediana, subió a su carroza y partió hacia los Reales Alcázares. Todavía quedaban algunos corrillos de gente en la plaza de la Virgen de los Reyes a pesar de que sobre Sevilla había caído el negro manto de la noche. No querían perderse el espectáculo, siempre insólito, de ver a la reina de España. Ahora no se repitieron los vítores que acogieron la llegada de la soberana. El silencio solo fue roto por el trotar de los caballos y el ruido metálico de los flejes y de las ruedas de la carroza. En la lejanía se oyeron limpias diez campanadas dadas en el reloj del ayuntamiento.

11

A Olivares se lo llevaban los demonios. Todos los que le rodeaban conocían sus temibles accesos de cólera cuando las cosas no marchaban según sus previsiones, pero ninguno recordaba una situación como aquella. Contaban que al recibir la noticia había estrellado un tintero contra un hermoso cuadro del maestro Rubens, al esquivarlo el fámulo que le entregó el correo procedente de Sevilla. Lo que más asombro había producido era que hubiese arrojado, con grave peligro de deterioro, numerosos libros que se encontraban apilados en una mesilla de su despacho y que había adquirido a precio escandaloso a un librero genovés que realizaba negocios entre su patria de origen, Barcelona y Madrid. Todos los que trabajaban con él sabían que, en aquellas circunstancias, lo mejor era no hacer nada, convenía dejarle solo, como un león enjaulado, que rumiase sus pensamientos y que poco a poco la melancolía le amansase. Después del furor, invariablemente, quedaría sumido en una profunda tristeza y se metería en la cama hasta que por alguna razón su humor cambiase.

Nadie se atrevía a entrar en su gabinete, del que procedían numerosos ruidos producidos sin duda por la desatada cólera del privado. En alguna ocasión las reparaciones que había sido necesario efectuar tras uno de aquellos accesos habían supuesto un buen puñado de ducados, aparte de que, a veces, las pérdidas resultaban irreparables, como había ocurrido con una preciosa imagen de barro cocido, obra de un italiano llamado Torrigiano, que tras sufrir los efectos de su furia fue imposible recomponer.

En aquellas estaban cuando llegó otro correo, este procedente de Flandes y que sin duda traía nuevas de las operaciones militares que allí se desarrollaban. Las últimas noticias recibidas, hacía ya más de dos semanas, señalaban que los españoles hacía meses que estaban empeñados en apoderarse de la plaza fuerte de Breda a la que los holandeses habían fortificado de tal manera que corría la noticia de que era una ciudad inexpugnable. Aquel asedio se había convertido para los tercios de infantería española y para su general Ambrosio de Spínola en una cuestión de honra, de prestigio. Por todas partes se hablaba del resultado final de dicho sitio, en el que estaba en juego mucho más que la posesión de una plaza fuerte en el transcurso de una guerra en la que un considerable número de ciudades cambiaba de manos en cada campaña militar.

Aunque todos los presentes eran conscientes del interés de don Gaspar, recientemente nombrado duque de Sanlúcar la Mayor y que empezaba a ser conocido como el conde-duque de Olivares, ninguno de ellos se atrevía a presentarse ante él. Discutían un considerable número de colaboradores y criados acerca de qué decisión tomar, cuando hizo acto de presencia la esposa de su excelencia, doña Inés de Zúñiga y Velasco, descendiente también de los Guzmán de Medina-sidonia y prima de su marido. No era frecuente que la solemne doña Inés apareciese por las proximidades del gabinete de trabajo de su esposo, por lo que todos dedujeron que algo grave había sucedido. Su presencia acalló todos los murmullos y comentarios y se produjo como por ensalmo, una inclinación general de cabezas como señal de respeto a tan egregia dama.

—¿Está su excelencia en el gabinete?

Aunque doña Inés sabía de sobra que su marido estaba allí por los extraños ruidos que trascendían al exterior, hizo la pregunta como una forma de anunciar oficialmente su llegada. Para su sorpresa no obtuvo respuesta de ninguno de los que integraban aquella numerosa concurrencia, por lo que se vio en la necesidad de repetir, con cierta altivez, la misma pregunta:

—¿Está su excelencia, mi señor esposo, en el gabinete?

De entre los presentes, surgió la figura de un joven apuesto que sin duda alguna, por sus modales y su indumentaria, era un joven oficial. Tras saludar a la dama, sombrero en mano, con una profunda reverencia, dio respuesta a su pregunta.

—Señora mía, creo que su excelencia está en el gabinete, pero algo grave debe suceder. Acabo de llegar a esta corte, procedente de Flandes, solo me he detenido el tiempo justo para hacer presentable mi figura después de tantas jornadas de camino. Traigo en estos pliegos de la infanta-gobernadora, su alteza real doña Isabel Clara Eugenia —sacándolos de una de sus bocamangas los agitó ante los presentes— y contienen la noticia más esperada por esta corte durante los últimos meses, pero resulta que no puedo hacer entrega de ellos. ¡O aquí todo el mundo ha perdido el seso o es muy grave lo que está sucediendo ahí dentro, señora!

—¿Noticias de Flandes decís? —preguntó interesada doña Inés.

—Así es, señora. ¡De la mismísima Infanta Isabel Clara Eugenia, la tía abuela del rey nuestro señor! Y buenas noticias, ¡pardiez!

—¿Por un casual son noticias de Breda, señor oficial? —insistió la dama.

—Permitid, señora mía, que la discreción me obligue a no decir más hasta que estos pliegos —agitó de nuevo los papeles— sean entregados a su destinatario. —E hizo otra vez una cortesana reverencia.

Sin más palabras doña Inés, que iba sola, entró en el gabinete y cerró tras ella la puerta. Fuera nada se pudo escuchar de lo que habló el matrimonio. Pero poco después la gigantesca figura del conde-duque llenaba el umbral de la puerta y reclamaba a voces el mensaje que acababa de llegar de Flandes. Ante él se presentó el joven oficial que había mantenido la breve conversación con su esposa. Le saludó militarmente y le extendió la mano que contenía los pliegos donde estaban las esperadas noticias. Olivares rompió los lacres que certificaban el secreto de aquellas líneas sin el menor cuidado y leyó, con emoción contenida, el texto que sostenía con manos temblorosas. Hubo un momento en que su rostro se iluminó de manera inequívoca. Todos los presentes supieron entonces cuál era el contenido de aquellas líneas. El privado lo confirmó a grandes voces:

—¡Breda es nuestra! ¡Ha caído Breda!

—¡Breda se ha rendido! ¡Los tercios han ocupado Breda!

Aquellas voces provocaron una explosión de júbilo entre los presentes. A partir de entonces, era poco después de mediodía, la noticia correría por todas partes como reguero de pólvora. Madrid sería por la noche una corte en fiestas. Habría luminarias, repique general de campanas y se hablaría de funciones de teatro, de juegos de cañas y de corridas de toros. Habría que engalanar la plaza Mayor y revestirla como en las grandes solemnidades.

—¡Presto! ¡Mi espada y mi capa! ¡Mi carroza!

Olivares se había convertido en un torbellino. Atrás quedaba también la cólera producida por las noticias llegadas de Sevilla y que le hablaban del escabroso asunto de don Jerónimo de Armenta.

—¡Al Alcázar! ¡Voy a ver a su majestad! ¡Julián! ¡Que se convoque reunión del Consejo de Estado! ¡Urgente! ¡Para esta tarde!

Julián, su fiel y abnegado secretario, asintió con un gesto que le llevó a inclinarse desde la cintura y a correr como alma en pena.

—¡Los demás a trabajar! ¡Que se preparen correos! ¡Avisad a la posta! ¡A los conventos! ¡Y a las parroquias!

Mientras el privado recorría la distancia que separaba su casa del Alcázar Real, retrepado en el asiento posterior de su carroza, con las cortinillas echadas para salvar aquel trozo de intimidad, dejaba volar su imaginación y valoraba la posibilidad de encargar al maestro Velázquez un lienzo en el que quedase inmortalizada aquella proeza que sería gloriosa por siempre para las armas españolas. Los tercios seguían siendo invencibles, y para ellos, estaba claro, no había plazas inexpugnables. Aquella infantería era el terror de Europa y seguiría siéndolo por los siglos de los siglos, con la ayuda de Dios nuestro Señor. El valido estaba eufórico. Como en otras ocasiones, había pasado de la más profunda ira a una exultante alegría. Así era y así sería hasta que el Creador tuviese a bien llamarle a su presencia. Por su mente aún pasó un recuerdo fugaz de lo que había desatado su cólera aquella mañana. Le parecía algo muy lejano. Ahora Sevilla estaba muy lejos, mucho más de lo que estaba Breda. Al menos lo estaba en la cabeza de aquel gigante que en su mente buscaba la manera de ofrecer al rey aquella inconmensurable victoria: ¡Breda, la inexpugnable, pertenecía de nuevo a los dominios de su católica majestad!

A aquella misma hora, a orillas del Guadalquivir, en Sevilla estaban procediendo por parte de un grupo de los hermanos de la cofradía de la Santa Caridad a cumplir una de las obligaciones contenidas en las reglas de su hermandad: inhumar, por misericordia, los despojos mortales de un individuo que se llamaba, al parecer, don Jerónimo de Armenta y que no tenía a nadie en este mundo que se ocupase de sepultarlo. Aquel desgraciado había debido de tener una muerte horrorosa, según se desprendía de lo lacerado de su cuerpo. Tenía descoyuntados los huesos de sus miembros superiores e inferiores, que presentaban diversas roturas, también tenía el vientre hinchado y numerosas llagas en el torso, en los brazos y en las piernas. Cualquiera diría que se trataba de un reo del Santo Oficio, al que se había sometido al tormento del potro, de la toca y de la carrucha. Sin embargo, había muerto en la cárcel Real, que era de donde habían retirado el cadáver, o allí lo habían llevado para borrar todo rastro de su procedencia. La misión de los hermanos de la Santa Caridad, sin embargo, no era hacer preguntas ni investigar la muerte de los cadáveres que se encomendaban a sus manos misericordiosas. Lo que les habían dicho a ellos, y con eso bastaba, era que en aquella cárcel había permanecido desde la primavera del año anterior, cuando la corte visitó Sevilla para que su majestad, el cuarto de los Felipes, disfrutase de las delicias del coto de Doñana y tuviese unas semanas de asueto, alejado de los imponderables del gobierno y de las intrigas de la corte, si bien ni los unos ni las otras le agobiaban en exceso, al haber depositado su confianza y el trabajo que la resolución de los asuntos de Estado requerían en manos del conde de Olivares.

El tal don Jerónimo de Armenta había estado, primero, detenido e incomunicado en una pieza de la buhardilla de la Casa de Contratación, a raíz de un experimento o procedimiento que había tenido lugar en el palacio del arzobispo, donde, se rumoreaba, había fabricado una gran cantidad de oro certificado a partir de trozos de plomo. Al parecer, no pudo repetir la operación, según decía el propio detenido, por no tener una especie de polvillo maravilloso que era el que contenía la cualidad misteriosa que le permitía fabricar el oro. En el lugar de su prisión fue interrogado por el mismísimo asistente de la ciudad, que había recibido comisión expresa del conde de Olivares para resolver aquel asunto «de sumo interés para la salvaguarda de esta monarquía, amenazada de formidables enemigos», según palabras del propio ministro. Todos los intentos de don Fernando Ramírez de Fariñas, que era el asistente, resultaron baldíos. No hubo manera de conseguir que aquel sujeto revelase la forma o el modo de que se valía para obtener el misterioso polvo, ni tampoco la fórmula para fabricarlo. Paralelamente también fracasaron, uno tras otro, todos los intentos que realizaban los expertos de la Casa de la Moneda para conocer la composición del oro que aquel rufián había obtenido de unos trozos de plomo en el palacio del arzobispo. Igualmente no tuvieron éxito los experimentos realizados por unos holandeses, expertos monederos, para desentrañar el misterio. Tampoco logró nada un alquimista que, por orden expresa del conde-duque de Olivares, había sido traído desde Praga y que pertenecía al círculo alquímico que en aquella ciudad había organizado el emperador Rodolfo II de Habsburgo.

Tras el fracaso del asistente, lo intentó, empleando procedimientos más espirituales, su eminencia el arzobispo, don Luis Fernández de Córdoba y Mendoza. Tampoco consiguió progreso alguno. Fue amenazado con diferentes suspensiones de los auxilios divinos e incluso con la pena de excomunión mayor, que no hicieron mella en aquel sujeto, contumaz en sus posiciones y su silencio. No había forma humana y, al parecer tampoco divina, de sacarle nada fuera de las explicaciones que daba una y otra vez, y que todos conocían. Tampoco dio resultado la minuciosa búsqueda a la que fue sometida su casa familiar en Córdoba, ni las pesquisas iniciadas acerca de su hermana doña Leonor, profesa en las franciscanas, porque la joven monja había entregado su alma a Dios un año antes. Como consecuencia de toda aquella conmoción se produjo el fallecimiento de doña Manuela de Rojas, madre de don Jerónimo que, ciega y tullida, no pudo soportar el dolor de aquella vergonzosa situación para su persona y su familia, de la que se hacía lenguas toda Córdoba. Fue lo mejor que pudo sucederle a la anciana y decrépita dama. El resultado de la infructuosa búsqueda se redujo a encontrar entre los efectos personales del detenido un papel que era copia del que llevaba consigo y que explicaba el procedimiento seguido por este en casa del arzobispo y una bolsa de tafetán de color morado, muy antigua, según denotaba la textura del tejido, adornada con un bordado con las armas de la casa de Armenta, donde se guardaba un matraz vacío.

De esta guisa habían transcurrido más de cuatro meses, con lo que pasó la canícula veraniega de 1624 y llegó el otoño de aquel año. Por esa fecha el detenido, sobre el que legalmente no pesaba hasta entonces ninguna acusación, fue conducido a la cárcel Real bajo el terrible cargo de «falso monedero». Un delito cuya pena era siempre de muerte una vez que era probada la acusación, cosa que no resultaba muy complicada para la «justicia». En aquel inmundo caserón de la calle de las Sierpes, cercano a la plaza de San Francisco, pasó don Jerónimo, abandonado de todos, otros cinco meses, viendo entrar, comido de miseria, el año de gracia de 1625. Si, acostumbrado como estaba a una vida regalada, no murió en aquel lugar, donde toda incomodidad tenía su asiento y donde todo triste ruido hacía su habitación, fue porque allí encontró a algunos de sus compinches y cofrades de otras épocas que, en mejores condiciones que la suya, se apiadaron de su persona y, por misericordia, le proporcionaron algunos socorros que le permitieron sobrevivir.

Con todo, aún no había llegado lo peor. Pasadas las carnestolendas y comenzada la cuaresma, una noche, cuando todo el mundo dormía o aparentaba hacerlo, unos corchetes le sacaron de la cárcel y le introdujeron, maniatado y a empellones, en un negro y siniestro carruaje que no tenía ventanas. Allí le custodiaron durante el trayecto dos individuos de rostro impenetrable, pero con expresión de malos amigos, vestidos de negro y tocados con bonetes del mismo color. No respondieron a ninguna de las preguntas que les formuló aquel desgraciado.

—¿Me ponen en libertad? ¿Se me va, por fin, a hacer justicia? ¿Adónde me conducen?

Siempre encontró por respuesta a sus suplicantes preguntas un muro de silencio en aquellos dos macilentos individuos que por su atuendo debían de ser clérigos, pero que por su aspecto más semejaban verdugos. Tras un corto paseo llegaron a su destino. Don Jerónimo no pudo ver nada porque antes de bajar del carruaje le vendaron los ojos con un trapo negro. Solo sabía que era noche cerrada y que estaban cerca de un río, que no podía ser otro que el Guadalquivir, porque sentía el rumor que producían las aguas al fluir mansamente. También pudo comprobar a través de su piel que había empezado a llover y que hacía frío.

Fue introducido en una mazmorra a la que no llegaba la luz porque en sus macizas paredes solo se abría el hueco de una puerta baja que había que cruzar agachado. Se alumbraba con un cabo de vela que cada día le proporcionaban ya encendido y que cuando se consumía, después de algunas horas, lo dejaba sumido en la más absoluta oscuridad hasta el día siguiente cuando le llevaban la comida —pan, agua y un trozo de tocino salado— y la vela. Así estuvo diez o doce días, aunque no podía afirmar cuántos habían transcurrido en su nuevo encierro, porque había perdido la noción del tiempo y empezado a perder la cuenta de los días. Uno de ellos, no sabía si era la mañana, la tarde o la noche, le sacaron de la mazmorra y le condujeron a una sala espaciosa, donde tampoco llegaba ninguna luz salvo la de los cirios que la iluminaban tétricamente. Era una sala abovedada cuyas paredes estaban cubiertas en su totalidad, del techo al suelo, incluidas las puertas, por unos negros cortinajes. En uno de los extremos de la habitación había una mesa con tapete y faldillas también negras, tras ella se sentaban tres individuos igualmente vestidos de negro. Sobre el tapete de la mesa reposaban sus negros bonetes. En una esquina, un individuo, acomodado para escribir, estaba a la expectativa; también todo era negro allí. La escena tenía todas las trazas de un interrogatorio.

Cuando los ojos de don Jerónimo se hicieron a la luz del lugar y se fijó en el emblema que había en el centro de la cortina que se levantaba a la espalda de los tres sujetos ante los que él se encontraba de pie, un escalofrío le recorrió el cuerpo de pies a cabeza. Vio una cruz flanqueada por una espada y una palma. ¡Santo cielo! ¡Aquello era un tribunal de la Inquisición! ¡Estaba ante un tribunal del Santo Oficio! Ahora sabía dónde había estado todos aquellos días. Le habían conducido a Triana, el populoso barrio sevillano que se extendía a la orilla derecha del Guadalquivir, al temido castillo de San Jorge. A las mazmorras secretas de la Inquisición sevillana.

Cogido casi por sorpresa, al no haberse repuesto de la impresión recibida, escuchó la primera pregunta. La voz de quien le interrogaba sonaba cavernosa.

—¿Cuál es el nombre del reo?

Jerónimo titubeó y luego, con voz entrecortada, contestó:

—Mi nombre es don Jerónimo de Armenta y Rojas.

—¿Quiénes fueron vuestros padres?

—Mi padre fue don Pedro de Armenta, veinticuatro, como yo, de la ciudad de Córdoba, y mi madre, doña Manuela de Rojas.

—¿Cuál es vuestra vecindad?

—Soy natural y vecino de Córdoba, si bien llevo preso muchos meses en diferentes lugares de esta ciudad de Sevilla.

—¿Cuánto tiempo lleváis preso?

—No conozco con exactitud la fecha en que vivo, pero estoy privado de libertad desde la primavera de 1624, cuando la corte estaba en esta ciudad.

—¿Sabéis por qué causa estáis aquí?

—Lo ignoro. ¿Acaso lo sabe su paternidad?

El inquisidor torció el gesto, pero se contuvo.

—¿En verdad no sabéis por qué estáis en presencia de este Santo Tribunal?

—No, reverencia. No lo sé.

—Tal vez os refresque la memoria esto. —Puso encima de la mesa la bolsa de tafetán con el escudo familiar de los Armenta bordado en ella.

Don Jerónimo no se inmutó.

—Esa bolsa es de mi propiedad. Tiene bordado en su tela el escudo de armas de mi familia.

—¿Podéis decirnos qué es lo que contenía esta bolsa? —La voz del inquisidor denotaba cierta autocomplacencia.

—Esa bolsa contuvo largo tiempo una herencia familiar. Un fino polvo que había pasado de padres a hijos dentro de mi familia y que según un testimonio que con ella se conservaba permitía obtener oro a partir de metales viles. —No hubo un asomo de titubeo en la respuesta de don Jerónimo, que parecía haber recobrado la compostura.

A un gesto del inquisidor que presidía la mesa, los otros dos acercaron sus cabezas y comentaron alguna cosa entre ellos en voz baja. Pese al absoluto silencio que reinaba en la sala era imposible escuchar lo que cuchicheaban. Terminado aquella especie de conciliábulo, el principal de los inquisidores continuó el interrogatorio.

—¿Qué era ese polvo que habéis mencionado y cuál era su origen?

—Se trataba, paternidad, de polvo de proyección. Una sustancia alquímica que constituía el principio que permitía la transmutación de metal en oro. Respecto a la segunda de las preguntas, ignoro su origen. Solo sé que llevaba en poder de mi familia mucho tiempo.

—¿Por qué habláis en pasado cuando os referís a ese polvo? —preguntó el inquisidor que estaba sentado a la izquierda.

—Porque he agotado la provisión que del mismo tenía. —Armenta dibujó una expresión lastimera en su rostro.

—¿No conserváis, pues, siquiera un adarme de tan singular sustancia? —preguntó de nuevo el inquisidor principal.

Don Jerónimo negó con la cabeza.

—No oigo vuestra respuesta —insistió el interrogador.

—Ni una sola pizca de esa sustancia, paternidad —respondió en tono compungido.

—¿Cuántas veces realizasteis ese experimento?

—Muchas veces, reverencia, muchísimas. Cada vez que necesitaba dinero.

—Dinero para vuestras fechorías y latrocinos, ¿no es así?

El reo no contestó a aquella cuestión que todos daban por sabida. Tomose su silencio por asentimiento a la aseveración del inquisidor.

—¿Cuál era la proporción de polvo que utilizabais en cada uno de vuestros... vuestros experimentos?

—No eran experimentos, reverencia, sino procedimientos, y no conozco la proporción exacta que había de emplearse. Utilizaba siempre pequeñas cantidades, siguiendo las instrucciones escritas que me llegaron con el matraz que contenía el polvo de proyección.

—¿Sabéis si en vuestra familia se llevaron a cabo con anterioridad a vos estos experimentos para conseguir oro? —La pregunta le llegó de nuevo desde el lado izquierdo de la mesa.

—Lo ignoro, reverencia. Solo sé que mi padre, don Pedro,

que gloria de Dios haya, me entregó poco antes de morir esa bolsa que está sobre la mesa en la que se guardaba el susodicho matraz y unas instrucciones para el uso del polvo que contenía. Otra vez se produjo un conciliábulo entre los tres inquisidores sin que trascendiese nada de lo que comentaban. Concluida la conversación de la que solo se percibía un ligero murmullo, el que estaba en el centro realizó un breve comentario exhortando a don Jerónimo a que declarase cualquier cosa que tuviese relación con aquel asunto. Este contestó que no sabía más de lo que había dicho.

—Bien, bien. Veo por vuestra declaración que no tenéis, pues, ninguna otra cosa más que decirnos —dijo el inquisidor en un tono que daba a entender que consideraba concluido aquel interrogatorio.

—Hay algo que desearía señalar, si vuestra paternidad me lo permite —indicó don Jerónimo lleno de humildad, al menos aparente; sorprendiendo a los negros personajes.

—¿Sí? —La voz del inquisidor sonó meliflua, envolvente, hasta cálida, a pesar de pronunciar solo un monosílabo.

—Quisiera saber por qué estoy aquí encerrado y estoy siendo interrogado por el Santo Oficio.

Una profunda decepción marcó el rostro de los interrogadores que habían esperado otra cosa. El que ocupaba el lado izquierdo soltó un puñetazo tan fuerte sobre la mesa que hizo caer al suelo el crucifijo de bronce que había sobre ella, produciendo un gran estrépito.

—¡Porque eres un maldito hereje que tiene trato con Satanás! ¿Cómo si no ibas a obtener oro del plomo con unos polvos? ¡Brujo! ¡Brujo maldito de Satanás! ¡Pero ya... ya nos dirás cuál ha sido tu acuerdo con Belcebú! ¡Ya lo creo que nos lo dirás! ¡Hasta te arrepentirás de haber nacido! —En aquellas coléricas exclamaciones se adivinaba un tono de maligna perversidad.

El mensaje que había llegado al poder del conde-duque de Olivares aquella mañana del 9 de junio de 1625 procedente de Sevilla —el mismo día que en la corte de las Españas se tenía noticia de la rendición de Breda a los tercios de don Ambrosio de Spínola— y que tanta cólera había desatado en su persona decía escuetamente: «El León Rampante ha fallecido a manos de San Jorge sin que se haya podido obtener información alguna, ni con halagos ni con tormentos. Hasta el mismo Santo, en cuyas manos habíamos puesto el negocio en un postrero intento de obtener más información, ha fracasado. A San Jorge se le fue la mano en uno de los interrogatorios. Para evitar complicaciones, su cuerpo fue llevado a primera hora de la noche, cuando los presos están encerrados, a la cárcel Real. Esa misma noche fue entregado a los hermanos de la Santa Caridad para que le diesen cristiana sepultura en una de las parroquias de esta ciudad. Todos los demás ensayos relacionados con este asunto, como bien sabéis, han fracasado. Este negocio se da por concluido, si vuestra excelencia no dispone lo contrario.»

Aquel mensaje no tenía lugar de envío, fecha, ni tampoco lo firmaba nadie. Al pie del mismo, como una contraseña, había tres cruces, destacaba la del centro por su mayor tamaño.

12

Cuando Edward Andrews salió de su ensoñación ignoraba cuánto rato había transcurrido. Había perdido la noción del tiempo. Miró su reloj de pulsera y comprobó que era casi mediodía, faltaban cinco minutos para las doce. En sus manos sostenía un folio de una de las piezas de aquel legajo, de la sección de Estado, signado en la parte inferior del mismo con tres cruces, la del centro era mayor que la de los lados. Miró los expedientes que le interesaban: el once y el doce. Anotó en una cuartilla el número del legajo y se dirigió hacia el archivador correspondiente para comprobar si el documento estaba microfilmado. Mientras caminaba formulaba el más ferviente de los deseos para que hubiese microfilm. Aunque no era creyente, elevó su deseo hacia algo o hacia alguien esperando que encontrase destino. Sin saber muy bien por qué le vino a la mente el rostro de su madre, cuando él era un niño al que habían de calmar cada noche sus temores infantiles al irse a la cama. Su madre sabía cómo hacerlo y cómo tranquilizarlo. Ese rostro fue el que fugazmente pasó por su mente.

Las fichas se deslizaban entre sus dedos con facilidad y conforme se acercaba a los números que buscaba comprobó cómo su corazón incrementaba el ritmo y la fuerza de sus latidos. Pasó una última ficha y...

—¡Está! —Apretó uno de sus puños e hizo un gesto significativo.

Con letra nerviosa rellenó el formulario para solicitar las fotocopias de los dos expedientes que le interesaban de aquel voluminoso legajo. Veintiuna fotocopias en total. Acudió a pagaduría para efectuar el abono del encargo, una vez que la archivera que en aquel momento atendía la sala le hubo firmado la conformidad a su petición.

—¿Podría decirme, por favor, cuándo recibiré el envío?

Por toda respuesta la funcionaria miró su reloj y sin mirarle le dijo:

—Como se trata de un pedido menor tal vez pueda quedar reproducido hoy mismo. Mañana se le preparará el envío y, si el servicio de correos funciona adecuadamente, lo normal es que pueda tenerlo en su domicilio de aquí a tres o cuatro días.

A Andrews se le pusieron los ojos como platos:

—Perdóneme usted, señorita, ¿quiere decir que antes de las tres de esta tarde estarían hechas las fotocopias?

—Sí, eso es exactamente lo que he dicho. —La chica seguía sin mirarle a la cara porque se afanaba en colocar los papeles en sus bandejas correspondientes y en sellar los documentos que tenía sobre su mesa de trabajo.

—Debe usted perdonarme —dijo el americano con tono lastimero—, pero es que estas fotocopias son urgentes...

La funcionaría le interrumpió.

—La misma urgencia de todo el mundo, señor. No conozco a ninguno de ustedes que no tenga urgencias. ¡Siempre ocurre igual, es como si su encargo fuese un asunto de vida o muerte!

—¡Es que precisamente de eso se trata! —Andrews lamentó haber elevado el tono de su voz, pero no había podido contenerse.

Ante aquella afirmación, la chica levantó por primera vez

la cara y, con un gesto que tenía mucho de habitual, se quitó las gafas de montura de pasta lacada negra con cristales estrechos y alargados y clavó su mirada en el rostro del profesor. Tenía unos preciosos ojos verdes que hacían juego con las graciosas pecas de distintos tamaños y distribución irregular que los rodeaban. Ante aquella mirada, todo lo que a Andrews se le ocurrió decir fue:

—¡La invito a almorzar!

La chica de los ojos verdes soltó una sonora carcajada y le dedicó una sonrisa.

—Estoy comprometida para el almuerzo, pero si usted se pasa por aquí —miró otra vez el reloj— a eso de las dos y media tal vez pueda llevarse su tesoro. —Se colocó de nuevo las gafas y reinició la interrumpida tarea.

Diez minutos más tarde Edward Andrews caminaba lentamente calle de Serrano arriba. La temperatura a aquella hora del día era agradable. Conforme el día avanzase subiría y tal vez haría calor. Mientras caminaba le embargaban sentimientos encontrados que le dejaban mal sabor de boca. Aquella no era una sensación nueva. La experimentaba cada vez que se había visto en la necesidad de actuar en cumplimiento de las obligaciones contraídas. Cuando llegaban aquellos momentos, le pesaba como una losa sobre su conciencia —sobre todo desde que se había casado— por aquella especie de doble vida que ignoraban todos los que le rodeaban, incluida su propia esposa. Tenía la penosa sensación de que estaba siendo infiel a la mujer con la que había decidido, por amor, compartir su vida.

Cada vez le resultaba más penoso su compromiso. Conforme avanzaba en su caminar le abandonaba la sensación de euforia que había tenido a lo largo de aquella mañana y que había culminado cuando la pecosa de ojos verdes le había dicho que tendría las fotocopias sobre las dos y media. A la par que la euforia desaparecía la congoja aumentaba.

Pensó que aquel decaimiento era la consecuencia de llevar cerca de tres años sin que se le hubiese hecho ningún encargo y sin que él hubiese tenido conocimiento o noticia de algo que pudiese entrar dentro de sus obligaciones de ponerlo en conocimiento de la Agencia. Pensaba también que había sido un insensato por no haber acabado con aquella situación cuando contrajo matrimonio. Sabía que no era una cuestión fácil y que la Central no permitía, así como así, que uno de sus colaboradores abandonase sus obligaciones. Pero se recriminaba el no haberlo intentado siquiera. Además, no había rechazado ninguno de los cheques que trimestralmente le llegaban con un mensajero que tenía instrucciones específicas de entregar el sobre solo al señor Andrews en persona, bajo el camuflaje de derechos editoriales devengados por la publicación de artículos y colaboraciones. Eran cheques al portador y por importe de unos ochocientos dólares —la cantidad nunca era la misma y se extendían siempre contra cuentas distintas—. Desde que había ganado su cátedra en la UCLA no tenía necesidad de aquel dinero y, por si eso no fuera suficiente, Beatriz recibía generosos y frecuentes «subsidios», como familiarmente los llamaban, del tío Germán.

En medio de la congoja y del mar de dudas que le oprimía el ánimo, seguía caminando casi por instinto. Era el sentido del deber que de forma tan profunda le habían inculcado hacía diez años y también, por qué no reconocerlo, la gratitud que sentía hacia quien había hecho posible su más acariciado sueño de juventud: venir a España y disponer de fondos y tiempo para conseguir el material que precisaba para redactar su tesis doctoral. Un doctorado que le había abierto las puertas de la universidad y un excelente porvenir académico. Sumido en estas reflexiones, apenas se dio cuenta de que había llegado a la puerta de la Embajada de su país. Cuando se acercó, le cerraron el paso y le rodearon con aire intimidatorio dos corpulentos *marines* vestidos con uniforme de combate más propio para camuflarse en la jungla que para prestar servicio en la legación diplomática de Estados Unidos de Norteamérica en un país de la Comunidad Europea. Estaban equipados con chalecos antibalas y armados con metralletas de aspecto sofisticado.

—¿Desea algo, señor? —La pregunta estaba formulada en tono correcto, pero fue dicha con dureza. Aquel individuo, ante una situación comprometida, tendría pocos miramientos.

—¡Excúseme, excúseme! No me había dado cuenta... Soy compatriota —lo dijo en un tono entre orgulloso y conciliador— y deseo hablar con el señor Alan Ringrose.

Por toda respuesta el soldado le pidió la documentación. A Edward no se le escapó el detalle de que cuando metió su mano en el bolsillo para sacar el pasaporte, el otro marine se retiró dos pasos, modificó su posición, buscando un ángulo propiado y apretó la empuñadura de su arma. Supo que si hacía un movimiento sospechoso sería un blanco perfecto. Sacó cuidadosamente el pasaporte y lo entregó al soldado, que lo miró y hojeó con detenimiento, alzando varias veces la mirada para contemplar su rostro. Andrews sonreía estúpidamente cada vez que el otro fijaba sus ojos en él.

Pasada aquella primera inspección, vino otra pregunta.

—¿Tiene cita con el señor Ringrose?

—No, no tengo cita. Pero ¿si es tan amable de decirle que está aquí Edward Andrews...?

El soldado accionó un pequeño transmisor que colgaba de uno de los muchos bolsillos de su uniforme y por un micrófono, que tenía delante de la boca en el extremo de una varilla que parecía salir de su cuello y que estaba conectado mediante un fino cable rizado a un auricular introducido en su oído derecho, dijo que tenía allí a Edward Andrews, quien deseaba ver a míster Ringrose. Indicó que no tenía cita previa. Puso cierto énfasis en esto último, cosa que molestó a Andrews.

Los minutos que transcurrieron hasta que el soldado recibió instrucciones a través del auricular encastrado en su oído se le hicieron a Andrews eternos. Varias veces trató de iniciar una conversación con aquellos dos gorilas uniformados pero no tuvo éxito. Lo más que consiguió fue alguna respuesta cortante como el filo de los machetes que colgaban de sus cinturas. Los dos soldados miraban continuamente hacia todas las direcciones posibles, no hablaban entre ellos y no le perdían de vista un solo instante. Cuando observó que desde el interior transmitían al soldado algún tipo de instrucción, se sintió inmensamente aliviado. Fuera lo que fuese, era mejor que permanecer allí por más tiempo. El soldado asentía con la cabeza y el profesor se sorprendió cuando con tono agradable —le parecía imposible que aquel hombre fuese capaz de un gesto amable— le indicó:

—Señor Andrews, en un momento vienen a recogerle. El señor Ringrose le recibirá inmediatamente. Aquí tiene su pasaporte.

No había transcurrido un minuto cuando la pesada plancha de acero de no menos de veinte centímetros de grosor, a prueba de granadas anticarro, que constituía la puerta de la Embajada se deslizó sin hacer ruido por unos carriles empotrados en el suelo. Al otro lado de la misma apareció la figura de una mujer negra vestida de uniforme: falda azul marino recta hasta las rodillas y camisa de manga corta azul celeste. Vestía medias y calzaba zapatos de tacón negros, sin ninguna concesión a los adornos. La redondez de su cara estaba acentuada por la forma de sus gafas, también redondas, y lo abombado de su peinado. Le recibió con una sonrisa de anuncio de dentífrico a la que colaboraba el blanco rechinante de sus dientes.

—¿Profesor Andrews? —Más que una pregunta era un saludo de bienvenida. Alargó su mano. Edward hizo una cortés inclinación de cabeza a la par que estrechaba la punta de los dedos que le ofrecían—. Encantada de saludarle. Soy Norma Toodman y trabajo para el señor Ringrose. Tenga la bondad de seguirme.

Cruzaron la pequeña zona ajardinada que se extendía ante el edificio principal de la Embajada. En la puerta de entrada había otros dos soldados, pero su uniforme era de paseo, más en consonancia con la elegancia del lugar. En el interior, aparentemente, había poca actividad. El vestíbulo estaba casi desierto, aparte de las dos personas que atendían la centralita de teléfonos y cuya cabina se veía desde allí. Había otro soldado que hacía guardia en el interior y solo se vio una persona que cruzaba, llevando un rimero de papeles, de considerable tamaño. Norma Toodman le hizo pasar a un saloncito sobriamente decorado donde había varios periódicos encima de una mesa de cristal.

—¿Desea tomar algo, profesor? ¿Un refresco? ¿Agua? ¿Coca-cola?

Edward eligió agua.

—Enseguida se la traen. Ahí tiene la prensa del día. El señor Ringrose le recibirá inmediatamente. —La eficaz secretaria se marchó cerrando la puerta tras de sí.

Le acababan de servir el agua cuando Norma Toodman apareció otra vez.

—¿Tiene la bondad de seguirme, profesor?

Era la primera vez que Andrews veía a Alan Ringrose. Era su contacto en España desde hacía dos años y él llevaba tres sin haber establecido ningún tipo de conexión. Sabía su nombre porque cuando Ringrose ocupó el puesto Andrews fue advertido, por el procedimiento en clave habitual, del nombre de la persona con la que debía hablar en caso necesario, si se encontraba en España.

Era un tipo negro, corpulento. Con aspecto de jugador de fútbol profesional. Tendría poco más de cuarenta años y lo más destacado de su fisonomía era que no tenía rasgos negroides. Podía ser un hombre blanco al que le habían dado una mano de color. Su cabello era rizado, pero de rizos poco menudos y era de color negro, aunque plateaba en las sienes. Su piel era brillante y reluciente, y sus dientes, blancos, perfectos, como si se los hubiese tallado a golpe de talonario un dentista con clientela en Beverly Hills. Vestía un elegante terno de chaqueta cruzada y color azul marino en el que se señalaba, casi imperceptible, una raya blanca. Llevaba gafas con montura dorada. Sus ademanes eran elegantes, aunque en el fondo se detectaba que eran aprendidos y controlados, había un fondo de brusquedad en ellos que desconcertaba. Aquel tipo transmitía por encima de todo una impresionante sensación de seguridad.

Ringrose, tras saludarle con un apretón de manos, le invitó a tomar asiento, sin mayores formulismos. Lo hizo en un sofá de cuero negro y cuyo tacto denotaba la calidad de su tapizado. Su anfitrión tomó asiento en uno de los sillones, el más próximo al lugar donde Edward se había sentado. Sin saber muy bien por qué, se sentía abrumado ante la presencia de aquel individuo, cuya personalidad llenaba todo el espacio en que se encontraban. No sabía muy bien si aquello era así porque Ringrose estaba en su territorio o sería siempre así. En todo caso, pensó que en una hipotética pelea le gustaría estar en su bando. La manera de comenzar la conversación le confirmó sus impresiones.

—Es usted quien ha pedido que le reciba, señor Andrews, de ello deduzco que tiene algo que decirme. Confío en que será importante. —Hablaba con la misma seguridad que inspiraba su imagen, pero al igual que en esta había un acento inquietante en sus palabras.

—En efecto, señor Ringrose. Hace diez días que estoy en España, uno de los habituales viajes de estudio relacionados con mi actividad profesional...

Ringrose le interrumpió de forma brusca.

—Disculpe, señor Andrews, sabemos de sobra los días que lleva en España y a qué ha venido. Supongo que no ha solicitado esta reunión para contarnos cosas que ya sabemos. Vayamos al grano, si no tiene inconveniente...

Edward enrojeció visiblemente azorado. Había sido una estupidez por su parte decir aquello. La Central conocía todos los pasos de sus colaboradores, sobre todo cuando estos estaban fuera de Estados Unidos. Sabían de sobra que estaba en España y en qué día, a qué hora y en qué vuelo había llegado. Conocían la dirección de su alojamiento y cómo localizarle inmediatamente. Una cosa era que durante tres años no le hubiesen requerido para nada y otra que no lo tuviesen controlado. Había, además, cometido un error. A un individuo como el que tenía delante, que había preguntado directamente por el asunto que le había llevado hasta allí, lo último que deseaba era que le contasen cosas que ya sabía. Balbuceó unas excusas y le dijo lo que había ido a contarle.

Alan Ringrose le escuchaba con los cinco sentidos, no perdía detalle cuando se trataba de escuchar cosas que formaban parte de su trabajo. En menos de veinte minutos, Edward había hecho un resumen de todo lo que tenía que decir. No se había dejado atrás nada importante. Después de concluir su exposición se hizo un breve silencio. El hombre que estaba sentado delante de él, que le había escuchado, sin interrumpirle ni una sola vez y sin que tampoco le hubiese pedido una sola aclaración en el transcurso de su relato, parecía estar meditando sobre lo que acababa de oír. Se acariciaba con suavidad la barbilla.

Edward se percató de que su relato había calado. Se imaginó lo que ocurriría muchas veces. La Central tenía dadas instrucciones muy precisas a todos sus colaboradores —cientos, miles de personas distribuidas por todo el mundo— de que no despreciasen ninguna información por poco importante que fuese. Evaluar su importancia no era su trabajo. Ellos solo tenían que escuchar sin correr riesgos e informar. Eran colaboradores eventuales que habían entrado en aquel poderoso engranaje por circunstancias casuales que la Central utilizaba en su beneficio, compensándoles con pequeñas remuneraciones que no significaban gran cosa en el gigantesco aparato de la poderosa organización, pero que suponían aportaciones no despreciables en el presupuesto de una economía familiar. Todo lo demás quedaba por cuenta de otros, de verdaderos profesionales. Se imaginaba cuánta información carente de valor llegaría hasta los escalones superiores por un exceso de celo, de los informadores, fieles a la consigna de: «Mejor pecar por exceso que por defecto.» Edward entendió la actitud de aquel individuo absorto en profundas cavilaciones. Pensó por un instante en cuántas personas habría tenido que escuchar en vano, sin permitirse el lujo de no recibirlas porque entonces hubiera vulnerado los principios establecidos: «Siempre se os escuchará.»

«Mejor procesar cientos de informes inútiles que dejar escapar uno solo valioso.» A la gente no se le podía desmotivar no haciendo caso a sus aportaciones. Siempre había que escucharlos. Como había hecho con él Alan Ringrose.

—Dice que puede tener las fotocopias de los documentos a eso de las dos y media.

—Si no surge ningún problema con el servicio de reprografía del archivo, la encargada de este trabajo me ha dicho que así será.

—Y el libro, ese libro de... de...

—De Abraham el Judío —le ayudó Edward.

—De Abraham el Judío —repitió Ringrose—. ¿Está a nuestro alcance?

—Cuando esta mañana, poco antes de las ocho, salí de mi casa para dirigirme al Archivo Histórico Nacional y poder comprobar o desechar las ideas que habían bullido en mi cabeza toda la noche, lo dejé allí.

—¿Cree que tendremos algún problema para microfilmarlo? Me refiero a microfilmarlo de inmediato.

—Supongo que no. Pero no puedo asegurárselo.

Ringrose consultó el reloj de pulsera —oro macizo y marca de lujo— que llevaba en la muñeca derecha.

—Es la una y diez. Si nos movemos rápido nos puede dar tiempo a todo. Escúcheme con atención.

Quien de alguna manera era su jefe inmediato, le dio una serie de claras instrucciones. No había lugar para la duda. Cinco minutos después Edward Andrews tomaba un taxi para ir a su domicilio. Si el tráfico no estaba mal, cosa poco probable a aquella hora y en aquella época del año, en menos de diez minutos estaría en casa del tío Germán. Acomodado en el asiento trasero del vehículo público, aunque prefería no pensar, le resultaba imposible dejar de darle vueltas a la frase con que Alan Ringrose le había despedido: «Espero que todo esto no sea una más de las fantasías de aquellos españoles de siglos pasados que se pasaron la vida buscando Eldorado. Este ha sido un pueblo de visionarios donde la imaginación siempre superó a la realidad.»

El tráfico, como cabía suponer, era denso. Tardó más de un cuarto de hora en hacer el trayecto.

La sorpresa que se llevó fue mayúscula cuando a la entrada del portal se vio abordado por un individuo que le dijo:

—Estoy aquí para fotografiarle.

Aquellas eran las palabras precisas con que había de presentarse la persona que, de acuerdo con el plan organizado por Ringrose, iría a microfilmar el libro.

13

Subieron en el ascensor a pesar de que el piso estaba en la primera planta. Edward no deseaba ser visto en compañía de nadie que le pudiese comprometer.

—Mi nombre es John Guinard y trabajo con el señor Ringrose desde que llegó a España. Yo fui de los que vinieron con él hace dos años. Parece que lo suyo tiene que ser «gordo», lo digo por la prisa que han metido.

—Me llamo Andrews, Edward Andrews, y desde luego no tiene necesidad de explicarme mucho lo de la prisa. ¿Cómo ha sido posible que llegase antes que yo? Porque yo no he perdido un momento.

No obtuvo respuesta a su pregunta porque el ascensor abrió sus puertas. Andrews asomó la cabeza y vio que el vestíbulo de la planta estaba despejado. Excelente, pensó.

—¡Vamos, entremos rápido! ¡Es mejor que no nos vea nadie! ¡Con un poco de suerte estaremos en mi habitación sin ser vistos!

Entraron en la vivienda con sigilo propio de ladrones, sin hacer ruido, y se encerraron en la habitación de Edward. El libro seguía allí. Al menos estaba el maletín que lo contenía. Estoy demasiado excitado. Si está el maletín, tiene que estar el libro. Abrió el portafolios y apareció aquella joya con pastas de latón. Por su mente de historiador pasó una idea: ¡Cuánto habría dado don Gaspar de Guzmán por haber tenido en sus manos este libro y más aún por encontrar lo que el canónigo toledano había escondido entre sus guardas!

Con un aire de displicencia, que pretendía ser profesional, Guinard preguntó:

—¿Eso es lo que tengo que fotografiar?

—Efectivamente, esto es lo que ha de fotografiar.

—¿Qué es lo que cuenta este libro para que el jefe esté tan excitado?

Andrews le miró fijamente mientras John preparaba una pequeña cámara cuyo objetivo se ajustaba automáticamente y proporcionaba un trabajo de una precisión y de una calidad que resultaban increíbles por su tamaño. Tenía un objetivo tan potente que se asemejaba a los rayos infrarrojos y podía tomar imágenes a través de un cuerpo cuya opacidad no fuese muy grande. Podía captar imágenes a través de una hoja de papel ligera de gramaje y poco satinada. Pensó que aquel individuo preguntaba por hablar de algo y no estar callado mientras preparaba la cámara para llevar a cabo su trabajo sin pérdida de tiempo.

—¿Sabe que fuimos nosotros quienes inventamos este tipo de objetivo y este disparador, pero que fueron los japoneses quienes los redujeron de tamaño hasta dejarlos en esto? —Sostuvo la cámara entre sus dedos pulgar e índice y se la enseñó al profesor. Era muy pequeña, menor que un paquete de cigarrillos.

—¿Cuántas fotografías puede hacer sin cambiar de carrete? —preguntó Andrews.

—No se preocupe por eso. A pesar del tamaño puede realizar hasta trescientos sesenta disparos sin que tengamos que cambiar nada. ¿Cuántas páginas tiene el libro?

—Muchas menos. Exactamente doscientas dieciséis.

—Pues entonces divídalo por la mitad, porque con cada disparo sacaremos dos páginas.

—¿No deberíamos hacerlo página a página? Si luego la calidad de las copias no permite su lectura, habremos perdido el tiempo.

John Guinard hizo una mueca cargada de malicia.

—No se preocupe por eso. La calidad del trabajo corre de mi cuenta. Abra el libro y vaya pasando las páginas conforme sienta el disparo.

El fotógrafo se puso de rodillas sobre el asiento de una silla de tal forma que el respaldo le servía de punto de apoyo, colocaron el libro sobre la mesilla de noche y el propio objetivo de la máquina ajustó la distancia para fotografiar. A partir de ese momento todo fue rápido, muy rápido. En poco más de quince minutos hizo las ciento diez fotografías que contenían la totalidad del libro. No había fallado un solo disparo, a pesar de que durante la sesión fotográfica Guinard no había dejado de hablar un solo instante. A Edward le recordó a esos fotógrafos que cuando realizan reportajes a bellas mujeres no paran de hablarles, animarles a que posen de acuerdo con las instrucciones que ellos le dan, según las ven detrás del objetivo de sus cámaras. Aquí la única diferencia era que John hablaba del libro que estaba fotografiando. Era como si la modelo fuesen aquellas páginas venerables por las que tanta gente había suspirado durante largo tiempo, aquella especie de Biblia del Oro. Preguntaba una y otra vez, preguntaba y preguntaba sin parar, como si el resultado de su trabajo dependiese de las respuestas. Cuando hubo concluido, Edward estaba harto de tanto comentario. Lo que más le irritaba era que con tanta palabrería había hecho varios comentarios indiscretos. Le había dicho a aquel sujeto que en las páginas que fotografiaba estaba escrito el procedimiento para transmutar metales viles en oro.

Comoquiera que Guinard había hecho un comentario despectivo, le había explicado la historia de la familia Armenta y su relación con el maravilloso polvo de proyección. Le escocía aquella indiscreción, aunque trataba de tranquilizarse diciéndose a sí mismo que el fotógrafo había de ser persona de toda confianza, cuando Ringrose le había encomendado un trabajo como aquel.

Todo había terminado a las dos. No había nada que recoger. Colocaron la mesilla de noche y la silla en sus sitios correspondientes. John Guinard guardó la diminuta cámara en el bolsillo de su pantalón y Andrews colocó el libro en el maletín. Con sigilo giró el pestillo del seguro del picaporte, que saltó con un chasquido seco. Nunca le había parecido tan ruidoso. Sabía que la asistenta hacía un buen rato que se había marchado, rara vez concluía sus tareas después de las doce, y entonces salía a hacer la compra. La cocinera, sorda como una tapia, estaba ensimismada en lo suyo, con sus peroles y sartenes en sus dominios culinarios. Con un poco de suerte nadie les vería salir. Recorrieron de puntillas el camino hasta la puerta y ganaron el vestíbulo que daba al ascensor que, al igual que a la llegada, estaba desierto. Como el ascensor no estaba en la planta, Edward pensó que ahora sería preferible bajar a pie los tramos de escalera en lugar de esperar a que llegase. Cruzaron el vestíbulo de la planta baja charlando como dos viejos conocidos. El portero, al que no habían visto a la entrada, le saludó con un efusivo:

—¡Buenas tardes, don Eduardo!

—¡Buenas tardes! ¡Buenas tardes!

Llegaron a la calle y los dos doblaron a la derecha, pero ya no volvieron a cruzar palabra. Cualquiera que les viese solo podría pensar que eran dos individuos que habían coincidido por casualidad a salida del inmueble. Edward tomó un taxi para ir al Archivo Histórico Nacional, donde tenía que recoger sus fotocopias. Guinard desapareció con la misma rapidez con que había aparecido, subido en una impresionante moto deportiva de gran cilindrada que estaba aparcada allí.

A las dos y diez mientras Edward Andrews cruzaba la puerta del archivo pensaba que quizás había hablado demasiado con John Guinard, que era un auténtico charlatán al que había contado demasiadas cosas para satisfacer la voraz curiosidad con que le había agobiado durante la toma de las fotografías. Luego, para tranquilizarse a sí mismo, pensó que no le había dicho nada que no llevase en el carrete de aquella máquina diminuta. Lo único que no había fotografiado era el pliego que el canónigo Armenta ocultó en la guarda del libro. Edward tenía un extraño presentimiento.

Como faltaban algunos minutos para que diesen las dos y media, decidió que debía llamar al tío Germán. Aunque este sabía que cuando el marido de su sobrina se «engolfaba en los papeles», que era como él llamaba al trabajo de archivo de Edward, perdía la noción del tiempo.

Hizo la llamada desde una cabina de las instaladas en el vestíbulo del propio Archivo. Fue la escultural Marta Ullá la que cogió el auricular.

—Germán Arana, ¿dígame? —Andrews reconoció la voz de la secretaria.

—Soy Edward Andrews. ¿Podría ponerme con don Germán?

—¡Hola, señor Andrews! ¡Enseguida le paso con el señor Arana! Lleva rato esperando su llamada.

—¿Cómo dice? —preguntó con cierto asombro.

—Sí, señor Andrews, don Germán ha preguntado varias veces si usted había llamado.

—¿Qué ha...? —No pudo terminar la frase porque la eficaz secretaria ya había pasado la llamada.

—¿Sí? ¿Dígame?

—Germán, soy yo, Edward.

—¡Hombre, Edward! ¿Qué tal van tus investigaciones? Supongo que habrás encontrado algo de un valor extraordinario. He estado esperando tu llamada toda la mañana y ¡fíjate ya la hora que es! Cuéntame, ¿qué has encontrado?

—Tienes que disculparme, pero he estado toda la mañana en el Archivo y he comprobado que en la época del conde-duque de Olivares no solo tenían noticia del libro, sino que por lo que he visto en la documentación que he manejado hubo quien fabricó oro porque poseía una determinada cantidad de polvo de proyección. ¡Aunque parezca increíble era un descendiente de Armenta!

—¿De Armenta? ¿Quién es...?

—¡El canónigo de Toledo, hombre! ¡El que escondió el folio en la guarda del libro!

—¡Claro, claro, nuestro canónigo! ¿Y dices que hubo un descendiente suyo que fabricó oro? ¡Cuéntame! ¡Cuéntame! ¿Cómo fue eso? —Andrews podía percibir la excitación del tío de su mujer a través del auricular. No le extrañaba que la secretaria le hubiese dicho que había preguntado varias veces si le había llamado.

—Germán, Germán..., escúchame un momento. Toda esta historia es demasiado complicada para que te la cuente por teléfono. Además... además. —La presión a la que estaba sometido le estaba haciendo vacilar.

Arana se percató de ello.

—¿Hay algo más, Edward? ¿Algún problema?

Tenía que reaccionar rápidamente porque no disponía de mucho tiempo y lo peor que le podía pasar era que Germán sospechase algo.

—¿Problema? ¡Ninguno, en absoluto! Lo que ocurre es que lo que tengo que contarte es largo y prefiero no hacerlo por teléfono. Además —puso énfasis en la palabra que ahora pronunció con energía—, el servicio de reprografía del Archivo está preparándome copias de los documentos. He insistido en tenerlas hoy mismo y están haciendo todo lo posible para entregármelas. Pero no sé cuándo estarán a mi disposición. Ya sabes, las cosas de la burocracia...

—¿Quiere decir eso que no vamos a almorzar juntos?

—Creo, Germán, que es más importante que me haga con las fotocopias. Si las tuviese a una hora prudencial, te llamaría...

—Mira, vamos a hacer una cosa, me paso por el Archivo y charlamos, ¡estoy sobre ascuas! —A través del cable telefónico Edward, a quien un escalofrío le había sacudido la columna vertebral hasta el punto que se le había puesto carne de gallina, pudo escuchar una estruendosa carcajada.

—Creo, Germán, que esa no es una buena idea. La entrada al Archivo está restringida a los investigadores que poseen el carnet correspondiente, no te será fácil el acceso. Si te parece bien, te llamo en el momento que tenga todas las cosas resueltas. Si no podemos almorzar, tomaremos café a media tarde. —Miró la hora. Al ver que casi eran las dos y media le entró prisa por concluir la conversación—. Germán, no te marches de la oficina antes de las tres y media. ¡Dame una hora!

—Bueno, bueno... está bien, como tú digas. ¿Te pasa algo? ¿Te encuentras bien? Te noto algo raro en la voz.

—No te preocupes, me encuentro perfectamente. Hombre, desde luego, todo lo bien que se puede estar cuando tienes en tus manos, después de una vida dedicada a la investigación, un asunto de esta importancia. Ese que solo a algunos tipos con suerte se les presenta. Como comprenderás no quiero que se me escape ningún detalle por culpa de un almuerzo, ¡aunque ese almuerzo sea contigo!

—¡Serás desagradecido! ¡Si no fuera por mi libro no habría ni investigación, ni nada de nada! Está bien, te espero aquí hasta las tres y media. ¡Pero llámame de todas formas! ¡Con lo que quiera que haya!

—Está bien, está bien. Hasta ahora. —Cuando colgó el teléfono soltó con un bufido todo el aire que la tensión de aquella conversación le había hecho acumular en sus pulmones. Se sentía cansado, como si hubiese realizado un gran esfuerzo. Sus largas piernas le permitieron dar grandes zancadas en dirección al servicio de reprografía. Se sentía tan agobiado que tenía la sensación de que por unos segundos de retraso fuesen a surgir dificultades. En realidad, el asunto que tenía entre manos era de una importancia capital y era lógico que le agobiase, como le agobiaba el hecho de verse metido en aquella situación en la que un hombre como él, dedicado a la investigación, el estudio y la enseñanza de la historia, no sabía muy bien cómo moverse y afrontar. Sin duda, también pesaba en su estado de ánimo el hecho de que hubiese tenido que entrar en contacto con la Central, cuya colaboración era el único asunto de su vida que no había compartido con su mujer. Esto era para él una pesada carga que le mortificaba continuamente. Sin embargo, el hecho de que hubiesen transcurrido más de tres años sin haber mantenido contacto con la organización le había creado la falsa ilusión de que aquella cuestión era algo que pertenecía a su pasado. Hacía esfuerzos por convencerse de ello y trataba de alejar este asunto de su pensamiento. Ahora, sin embargo, había quedado claro que aquel intento de olvido era pura fantasía: en lugar de ignorarlo, había restablecido el contacto con la Central sin ningún tipo de vacilaciones en la primera ocasión en que había considerado que un asunto tenía el interés suficiente. Era como si estuviese atrapado en una red invisible de la que no podía zafarse.

En la pequeña oficina donde estaba ubicado el servicio de reprografía la pecosa de los llamativos ojos verdes le recibió con una encantadora sonrisa que Edward le devolvió.

—Aquí están sus fotocopias, señor Andrews. Ha sido para mí un placer haberle podido ser útil. ¿Me permite una pregunta?

Edward asintió con una sonrisa que no necesitaba palabras.

—Espero no ser indiscreta, pero ¿es usted el Edward Andrews autor de *La vida de un valido: el conde-duque de Olivares*?

Se quedó mirándola fijamente y le dedicó la más amplia de sus sonrisas.

—¿Acaso ha leído usted mi biografía sobre Olivares?

Por toda respuesta sacó de un cajón, poniéndolo encima de la mesa, un ejemplar de la obra, lo suficientemente ajado como para no albergar ninguna duda acerca del trabajo realizado con aquel volumen.

—El almuerzo que me debe puede saldarlo con una dedicatoria.

—Lo de la dedicatoria es una idea excelente, pero me va a permitir que le diga que no queda saldada la deuda del almuerzo. —Sacó un bolígrafo y se dispuso a escribir, pero antes de poner la primera letra se detuvo y preguntó—: ¿A quién tengo el honor de dedicar esta obra?

—Ponga, simplemente, a una admiradora.

Andrews se cruzó de brazos dando a entender con ello que no admitiría de ninguna de las maneras aquella sugerencia.

—Bien, de acuerdo. Dedíquesela a Carmen.

—He de suponer que no se trata de un seudónimo —señaló el americano con cierta ironía cargada de amabilidad.

—No es un seudónimo, profesor Andrews, mi nombre es Carmen, Carmen Domínguez.

Edward tomó el bolígrafo y garrapateó una dedicatoria:

Para Carmen,
cuya eficacia solo es comparable a su amabilidad.
Afectuosamente,

EDWARD ANDREWS

—Carmen, ¿me permite que sea yo ahora quien le haga una pregunta?

—Por supuesto, profesor.

—¿Tenía el libro aquí antes, cuando le hice el encargo?

—La respuesta es no. Cuando vi que su nombre era Andrews y que el material que quería reproducir estaba referido al conde-duque de Olivares, pensé que usted y el autor de la biografía eran la misma persona. He telefoneado a casa pidiéndolo y me lo ha traído mi hermano.

Poco después el colaborador de la Central de Inteligencia Americana Edward Andrews, más conocida popularmente como la CIA, caminaba hacia la Embajada de Estados Unidos por la calle de Serrano. Iba a entregar aquellas fotocopias, de las que había hecho una copia que guardó en una de las taquillas que el Archivo ponía a disposición de los investigadores para depositar objetos y cuya llave llevaba en el bolsillo de su pantalón, aunque ello suponía una transgresión de las normas que prohibían salir fuera del recinto con ellas.

En la puerta de la legación diplomática estaban los mismos soldados o al menos a él le pareció que eran los mismos. A veces tenía la sensación de que aquellos tipos eran una serie de clónicos. Todos con la misma corpulencia, la misma estatura, la misma mandíbula cuadrada, la misma mirada incisiva y fría. Era muy poco lo que podía verse de su anatomía al estar enfundados en aquellos uniformes de combate y llevar esos cascos, forrados también con lona de camuflaje que les daban un aspecto inquietante. Edward estaba convencido de que aquella impresión asociada a los cascos estaba relacionada con los recuerdos de su infancia, cuando pasaba largas horas leyendo «cómics» en los que se relataban historias de la Segunda Guerra Mundial en las que los enemigos de su país eran los alemanes y los japoneses, gentes crueles y malvadas donde las hubiese que deseaban someter a la humanidad a un régimen de dominación basado en el terror. Los soldados alemanes que aparecían en las viñetas tenían unos cascos parecidos a los que ahora utilizaban los marines.

Hubo de esperar nuevamente hasta que otra vez apareció la señorita Toodman tras la plancha de acero que se desplazaba sigilosamente. Le pareció durante la espera, que resultó ser mucho más corta que la vez anterior, que aquellos dos individuos se mostraban menos huraños. Aunque lo cierto fue que no cruzaron una sola palabra durante los minutos que duró la misma.

Alan Ringrose le manifestó con frialdad la satisfacción que sentía por el trabajo que acababa de realizar. Después le indicó que se olvidase del asunto, que ya había cumplido su cometido y que el trabajo que había hecho era excelente. Solo una cuestión quedó fuera del olvido que le estaba pidiendo.

—Según me ha dicho el libro ha sido adquirido por don Germán Arana, dueño de una constructora y tío de su esposa, ¿no es así?

—Efectivamente, así es. Aunque en realidad mejor sería decir que la operación de compra está prácticamente cerrada.

—En ese caso, señor Andrews, deberá poner todo su empeño en que la transacción no se realice. No debe levantar ningún tipo de sospechas, pero ha de conseguir que el libro no se venda.

El investigador miró a Ringrose con cierta sorna que al agente de la CIA no le pasó inadvertida.

—¿Algún problema, señor Andrews?

—Pues sí, tengo un problema.

—Le escucho atentamente. —El gigante negro clavó, en un gesto de desafío, sus grandes ojos en él y cruzó los brazos sobre el pecho en una actitud con la que daba a entender que disponía de todo el tiempo del mundo.

—Verá. Estoy hecho un mar de dudas. Lo que yo sé de

este asunto es que ha aparecido un libro, ignoro de qué forma ha sido; solo sé que ha ido a parar a manos de un librero con quien el tío de mi esposa, bibliófilo empedernido y adinerado, tiene una vieja relación. Ese libro es un antiguo manuscrito de alto valor económico, pero que contiene una información mucho más valiosa que cualquier precio que se pudiese pagar por él. ¿Prosigo?

—Prosiga. —Aquella palabra sonó fría y cortante.

—El contenido de ese libro, según todos los indicios, permite convertir en realidad uno de los sueños que la humanidad ha acariciado a lo largo de los siglos: fabricar oro. Oro de una ley y una pureza absolutas, y al parecer el procedimiento tiene muy bajos costos. ¿Correcto?

Ringrose no abrió la boca, se limitó a asentir con la cabeza.

—En la actualidad, si bien el oro ha perdido una parte del protagonismo económico que tuvo en otras épocas al ganar terreno otros elementos vinculados a la actividad económica actual, sigue siendo una pieza clave en el engranaje financiero mundial. Su valor, a diferencia de otros referentes, radica en lo limitado y lo controlado de la cantidad que existe. Una parte importante de esa cantidad está inmovilizada formando lo que se conoce con el nombre de reservas estratégicas de los países ricos, y otra parte está en circulación como medio de pago en las grandes transacciones internacionales como la droga y el petróleo. Habría una tercera parte, tal vez la más importante en cuanto a cantidad se refiere, pero que por su destino y su distribución no es causa de ninguna preocupación. Me refiero a las ingentes cantidades de este metal que se han utilizado y se siguen utilizando para la fabricación de obras de arte, de joyas y de adornos. Como digo, su dispersión y su destino hacen que no provoquen ningún tipo de preocupación en las altas esferas financieras. ¿Estamos de acuerdo?

—Estamos de acuerdo. Prosiga. —La voz de Ringrose sonaba fría. Andrews creía percibir en aquellas cortantes palabras un acento metálico, como si las pronunciase una máquina.

—Sin embargo, si alguien dispusiese de cantidades incontroladas de oro, fuera de los circuitos establecidos y en los que se asienta el sistema monetario internacional, podría provocar una situación, una situación... —buscaba la palabra adecuada— de caos financiero de tales proporciones que se produjese una catástrofe de efectos incalculables... —Andrews esperó para seguir a que Ringrose diese su conformidad; esta llegó en forma de asentimiento de cabeza—. Es decir que el *Libro de Abraham el Judío*, que es una especie de Biblia del Oro, podría convertirse en una Biblia Negra si fuese a parar a manos inadecuadas... —Andrews hizo con las manos un movimiento que expresaba una explosión, un cataclismo— adiós al Banco Mundial, adiós al Fondo Monetario Internacional, adiós a la Reserva Federal de Estados Unidos, adiós a Wall Street, adiós al Banco Central Europeo... adiós a todo. —Dicho esto guardó silencio esperando la reacción de su interlocutor, pero el rostro de Ringrose era inescrutable. Pasados unos segundos, este se limitó a preguntar:

—¿Y bien?

—Pues verá, señor Ringrose, después de haber puesto en su conocimiento la existencia del libro y su paradero actual, después de haberle facilitado información adicional, a la que atribuyo, tal vez por deformación profesional, un alto valor..., usted me pide que me olvide de todo. ¿Cree que eso es posible? Pero no me pide solo eso. A continuación me indica que haga lo que esté en mi mano para que la transacción entre el librero de la plaza de las Descalzas y el señor Arana, el tío de mi mujer, no se lleve a cabo. Esa indicación me la formula primero como una posibilidad que debo tratar de abortar. ¡Vamos, una sugerencia! Sin embargo, de forma inmediata percibo que la sugerencia se ha convertido en una orden cuyo cumplimiento es una obligación poco menos que ineludible, según deduzco por el tono en que me la comunica... ¿Entiende usted, señor Ringrose, por qué tengo un problema?

Se hizo un largo silencio. En realidad fue de unos treinta segundos, pero a Edward Andrews le pareció mucho mayor. Ese silencio empezaba a hacérsele insoportable en el momento en que el agente de la CIA habló.

—¡Escúcheme atentamente, señor Andrews! Usted acaba de decirlo de manera muy resumida, pero muy lúcida, ese libro puede ser una Biblia Negra. Buena parte del sistema en que se basa actualmente el funcionamiento económico de nuestro mundo depende del valor del oro. Ese sistema, además, está encabezado y en buena medida controlado por Estados Unidos, su patria y la mía. ¿Sabe qué ocurriría, por ejemplo, con las investigaciones, a las que usted ha dedicado su vida, sobre ese conde cuyo nombre no recuerdo, sobre el Imperio español y sobre las gentes que vivieron hace un montón de años? ¿Lo sabe? —Él mismo se contestó—. Ya lo creo que lo sabe, porque usted no tiene un pelo de tonto, pero yo se lo voy a decir. Sus investigaciones y su trabajo se irían a la mierda. El desastre que se produciría sería de tal magnitud que, entre otras muchas cosas, su despacho, en su querida universidad de la próspera California, se iría al garete. Por eso, señor Andrews, tiene usted que tratar de evitar esa compra, y si se ha efectuado ya, intentar deshacerla. Ese libro, esa Biblia del Oro no puede caer en manos inadecuadas. Y son inadecuadas cualesquiera que no sean las nuestras. ¿Entiende usted por qué tiene que hacer eso, señor Andrews?

Alan Ringrose hablaba de forma alterada, como si sus argumentos y sus instrucciones tuviesen mayor peso si las decía en voz más alta. Estaba excitado y medía, con largas zancadas, una y otra vez, la distancia que separaba las dos paredes del lado mayor de la habitación. Tenía las manos a la espalda y parecía rumiar lo que pasaba por su cabeza. Andrews, de pie, le miraba, cuando le daba la espalda y bajaba la cabeza cuando lo tenía frente a él. Estaba de espaldas, cuando se detuvo bruscamente, giró y se encaró a Andrews:

—¿Sabe por qué hay que impedir la venta de ese libro? ¡Se lo voy a decir! Se lo voy a decir. —Trató de apaciguar el tono de su voz—. Porque creo que tiene derecho a saberlo. Ese libro tenemos que comprarlo nosotros y para no levantar ninguna sospecha debemos comprárselo al librero. La idea de la compra no se me ha ocurrido a mí. Hace poco más de una hora que nos han dado instrucciones. ¿Se imagina de dónde vienen esas instrucciones?

Andrews hizo un gesto indefinido, que podía interpretarse como de duda.

—Vienen de la mismísima Casa Blanca —lo dijo como si fuese la noticia más importante jamás dicha— y en este momento dos agentes nuestros estarán despegando del JFK en un vuelo regular de la TWA. Llegarán a Madrid dentro de seis horas. Vienen a comprar el libro. Oficialmente la compra se realiza para engrosar los fondos de la biblioteca del Senado, pero usted ya sabe por qué se va a efectuar esa compra, porque ese libro no puede convertirse en la Biblia Negra. ¿Verdad que no, señor Andrews?

Como Ringrose no esperaba respuesta a aquella pregunta que, en realidad, era un sarcasmo, continuó.

—A lo largo de esta tarde tiene que quedar desbaratada esa operación y hemos de inventarnos una historia creíble para explicarle al librero cómo hemos tenido conocimiento de que el libro estaba en su poder. Mañana haremos la operación, y no hay problemas con la cifra que haya que pagar. La única reserva que tenemos en este sentido, y desde la Central han sido muy contundentes, es que el interés por el libro es puramente bibliográfico. ¿Es así como se dice? La tapadera para ello es la Biblioteca del Senado que anualmente destina sumas muy importantes para enriquecer sus fondos. A nadie le extrañará que se quiera comprar un libro, por muy costoso que sea, si va a engrosar ese fondo.

—Hay un problema para mantener la discreción de esta operación. —A Edward apenas le salía la voz del cuerpo. Se sentía anonadado, abrumado por el discurso-reprimenda que acababa de dirigirle aquel gigantón.

—¿Cuál es ese problema?

—El tío de mi mujer sabe cuál es el valor del libro.

Si la mirada de Alan Ringrose hubiese sido un arma de fuego, Edward Andrews hubiese caído fulminado en aquel momento.

—¿Cómo no me dijo eso en el informe que hizo esta mañana?

—Lo siento, señor, pero no le di la importancia que ahora he comprendido que tiene. —Después de decir esto a Edward le hubiese gustado hacerse invisible y desaparecer. Al menos, desaparecer de allí, de aquel despacho donde estaba pasando uno de los peores momentos de su vida. Miró de forma apocada al rostro de su interlocutor y comprendió por la expresión que vio en él que su mente estaba trabajando con el nuevo dato que recibía. Estaba buscando soluciones rápidas para una situación que acababa de planteársele como una emergencia.

—Andrews, yo no sé qué enseñan ustedes hoy a los chicos en la universidad, pero a mí en la Central me enseñaron que cuando un asunto presenta varios problemas lo mejor es abordarlos uno detrás de otro, por orden de prioridad. Así es que lo primero que tenemos que resolver es la compra del libro. Me había dicho usted antes que había quedado para comer con el tío de su mujer. Vaya, coma con él y empiece a trabajar en la dirección señalada. Esta tarde tiene que volver a ponerse en contacto conmigo. Busque cualquier excusa para ello. ¡También sería conveniente que viniese conmigo esta noche a Barajas para recibir a nuestros compatriotas! Como el vuelo llega a las diez de la noche, podemos salir hacia el aeropuerto a las nueve y media.

Sería conveniente que fuese con él y me está diciendo a la hora que salimos, se dijo el historiador californiano. Está claro que es su método de trabajo.

—Si quiere que coma con el señor Arana, he de marcharme ya. —Edward miró la hora. Faltaba poco para las tres y media—. Incluso es necesario que le llame por teléfono en este momento.

—¡Bien, hágalo!

Se acercó a una mesa donde había cuatro teléfonos, dos blancos y dos negros.

Estaba a punto de coger uno de los auriculares cuando un vozarrón le dejó paralizado.

—¡Ni se le ocurra, Andrews! ¡Tendría localizada la llamada desde la Embajada! ¡Hágalo desde su teléfono móvil!

Sin saber muy bien por qué Edward enrojeció como la grana.

—No es posible.

—¡Que no es posible!

—No, porque yo no tengo teléfono móvil. Detesto esos cacharros insufribles.

Ringrose esbozó una sonrisa indefinida. Se acercó a uno de los teléfonos de color negro y tecleó unos números. Luego le extendió el auricular.

—¡Tome, llame!

—Y... y... ¿si se comprueba desde dónde he hecho la llamada?

—Eso ya no es posible. ¡Marque, hable y no pierda tiempo!

Cinco minutos después Edward Andrews tomaba un taxi para ir directamente al restaurante donde iba a comer con el tío de su mujer, quien, por lo que había podido comprobar hablando con él por teléfono, estaba de un humor de perros.

A aquella misma hora, en una dependencia reservada del aeropuerto de Tel Aviv, dos agentes del servicio secreto israelí, el Mossad, repasaban las instrucciones que habían recibido para apoderarse de un libro que estaba en España, en Madrid, un libro que formaba parte del patrimonio cultural de su pueblo. Se trataba de una reliquia de carácter casi sagrado que, durante siglos, se había considerado perdida. La información que habían recibido en el cuartel general del Mossad era escueta y contundente: «Ha aparecido el Libro de Abraham.» El coronel David Simón daba a sus dos hombres las últimas instrucciones y les señalaba los escasos apoyos con que contarían en la capital de España, donde llegarían, vía Milán, al día siguiente a las siete de la mañana.

—Recordadlo bien, la cita está concertada a las ocho. Tenéis el tiempo justo para llegar desde el aeropuerto al punto de reunión. El contacto se llama *Samuel* y la contraseña es: «¿Cuál fue el resultado del partido?» La respuesta será: «No lo sé.»

—¿Nos referimos a algún partido en concreto, mi coronel? —preguntó sonriente el más joven de los dos agentes, un capitán de veintiocho años, de pelo negro, tez morena y aspecto atlético, que tenía una sonrisa franca. Se llamaba Salomón ben David.

—Esta noche la selección española de fútbol juega contra Irlanda del Norte. Es un partido para la Copa de Europa. Ese es el partido —dijo el coronel—. Como en otros países el fútbol en España es algo muy serio. Paraliza la vida del país, si el partido es importante.

El otro agente, un hombre de treinta y cinco años, aparentaba estar en una forma física envidiable, esbozó una sonrisa. Era el comandante Aarón Mayer, uno de los mejores y más experimentados agentes del Mossad. Su presencia en esta operación era indicativa de la importancia que en Israel se le daba a aquel asunto. Tenía el pelo negro muy corto, con dos entradas que anunciaban una incipiente calvicie, la piel bronceada y unos llamativos ojos de color azul verdoso. En su rostro se veía una pequeña cicatriz, que iba desde la parte inferior de la nariz hasta la comisura derecha de la boca.

En aquel momento por la megafonía del aeropuerto informaron del embarque del vuelo de El Al con destino a Milán. El coronel Simón se despidió de sus hombres con un abrazo más propio de camaradas que de un superior. A modo de despedida, les espetó:

—¡Volved, y volved con el libro!

Los dos hombres asintieron con una sonrisa e iniciaron la marcha, perdiéndose por el largo pasillo que les conducía a la puerta de embarque del vuelo que debía salir en veinte minutos, si no surgía ningún problema de última hora. Los dos agentes vestían impecables trajes de color oscuro y llevaban elegantes bolsas de mano. Parecían dos ejecutivos de alguna multinacional italiana. De hecho, eran hombres italianos los que figuraban en sus pasaportes e Italia, según estos documentos, era su patria, la de: Paolo Senatore y Aldo Mancini.

14

A la misma hora en que los agentes del Mossad Aarón Mayer y Salomón ben David sobrevolaban el Mediterráneo a la altura de la isla de Creta, en un oscuro despacho de un deteriorado edificio de oficinas situado en el centro de Tiflis, la capital de la República de Georgia, sonaba insistentemente un teléfono que nadie cogía. En España eran las seis de la tarde, mientras que en la ciudad caucásica era ya casi de noche, el reloj marcaba las nueve. Diez minutos más tarde el avión de El Al, un Boeing 757, había dejado atrás las espumosas costas cretenses y variado su rumbo para enfocar las aguas del Adriático —sureste-noroeste— siguiendo una línea paralela a la de la costa de la península italiana. Una hora más tarde viraría para tomar dirección oeste y, ganando el valle del Po, aterrizaría en el aeropuerto de Milán. Mientras el viaje señalado cubría su ruta sin ningún tipo de complicaciones —el cielo seguía despejado—, el teléfono de la oscura oficina de Tiflis sonaba una y otra vez con una intermitencia casi matemática. La llamada provenía de un lugar de la capital de España y quien la hacía no se explicaba cómo era posible que nadie la atendiese.

Poco antes de que el Boeing 757 tomase tierra en el aeropuerto de Milán, en Tiflis, una de las llamadas tuvo respuesta. Era el premio a la perseverancia. Alguien levantó el auricular y con voz gangosa preguntó:

—¿Quién llama a estas horas?

Quien estaba al otro extremo de la línea telefónica tuvo que hacer una verdadero esfuerzo para contenerse. ¿A estas horas?, y llevamos más de una hora intentándolo sin parar. Sin embargo, decidió que lo mejor era no malgastar un instante en discusiones, bastante tiempo habían perdido ya.

—Llamamos desde Madrid, en España. ¿Está el señor Garín, Mijaíl Garín?

—¡Ah, España, España! —fue la exclamación que llegó desde el Cáucaso a la pregunta realizada.

Con los nervios a flor de piel y la rabia contenida, la persona que hablaba desde España repitió la pregunta. La única diferencia fue que ahora, tras una afirmación, la hizo en un tono más enérgico.

—¡Sí, sí! Mucho sol y muchos toreros. —«Será cabrón el tío», se dijo—. ¿Me pone con el señor Garín?

—¡Ah! ¡Oh! El señor Garín. Pues verá, lo siento mucho pero aquí no hay nadie...

—¿Cómo que ahí no hay nadie? ¿Y usted quién es?

—Pues verá, señor, yo soy el guarda nocturno del edificio. Aquí no hay nadie excepto yo.

En el otro extremo de la línea telefónica sonó una exclamación que contenía varias maldiciones. Toda la tensión acumulada a lo largo del tiempo de intentos infructuosos de establecer contacto explotaba ahora de la peor forma posible.

Aquel guarda no comprendía muy bien qué era lo que estaba escuchando ya que una buena parte de lo que oía no lograba entenderlo porque la voz no llegaba con nitidez y claridad. De lo que el guarda estaba seguro era de que aquel tipo se había puesto muy agitado y enfadado.

De forma súbita el guarda recordó algo que podía interesar al enfurecido individuo con el que hablaba.

—¡Oiga, señor! ¿Me escucha usted? Yo podría ayudarle.

Hubo un instante de silencio, luego llegó hasta sus oídos la voz colérica del hombre.

—¿Ha dicho que puede ayudarme? ¿De qué forma? ¿Cómo? ¿No me ha dicho que ahí no está el señor Garín? ¿No dice que en el edificio no hay nadie salvo usted?

Aquello era una especie de torbellino en la cabeza del guarda, que por un momento pensó en colgar el teléfono y acabar con aquel problema. Pero se contuvo y con voz gangosa y entrecortada dio una única respuesta a aquella batería de preguntas.

—Yo podría facilitarle hablar con la secretaria del señor Mijaíl, pero primero me tiene usted —hablaba lentamente, tanto que muy bien podía exasperar a alguien que tuviese prisa, como era el caso de quien le escuchaba en el otro extremo del Mediterráneo— que decir cuál es su nombre.

—Mi nombre es Andréi Ogeirabás, y ahora dígame cómo puedo localizar a Tatiana.

—¡Ah! ¿Conoce usted a la señorita Tatiana? Es una hermosa mujer. Una de las mujeres más hermosas que hay en Tiflis.

—Por favor, ¿puede darme el número de la señorita Tatiana? Tengo mucha prisa. Es urgente que hable con ella.

—No, señor, yo no puedo darle el número de la señorita Tatiana...

Sonó otra maldición que interrumpió al guardia. Si había demonios, estos estaban a punto de llevarse a Andréi.

—¡Cómo! ¿Que no puede darme el teléfono de Tatiana Grunova?

—No, señor. Lo que usted me pide no es posible. No es posible porque las instrucciones que yo he de cumplir a rajatabla lo prohíben. Si yo incumpliese esas instrucciones perdería mi puesto de trabajo, y entonces ¿quién mantendría a mi familia? Morirían de hambre y de frío. Yo estoy muy agradecido al señor Garín. Lo que yo puedo hacer por usted es tratar de localizar a la señorita Tatiana y decirle que la llama... Andréi. Ha dicho usted que se llama Andréi Ogeirabás, ¿verdad?

Andréi estaba haciendo un ejercicio de paciencia. Llenó sus pulmones de aire y luego lo expulsó lentamente.

—¿Oiga?..., ¿oiga? Señor Andréi, ¿está usted ahí?

—Sí, sí. Estoy aquí...

—Si usted me da el número de su teléfono, yo puedo apuntarlo en un papel. Tendré que buscar papel y lápiz, ¿sabe? Y se lo daré a la señorita Tatiana cuando la localice.

—¿Cómo que cuando la localice?

—Sí, señor, tengo que encontrarla. He de llamarla por teléfono para decirle que el señor Andréi, desde España, desea hablar con ella porque el señor Andréi quiere hablar con el señor Garín. ¿Es eso es lo que usted me ha dicho?

Andréi no acababa de explicarse cómo era posible que tuviese tanta paciencia. En realidad sí lo sabía, sabía que estaba de por medio la posibilidad de llevar a cabo la operación más importante que la red georgiana en España podía poner en marcha. No era un asunto cuyo beneficio estuviese cifrado en una cantidad. Esa cantidad podía llegar al infinito si era cierta toda la información que aquella misma tarde había llegado a sus manos.

—Está bien, está bien, comoquiera que te llames...

Sin habérselo propuesto, Andréi había dado pie a que el guarda le interrumpiese de nuevo. Se maldijo interiormente por ello.

—Señor, mi nombre es Nicolái Ivanísevich, aunque todos me llaman Kolái. Usted también puede llamarme Kolái, si le parece bien.

—Me parece muy bien, Kolái. Ahora, si no te importa, telefonea a la señorita Tatiana y dile que llame a España, a Andréi. Ella sabe mi número de teléfono.

—¿La señorita Tatiana sabe su número?

—Sí, sí, Kolái, la señorita Tatiana sabe mi número. Trata de localizarla y dile que me llame, que es muy urgente.

—Así lo haré, señor Andréi; además, lo voy a hacer ahora mismo. No haré ninguna otra cosa antes de llamar a la señorita Tatiana.

—Me parece perfecto. Muchas gracias, Nicolái.

—Para usted soy Kolái, señor.

Andréi no escuchó las últimas palabras del guarda nocturno porque había cortado la comunicación. Nicolái Ivanísevich, miró el auricular con cierta perplejidad y escupió al emisor:

—¡Qué prisas, qué prisas!

Aquella noche el vuelo de la TWA procedente de Nueva York, cuya llegada estaba prevista a las 21.55 horas, había cubierto su trayecto con una puntualidad absoluta. A las 22.10 dos de los pasajeros llegados en aquel vuelo habían sido recogidos por un coche que les esperaba en el aeropuerto. Alan Ringrose conducía ese coche y le acompañaba Edward Andrews. Los recién llegados venían a España como turistas americanos dispuestos a pasar sus vacaciones en el país. Los dos vestían, en el momento de su llegada, ropa informal. El aspecto físico de ambos era muy similar: metro ochenta y cinco... pelo corto rubio. La mayor diferencia que había entre ellos era que uno tenía un porte atlético mientras que el otro parecía un hombre más cultivado.

No perdieron mucho tiempo en las presentaciones, ni en depositar los equipajes en el maletero del vehículo. El que parecía un deportista respondía al nombre de Robert Halifax y el de maneras más distinguidas se llamaba William Lee. Una vez en el vehículo, donde los recién llegados ocuparon el asiento trasero, Lee, que parecía ser el que tenía más autoridad, fue directamente al grano.

—Creo que no disponemos de mucho tiempo y que hemos de actuar con rapidez. Aunque en Nueva York nos han puesto al corriente de la operación, sería conveniente conocer detalles directamente de la fuente original y saber si se han producido variaciones en las últimas horas. No es necesario decirle —se dirigió a Ringrose, según este pudo observar por el espejo retrovisor— que nosotros actuaremos bajo sus órdenes directas, si bien traemos instrucciones concretas para usted. En el momento en que estemos en la Embajada le haré entrega del sobre que las contiene. Por su grosor creo que no le llevará mucho tiempo conocerlas. Y ahora, señor —puso énfasis en la palabra—, si lo desea puede ponernos al corriente de todo.

Ringrose, que se percató del cambio de tono, no hizo ningún comentario y expuso con claridad todo el asunto. No entró en valoraciones acerca de la importancia de la misión, pero sí remarcó pequeños detalles que consideraba de interés. Sabía que en cualquier operación todo era importante y que nunca se debía pasar por alto ningún tipo de información, por muy escaso valor que se le pudiese dar. Conocía, por propia experiencia, que cualquier agente había de considerar la misión que le era encomendada como de la máxima importancia y con ese planteamiento todo, absolutamente todo, debía ser analizado. Nada era desechable hasta que la operación hubiese concluido.

—Hasta aquí llega el planteamiento del asunto. ¿Alguna pregunta? —El tono que había empleado era correcto, profesional. Marcaba las distancias, y dejaba claro quién era el jefe de la operación. Parecía que aquello era algo que Ringrose quería que no ofreciese ninguna duda desde el primer momento.

William Lee se removió en el asiento y carraspeó para aclararse la garganta.

—Sí, señor, por el momento se me ocurren tres pregun-

tas que hacerle. La primera es de procedimiento, de protocolo, si usted quiere.

—Dispare, Lee —le indicó Ringrose.

—¿Cuál debe ser la relación entre nosotros mientras
dura la operación? Usted es el jefe y debe marcar las pautas
a seguir en esto. Ya sabe, es conveniente que todos conoz-
camos cuál es el terreno que pisamos.

Ringrose le contestó con una pregunta.

—¿De dónde es usted, Lee?

—Si le sirve de algo, señor, le diré que soy de Tejas, de la
mismísima Dallas, pero mi familia procede de Nueva Or-
leans. Lucharon contra los yanquis y se opusieron a la abo-
lición de la esclavitud. Pero de eso, señor Ringrose, hace ya
mucho más de un siglo.

—Muy bien, Lee, me gusta su franqueza. ¿Puedo llamarle William?

—Puede hacerlo, señor.

—En ese caso llámeme Alan. Esto también va por usted,
Robert, si le parece bien.

—Me parece muy bien, señor. Por si le interesa, soy de
California, de San Diego. Y usted, Alan, ¿de dónde es?

—Soy de Nueva York, de Harlem. El profesor Andrews
es paisano suyo, Robert, da clase en Los Ángeles.

Ringrose estaba ahora satisfecho. Era él quien había
marcado la pauta.

—Y ahora, ¿cuáles eran las otras dos preguntas?

—La primera es ¿qué personas son las que conocen la
existencia de este asunto y cuál es el grado de conocimiento
que tienen del mismo? ¿Saben algo, saben mucho, lo saben
todo? La segunda pregunta es ¿qué posibilidades existen de
que se haya producido una filtración fuera del círculo que
conocemos?

El tráfico fluido de la autopista del aeropuerto se había
hecho más lento al entrar en la M-30, uno de los cinturones

de circunvalación de Madrid, que permitía un acceso rápido a las avenidas y calles del centro de la capital de España. Cuando Ringrose tomó el cruce con la avenida de la Castellana, el tráfico cambió por completo. En cuestión de segundos se vio atrapado en un verdadero atasco y en el centro de un concierto de ruidos producidos por las bocinas de los coches y otros instrumentos que sus ocupantes hacían sonar con frenesí. Parecía como si de pronto la ciudad, relativamente plácida hasta aquel momento, hubiese sido presa de una locura colectiva.

—¡Santo cielo! —exclamó Ringrose, que de repente parecía atribulado.

—¿Qué es lo que sucede? —preguntó Robert—. ¡Estos españoles están locos!

—Ocurre que nos hemos equivocado con el itinerario. Tenía que haber previsto —el tono de Alan era lastimero y autoinculpatorio, las dos preguntas de Lee quedaron sin respuesta— que había partido de fútbol. Ha jugado la selección española contra Irlanda del Norte. El fútbol en España levanta pasiones. Además, por el ambiente que hay cabe deducir que España ha ganado. Son miles los coches que están saliendo en estos momentos de los alrededores del estadio Santiago Bernabeu, que está muy cerca y es donde se ha celebrado el partido. El atasco puede durar horas... Muchos de los asistentes no tienen ninguna prisa y organizan estas concentraciones ruidosas para celebrar la victoria. Se dirigen hacia la plaza de Cibeles, que se encuentra en esta misma avenida. Allí se producirá el momento culminante del festejo. Nuestra única opción, para salir de esta trampa, es intentar alcanzar una de las bocacalles de la Castellana que no esté colapsada ya por el tráfico.

Tuvieron suerte porque a la altura de los Nuevos Ministerios Ringrose pudo desviarse a la derecha y tomar una perpendicular, así se alejaba de su punto de destino, que era la Embajada pero significaba salir del atasco utilizando una ruta alternativa, por zonas menos transitadas hasta la calle de Serrano. La elección no fue equivocada, pues media hora después aquel vehículo con sus cuatro ocupantes entraba sin mayores problemas por la puerta del garaje de la Embajada de Estados Unidos. Diez minutos más tarde los cuatro hombres estaban planificando en el despacho de Alan Ringrose el trabajo del día siguiente, delante de unas latas de cerveza fría y de unas bandejas de canapés y sándwiches.

Lo más importante de la reunión fue lo que les contó el profesor Andrews, que aquel día había almorzado con el tío de su mujer.

—Así pues, ¿el acuerdo verbal que tenían apalabrado don Germán Arana y el librero ya está roto? —preguntó Ringrose al profesor, después de que la lista de personas que podían conocer la existencia del asunto hubiese quedado confeccionada.

—Sí, en principio está roto. Creo que si mañana actuamos con diligencia podemos tenerlo todo controlado y la obra en nuestro poder. En mi opinión, el único problema que puede haber es el económico.

—Se equivoca, Andrews. Tenemos instrucciones muy precisas al respecto —señaló William Lee, haciendo un gesto ampuloso con las manos.

—Me imagino —insistió Andrews— que tal y como se han desarrollado las cosas entre el tío de mi mujer y el librero, habrá que estar en disposición de hacer efectiva la suma de inmediato.

—*No problem* —fue la respuesta de William.

Ringrose apenas había tenido ocasión de hablar con Andrews aquella tarde, porque el profesor había estado con el tío de su esposa y había llegado a la Embajada con el tiempo justo de subirse en el coche para ir al aeropuerto. No obstante, durante el trayecto hasta Barajas Andrews le había contado la increíble noticia: el acuerdo de compra del libro estaba roto.

Cuando Edward llegó a la oficina de don Germán, este estaba de un humor detestable. Toda la flema y tranquilidad que el constructor respiraba en su trato diario, y que él había considerado elementos consustanciales de su personalidad, se habían esfumado. Andrews pensó que estaba enfadado por su tardanza, aunque le pareció que su reacción era exagerada por un simple retraso. Pero pronto comprobó que era otro el motivo que había dado lugar a aquella situación. Transcurridos varios minutos, que empleó en tranquilizarle y conocer la causa de aquella conducta, don Germán comenzó con una pregunta:

—¿A que no adivinas quién ha llamado hace apenas media hora?

Andrews no sabía qué responder, pero decidió seguir lo que parecía un juego.

—¿Cuántas opciones me das?

No fue necesaria ninguna porque don Germán le dio la respuesta sin más preámbulos.

—Me ha llamado el señor Ruiz.

—¿El librero? —Utilizaba la pregunta como forma de dar opción a que don Germán se viese en la necesidad de dar explicaciones menores, sin importancia, en relación con lo que tuviese que contarle. Aunque no era experto en psicología, sabía que ese era un procedimiento infalible para llevar algo de tranquilidad a alguien en estado de excitación.

—¡Claro que sí! ¡Ese mal nacido!

—Tenía entendido que erais amigos, ¿no?

—Eso mismo creía yo. Don Germán por aquí, don Germán por allí. Usted tiene siempre preferencia. Nunca olvidaré lo que hizo usted por mí. ¡Mentira, Eduardo! —A veces le llamaba por su nombre en castellano—. ¡Todo mentira! ¿Sabes para qué me llamaba el muy cerdo?

—Si no me lo dices...

—Para decirme que de cuarenta y ocho millones, nada de nada. Que el precio había subido y que había subido mucho. Que tenía otra oferta mucho mejor. Una oferta que difícilmente yo podría superar.

La sorpresa se pintó en el rostro de Andrews y una instantánea sacudida de alegría le recorrió el cuerpo. Fue como un tibio cosquilleo que se le concentraba en la nuca. Sin embargo, con la misma rapidez que había percibido aquella placentera sensación, le llegó otra sacudida que le hizo temer lo peor. Todas las neuronas de su cerebro se pusieron en tensión. Aquello significaba que había otro u otros compradores, y ello suponía más gente al tanto de aquel asunto. Trató de controlarse, pero no podía disimular sus emociones. Don Germán se percató de su nerviosismo, aunque no supo interpretarlo adecuadamente.

—Estás tan sorprendido como yo, ¿verdad?

—Sí, tengo que admitir que estoy impresionado... —Andrews recordó que el libro estaba en su dormitorio, e inmediatamente preguntó—: ¡El libro, el libro!, ¿dónde está ahora?

—¿Dónde está el libro, dices? ¡Tú sabes dónde está! ¡El libro lo tienes tú!

—Entonces, en ese caso... —Dejó la frase inclonclusa, para ver cuál era la reacción de don Germán, aunque sabía cuál sería. No obstante, a veces...

A pesar del enfado que don Germán tenía, su respuesta a aquella insinuación fue la que Andrews esperaba.

—No, no, Eduardo, ni hablar. ¡Eso ni que se te pase por la cabeza! ¡Si Ruiz es un hijo de mala madre, yo soy un caballero!

Andrews sabía que no había nada que hacer por aquel camino. A pesar de que era un hombre de negocios, en una parcela tan propensa a los trapicheos como era el mundo de la construcción, don Germán Arana era una *rara avis*. Era un hombre de honor, cumplidor de su palabra. Lo que los españoles llaman un caballero. Era cierto que quedaban pocos ejemplares de aquella fauna, que estaba condenada a la extinción. Y él era uno de esos pocos ejemplares. Su actitud producía entre admiración y respeto, pero sobre todo sorpresa e incredulidad. En los círculos empresariales madrileños, donde los tiburones acechaban cualquier oportunidad, se comentaba, con sorna, que cuando don Germán se retirase finalizaría una forma de hacer negocios. Era un representante de otra época a quien se le tenía una consideración y un respeto que hacía tiempo había desaparecido del campo de batalla en el que se enfrentaban las constructoras y promotoras inmobiliarias. Aquel intento estaba, como Andrews había previsto, condenado al fracaso, pero como nunca había visto al tío de Beatriz en aquella disposición, pensó que tal vez... merecía la pena intentarlo.

Fue curioso el hecho de que en muy poco tiempo don Germán recuperase la compostura perdida.

—Es muy tarde, pero en el Green —era como llamaba abreviadamente a un pub que había en la esquina, cuyo nombre completo era The Green Turlip, donde ofrecían comida inglesa— nos servirán una ensalada y un bistec a la plancha. Allí podremos seguir hablando, ¿te parece?

—Una vez en el Green traté de obtener toda la información que me fue posible, pero don Germán no sabía gran cosa. Ignoraba quién podía haber hecho la suculenta oferta que le había comunicado el librero. Tampoco sabía la cantidad a la que se estaba refiriendo. Estuvimos en el pub más de dos horas. Hasta pasadas las seis y media, una hora desde luego inadecuada. El servicio estaba solo pendiente de nosotros. Si no nos invitaron a abandonar el local fue por el respeto y la consideración que allí se le tiene al señor Arana, que es uno de sus más antiguos y mejores clientes. Cuando salimos del establecimiento eran cerca de las siete.

—En estos momentos, ¿dónde se encuentra el libro? —Quien preguntaba era Lee.

—Supongo que está en poder del librero. Cuando dejamos el pub nos dirigimos a casa de don Germán y me pidió que le acompañase a la librería para hacer entrega del ejemplar. Cuando llegamos a la plaza de las Descalzas la escena que se produjo fue tremenda. Sucedió en el despacho interior de la librería, a cubierto de miradas indiscretas. Mientras el librero guardaba el libro en el cajón de la mesa que allí hay, don Germán afeó a Ruiz su conducta, le increpó y dio por concluida cualquier tipo de relación con él. El librero aguantó el chaparrón. Estaba azorado y hubo momentos en que incluso dio la razón a don Germán.

—¿Le preguntó usted al librero qué clase de oferta había recibido y quién se le había hecho?

—No, no pregunté nada. Yo asistí a la escena como un testigo mudo. Tampoco lo hizo don Germán, quien en su ofendida dignidad se negó a requerir de Ruiz ningún tipo de información. En aquel momento yo no podía ni debía hacer otra cosa.

—¿Tiene alguna sospecha de lo que haya podido suceder? —insistió Lee.

—Lo único que puedo decirle es que, según el librero, cuyo nerviosismo y azoramiento llamaron mi atención, aunque en aquellas circunstancias era lo propio, había otra oferta mucho mejor. Pero ignoro de quién procede y el montante de la misma.

—¿A qué hora abre el señor Ruiz su negocio? —Quien ahora preguntaba era Ringrose.

—No lo puedo precisar, pero creo que no tiene un horario fijo. Los libreros de viejo, como aquí se llama a quienes compran y venden libros de segunda mano, son personas de carácter muy especial.

—Eso quiere decir que desde primera hora de la mañana deberemos estar pendientes. ¿Hay algún bar o alguna cafetería en la plaza?

—Sí, creo que hay varios.

—Entonces aguardaremos allí, y esperemos que mejorando esa oferta que tan mal ha sentado al tío de su mujer podamos dar por concluido este asunto. —Con aquella aseveración Ringrose daba por terminada la reunión. Sin embargo, Andrews levantó la mano, como si fuese un colegial que pedía permiso a su maestro para intervenir.

—¿Sí, Andrews?

—Tengo la impresión de que la oferta que ha recibido el librero es una oferta especial. Hay en ella algo extraño. No sé... tengo la sensación de que no es solo una oferta de dinero, barrunto que hay algo más... No sé, no sé... algo misterioso.

—¿Por qué dice eso? ¿Hay algún detalle que no nos haya comunicado? —Las preguntas de William Lee fueron formuladas con cierto tono de reproche.

—Ya he dicho que es pura intuición. No hay nada que me permita justificar lo que acabo de manifestar. Salvo que la actitud del señor Ruiz era... era especial. Me quedo mucho más tranquilo diciéndoselo, aunque probablemente esta sensación solo sea producto de mi imaginación.

Eran las once y media de la noche y la reunión, ahora sí, se dio por concluida. Así terminaba una larga y agitada jornada... Terminaba en la Embajada de Estados Unidos de Norteamérica en Madrid... Porque a aquella misma hora sonaba un teléfono. Era el de Andréi. Recibía una llamada desde Tiflis, desde donde Tatiana Grunova, que había hablado con Andréi hacía poco más de una hora, le pasaba a Mijaíl Garín.

15

Aarón Mayer y Salomón ben David habían llegado al aeropuerto de Madrid-Barajas poco antes de las siete de la mañana; durante el vuelo habían repasado, al igual que hicieran en el que les condujo desde Tel Aviv a Milán, los folios que contenían los datos acerca de la industria editorial italiana, el volumen del negocio que se movía en torno a esta actividad, técnicas de edición... Asimismo, se habían aprendido las definiciones de incunable, facsímil, edición príncipe o códice miniado.

La neblina, propia de aquellas horas del amanecer en la capital de España, no había representado ningún obstáculo para que el vuelo de Iberia, procedente de Milán, concluyese su viaje sin ningún tipo de problema. Todavía no se había iniciado el intenso tráfico de pasajeros que llenaba mostradores, zonas de espera, cafeterías y otras dependencias de Barajas. A aquella hora se respiraba cierta tranquilidad. La mayor parte de los mostradores de las compañías estaban cerrados. Apenas si había pasajeros en las salas de espera, y los que había dormitaban aguardando que les llegase su turno de embarcar. El mayor movimiento procedía del personal de la limpieza y de los servicios de abastecimiento de restaurantes y cafeterías, así como de los encargados de los quioscos de prensa y revistas, quienes preparaban la mercancía que a lo largo de la jornada satisfaría la demanda de miles de personas.

Los dos judíos, con aire de hombres de negocios, esperaron pacientemente la llegada de sus equipajes por la cinta transportadora, la única que funcionaba en aquellos momentos en el aeropuerto. Recuperadas las maletas, abandonaron la zona de tránsitos y salieron a la de espera. Allí les aguardaba un joven que les recibió con cordialidad. Tenía como misión acompañarles hasta su alojamiento. Tomaron un taxi y marcharon a un discreto hotel de la Gran Vía madrileña, próximo a la zona de Callao. La reserva había sido hecha desde Madrid, a través de una agencia de viajes, por un individuo que decía ejercer como agente comercial de una empresa editorial italiana, especializada en la reproducción de facsímiles de obras antiguas de gran valor bibliográfico.

En menos de veinte minutos cubrieron la distancia que separaba el aeropuerto de su hotel. El tráfico a aquella hora todavía era escaso. Había una cierta calma en el ambiente. Por las calles aún se veía a los empleados de los servicios de limpieza y jardinería que con máquinas o de forma manual barrían calles y aceras, vaciaban papeleras o regaban y aderezaban las hermosas y cuidadas zonas ajardinadas del centro de la capital de España. En algunos lugares eran perceptibles aún los restos del desbordamiento de centenares de hinchas durante la pasada noche. En la plaza de Cibeles había mucho mobiliario urbano destrozado —papeleras tiradas, algunas señales de tráfico arrancadas, una marquesina de las que protegen a los pasajeros en las paradas de los autobuses públicos presentaba daños irreparables—. La propia fuente en cuyo centro se levanta majestuosa la carroza, tirada por dos leones, de la diosa más popular de Madrid y que da nombre a la plaza no se había librado del vandalismo:

latas de cerveza, bolsas de alimentos envasados, papeles y otras porquerías flotaban en sus aguas y sobre el lomo de uno de los blancos leones habían escrito con pintura negra: 5-0. Varios operarios se afanaban en devolver su dignidad a la emblemática fuente.

Realizados los trámites de inscripción en el hotel, el joven que les había esperado en el aeropuerto subió con ellos a la habitación. En realidad eran dos dependencias comunicadas por una puerta interior que se podía cerrar desde ambas habitaciones. Allí les hizo entrega de un paquete que contenía dos pistolas automáticas.

—El trabajo que me han pedido que hiciera con ustedes ha terminado. Ahí tienen un plano de Madrid donde está señalada con una X la plaza de las Descalzas, que se halla a tres minutos andando desde este hotel. Mi misión ha concluido. —Dicho esto se marchó.

Les sobraron cinco minutos. A la ocho menos cinco los dos agentes del Mossad entraban en una conocida cafetería madrileña de la calle de Alcalá. En los pocos minutos transcurridos entre el trayecto del aeropuerto al hotel y el que les condujo desde este último a la cafetería Nebraska, las calles y avenidas de Madrid habían sufrido una notable transformación. La densidad del tráfico había aumentado considerablemente, incluido el número de autobuses y taxis que circulaban. También había crecido la masa de viandantes.

La cafetería no estaba llena, pero había cierta cantidad de clientes, la mayor parte de ellos tomando café con algún alimento sólido: tostadas o los típicos churros calientes. Lo único que sabían era que *Samuel* sostendría en sus manos un ejemplar de prensa salmón, de la dedicada a la información financiera, y que tendría puesto un sombrero de fieltro verde, de los llamados tiroleses. Los dos agentes miraron de forma discreta a los clientes que había en el establecimiento, pero ninguno de ellos respondía a la imagen de *Samuel*.

Aarón miró el reloj y comprobó, con cierto alivio, que faltaban unos minutos hasta la hora fijada para el encuentro. Al lugar de la barra donde se habían situado, ideal para observar a todo el que entrase y saliese, se acercó uno de los camareros, impecablemente vestido —camisa blanca, pajarita negra y gorro de barco blanco con un ribete negro, en uno de cuyos lados podía leerse el nombre del establecimiento—, que preguntó solícito:

—¿Qué van a tomar los señores?

—Dos tés con leche, por favor —respondió Aarón en un castellano perfecto.

La mayor parte de los comentarios de la gente que había en el establecimiento giraba en torno al partido de fútbol de la noche anterior. Se ponderaban algunos de los goles del juego de la selección española, y se remarcaba el hecho de que con aquel resultado la clasificación para el Campeonato de Europa había quedado resuelta. Uno de los grupos, que destacaba por su vehemencia, estaba integrado por varios jóvenes de aspecto cuidado, hasta pulcro; todos vestían traje oscuro, llevaban corbata, tenían el pelo razonablemente corto y daba la sensación de que eran personas dinámicas. Eran jóvenes ejecutivos de alguna empresa cuyas oficinas estaban en la vecindad y que se veían allí antes de comenzar la jornada laboral. Dieron las ocho sin que nadie entrase en la cafetería. En ese momento el grupo de jóvenes ruidosos abandonó el local, después de pagar sus consumiciones. Cuando alcanzaban la puerta se abrieron, formando una especie de pasillo por el que entró una atractiva mujer. Sonó un elocuente silbido, hubo guiños entre los *yuppies* y algún que otro malintencionado codazo.

Era una mujer de unos treinta años, la melena, de color castañocobrizo, realzaba la belleza de sus facciones. Bajo su elegante traje de chaqueta, en que predominaban los tonos verdes, se adivinaban las formas opulentas y seductoras de su figura, alejadas de la delgadez impuesta por la dictadura de las pasarelas de los desfiles de moda. De uno de sus hombros colgaba la larga correa de un bolso cuyas formas le daban un cierto aire juvenil. Aquella mujer llevaba en una de sus manos un periódico financiero, prensa salmón, y en la otra un sombrero de estilo tirolés, adornado con una pluma y cuyo color hacía juego con el verde predominante del traje. Era una agente al servicio de Israel y trabajaba como secretaria para la empresa Germán Arana, S. A. Su verdadero nombre era Marta Ullá. Sin hacer caso a los comentarios que su entrada había despertado entre los jóvenes ejecutivos, se acercó a la zona de las mesas que llenaban buena parte de la cafetería. Escogió una situada en un rincón, próxima a una hermosa kentia que extendía sus verdes palmas con frondosidad y, depositando sobre el blanco mármol de la mesa el periódico y el sombrero, se sentó con una elegancia que parecía innata. Luego encendió con estudiada lentitud un cigarrillo que sacó del bolso y, antes de que tuviese que llamar la atención del camarero que se encargaba de atender el servicio de mesas, este estaba delante de ella dispuesto a satisfacer su petición.

—¿Qué va a tomar la señora?

—Café solo, americano, por favor, en taza grande. —Sin prestar mayor atención desdobló el periódico y se puso a leer.

—Podían habernos advertido de que *Samuel* era una mujer —susurró Salomón en voz muy baja, casi en el mismo oído de su compañero. Este, apretando los labios, movió levemente la cabeza en un gesto de asentimiento, a la vez que corregía su posición en la barra sin llamar la atención—. Es guapa, ¿verdad? —Susurró otra vez Salomón, que parecía recobrado de la sorpresa.

—Deja de decir tonterías y vamos a establecer contacto sin llamar la atención.

Aarón se palpó con gestos llamativos los bolsillos de su chaqueta, sacó un paquete de cigarrillos y extrajo uno de ellos. Otra vez palpó los bolsillos, pero no debió encontrar lo que buscaba. Cruzó con paso decidido la distancia que le separaba de *Samuel* y le pidió fuego. Cuando el camarero se disponía a servir el café que le había pedido la mujer, Salomón le detuvo.

—Espere un momento, hombre, no vaya usted a interrumpir algo importante. —Y le guiñó un ojo. En aquel momento Aarón hizo un gesto hacia Salomón invitándole a acercarse.

—¿No se lo dije? —Y animó ahora al camarero, dándole una cariñosa palmada en la espalda—. ¡Llévele ahora el café!

Aarón y Salomón tomaron asiento y pidieron otro té. Durante veinte minutos el recién constituido trío mantuvo una conversación de la que no trascendía nada, de vez en cuando la mujer levantaba la vista y miraba alrededor. Luego los tres abandonaron juntos la cafetería.

—Don Fermín, ¿ha visto usted cómo se liga? —comentó el camarero que atendía el servicio de mesas a un cliente que pasaba con displicencia las hojas de un periódico sobre la barra, mientras hacía sonar la calderilla en el bolsillo de su pantalón.

—Esa tía es una puta de lujo, seguro. Me juego el cuello a que han estado ajustando un *ménage-à-trois* —dijo el hombre en un tono que no admitía discusión, a la vez que con el dedo índice se señalaba el cuello describiendo un corte imaginario. Luego pasó otra página del periódico.

—¡Puta o no, don Fermín, la tía está buenísima! —sentenció el camarero.

Los dos agentes del Mossad y *Samuel* tomaron un taxi y se dirigieron, en medio de un tráfico creciente, hacia la zona del viejo Madrid, popularmente el Madrid de los Austrias. Llegaron a la Puerta del Sol, uno de los centros de mayor movimiento de la capital de España, subieron por la antigua calle de Carretas hasta la plaza del Ángel y allí dejaron el taxi. Sin detenerse, caminaron por varias callejas estrechas y de trazado irregular. En ellas se levantaban edificios de cuatro o cinco plantas, la mayor parte de ellos muy deteriorados. Eran construcciones de finales del siglo XIX que en su época debieron tener indudable prestancia pero que el paso del tiempo había deteriorado sin que se les hubiesen prestado los debidos cuidados de mantenimiento. Muchos de aquellos edificios eran casas de las llamadas de renta antigua. Los dueños de los inmuebles se negaban a realizar reformas, esperando que quedasen declarados en ruinas y los inquilinos hubiesen de abandonarlos por la fuerza. Aquella situación había contribuido, como ninguna otra, a degradar una de las zonas más atractivas de Madrid. De cuando en cuando se veía un edificio restaurado, con su fachada remozada y su antiguo esplendor recuperado, que llamaba la atención en medio del deterioro general.

Al llegar a una de las bocacalles, *Samuel* sacó un pequeño papel doblado que llevaba en uno de los bolsillos de su chaqueta y lo consultó. Luego miró el rótulo de la calle, una chapa de color azul, con el escudo de Madrid en uno de los ángulos y que presentaba varios puntos de oxidación. En el rótulo se leía: calle de San Bruno.

—Esta es. Hemos de ir al número ocho. —Marta Ullá indicó con un gesto a sus acompañantes que la siguieran.

El número 8 era uno de esos inmuebles de fachada deteriorada pero cuyo porte estaba cargado de nobleza. Aquella fachada, restaurada, sería un verdadero lujo. Los adornos en piedra del recercado de la puerta indicaban, en medio de la mugre y el abandono, que la casa había vivido tiempos mejores. En una de las jambas había un interfono de acero inoxidable encastrado lleno de pulsadores y etiquetas protegidas por pequeños rectángulos de metacrilato rayado, también había un cartel donde a duras penas podía leerse en letras negras rotuladas, según criterios estéticos pasados de moda: María Reloba. Camas.

Marta miró el papel que llevaba en la mano, luego clavó su vista en el interfono y apretó con el dedo índice uno de los pulsadores, el tercero A, derecha. Esperó la contestación, mirando inquieta hacia ambos lados de la calle por la que no pasaba un alma. No obtuvo respuesta, y otra vez aplicó el índice al pulsador. Tampoco en esta ocasión respondieron a su llamada. Probó una tercera vez, luego una cuarta y una quinta... y nada. Miró a su dos acompañantes con cara de circunstancias:

—No sé qué ha podido ocurrir. La dirección es correcta y le dije que llegaría entre las ocho y media y las nueve. —Miró su reloj, que marcaba en aquel momento las nueve menos diez.

—No sé, no sé lo que ha podido pasar —repitió otra vez muy nerviosa.

—¿Tienes llave del piso? —preguntó Aarón.

Marta contestó con una negación de cabeza. Los agentes intercambiaron una mirada cómplice.

—Si no hay inconveniente por tu parte, podemos acceder al piso sin llamar mucho la atención.

Marta miró con extrañeza al agente.

—¿Qué entendéis por «sin llamar mucho la atención».

—Pues eso —respondió el comandante—, que podemos entrar en la vivienda sin que nadie se entere, salvo quien esté dentro.

—En ese caso, adelante. No acabo de comprender qué es lo que ha podido ocurrir.

—¿Estás segura de que nos esperaba ahí dentro?

—Sin ninguna duda —afirmó Marta en voz baja pero convencida de lo que decía.

A un gesto de Aarón, Salomón sacó un pequeño manojo de llaves y tomó una especie de ganzúa. Iba a introducirla en la cerradura, cuando oyeron que alguien caminaba por el vestíbulo hacia la puerta. Salomón guardó con disimulo el instrumento y esperó a que quien salía abriese la puerta. Aarón pegó su boca al interfono.

—... de acuerdo, de acuerdo, ya subimos.

El joven que salió saludó sin mirar con un escueto «buenos días». Aprovecharon que la puerta se abrió para entrar al inmueble.

—Utilicemos el ascensor. Así reducimos posibilidades de cruzarnos con alguien. —Aarón, que había tomado la iniciativa, fue el último en entrar en un vetusto elevador que estaba metido en una jaula metálica que se cerraba con una puerta de rejilla. El ascensor estaba desgastado por el uso y se cerraba a su vez con unas puertecitas acristaladas y tenía abundantes adornos de latón, relucientes y deteriorados. Fue Marta quien lo cerró para poder pulsar el botón que indicaba la tercera planta. Aarón soltó una maldición cuando comprobó lo lento que era el ascensor y los chirriantes ruidos que hacía al moverse. Al pasar por cada forjado producía una especie de chasquido que parecía anunciar el final de su vida activa. Se detenía por un instante, y luego reanudaba su penoso ascenso.

Cuando llegaron a su destino, la parada fue definitiva. Frente a ellos había dos flechas de madera clavadas en la pared y marcadas con las letras A y B. Tomaron la dirección A, y tras un recodo aparecieron dos puertas. Avanzaron hacia la que ellos buscaban. Los dos agentes volvieron a mirarse y Aarón asintió. Salomón sacó una tarjeta plastificada y flexible, la introdujo por la ranura que había entre el marco y la puerta y buscó el cierre de la cerradura. Sorprendido, comprobó que la puerta no estaba cerrada.

—Esta puerta está abierta.

Como si hubiese sonado una alarma, los dos israelíes se apartaron. Uno se arrimó a la escalera que subía a la planta superior y el otro se pegó a la pared. Aarón tiró con fuerza de la muñeca de Marta, que quedó a su lado y protegida por su cuerpo. Como por ensalmo habían aparecido las pistolas en las manos de los dos agentes. Hubo un nuevo intercambio de miradas y Salomón empujó la puerta suavemente, que se abrió sin hacer ruido. Ningún sonido llegaba del interior, Salomón dio un manotazo y la puerta se abrió del todo hasta chocar con una de las paredes del largo pasillo que apareció ante sus ojos. Tenía por lo menos quince metros y estaba empapelado con motivos azulados que resaltaban la altura de los techos. A un lado y otro se abrían varias puertas.

—No te muevas de aquí —susurró Aarón al oído de Marta. Se acercó tanto que la rozó en la mejilla y sintió el calor de la mujer.

Entró en la vivienda y con un movimiento brusco pero silencioso se plantó ante la primera puerta. Daba a la cocina. Había muestras de desorden y de la antigüedad del inmueble. Pegó la espalda a la pared y esperó a que Salomón avanzase y repitiese la operación ante la puerta siguiente, que se abría al salón de la vivienda. También allí reinaba el desorden pero, a diferencia del de la cocina, era la consecuencia de una acción premeditada. Todo estaba fuera de sitio. Los cajones de los muebles estaban abiertos y algunos tirados por el suelo. Allí tampoco había nadie. El siguiente avance les condujo a una especie de despacho donde había un desconcierto similar al del salón, pero tampoco había nadie. Fuera, Marta Ullá esperaba tensa y nerviosa, tenía los brazos cruzados con tanta fuerza que estaba haciéndose daño. En el pasillo quedaban dos puertas más, una a cada lado y a la misma altura, además de la del fondo, que era la única que estaba cerrada. Ahora los dos agentes actuaron al unísono. Salomón se plantó delante de lo que era el cuarto de baño, que parecía la pieza más ordenada de la casa y también donde se percibía con más claridad el paso del tiempo. Los sanitarios tenían la pátina y el cuarteamiento que producen los años. La grifería era de un modelo antiguo y el agua goteaba en uno de los grifos del lavabo. Aarón se colocó ante la puerta del dormitorio. En un primer momento no percibió con claridad lo que allí había. La habitación estaba sumida en una oscuridad casi absoluta porque la persiana de la ventana estaba bajada y las cortinas echadas. La escasa luz que recibía la dependencia llegaba a través de la puerta en cuyo umbral estaba el agente del Mossad. Si alguien hubiese estado allí agazapado, esperándolo, podía haberle volado la cabeza de un disparo sin el menor problema. Pero allí no había nadie en condiciones de disparar, ni de hacer nada.

Aarón, que había percibido el olor a sangre, escudriñó en la oscuridad, pendiente de cualquier movimiento, sin dejar de apuntar su revólver, mientras buscaba con la mano libre el interruptor de la luz, que suponía próximo al marco de la puerta. Cuando lo accionó comprendió lo que había ocurrido: el cadáver de un hombre, atado de pies y manos formando un aspa, yacía sobre las ropas de cama empapadas en sangre. Estaba bárbaramente torturado, con numerosas incisiones y quemaduras esparcidas por todo el cuerpo. Tenía los ojos desencajados y su última mirada, cargada de angustia y terror, evidenciaba el sufrimiento que hubo de soportar mientras duró la tortura. Por el aspecto del cadáver hacía varias horas que aquel desgraciado había muerto.

Indicó a Salomón con un movimiento de cabeza que fuese a mirar lo que había tras la puerta cerrada del fondo, aunque ya no esperaba ninguna sorpresa más, y recorrió sin hacer ruido la distancia que le separaba de *Samuel*. Con un gesto de mano la invitó a entrar y luego cerró la puerta con sumo cuidado.

—Se nos han adelantado —fue el escueto comentario que hizo.

—¡Cómo que se nos han adelantado! ¿Qué quieres decir con eso? ¿Qué es lo que ha pasado? ¿Qué ha ocurrido? —Marta Ullá, visiblemente alterada, elevaba el tono de su voz a cada pregunta.

—Baja la voz. Debemos evitar que alguien nos oiga. En el dormitorio hay un cadáver, por la pinta debe tratarse del librero. Se han ensañado con él.

Marta no pudo contener un gemido que trató de tapar llevándose la mano a la boca.

Los dos agentes sacaron unos guantes de látex que se ajustaron a sus manos como si fuesen una segunda piel:

—He tocado el interruptor de la luz y el cierre de la puerta. Borra las huellas —indicó Aarón a Salomón, que también limpió con un pañuelo el pomo de la puerta del fondo.

—Esta casa ha sido registrada de arriba abajo —indicó Aarón con la calma de quien está hecho a situaciones como aquella— por alguien que buscaba algo. A ese desgraciado trataron de hacerle hablar y lo han asesinado. —Miró fijamente a la mujer y comprobó el mal trago que estaba pasando. Estaba a punto de derrumbarse y eso era un lujo que no podían permitirse. Alcanzó una silla, la ayudó a sentarse. Luego pidió a Salomón, que se había unido a ellos después de limpiar las huellas y realizar una nueva inspección sin encontrar nada de interés en un primer vistazo, que trajese un vaso con agua—. Va a ser duro, pero no nos queda más remedio. Tienes que ver el cadáver y decirnos si se trata del librero. Es casi seguro, pero debes confirmárnoslo. Lamento no poder ahorrarte esto. —Le ofreció el vaso de agua, y la mujer, profundamente abatida, bebió numerosos y pequeños sorbos con la mirada perdida. Cuando terminó, se lo recogió y limpió las huellas de su superficie. Aunque al agente del Mossad le hubiese gustado adoptar otro papel, no tuvo más remedio que reiterar su petición—: Debes perdonarme, pero no podemos perder un minuto. Los que le han hecho esto estaban buscando el libro y, si no lo tienen en su poder, cosa que no sabemos, en estos momentos continúan con la búsqueda.

Las últimas palabras fueron como un latigazo que sacudió a Marta, quien, sin saber por qué, pensó en don Germán.

16

Hacía más de una hora que Alan Ringrose, William Lee y Robert Halifax esperaban en una cafetería de la madrileña plaza de las Descalzas a que el librero Manuel Ruiz llegase para abrir su establecimiento. Allí se habían apostado armados de paciencia, porque no sabían con exactitud a qué hora aparecería. Por lo que les había dicho Edward Andrews, el horario de los libreros de viejo era un tanto especial. No estaba sometido a unas normas fijas y su flexibilidad era tal que algunos días ni siquiera abrían la tienda. Los tres individuos trataron de pasar el tiempo de la mejor manera posible: bebiendo café y realizando comentarios sobre cuestiones intrascendentes. Ocupaban una mesa que daba a un amplio ventanal desde el que se ofrecía toda la plaza. Desde allí podían ver perfectamente la fachada de la librería Antiquitas.

En la otra esquina de la plaza, buena parte de la cual estaba ajardinada y había sido convertida en zona peatonal, se levantaba el convento de las Descalzas Reales, una imponente construcción cuyo origen databa del siglo XVI y que había sido fundada por una princesa de la casa de Austria. En el interior del vetusto edificio se acumulaban numerosas e importantes piezas de arte. Auténticos tesoros que hablaban a los visitantes del monasterio de los esplendores que aquella casa de recogimiento y oración había vivido a lo largo de sus más de cuatro siglos de existencia. Aquel edificio daba nombre a la plaza y atraía diariamente a turistas y visitantes que deseaban conocer la historia de aquella fundación y las piezas que allí se conservaban. Había un horario de visitas y un riguroso control de las mismas, que no permitía que hubiese más de medio centenar de personas en el interior del convento. La visita se hacía por grupos y solo cuando uno había concluido se permitía el paso del siguiente. Comoquiera que el horario de apertura era a las diez y media y acababan de dar las nueve y media, la plaza presentaba un aspecto poco concurrido. De vez en cuando, cruzaba por ella algún viandante que se dirigía con paso presuroso a su destino.

Continuaban con su intrascendente charla cuando un taxi, procedente de la calle Arenal, cruzó a mayor velocidad de la habitual por delante del ventanal. El vehículo se detuvo en la esquina del monasterio y de él descendieron rápidamente dos hombres y una mujer que miraron en todas direcciones. Parecía que buscaban algo. Fue aquella actitud la que alertó a los agentes norteamericanos, que concentraron su atención en aquel trío que, sin embargo, pasado el primer momento, parecía interesarse solamente por el cartel que señalaba, en la pared del monasterio, el horario y las instrucciones para visita. Ringrose, Lee y Halifax se relajaron de nuevo. Aquellos eran visitantes del histórico edificio. Les vieron mirar sus relojes, señalar el cartel del horario y, después, dirigir sus pasos hacia la misma cafetería en la que ellos se encontraban. Tendrían que matar algún rato hasta que llegara la hora de visitar las Descalzas.

El trío entró en el establecimiento y pidió sus consumiciones en la barra. Los norteamericanos se desentendieron de ellos, por lo que no se percataron de que los dos hombres concentraron su atención en la fachada de la librería. Cuando les fueron servidos los cafés, uno de aquellos individuos sacó un pequeño cuaderno de notas y pareció escribir algo en él. Para ello se puso unas gafas que guardaba en una funda rígida de material plástico negro. Tampoco se dieron cuenta los norteamericanos de que, paradójicamente, aquellas gafas no le debían servir para ver de cerca porque concentró su atención en la fachada de la librería Antiquitas. Después de una minuciosa inspección con aquellos potentes anteojos con forma de gafas, hizo una serie de comentarios en voz baja al otro hombre.

—Ya han estado en la librería. Aunque en apariencia todo parece normal, la puerta ha sido forzada, la cerradura está descerrajada. Sin embargo, desde aquí no puedo saber si hay alguien o no dentro. Los que han entrado son gente discreta, han abierto la cerradura como profesionales.

Después se volvió hacia la barra y sorbió un trago de café.

Tras un breve silencio el más joven de los dos agentes del Mossad susurró algo al oído de su superior, quien asintió varias veces con leves movimientos de cabeza. Aarón Mayer sacó dinero de su bolsillo y pagó los cafés, luego hizo un gesto a la mujer y los tres salieron del establecimiento. Cruzaron la plaza y, ante la mirada de los tres americanos se dirigieron, como si paseasen para matar el tiempo, hacia la fachada de la librería Antiquitas, ahí se encaminaron con paso cansino hasta pararse delante del escaparate.

Desde aquel escaparate, donde había distribuidos sin mucho orden como medio centenar de libros de segunda mano, casi todos ellos ediciones baratas en rústica, aunque también podía verse algún ejemplar encuadernado en tapa dura o en tela y varios búhos de diferentes materiales y tamaños. Lo que desde allí podía verse era un pequeño local de forma alargada y unos cuarenta metros cuadrados, cuyas paredes estaban cubiertas por estanterías, que iban del suelo al techo, atestadas de libros. Había también muchos ejemplares apilados en rimeros sobre el suelo, que alcanzaban una altura de sesenta o setenta centímetros, pegados a la parte baja de las librerías. Al fondo se veía una especie de mostrador y en la pared que había tras ella se abría una pequeña puerta que debía dar a alguna dependencia interior. Tal vez al despacho del librero o tal vez a unos servicios o a alguna habitación de desahogo. Aquella puerta estaba cerrada. Aparentemente no había mayor desorden que el habitual en estos establecimientos a causa de la pequeñez del espacio y la abundancia de mercancía. Si alguien había buscado lo había hecho con el mismo cuidado y habilidad con que habían violentado la puerta.

Los dos agentes israelíes escrutaban el interior de la librería, sumida en una suave penumbra que no impedía ver desde fuera lo que había en ella, buscando un indicio que les permitiera sacar alguna conclusión. Concentrados en su acción, trataban de obtener datos de forma disimulada, antes de tomar la decisión de entrar o no. Les interrumpió la voz entrecortada y nerviosa de Marta Ullá, quien señalando el reloj, les indicó:

—Faltan pocos minutos para que sean las diez. A esa hora tengo que estar en mi trabajo. He de marcharme. Como ya tenéis los números de los dos teléfonos a los que podéis llamarme y las horas para cada uno de ellos, podremos estar en contacto si necesitáis algo de mí. Lamento mucho que los acontecimientos hayan tomado este giro. No alcanzo a comprender quién más podía saber de la existencia del libro, aparte de don Germán Arana...

—*Samuel* —Aarón Mayer miró fijamente a los ojos de la mujer—, has hecho un magnífico trabajo y no eres responsable de lo que nos hemos encontrado. Todo lo demás corre de nuestra cuenta, quédate tranquila. Además, tenemos tus teléfonos. Es posible que, aunque no tengamos que molestarte, te llamemos antes de marcharnos de tu hermoso país.

El comandante alargó la mano para estrechar la de Marta, también Salomón se despidió de la misma forma. Después de percibir el calor de aquellas recias manos, la mujer giró sobre sus tacones e inició su marcha. Apenas se había alejado un par de metros cuando Aarón Mayer la llamó.

—*Samuel*, perdona. Has dicho que, además de nosotros, solo don Germán... Germán Arana sabía de la existencia del libro, ¿no es así?

—Así es, al menos que yo sepa. También un sobrino suyo, un profesor californiano, llamado Andrews. Por lo que me comentó el difunto, el libro había llegado a sus manos casualmente, por un hallazgo fortuito y la primera oferta de venta se la había hecho a don Germán. Habían prácticamente cerrado el acuerdo de compra hace dos días. Después Manuel Ruiz me contó los detalles de cómo había llegado aquel ejemplar a sus manos y la buena transacción que había realizado...

—Perdóname que te entretenga un instante más, pero es muy importante. ¿Quién es ese sobrino? ¿Ese Andrews?

—Es un profesor de historia que da clase en la Universidad de Los Ángeles. Está casado con una sobrina de don Germán y viene con frecuencia a España por motivos profesionales.

—¿Cuándo viste al librero asesinado por última vez?

—Déjame que recuerde... Llegué a la Embajada poco después de las nueve de la mañana de ayer e informé del asunto. A las once me llamaron para que hiciese la oferta de compra. Con el pretexto de encargar material de oficina, salí a eso de las doce y me reuní con Ruiz en la misma cafetería donde hemos estado hace un momento y cerré el acuerdo con él. Quedamos en vernos esta mañana en la dirección que él mismo me dio, después ya habéis visto...

—Le viste nervioso o preocupado cuando te reuniste con él ayer a mediodía. Haz memoria, cualquier detalle es importante.

Marta Ullá reflexionó durante unos instantes, escudriñando en los pliegues de su memoria.

—Solo estaba preocupado por tener que romper su trato con don Germán, quien le había sacado, como cliente, de algún apuro económico en otras ocasiones. Tener que decirle a don Germán que no le iba a vender el libro suponía para él un gran disgusto, pero eso lo tenía asumido cuando tomó la decisión de efectuar la operación en los términos que yo le ofrecía. Una oferta que procedía de un coleccionista privado que deseaba mantener su nombre en el anonimato.

—Si tanto disgusto le producía deshacer el trato con el señor Arana, ¿por qué crees que un hombre de su edad, que ya había hecho «la transacción de su vida» en sus propias palabras, según nos dijiste, actuó de esa forma, aparte de por la sustancial mejora económica que se le hacía? ¿Había otra razón?

Marta Ullá extendió sus manos, hermosas y cuidadas, y las miró detenidamente. Con la mirada baja y una voluptuosa sonrisa en los labios respondió a aquel requerimiento.

—Sí que había otra razón, comandante Mayer, otra razón que tiene mucha fuerza en un hombre soltero de sesenta y cinco años. Yo pasé toda la noche de anteayer con Manuel Ruiz en un hotel. —Levantó la cara y con una mirada retadora le preguntó al agente israelí—. ¿Necesitas alguna aclaración más?

—Ninguna, pero hay una última cuestión. ¿Don Germán Arana podría...?

Aquella insinuación molestó a la mujer, que contrajo el rostro con una mueca:

—Si conocieses a don Germán Arana, no te habría pasado por la cabeza semejante bobada.

Dio media vuelta y se marchó con paso decidido hacia su oficina.

El juez de instrucción del juzgado número ocho de Madrid acababa de levantar el cadáver de don Manuel Ruiz y ordenado su traslado al depósito. Su cuerpo sin vida había sido encontrado a eso de la una del mediodía por la mujer que limpiaba la escalera del inmueble en que se encontraba la vivienda del finado. A la limpiadora le extrañó encontrar abierta la puerta de la vivienda del señor Ruiz. Entró en el piso y se encontró con el cuerpo sin vida del librero, tendido en la cama y con un tiro en el pecho. Los gritos de la mujer alertaron al vecindario, se puso el caso en conocimiento de la Policía Nacional, que de forma inmediata inició las pertinentes diligencias. En opinión del forense, opinión que habría de ratificar la autopsia, Manuel Ruiz murió de un único disparo que le fue hecho a escasa distancia. Por el estado del cadáver, según el *rigor mortis*, la muerte debió de producirse entre las cinco y las seis de aquella madrugada. Ninguno de los vecinos había escuchado nada, ni tenía ninguna sospecha. A Manuel Ruiz, un solterón de vida solitaria, no se le conocían enemigos y mantenía escasas relaciones con el vecindario. Muchos de los interrogados ni siquiera sabían que su profesión era la de librero de viejo, si bien otros dieron algunos datos. La policía supo por esta vía que tenía su negocio en la plaza de las Descalzas y que raramente recibía visitas en su domicilio. Las primeras pesquisas de la policía en busca de un móvil para aquel asesinato les tenían desconcertados. No había herencias, ni enemigos, ni nada que se le pareciese. Una unidad se desplazó a la librería Antiquitas.

A las dos y media un coche patrulla de la Policía Nacional se detenía delante de la librería de la plaza de las Descalzas. Dos agentes de paisano y otros dos uniformados bajaron del vehículo y rápidamente comprobaron que la cerradura del establecimiento había sido forzada, de forma casi automática aparecieron las pistolas en sus manos y tomaron posiciones ante el establecimiento. Muy pronto comprobaron que en el interior, al menos en apariencia, no había nadie. Los dos agentes que vestían de calle penetraron sigilosamente, mientras que los de uniforme permanecieron fuera, atentos a cualquier contingencia. En la pared del fondo de la librería había una pequeña puerta, que estaba cerrada. Los policías comprobaron que la misma también había sido forzada. Daba acceso a un pequeño almacén atestado de libros, que parecían más valiosos que los de la primera pieza, allí había una mesa de despacho, que era un mueble antiguo y de calidad. En un armario se guardaban algunos trastos de limpieza. El establecimiento contaba también con un patio minúsculo por donde entraba luz y donde había unos miserables aseos.

Después de una primera inspección ocular, que no deparó ningún hallazgo de interés, los agentes precintaron la tienda para proceder a un trabajo más minucioso. Pidieron refuerzos a la comisaría e iniciaron una serie de pesquisas entre el vecindario de la plaza.

En la Embajada de Estados Unidos de Norteamérica, en el despacho de Alan Ringrose, se encontraban con él los agentes especiales venidos de Washington Lee y Halifax. Acababan de recibir una llamada del profesor Edward Andrews comunicando que había tenido noticias de que el librero Manuel Ruiz había aparecido muerto en su domicilio. Cuando la mujer encargada de la limpieza de la escalera encontró el cadáver, Ruiz estaba tendido en la cama con un disparo en el pecho que le había alcanzado el corazón.

La noticia de la muerte del librero vino a completar el panorama de sospechas con que ya trabajaban los agentes de la CIA, quienes se habían equivocado al pensar que tenían entre manos un caso que podrían solventar en pocas horas a golpe de talonario. El asunto había empezado a complicarse de forma grave e inesperada. Aquella mañana habían aguardado largo rato la llegada del librero apostados en una cafetería de la plaza de las Descalzas cosa que no se produjo. A eso de las diez vieron cómo dos individuos, que habían hecho una consumición en la misma cafetería donde ellos habían situado su puesto de observación, entraron en la librería, cuya puerta había sido forzada por alguien que se les había adelantado. Habían llegado al lugar acompañados de una mujer que se fue antes de que ellos entrasen en la librería de donde se marcharon rápidamente. El agente Halifax, que les siguió, perdió su pista en plena Gran Vía madrileña.

A eso de las once solicitaron la presencia de un funcionario de la Embajada, para que les sustituyese en sus funciones de espera y vigilancia al que dieron instrucciones muy concretas. Después regresaron a la Embajada para informar a Washington de lo sucedido y analizar la situación. En la capital federal literalmente les gruñeron que no querían explicaciones, sino resultados. Es decir, querían el libro y nada más.

Inmediatamente después de recibir la llamada de Andrews, el funcionario de vigilancia les comunicó que la policía española había llegado a la librería, la había inspeccionado, precintado y que empezaba a hacer preguntas. Le indicaron que regresase a la Embajada inmediatamente y que no abriese la boca.

Ringrose, con cara de circunstancias, decidió repasar la situación, sin poder contener una exclamación de desaliento, antes de enumerar los hechos con los que contaban.

—El librero ha sido asesinado. No sabemos quién lo ha hecho. Podemos sospechar la causa del asesinato. No tenemos idea de dónde puede estar ese condenado libro. La policía española ha metido las narices en el asunto. Y la única pista que podíamos seguir se nos ha esfumado en la Gran Vía. ¿Alguien mejora el panorama?

El agente Lee, que paseaba nerviosamente de un sitio para otro y no dejaba de fumar, respondió a la pregunta.

—En Washington nos van a cortar los cojones. Solo nos queda la carta de Andrews; será necesario reunirnos con él y que nos detalle todo lo que ha vivido en relación con este maldito asunto.

En un apartahotel de la Gran Vía los dos agentes del Mossad a los que se habían dado instrucciones de que solo recurriesen a los servicios de su Embajada como último extremo se debatían en un mar de dudas. Cuando salieron de Israel bajo la apariencia de hombres de negocios italianos relacionados con la edición de libros, pensaron que le habían encomendado una misión de guante blanco. Solo la importancia que en las alturas le habían dado a la misma explicaba la presencia en la misma de dos de los mejores agentes de la organización. No acababan de entender muy bien por qué se utilizaban sus servicios —eran expertos en lucha contraterrorista urbana y en su trabajo habían alcanzado notables éxitos contra los grupos palestinos que operaban en Israel— para un asunto tan mercantil como aquel. No obstante, habían acatado las órdenes disciplinadamente y estaban dispuestos a extender un talón por una importante suma de dólares norteamericanos contra un banco italiano que operaba regularmente con una importante editorial de la misma nacionalidad.

—Solo tenemos dos opciones —el comandante Aarón

Mayer se dirigía al capitán Salomón ben David como si su auditorio fuera más numeroso—, llamar al número de teléfono que nos dejó *Samuel*, que es la conexión que tenemos. Ben David contestó a la propuesta de su superior y añadió algo más.

—A estas horas la policía tendrá noticia del asesinato del librero y mantendrá vigilada la librería. No sé hasta dónde llegarán los españoles desenredando el ovillo de esta muerte... Estoy de acuerdo en que lo mejor es llamar a *Samuel* y concertar una cita para esta misma tarde.

17

La policía española había recibido aquella misma tarde el informe del forense acerca de la muerte de Manuel Ruiz. La causa del óbito había sido un disparo que atravesó el tórax del difunto, destrozando órganos vitales como el corazón y los pulmones. Hubo un único disparo, de efectos mortales, y se produjo sobre las cinco de la mañana, lo que confirmaba las primeras impresiones. Unas marcas en su rostro, en la parte posterior del cuello y en las muñecas y tobillos ponían de manifiesto que el difunto estuvo atado de pies y manos, y amordazado antes de morir. El cadáver ofrecía signos inequívocos de haber sido torturado. Se le habían encontrado incisiones muy finas en los lóbulos de ambas orejas y en la parte superior de las mismas, en la intersección del cartílago con el cráneo. Asimismo, presentaba quemaduras en la parte posterior de los antebrazos y en zonas próximas a la tetilla derecha —Presumiblemente también se habrían encontrado en la izquierda, pero había quedado destrozada por el disparo que le ocasionó la muerte—. Las quemaduras, por su forma y tamaño, debieron de ser producidas por un cigarro puro.

Aquello no aclaraba gran cosa, pero daba alguna pista para iniciar la investigación. El informe del forense ponía de manifiesto que se habían ensañado con aquel desgraciado antes de matarle. Sin embargo, la información más importante se deducía de las torturas aplicadas, que eran indicio de que trataban de obtener alguna información del librero.

En el despacho del comisario Vallejo, los dos inspectores que habían sido asignados para el caso evaluaban con su jefe toda la información que podían extraer del informe.

—Las señales de tortura —indicaba el inspector Martín, un individuo que andaría por los treinta, delgado, de pequeña estatura, con bigote, piel oscura y pelo negro— vienen a confirmar nuestra primera impresión tras la inspección del piso del muerto. El móvil del asesinato no era inicialmente el robo. Los autores del mismo buscaban algo que no era dinero...

El comisario interrumpió a Martín.

—Bien, estamos de acuerdo en que no buscaban dinero porque no se llevaron la cartera del muerto en la que había dos tarjetas de crédito y cinco mil duros, pero buscaban algo porque la casa estaba desordenada, habían escudriñado todos los armarios, cajones y rincones. La pregunta es: ¿qué buscaban? Porque la casa no parece tener nada de valor. Según vosotros mismos, los muebles son viejos, no antiguos, malos, deteriorados...

—Si me permites, me gustaría concluir mi teoría —dijo Martín, que parecía molesto por la interrupción.

—Está bien, hombre, no te enfades. Es que...

—¿Prosigo, pues?

—¡Prosigue, coño!

—En mi opinión buscaban un objeto de valor, que podían encontrar allí o cuando menos información acerca del paradero del mismo. Estoy de acuerdo en que el librero no era un hombre rico. No hay más que ver su casa y el armario donde guardaba la ropa. He pedido informes de sus cuentas bancarias, y todo lo que tenía asciende —sacó un papel del bolsillo del pantalón y cantó la cifra— a un millón ochocientas setenta y dos mil pesetas, más dos millones de dos letras del Tesoro a un año, que vencen dentro de cuatro meses. El piso en el que vivía era de su propiedad, pero eso es inmovilizado. Su local de negocio era arrendado, de los de renta antigua, y ahora pagaba, con la aplicación de la nueva ley de arrendamientos urbanos, la friolera de cuatro mil ochocientas pesetas mensuales. Según sus últimas declaraciones de Hacienda, que no habían sido cuestionadas por la Agencia Tributaria, sus ingresos anuales netos rondaban los dos millones y medio de pesetas. O sea, lo suficiente para vivir sin muchos apuros porque se trataba de una unidad familiar unipersonal, que dirían los de Hacienda. Nuestro muerto ni era un hombre rico, ni con posibles.

El comisario le interrumpió otra vez, dando un sonoro puñetazo en la mesa.

—Martín, una curiosidad nada más. —Su voz sonaba suave, hasta meliflua, pero de pronto cambió—. ¡Me quieres explicar cómo coño has conseguido todos esos datos desde esta mañana!

El aludido se encogió de hombros y sin inmutarse respondió:

—Confidencialmente, comisario, amigos que tiene uno.

Vallejo, que hasta aquel momento había estado retrepado en su sillón, se puso de pie con agilidad impropia de su marcado sobrepeso y de su edad, próxima a la jubilación. Con los brazos en jarras, espetó al inspector Martín:

—¡Sigues siendo el mismo cabronazo de siempre! Pero... —Abandonó su retadora postura e hizo un resignado movimiento de hombros, para después volver a sentarse. En ese momento se le escapó sin querer un esbozo de sonrisa, que rápidamente corrigió. No lo podía remediar, aquel Martín era su debilidad y solo una razón explicaba la misma: era el mejor policía que había conocido en su larga vida profesional. Era listo, tenía instinto, era trabajador y le gustaba lo que hacía. No le podía pedir más. La última consecuencia de todo aquello era que Martín, Antonio Martín, sabía que era la debilidad del comisario jefe de la más importante comisaría de la capital de España—. Qué le vamos a hacer... prosigue... prosigue.

—Comisario —al inspector Martín no se le borraba la sonrisa de los labios—, hoy está todo en los ordenadores. Todo. Solo hay que acudir al sitio adecuado... Esos canallas no buscaban dinero. Buscaban información o un determinado objeto de valor...

Ahora la interrupción llegó del otro inspector asignado al caso. El inspector Góngora, mucho mayor que Martín y de una corpulencia notable. Tenía la piel clara y había sido rubio antes de perder la práctica totalidad del pelo de su cabeza, donde relucía una brillante calva. Era la antítesis física y también profesional de su compañero.

—¿Por qué has dicho esos canallas, en plural?

—Porque tenían que ser por lo menos dos para poder atarle y amordazarle, torturarle con cortes y quemaduras. Difícilmente todo eso pudo ser hecho por un solo individuo... Prosigo... Buscaban información o un objeto de valor. ¿Pensáis —miró alternativamente a Vallejo y a Góngora— que un librero viejo puede tener alguna información de un valor tal que conduzca a la tortura y la muerte? —No esperó respuesta a su pregunta y continuó—: Lo normal, solo lo normal, es que no, que no tenga esa información pero, en mi opinión, no debemos descartar la posibilidad. La segunda pregunta es: ¿podría tener el librero asesinado un objeto que despertase la codicia hasta el extremo de que le matasen? La respuesta es que sí, pero que no debería tener allí ese codiciado objeto por el que le torturaron y le mataron. Sin embargo, en este terreno, tal vez podríamos encontrarnos con una excepción que nos explicase algunos de los elementos que se dan en este caso.

—¿Cuál sería esa excepción? —Vallejo le miraba con ojos satisfechos y escrutadores.

—Por lo que yo sé, la mayor parte de los libreros de viejo ejercen la profesión como una forma de ganarse la vida. Pero en la mayoría de los casos hay una fuerte vocación en el ejercicio de su actividad. Tienen, por lo común, la misma pasión que caracteriza a los anticuarios por las antigüedades. Los libreros de viejo suelen ser bibliófilos, amantes de los libros, sobre todo de los libros antiguos. Aunque yo no conocía a Manuel Ruiz, creo que además de librero era bibliófilo.

—¿Qué te lleva a hacer esta afirmación? —preguntó el inspector Góngora.

—En primer lugar, lo que vi en el piso de Ruiz. Allí, además del desorden provocado por la búsqueda que los asesinos realizaron sin ningún tipo de miramientos, había un estado general de abandono en la casa. Un abandono que iba mucho más allá de los descuidos que, por regla general, caracterizan a los solterones y a las personas que viven de forma solitaria. Sin embargo, entre el descuido generalizado había una excepción: los libros que contenía un mueblecito que había en el salón, aunque habían sido tirados por el suelo, se apreciaba en ellos una limpieza deslumbrante, un cuidado extremo. Aun esparcidos por el suelo, su pulcritud llamaba la atención, por contraste con todo lo que le rodeaba. En segundo lugar, he tenido esa misma sensación en el local de la plaza de las Descalzas. A diferencia del polvo, de la mugre y del estado de dejadez que domina en el primer local del establecimiento, en la segunda de las dependencias, la más pequeña de ellas, donde a simple vista se podía percibir que el librero guardaba sus piezas más importantes...

—Coincidirás conmigo —le interrumpió el comisario—

en que las piezas más valiosas no iban a estar a la vista de cualquiera. Eso, Martín, es pura técnica comercial.

—Ciertamente, pero también allí había una pequeña estantería que, si uno se fija con un mínimo de interés, llama la atención por la limpieza y el esmero con que esos libros están colocados. Manuel Ruiz era un comerciante, pero creo que también era un bibliófilo.

—Muy bien, aceptemos que el librero era también un bibliófilo. ¿Adónde quieres llegar? —Vallejo disfrutaba con el juego que le proporcionaba aquel tipo de preguntas, que entraban en el proceso deductivo que el joven inspector hacía de sus hipótesis.

—¿Podría estar en sus manos un libro realmente valioso, que fuese el codiciado objeto de quienes le visitaron esta madrugada?

—Entonces, según tú, quienes le mataron lo hicieron por un libro. —Góngora hizo una mueca displicente.

Antonio Martín se puso muy serio.

—Yo no he dicho que le matasen por un libro. He señalado que apoderarse de un libro pudo haber sido el objetivo de quienes al final le mataron. Además, no sé por qué te extrañas, hay libros que alcanzan un elevado precio en el mercado y se pagan sumas importantes por ejemplares raros. Igual que ocurre con los sellos o los relojes.

El comisario Vallejo, que ahora tenía aire pensativo, actitud que se acentuaba al acariciarse con sus largos y nudosos dedos el mentón, aceptó como hipótesis, solo como hipótesis, el planteamiento de Martín. Lo aceptaba porque tenía un alto concepto de su persona y una gran confianza en su trabajo, pero también se apuntaba a aquella posibilidad porque no tenía mucho dónde escoger.

—Habrá entonces que conocer algo de las aficiones de nuestro librero. Vecinos del inmueble y establecimientos de la plaza de las Descalzas, cafeterías, restaurantes, comercios... ¿Porque de familiares no tenemos ninguna referencia...?

—Hasta este momento no, pero es posible que surja algo en los próximos días.

—Siguiendo con tu hipótesis, ¿cómo crees que se desarrollaron las cosas para que le torturasen y llegasen a matarlo? ¿Crees que consiguieron lo que buscaban? ¿Quién piensas que descerrajó la librería? ¿En tu opinión fueron primero a la librería y después al domicilio? Si fue al revés y fueron primero al domicilio, ¿cómo explicas que supiesen la dirección del mismo? En el caso de que conociesen la dirección del domicilio, ¿qué relación tenían con el librero? ¿Eran conocidos suyos quienes le asesinaron? ¿Por qué estaba revuelto el domicilio del librero y no lo estaba la librería? —El comisario seguía con su método de acosar a Martín con el deseo de ver su mente en acción.

—En este momento, aunque solo como una hipótesis —lo dijo con retintín—, se puede establecer la secuencia de los hechos. Aclaro que es bastante probable que la que yo considero posible tenga muchos puntos débiles, independientemente de que luego se confirme o no con los datos que nos depare la investigación. El informe del forense nos dice que sobre las cinco de la mañana se produjo la muerte de Ruiz. Esto unido a los datos facilitados por un empleado del servicio municipal de limpieza que ha afirmado que poco antes de las seis vio, cuando realizaba en la plaza de las Descalzas su trabajo, a dos individuos merodeando por las proximidades de la librería Antiquitas, que muy bien pudieron ser los que descerrajaron la puerta, me lleva a la conclusión de que los asesinos primero fueron al domicilio del librero y después a la librería. No puedo en este momento explicar a qué hora llegaron al domicilio del muerto, pero supongamos que lo hicieron a primera hora de la noche y que a tales horas se valieron de un procedimiento muy simple para introducirse en su piso. Por los datos que tengo eso no debe resultar demasiado complicado, ya que en el inmueble no hay portero y sí muchos pisos; lo que significa mucha gente entrando y saliendo hasta una determinada hora. Es cuestión de esperar a que alguien entre o salga para introducirse en el inmueble. Acceder al piso de Manuel Ruiz, si no tenía echada la vuelta de la llave, era cosa de niños. He visto que no tenía cadena de seguridad. Este planteamiento, en el caso de que fuesen desconocidos. Si eran conocidos del librero, la cosa hubiese sido mucho más fácil: el propio asesinado les hubiese abierto la puerta. Una vez dentro del domicilio, plantearon a Ruiz sus propósitos, que les entregase ese libro tan caro y de valor bibliográfico extraordinario. El librero se negó y realizaron una primera búsqueda en el propio piso. Creo que no era gente conocida por el librero porque en ese caso existe la posibilidad de que hubiesen sabido dónde estaba el libro y todo les hubiese resultado más fácil. No sabían si el libro estaba en el piso, en la librería o en otro lugar. Tras la búsqueda infructuosa en la casa, (lo que no significaba que descartasen que estuviese allí en algún lugar que no alcanzaban a descubrir), forzaron al librero a que hablase. Le amenazaron infructuosamente, y luego le ataron y amordazaron para torturarle sin que sus gritos se oyesen en la vecindad. Imagino que habría tortura e interrogatorio hasta que el desgraciado terminó por hablar. Lo que debió decirles fue que el libro, que tras una noche de búsqueda en la casa no había aparecido, estaba en la librería. Les dijo el lugar exacto y entonces le despacharon un tiro y se marcharon a la librería a recoger lo que buscaban. Como ya sabían dónde estaba, lo encontraron rápidamente y no tuvieron que revolver nada. Por eso la librería no ha sido registrada y solo presenta el desorden propio del establecimiento.

—Según tu hipótesis, quienes le asesinaron tienen ya el

libro. —El comisario Vallejo parecía relajado, como si le estuviesen contando una historia interesante y no una hipótesis de trabajo en un caso de asesinato.

—Efectivamente, los que asesinaron al librero se apoderaron del libro o de lo que fuese que iban buscando. Me parece, comisario, que con dudas razonables la hipótesis tiene consistencia suficiente para trabajar en esta dirección.

Vallejo asintió, sin abrir la boca, mientras que Góngora asistía a la exposición de su compañero como convidado de piedra.

—¿Cuáles serán los pasos siguientes? —preguntó el comisario con cierta malicia.

—Hay que volver al piso para efectuar una inspección minuciosa e interrogar a todos los vecinos del inmueble. Buscar en la librería y preguntar en los establecimientos de la plaza de las Descalzas. Ver qué dice el informe de balística. Si me asigna un par de hombres más para trabajar en este caso, tal vez en cuarenta y ocho horas podamos tener más información sobre todo este embrollo. O, tal vez, tengamos que desechar mis planteamientos.

Vallejo asintió de nuevo con un movimiento de cabeza.

—¿Quiere decir eso que cuento con otros dos hombres?

—Sí, pero solo cuarenta y ocho horas.

—Una cosa más, comisario —el inspector Martín ya se había puesto de pie y Góngora se incorporaba con desgana—, ¿uno de esos hombres puede ser Sansueña?

—Concedido.

Los dos inspectores de la brigada criminal de Madrid abandonaron el despacho, despedidos por la voz de su comisario jefe, que les deseaba suerte y le pedía a Martín que le mantuviese permanentemente informado de todo lo que ocurriera.

Aarón Mayer y Salomón ben David se habían reunido con *Samuel* aquella misma noche en una discreta pizzería de la calle Cartagena. Al comandante Mayer le llamó la atención el hecho de que cuando llamó a *Samuel* por la tarde, fuese la propia mujer la que respiró aliviada al haber entrado en contacto con los agentes del servicio secreto israelí. Era ella la que tenía muchas cosas que contarles, porque a lo largo de la mañana se habían producido importantes acontecimientos. Quedaron en verse al cabo de media hora en aquel lugar del que Marta les había facilitado la dirección exacta. Era el tiempo que podían tardar en llegar hasta el restaurante. No había un minuto que perder.

La pizzería era un local donde ni la calidad de sus pizzas, ni el ambiente merecían la pena, salvo para jóvenes escasos de fondos, con deseos de tomar pizzas o pasta por poco dinero. Era un lugar concurrido por gente que no se preocuparía en absoluto por los dos hombres y la mujer que charlaban en voz baja en la mesa más apartada del establecimiento, sin hacer mucho caso a la comida, ni a la bebida —vino chianti de pésima calidad— que habían pedido al único camarero que servía las mesas.

A aquella hora, las ocho y media de la tarde, el local estaba todavía poco concurrido. Se respiraba cierta tranquilidad que conforme pasasen los minutos se iría perdiendo.

—Entonces, Marta, ¿no existe ninguna duda acerca de la información que nos has facilitado? —El comandante Mayer la llamó por primera vez por su nombre de pila—. Tómate todo el tiempo que necesites para contestarme a esta cuestión. No debemos tener la más mínima duda en torno a ninguno de los datos que nos has dado.

En la mesa donde estaban sentados se hizo un silencio intenso que permitía oír nítidos todos los ruidos del establecimiento. *Samuel* no se tomó mucho tiempo, pese a la sugerencia que le habían hecho, y tras unos breves segundos dio la respuesta. Rebuscó en el fondo de su bolso, una especie de pequeño almacén ambulante donde podían encontrarse los más variados objetos, y sacó un sobre que puso encima de la mesa. El sobre era apaisado, de papel amarillento, y con letra picuda y nerviosa estaba escrito su nombre: «Srta. Marta Ullá.»

—Dentro hay una nota donde aparece escrito todo lo que les he contado. Podéis leerla.

Aarón Mayer sacó la cuartilla que guardaba aquel sobre y leyó rápidamente su contenido, que no era extenso:

Mi queridísima Marta:

El señor Arana me ha devuelto el libro, pero he pasado un mal trago. Estaba muy enfadado, por lo que considera una actitud despreciable por mi parte. Sin embargo, todo lo doy por bien empleado con tal de satisfacerte. ¡Solo pienso en el momento de volver a verte! ¡Ah, volver a estar entre tus piernas! Lo del libro es algo increíble. Esta tarde he recibido la visita de Gorka Uribe, un bibliófilo de la gastronomía, acompañado de otro individuo. ¿A que no adivinas el objeto de su visita? ¡Hacer una oferta por el *Libro de Latón*! ¡Imagínate! ¡Me pusieron sobre la mesa un cheque en blanco para que yo pusiese la cantidad! Les dije que no, que ya tenía una operación de venta cerrada, que se formalizaría mañana. Lo siento por Gorka, que es un buen amigo. ¡El libro es tuyo, mi amor!

¡Cuento los segundos que faltan para que nos veamos! ¡Mañana a las ocho y media, no te retrases!

Tuyo,

MANUEL

Aarón entregó a Salomón la carta para que conociese su contenido y miró a la mujer que estaba sentada frente a él.

—El viejo estaba loco por ti. Ahora me explico su disposición a vendernos a nosotros el libro, por encima de cualquier otra consideración, incluida la económica. Tengo que reconocer que habías hecho un buen trabajo.

El rostro de *Samuel* no manifestó ninguna emoción, se limitó a comentar:

—Era un pobre solitario que, tal vez, había creído encontrar algo que nunca había tenido hasta entonces.

Salomón ben David dejó la cuartilla sobre la mesa. Marta la metió en el sobre y lo guardó en su bolso.

—Así pues —Mayer trataba de recapitular la situación—, esa carta le fue entregada al portero ayer por la noche, cuando tú ya te habías marchado y te la ha dado esta mañana a eso de las once y media.

—Así es, cuando subió a la oficina todo el correo del día. Como yo no tenía forma de establecer contacto con vosotros, he estado durante horas al borde de la desesperación hasta que me habéis llamado.

—Bien —asintió el comandante—, esto significa que hay otra gente, además de nosotros, que también quiere hacerse con el *Libro de Abraham*. Esa gente que intentó sin éxito efectuar la compra del libro ayer por la tarde es la que se ha apoderado de él y asesinado al librero. La única pista que tenemos para encontrarles es ese tal Gorka Uribe, bibliófilo en temas de gastronomía.

—¡Tenemos que saber inmediatamente quién es y si podemos localizarle! —exclamó el capitán Ben David.

—Eso es lo único que he podido averiguar hoy —indicó *Samuel*.

—¿Sabes ya quién es Gorka Uribe? —preguntó Mayer.

—Sí. Es el dueño de un restaurante de la plaza de las Descalzas —señaló ella con calma—. Se llama La Marmita Bilbaína.

Aquella noche a hora avanzada, cuando la mayoría de los clientes había abandonado ya el establecimiento, dos hombres de negocios, italianos por el acento y los giros que utilizaban en su castellano, que se habían dejado seducir por las sugerencias del chef, alababan con mediterránea exaltación la cocina del restaurante. Tal era el nivel de sus comentarios que el *maître* se lo comunicó al dueño de la casa, que a la vez dirigía los fogones de la misma, quien salió para saludar a tan efusivos clientes. Era un vasco corpulento y barbudo. Su nombre, Gorka Uribe.

El dueño de La Marmita Bilbaína, apabullado por las alabanzas de aquellos dos amantes de la buena mesa, decidió compartir con ellos una copa de cortesía. La conversación descubrió al restaurador que sus contertulios eran editores italianos, interesados en la publicación de facsímiles de lujo. La conversación se animó y afloraron datos de sumo interés relacionados con la bibliofilia, a la que era aficionado el señor Uribe. También se habló de un librero vecino de la plaza que había aparecido asesinado en su domicilio aquella misma mañana. Después de aquella copa, uno de los italianos sugirió invitar en otro lugar a quien estaba ejerciendo de anfitrión. La propuesta fue alegremente asumida por el trío, que abandonó de forma bastante ruidosa el restaurante.

Ninguno de los tres se percató de que entre los escasos clientes que quedaban en el local hubo uno que trató de no perder detalle de lo que en aquella mesa se había comentado. Cuando los tres escandalosos y ocasionales compañeros se marcharon, aquel sujeto abandonó el restaurante. Desde una cabina telefónica de la plaza de las Descalzas hizo una llamada:

—Efectivamente, Moustaches, en la calle Españoleto. Ahí es adonde se dirigen en este momento, para tomar otra copa y celebrar su encuentro.

18

Dos agentes de la CIA acudieron a un bar de copas de la calle Españoleto llamado Moustaches. Se dirigieron al bar con urgencia porque esperaban encontrar a tres individuos que habían hablado en La Marmita Bilbaína de la muerte del librero de la plaza de las Descalzas. Uno de ellos era el dueño del restaurante, un vasco corpulento y barbudo, que respondía al nombre de Gorka, y los otros dos decían ser editores italianos. Era mucha coincidencia que aquellos dos editores lo fuesen, sobre todo, de facsímiles de lujo. Era significativo que estuviesen allí precisamente esa noche. Era significativo que conociesen la existencia de ciertos libros, entre ellos el de Abraham el Judío. Como era también significativo que, so pretexto de alabar la comida hasta extremos ridículos, hubiesen hecho salir al tal Gorka, que fue quien a lo largo de la conversación les contó a los supuestos editores muchas de las cosas que estos deseaban saber. En opinión del informador de la Central de Inteligencia Americana que había estado en el restaurante (había agentes en otros establecimientos de la zona para recabar alguna información en torno al asesinato y las circunstancias, del mismo), los dos supuestos editores italianos, ni eran editores, ni eran italianos. Demasiado curtidos, demasiado ágiles, demasiado jóvenes y, además, su acento era castellano, demasiado bronco para ser italiano, incluso para un italiano del norte, para un padano.

Aquella fue la única información que llegó desde las terminales instaladas por la CIA en la zona de la plaza de las Descalzas y en algunos bares de las inmediaciones. En diferentes sitios se hicieron comentarios alusivos al crimen, pero eran los comentarios que suelen producir estos hechos. «¡Pobre hombre!» «¿Por qué le habrían matado?» «¿Quiénes serían los asesinos?» Amén de los inevitables detalles escabrosos para sazonar conversaciones de desocupados o de gentes que no tenían mejor cosa de la que hablar. Detalles espeluznantes que nadie cuestionaba en las conversaciones, sino que al reproducirlos en otra conversación se incrementaban o modificaban según el criterio de quien los exponía.

Los agentes Lee y Halifax, vestidos con ropa informal como dos jóvenes de los que en Madrid concurren a establecimientos de copas para matar sus ocios nocturnos, esperaron desde la una y media hasta pasadas las cuatro de la madrugada la llegada de los tres hombres. No aparecieron por el establecimiento. Embargados por una airada frustración, abandonaron el local con los últimos clientes del mismo y a requerimientos del personal de que había llegado la hora del cierre. Se dirigieron en taxi hasta la calle de Serrano, donde lo dejaron dos manzanas más abajo del emplazamiento de la Embajada norteamericana. Recorrieron a pie el pequeño trecho que les separaba de aquel edificio, donde les esperaba un expectante Alan Ringrose.

—¡Que no han aparecido! —El responsable de la CIA en España trataba de contener su exasperación cuando le comunicaron que habían esperado en balde dos horas y media.

Ringrose marcó un número desde uno de los teléfonos de su mesa y pidió que localizasen y trajesen a su despacho a la persona que facilitó la información desde La Marmita Bilbaína. No le debió gustar lo que le dijeron desde el otro extremo de la línea telefónica, porque dando un puñatezo en la mesa gritó:

—¡Ese no es mi problema! ¡Hagan lo que he dicho y punto!

Media hora después, con aspecto desaliñado, pero no somnoliento, se debería haber despabilado por el camino, entraba en el despacho de Ringrose, quien había facilitado la información que condujo a Lee y Halifax hasta el pub de la calle Españoleto. Confirmó todos los extremos de la misma.

—Recapitulemos para que no se nos escape ningún detalle. —Ringrose, a quien la espera había servido para empeorar su malhumor, trataba de serenarse a sí mismo—. A eso de las once entraron los supuestos editores italianos en el restaurante. Comieron y ensalzaron la comida hasta extremos tales que salió a saludarles el propio dueño del restaurante. ¿Correcto?

—Correcto, señor.

—¿Cómo es que la conversación derivó hacia los libros?

—Creo recordar, señor, que fue porque aquellos dos individuos se presentaron como editores, luego todo rodó por ese camino porque parece ser que el dueño del restaurante es amante de los libros.

—¿Quién habló por primera vez de la muerte del librero? Medita bien tu respuesta, es muy importante. —Ringrose se comía con la mirada a su interlocutor, que sintió la amenaza de aquellos ojos grandes.

—Fue el tipo del restaurante, pero los otros dos mostraron un interés... un interés excesivo, extraordinario, diría yo, por la muerte de alguien que no conocían. Así fue cómo salió en la conversación la existencia del *Libro de Abraham el Judío*.

—¿Quién propuso ir a ese local de la calle Españoleto?

—Fue el dueño del restaurante, les había invitado a las copas y los italianos querían corresponderle. Pero como no conocían un lugar a propósito, pidieron al barbudo que sugiriera un bar. El tipo les guiñó un ojo malicioso y les propuso un lugar llamado Moustaches en la calle Españoleto, donde además de una copa podían tener algo más.

—¿Qué es lo que significa eso exactamente?

—El local de la calle Españoleto —Lee fue quien contestó a la pregunta— es un pub donde los clientes son atendidos por señoritas en *topless*.

Ringrose asintió con la cabeza.

—Ya comprendo...

—Señor, yo no sé exactamente qué tipo de establecimiento era al que acordaron dirigirse, pero estoy seguro de que se llamaba Moustaches y estaba en la calle Españoleto.

—Sin embargo, por allí no han aparecido —sentenció Ringrose, mirando fijamente al individuo que había facilitado la información, quien con ojos de sorpresa no pudo contener una expresión de contrariedad.

—¡Que no han ido!

—No. No han ido.

Ringrose parecía ahora más calmado. Se hizo un silencio que tras un buen rato rompió el propio Ringrose.

—Según usted, aquellos dos tipos no parecían italianos y no eran editores. ¿Qué razones le condujeron a suponerlo? Porque, según nos informó usted mismo, hablaban de libros con soltura, incluso sabían de la existencia de un libro poco conocido, salvo para expertos, como es el *Libro de Abraham el Judío*.

—Señor, aquellos dos individuos no tenían pinta de editores, su acento no parecía italiano. Digo su acento porque hablaban un castellano aceptable, pero su tono era muy duro, demasiado duro para los italianos. Además fueron ellos los que llevaron la conversación por los derroteros que les interesaban. Lo que hablaban sobre libros puede saberlo cualquier persona culta, y si su interés era sonsacar al tal

Gorka, llevaban la lección bien aprendida. Yo mismo, señor, no sé gran cosa de libros, pero al asignárseme esta misión he conocido la existencia de ese libro, que parece estar en el último extremo de todo este asunto. Si a ellos les habían preparado para este encuentro, también les podían haber informado acerca de su existencia.

—Está bien, está bien... Puede usted marcharse. Pero mañana volverá usted a la... a la... ¿Olla?

—A La Marmita Bilbaína, señor.

—Tenemos que conseguir información por el único canal que en este momento tenemos abierto, y que, al parecer, es el dueño de ese restaurante.

—Muy bien, señor... Me permite, señor, una opinión.

—Por el timbre de su voz, parecía temer molestar con aquella iniciativa.

—Diga. —El monosílabo de Ringrose fue cortante.

—Señor, el hecho de que no apareciesen por Moustaches tal vez avale mi impresión de que aquellos dos sujetos no deseaban tomar una copa sino que buscaban otra cosa...

—O que en el camino cambiaron de opinión y eligieron otro lugar para tomar la copa.

—También eso es posible, señor.

Fue un trabajador de los servicios municipales quien se encontró al muerto cuando conectaba el sistema de riego de una zona ajardinada de la Casa de Campo. Estaba cerca de uno de los tenderetes de venta de helados y otras chucherías que se abren en verano. Los que le habían matado, pues se trataba de una muerte violenta, habían semiocultado el cadáver aprovechando uno de los salientes del quiosco.

Era un hombre barbudo y corpulento, bien vestido, que tenía el cuello roto. No presentaba ninguna otra señal de violencia. Tratándose de un individuo de aquel porte, quien le había matado de aquella forma tenía que ser un auténtico profesional.

El empleado municipal dio aviso a la policía, que se encargó de tramitar el asunto en el juzgado de guardia. En poco rato llegó el forense y se levantó el cadáver. Aquel hombre debió de morir sobre las tres de la mañana. Al parecer, aunque pendiente de confirmación, el muerto fue arrastrado hasta el lugar donde apareció, según se deducía de las rozaduras de los bajos de los pantalones y los tacones de los zapatos. Se trataba de Gorka Uribe Larrazábal, un cocinero vasco, dueño de un conocido restaurante madrileño, La Marmita Bilbaína. Antes del mediodía la policía obtenía importante información en el restaurante.

—¿Y dice usted que los dos hombres con los que salió anoche a eso de la una y media el señor Uribe eran italianos que vinieron a cenar al restaurante, que no eran clientes habituales y que el señor Uribe no les conocía de nada?

—Así es, señor comisario —corroboraba el camarero que había servido la mesa la noche anterior.

—Todavía, amigo mío, no soy comisario, solo inspector, pero espero llegar a serlo... ¿Quiere usted explicarme cómo el señor Uribe, sin conocer a aquellos hombres, acabó marchándose con ellos?

—Pues verá, señor comisario, digo, señor inspector, les gustó tanto la comida que el maestro salió para charlar con ellos un rato. Congeniaron y se fueron de copas.

—¿Conque les gustaba la comida y se fueron de copas...? Otra cosa, dígame, ¿de qué fue de lo que hablaron, además de comentar la comida? Usted ya sabe, quien va y viene siempre escucha algo... Sin querer, por supuesto.

—Entre usted y inspector... —el camarero hizo un gesto de connivencia al que el policía respondió con otro similar—, hablaron de libros y del asesinato del librero de la esquina.

El inspector contrajo el rostro y miró a su compañero.

—No estará usted de broma...

—¿De broma? ¿De broma yo, cuando han matado al maestro? ¡No, señor, hablaron de libros y del asesinato del librero de ahí al lado! —Formó una cruz con dos dedos de su mano derecha y la besó—. Por esta, señor inspector, que hablaron de lo que le he dicho. —Había un fondo de indignación contenida, ante aquella especie de falta de confianza.

El detalle no escapó al policía.

—Está bien, hombre, está bien. No se enfade. Le pido disculpas. —Dirigiéndose a su compañero, le espetó—: García, llama al inspector Martín y dile que la muerte del cocinero vasco, el de La Marmita Bilbaína, está relacionada con la del librero de la plaza de las Descalzas, que se venga cuanto antes para el restaurante, que aquí tiene tajo.

—Oiga, inspector, ¡que yo no he dicho eso! —Ahora el tono del camarero era de excusa y de disculpa.

—Yo no he dicho que usted lo haya dicho, eso lo he dicho yo.

—Ah, bueno. Cada cosa en su sitio.

—¿Sabe adonde fueron a tomar esas copas?

—Sí, señor, a Bigotes, en la calle Españoleto.

En menos de media hora los inspectores Martín y Sansueña estaban en La Marmita Bilbaína, mientras que el inspector Góngora y el otro agente asignado por el comisario Vallejo al caso del asesinato de Manuel Ruiz indagaban entre el vecindario de la calle de San Bruno.

—Quiero, Joaquín —Martín llamó al camarero por su nombre de pila, lo que unido al cigarrillo que le había dado nada más saludarle había hecho que el hombre se mostrase de la mejor disposición—, que haga un esfuerzo y que me diga todo lo que recuerde de la conversación de anoche entre su jefe y los otros dos individuos. Luego me dirá qué aspecto tenían. Hemos traído con nosotros un dibujante.

—Verá usted, señor, yo solo recogía frases sueltas, mientras iba y venía. Solo le puedo decir que aquellos tipos, los italianos, se dedicaban al negocio de los libros. Oí decir a uno de ellos que tenían su empresa en Milán. Por lo que yo pude oír solo hablaron de libros. También estuvieron comentando lo de don Manuel, el librero de la esquina, el que encontraron muerto ayer por la mañana en su domicilio. Bueno... asesinado. También les oí comentar cosas acerca de un libro relacionado con los judíos. No sé si es que el libro se refería a los judíos o que había sido escrito por un judío. Eso no se lo puedo precisar. Sí le puedo decir que me pareció que mostraban mucho interés por la muerte del librero y por ese libro, que creo que también tenía algo que ver con un profeta de la Biblia, con el profeta Abraham, si no recuerdo mal.

Martín pensó que Abraham no era un profeta, sino un patriarca.

—¿Recuerda usted algún dato, algún detalle en particular que le llamara la atención? Tómese usted todo el tiempo que crea conveniente, yo no tengo prisa. Cualquier impresión, cualquier gesto, cualquier cosa, aunque usted crea que no tiene importancia.

El camarero repitió algunas de las cosas que ya había dicho, lo hacía a modo de recordatorio, como si de esa forma pudiese ayudar a su memoria.

—Joaquín, aunque sea algo que para usted fuese solo una sensación. Algo... algo que tiene que haber visto u oído, ¿me entiende?

—Sí, creo que sé lo que me quiere usted decir, ya que me lo pregunta, le diré algo: aquellos dos tipos no tenían pinta de hombres de negocios, vamos, de empresarios. Había allí algo que a mí no me encajaba. Verá usted, es algo que supongo que es una tontería, pero... Desde luego, de lo que hablaban era de libros... Verá usted, tampoco me cuadraba a mí mucho aquella conversación. Otra tontería más, señor inspector.

—En absoluto, en absoluto. A veces estas impresiones son más importantes que aquello que hemos visto y oído.

El inspector Sansueña tomaba nota de todos los detalles que en la declaración del camarero iban aflorando. Tal vez lo más importante de todo era que los dos empresarios italianos, principales sospechosos del asesinato de Uribe, eran de Milán. Sabían de libros y de ello conversaron durante la cena. Que se mostraron interesados por la muerte del librero de la Antiquitas y que la impresión que dieron al camarero era que ni eran empresarios ni libreros, por lo que debían de ir a por una información que solo Uribe podía facilitarles.

—Joaquín, hay algo que me llama la atención y que tal vez usted me pueda aclarar. ¿Al señor Uribe la interesaban mucho los libros?

—¡Que si le interesaban los libros! ¡Ya lo creo que le interesaban! Mire usted, era muy amigo de don Manuel, el librero. De vez en cuando le compraba libros antiguos de cocina y a veces el señor Ruiz venía a comer con el maestro a la casa y hablaban de esas cosas. Hablaban de libros antiguos, de antiguas recetas de cocina que había en esos libros y de cosas por el estilo. Mire usted, don Gorka casi todos los días pasaba por la librería donde tomaba café de pucherillo que hacía el propio señor Ruiz. Además, su mujer es profesora de literatura, aunque...

—¿Aunque...? —El inspector Martín contrajo el rostro con una mueca de complicidad.

—Verá usted, señor, el maestro y su mujer no hacían buenas migas... Vamos, que se llevaban regular... que no se llevaban. Tenían muy avanzados los trámites para el divorcio.

—¿Venía mucho por aquí la esposa del señor Uribe?

—No, señor, no venía nunca.

—¿Puede usted facilitarme el domicilio de su maestro?

—Joaquín pareció dudar. Posiblemente tenía instrucciones de no dar aquel tipo de información a nadie.

Ante la duda el policía actuó con rapidez.

—Con ello solo me ahorrará alguna llamada. Como comprenderá...

Joaquín comprendió.

—Vivía en... —Sansueña apuntó la dirección.

—¿Cuándo se enteraron ustedes de la muerte del señor Ruiz?

—Nos enteramos por la mañana, cuando llegaron los primeros de ustedes haciendo preguntas.

—Y el señor Uribe, ¿cuándo lo supo?

—Pues verá, no se lo podría decir. Ayer el maestro vino al restaurante más tarde que de costumbre. Serían cerca de las cuatro. Es muy raro. Eso solo ocurre en contadas ocasiones. Ya sabía lo de la muerte de su amigo el librero.

Tal vez su retraso se debiera precisamente a eso.

—¿Hizo algún comentario?

—Lo propio de estos casos, señor. Ya sabe usted a qué me refiero... No recuerdo nada en especial.

—Haga memoria, Joaquín, como le he dicho a veces un detalle que aparentemente no tiene importancia es de un valor extraordinario.

El camarero se esforzó por recordar, pero a su mente no debió de llegar nada que le llamase la atención.

—Mire usted, no recuerdo nada más en particular... Lo siento.

—Otra cosa, Joaquín, ¿recuerda usted si cuando su jefe se marchó con los dos italianos dijeron adónde pensaban ir?

—Sí, señor. —A Joaquín se le iluminó la cara ante la posibilidad de poder aportar un nuevo dato—. Ya se lo he dicho antes a su compañero, al que ha dicho que lo llamaran a usted.

—¿Quiere usted repetirme qué es lo que ha dicho a ese compañero mío?

—Se fueron a un *topless* que hay en la calle Españoleto. Se llama Bigotes, pero el nombre está en francés. Al jefe le gustaba darse un garbeo por allí de vez en cuando. A mí me invitó una vez a acompañarle. ¡No me vea qué tías hay allí! ¡Pero solo se puede mirar, nada de tocar! Uno sale de allí malo, señor inspector. Se lo digo yo, malo, malo.

El inspector Martín no pudo evitar una sonrisa. Ofreció otro cigarrillo a su informador, le dio las gracias y le dijo que tal vez tuviese que volver a preguntarle alguna otra cosa. Luego le pidió que le explicase al dibujante cómo eran los dos italianos. Le rogó que hiciese memoria y que no dejase de decir nada que se le pasase por la cabeza, que todo era importante.

Mientras el dibujante hacía su trabajo, el inspector Martín llamó a la comisaría. Pidió que le consiguiesen una relación de todos los pasajeros varones que habían volado de Milán a Madrid en la última semana, así como la procedencia de las reservas de vuelo de esos pasajeros. Pidió también que le localizasen al dueño de un *topless* de la calle Españoleto cuyo nombre era Moustaches o algo por el estilo y que le dijesen que la policía le requería para cierta información. Miró el reloj y señaló que hiciesen lo posible para que el tipo estuviese en el establecimiento en una hora, y que le dijesen que también querían charlar con las señoritas que habían atendido el negocio la noche anterior.

—Oye, tranquilizad al del *topless*, porque no hay nada de lo que deba preocuparse por lo que vamos a preguntarle. —Dicho esto cerró la comunicación—. Sansueña, tú y yo nos vamos ahora, en cuanto tengamos los retratos, para la calle Españoleto. A ver si hay suerte.

El inspector Martín también pidió una fotografía de Gorka Uribe, que le fue facilitada por el *maître* del restaurante. Decidió dejar para más tarde una visita a la flamante viuda.

No hubieron de esperar mucho rato. El camarero tenía muy clara la fisonomía de los dos italianos, así como otros datos complementarios. Uno tenía menos de treinta años y el otro, que era quien llevaba la voz cantante, era algo mayor, pero no había cumplido los cuarenta. Ambos tenían una estatura parecida, sobre el metro ochenta, y eran de complexión atlética. Los dos tenían la piel morena, bronceada y el pelo negro. El mayor, muy corto, como si fuera militar. Y llamaban la atención sus ojos azules. Tenía una cicatriz entre la nariz y la boca.

El dibujante fue a una copistería cercana y sacó dos copias de cada retrato que satisficieron plenamente a Joaquín.

—¡Jefe, le han salido calcados, como si los estuviera viendo en blanco y negro!

El dibujante entregó a cada inspector un juego de copias y guardó los originales en su carpeta. Martín y Sansueña se marcharon hacia el *topless*.

El dueño del Moustaches les recibió con cordialidad, pero con cierta reserva. En un negocio como el suyo la policía siempre podía crear complicaciones.

—Mi nombre es Fermín Herrero y soy el dueño del establecimiento. He venido en el momento en que me han comunicado su visita. ¿En qué puedo servirles?

—Soy Antonio Martín, el inspector Antonio Martín, y mi compañero es el inspector Sansueña. —Los dos policías enseñaron fugazmente, como un formulismo que habían de cumplir, sus placas acreditativas.

—¿Desean tomar algo, alguna copa, una cerveza, algo? —preguntó solícito el dueño del *topless*.

—No, no, nada, no tomaremos nada, señor Herrero. Se

lo agradecemos, pero estamos de servicio. —Martín empleó un tono correcto para rechazar la invitación.

—Perdone, yo solo...

—No tiene importancia, pero es que queremos ir directamente al grano.

—Bien, en ese caso, si les parece podemos pasar a mi despacho. Allí estaremos más cómodos y responderé a lo que ustedes deseen.

Entraron en una habitación de regular tamaño, que el señor Herrero denominaba su despacho, tal vez porque en ella había una mesa de oficina. Por lo demás podía tener cualquier otro uso. El mobiliario era de un gusto pésimo, a juego con el papel de las paredes, donde destacaban unos enormes ramos de flores de tonos azules que contrastaban con el rojo terciopelo de las cortinas. Había un tresillo con muchos botones. Detrás de la mesa de oficina había un sillón —más parecía un sitial de obispo— que era de madera dorada y formas barrocas. Era una pieza de valor que allí, sin embargo, no tenía su acomodo más, adecuado. En resumidas cuentas, Fermín Herrero era un hortera.

Los tres hombres tomaron asiento y el dueño del Moustaches se puso a disposición de los policías.

—Usted dirá, señor inspector.

—Mi primera pregunta es si atiende usted su negocio de forma directa. Vamos, que si está usted en el establecimiento las horas que está abierto al público o hay un encargado que realiza esta tarea.

—Yo suelo estar pendiente del negocio, inspector. Eso no significa que esté permanentemente en la sala. Vengo, desde luego, todas las noches. Ya sabe... el ojo del amo...

—Bien, señor Herrero, según eso, anoche estuvo usted aquí, ¿no es así?

—Así es, anoche estuve aquí.

—¿Estuvo toda la noche? —Martín se dio cuenta de que

conforme avanzaba el interrogatorio Fermín Herrero estaba cada vez más tenso. ¿Qué tendrá que ocultar este pájaro?, pensó.

—No estuve toda la noche, pero vine dos veces.

—Estuvo después de, digamos, la una y media.

—Estuve a primera hora, a eso de las once, y luego desde algo antes de las tres hasta la hora de cerrar.

—¿A qué hora cerraron?

—A la hora establecida, señor inspector. A las cuatro. A esa hora se invita a los clientes que aún permanecen en el establecimiento a acabar sus consumiciones.

—Verá, señor Herrero, le hago todas estas preguntas porque tenemos necesidad de saber si anoche estuvieron aquí tres individuos concretos. —Sacó de un sobre la fotografía de Uribe y los retratos de los dos italianos—. Fíjese bien, piense con calma y luego me responde. Tómese todo el tiempo que quiera. No hay prisa.

El dueño del Moustaches miró varias veces los retratos robot y la fotografía, tratando de registrar en su mente. Se tomó tiempo. Repasó y repasó, pero hacía gestos negativos con la cabeza.

—No, señor, esta gente no vino aquí anoche, al menos durante el tiempo que yo estuve. El de la fotografía seguro que no. Su cara me suena de haberlo visto por aquí, pero anoche no, y los otros... creo que tampoco.

—¿Solo lo cree?

—Verá usted, es que solo son unos dibujos, pero yo diría que no, que no estuvieron. Desde luego, si tenían que venir los tres juntos, seguro que no.

—Muy bien, señor Herrero. —Martín recogió la fotografía y los retratos—. ¿Quién podría decirnos si estuvieron aquí entre la una y media y poco antes de las tres, que es cuando usted llegó?

—No hay ningún problema, señor inspector: Ramón, el

encargado, el guarda de seguridad y las camareras, son seis chicas. Cuando ustedes han llegado, ya estaban aquí casi todos.

—En ese caso...

—Ahora mismo les digo que pasen. ¿Todos de una vez o uno a uno?

—Todos los que están. Se trata de enseñarles los retratos.

Herrero pulsó el botón de un interfono y acercó la boca al aparato.

—Ramón, ¿estáis todos?

Soltó el botón que tenía presionado con el dedo índice y se escuchó una voz metálica y distorsionada:

—Todos menos Ágata, que no la hemos podido localizar.

—Veníos para el despacho... Todos.

Otra vez sonó la voz metálica:

—Jefe, ¿las chicas en uniforme de trabajo?

Herrero pulsó el botón con rabia.

—¡Serás animal, Ramón!

—No se enfade, jefe, pero es que nunca se sabe... Ya vamos para allá.

En un instante entraron el tal Ramón, el guardia de seguridad, en realidad un gorila con aspecto de disuadir de cualquier cosa, y cinco chicas jóvenes, la edad de todas ellas estaría entre los veinte y los treinta años. Todas eran resultonas, dos incluso guapas. A todas ellas se les adivinaban bajo la ropa unos pechos voluminosos y bien puestos.

La fotografía de Uribe y los retratos robot de los italianos pasaron de mano en mano. Los dos hombres y las cinco mujeres los examinaron con atención. Los inspectores les pidieron que se fijasen bien y que no tuviesen prisa. Todos coincidieron en que aquellos individuos no pusieron los pies en el establecimiento la noche anterior. Sin embargo, identificaron a Uribe como un cliente que en algunas ocasiones venía a tomar una copa con las chicas. Dos de ellas sabían incluso que tenía un restaurante.

Los policías agradecieron la colaboración del personal, que fue despedido por el dueño. Quedaron solos los tres hombres. El inspector Martín le pidió a Fermín Herrero que si por casualidad aparecían por allí dos tipos parecidos a los de los dibujos se pusiese en contacto inmediato con él. Le entregó los retratos y una tarjeta con su nombre y un número de teléfono.

Iban a marcharse cuando sonaron los golpes de unos nudillos en la puerta del despacho.

—¿Sí? —contestó Herrero.

Era Ramón.

—Verá, jefe, las chicas dicen que anoche llegaron dos individuos a eso de la una y media y estuvieron aquí hasta la hora de cerrar. Que aquellos dos individuos parecían esperar a alguien, incluso preguntaron a una de las chicas si habían venido tres señores, uno de ellos grande y con barba. Tal vez esto sea de interés para los señores. —Esto último lo dijo mirando a los dos inspectores.

Fermín Herrero miró a los policías y se encogió de hombros disculpándose con aquel gesto.

—¿Llamamos a las chicas?

—Por supuesto —contestó el inspector Martín.

Las chicas les explicaron que allí hubo dos hombres, que parecían ingleses o americanos. No les habían visto nunca por el local y no respondían al tipo de cliente habitual. Solo tomaron dos copas cada uno, pese a que estuvieron allí cerca de tres horas, y no mostraron interés por ellas.

—¡Ni una copa se tomaron con nosotras! ¡Cuando nos acercábamos para atenderles, nos despedían muy serios! No es que fuesen groseros, no. Pero nos extrañó que viniesen aquí solo para tomar una copa.

—¿A quién preguntaron si habían venido tres individuos, uno de ellos con barba? —Martín miraba a las chicas.

La que respondió fue una rubia de bote, alta, media más

de uno setenta y cinco, que vestía una falda muy corta y una camiseta negra ajustada en la que se marcaban, porque no llevaba sujetador, un par de voluminosas tetas de pezones grandes.

—Fue a mí. Aquellos dos tipos, yo creo, por el acento, que eran americanos, pero hablaban muy bien español, estaban esperando a alguien. Lo supe al poco rato de que llegasen por su forma de actuar. Conforme pasaba el tiempo estaban más tensos, casi nerviosos. Llevarían cerca de una hora cuando me preguntaron por los tres que esperaban encontrar.

—¿Tú qué les dijiste?

—Pues que no. Que no había venido nadie así. Les ofrecí otra copa y un rato de conversación, pero no les interesó.

—¿Cómo eran esos dos hombres? ¿Podrías describírnoslos?

—Parecían gemelos. Eran altos, medirían un metro ochenta y cinco, de pelo rubio cortado a cepillo, ojos azules, piel clara y vestían ropa informal. Uno tenía un aspecto más atlético que el otro, aunque los dos eran hombres fuertes.

—¿La edad?

—Yo diría que entre treinta y cuarenta años. Podrían ser marines americanos.

—¿Algún detalle que le llamara la atención?

—Ya se lo he dicho, eran tipos que tenían una actitud extraña en un lugar como en el que nosotras trabajamos. —Todas las chicas asintieron mostrando su acuerdo con lo que decía su compañera—. No quiero decir que fueran maricas, entonces no habrían venido o no se habrían citado con los otros aquí.

—¿Algo más? —requirió el inspector.

—Sí, me pareció oír que uno se llamaba William, creo que era el menos fornido.

19

El vuelo de Aeroflot procedente de Moscú llegaba al aeropuerto de Barajas con más de dos horas de retraso. Primero habían sido los problemas en el aeropuerto moscovita, que pospusieron la salida del mastodóntico Tupolev cerca de hora y media, hasta que se despejaron las dudas sobre la amenaza de bomba que un grupo terrorista checheno había difundido y que luego resultó ser falsa. Pero los recientes atentados sufridos en diferentes puntos de la ciudad hicieron que las autoridades temiesen lo peor, aunque era la primera vez que recibían el anuncio previo de un atentado. Luego unas condiciones desfavorables de vuelo aumentaron el retraso. Eran más de las dos de la tarde cuando aquella pareja cruzaba las puertas de «Llegada Vuelos Internacionales» y accedía a la zona de espera del aeropuerto.

Era una pareja desigual formada por un gigantón corpulento con aspecto de oso y una mujer esbelta y exótica tan elegante como una modelo de pasarela. Con ellos habían viajado dos hombres, cuyo aspecto los identificaba de forma inconfundible como guardaespaldas, que marchaban ligeramente rezagados y llevaban el equipaje del grupo. Lo único que no desentonaba en la pareja formada por el oso y la bella era la elevada estatura de ambos. El individuo tendría unos sesenta años. Era de una corpulencia exagerada y tenía el cabello lacio, canoso y abundante, peinado hacia atrás. La piel de su cara era muy oscura y colaboraba a ello la cerrada barba que, aunque rasurada, poblaba su cuello y mentón. Con todo, el rasgo más llamativo de aquel rostro hombruno eran las cejas, tan pobladas e hirsutas que se unían formando una línea continua. Vestía un traje de excelente confección italiana, pero su camisa desentonaba. Llevaba unos exagerados gemelos de oro y la corbata denotaba el mal gusto de su propietario. Sus andares guardaban proporción con su corpulencia, pisaba como un plantígrado y desplazaba tal masa corpórea que daba la sensación de que todo lo que había a su alrededor se agitaba.

La mujer, que iba literalmente colgada de su brazo, a duras penas seguía sus pasos. Era alta y delgada. Los rasgos de su cara, enmarcados por una melena rubia, eran atractivos y propios de una mujer eslava. Ojos ligeramente rasgados, pómulos pronunciados, boca sensual y carnosa y mentón muy pronunciado. No era una mujer guapa, pero su rostro llamaba la atención. Sus ojos eran de un azul claro casi transparente. Quizás era ese color lo que daba a su mirada un aspecto frío, glacial. Vestía ropa corriente, pero resultaba evidente que su gusto era muy diferente al del hombre que acompañaba.

Entre la pequeña masa de gente que aguardaba la salida de los pasajeros, donde había individuos uniformados y otros vestidos con ropa informal, destacaban varios de ellos que portaban unos pequeños carteles, donde aparecían anotados nombres concretos: Sr. Martínez, Grupo Menfis, Mr. Polock, etc. Un individuo se acercó a la pareja nada más verlos.

—¿Mijaíl Garín? —Los dos guardaespaldas se concentraron en el que preguntaba.

El aludido contestó afirmativamente con un monosílabo.

—Bienvenido a España, señor Garín. Permítame presentarme, soy Vladímir Morussof. Andréi me ha encargado que venga a recogerle porque él está dando los últimos toques a su recepción. —El ruso que hablaba sonaba horrible—. Tenemos dos coches a su disposición para trasladarle a casa. Con tono autoritario Garín le ordenó que les condujese hasta los automóviles sin perder un minuto. Instantes después llegaban ante un Mercedes de última generación y un Volvo S-80, ambos de color azul oscuro, donde les aguardaban tres individuos, otro conductor y dos guardaespaldas. Rápidamente los dos vehículos enfilaron la salida del aeropuerto para tomar la autopista que conducía a Madrid. Garín, Grunova, Morussof y uno de los dos guardaespaldas llegados de Moscú viajaban en el Mercedes, los otros iban detrás, en el Volvo. Veinte minutos más tarde un sujeto mal encarado accionaba el mecanismo que permitía abrir la puerta blindada que daba acceso a un lujoso chalet del barrio de La Moraleja, cuya vista estaba oculta a miradas exteriores por una tapia de granito de casi tres metros de altura. Unos cientos de metros antes de llegar, Vladímir había llamado por un auricular y comunicado al portero que ya se acercaban.

El enorme chalet de más de mil metros cuadrados construidos, distribuidos en dos plantas y un sótano, estaba enclavado en el centro de una parcela de más de siete mil metros cuadrados. Allí les recibió Andréi con efusiva alegría. La construcción respondía a las casas típicas de la sierra madrileña: tejados de pizarra negra, muy inclinados, paredes grises y recercado de puertas y ventanas de granito. Por el aspecto del chalet, tanto en el exterior como en el interior, era evidente que no se habían escatimado medios en su construcción. El edificio era sobrio pero elegante, y los enormes jardines que lo rodeaban estaban cuidados con esmero. Otra cosa era la decoración interior, donde imperaba el mal gusto, pese a que se había gastado dinero a manos llenas. Había una gran acumulación de objetos caros. Más que una vivienda, aquello parecía un bazar.

Era numerosa la vigilancia que había por todas partes. A las medidas de seguridad exteriores —puerta blindada y circuito cerrado de televisión—, se sumaba media docena de individuos, que controlaban los puntos de acceso a la vivienda y vigilaban tanto la puerta principal como la de servicio.

Tras las palabras de bienvenida, Andréi mostró su preocupación por el aspecto cansino de Mijaíl y de su atractiva acompañante.

—Te noto cansado, Mijaíl, supongo que será a causa del vuelo. Los viajes en avión si duran más de dos horas siempre son penosos y si, además, hay alguna complicación todavía son peores. Pero no hay cansancio que no solucione un buen baño y una buena comida, ¿verdad, amigo? Supongo que antes de descansar un rato querrás comer alguna cosa. ¡Espero que te guste! Te hemos preparado algo muy especial tanto para ti como para Tatiana. ¡Ya verás cómo os gusta! Me he acordado de que adoras las buenas chuletas de cordero, bien regadas con borgoña. Nos hemos hecho con los servicios de un cocinero excepcional y hemos conseguido un caldo de una excelente añada. Para postre, dulces de miel, almendra y canela... ¡Ah! Y el café, muy espeso y muy dulce.

Mijaíl aprobó todo lo que su anfitrión había preparado con pocas palabras, que dejaron ver una dentadura donde la mitad de las piezas brillaban con el dorado fulgor del oro. Su aprobación fue ratificada con un golpe en la espalda de Andréi, tan fuerte que más que como un amistoso saludo podía ser interpretado como un gesto de disconformidad y castigo.

—Veo, Andréi, que estás en todo. Como siempre, estás en todo. En lo importante y también en lo que no lo es tanto. Estoy un poco cansado, porque después de volar de Tiflis a Moscú en avioneta el vuelo desde Moscú aquí ha sido más penoso de lo normal. Después de solucionar lo más imprescindible no hemos parado para acudir a tu llamada y llevo sobre mi cuerpo muchas horas sin pegar ojo. Pero el esfuerzo merece la pena, ¿verdad? Quiero que antes de nada me enseñes esa maravilla. Luego comeremos y después, si es posible, un baño y una cama, ¿de acuerdo?

Andréi, que había compartido con Mijaíl las dificultades de los primeros tiempos, sabía de sobra que el «¿de acuerdo?» era solo una manera de hablar. Mijaíl Garín no admitía discusiones a sus propuestas, que eran órdenes, que se cumplían a rajatabla. Si había dicho que primero le informase, luego se comiese y después el baño y la cama, todo sería de esa forma y no de otra.

—¿Quieres acompañarme al despacho donde estaremos más comodos? —le invitó Andréi, a la par que con un gesto de su mano le cedía la preferencia. Garín hizo una señal a Tatiana Grunova, quien además de su secretaria era su querida, para que les acompañase.

Los tres se encerraron en el despacho. Garín no se anduvo con rodeos y, sin apenas dejar de chupar un puro de enorme tamaño —allí todo era enorme— preguntó a Andréi:

—¿Dónde está ese libro del que tantas maravillas me ha contado Tatiana?

Cuando Andréi le dijo que aún no se lo podía enseñar porque estaban pendientes de ultimar unos detalles, Mijaíl Garín, el oso georgiano, se convirtió en una furia desatada. Su carácter primitivo e irascible estallaba en una explosión de cólera cuando los planes trazados no respondían a la realidad que luego se producía o los objetivos que se programaban no se convertían en logros. Se había desplazado hasta España porque Andréi, su hombre de confianza en aquel país, donde tenía hechas fuertes inversiones inmobiliarias y empleadas sumas considerables en negocios relacionados con la prostitución de lujo, en total más de cinco mil millones de pesetas, le había dicho que tenía cerrado un negocio que dejaba en simples juegos de chiquillos todo lo que hasta aquel momento habían puesto en marcha. Era algo que escapaba a todo lo imaginable. Algo tan extraordinario que parecía mentira. Era como una especie de cuento de hadas, de cuento de *Las mil y una noches*. Era un sueño dorado por el que, a lo largo de generaciones, la humanidad había suspirado. Se trataba nada más y nada menos que de conseguir la fórmula que permitía fabricar oro en las cantidades que se desease, con unos costos de producción ridículos. Además, lo más increíble de todo era que la inversión para hacerse con aquella fórmula era una bagatela. Andréi le había dicho que se podía cerrar la operación con unos cien millones de pesetas, quizá, con algunos gastos adicionales, un diez por ciento más. Una tontería, para lo que aquello significaba.

«Mijaíl, es algo tan extraordinario que entiendo perfectamente que no te lo creas. Por eso te pido, te suplico, que lo dejes todo y te vengas para España. Esta es una oportunidad que se presenta, qué te digo yo, no una vez en la vida, sino una vez cada cien generaciones», le había dicho por teléfono a altas horas de la noche.

Le había desgranado algunas de las consecuencias que podían derivarse de aquella operación. Ni tráfico de drogas, ni inversiones inmobiliarias, ni compra de recursos energéticos, ni redes de prostitución, ni trata de blancas, ni nada de lo que hasta entonces habían hecho tenía comparación con aquello. Tanto le había insistido que se había dado una paliza a sus sesenta y dos años para estar en Madrid y ser él, Mijaíl Garín, quien recibiese en persona los resultados de aquella operación.

«Mijaíl —le había dicho—, esta es una ocasión histórica. Debes ser tú, en persona, quien culmine la operación.»

No es que lo histórico de la ocasión le importase mucho a un hombre como él, un leñador caucásico, que había superado de niño los terribles tiempos de la invasión nazi de su patria y los no menos terribles del estalinismo de los años siguientes en que se ganó la vida, miserablemente, como leñador en los bosques de su Georgia natal, su única y verdadera patria. Su inteligencia natural le alertó sobre los nuevos tiempos que llegaban con la perestroika. Se dio cuenta de que con la nueva situación el abastecimiento de ciertos productos sería un negocio extraordinario, y que esos productos, tal y como estaban las cosas, solo podrían llegar de forma clandestina, como contrabando. Él conocía como nadie pasos escondidos, lugares adonde no se llegaba fácilmente. Sus largos años como leñador en las inmensas y perdidas serranías del Cáucaso le convertían en un ejemplar único para conducir, sin ningún tipo de riesgo, recuas de animales —por allí era imposible circular con otro medio de transporte— cargados con productos escasos pero que generaban una fuerte demanda. Así comenzaron sus «peripecias comerciales», como el propio Garín las llamaba. Primero fueron productos alimenticios envasados en lata o al vacío, después vino el tabaco «rubio americano» y el alcohol, luego el hachís y los contactos con otras gentes de más relieve en el complicado mundo de las actividades subterráneas. Del hachís se pasó a todo tipo de drogas y estupefacientes. Su propia red comercial de distribución fue creciendo al compás del negocio. El dinero entraba en cantidades tales que tuvo problemas para invertirlo y legalizarlo. Su red se internacionalizó cuando «invirtió» en Egipto, en Túnez y en Italia en una primera fase. Después fue necesario buscar nuevos campos de operaciones y dirigió su mirada a Polonia y la República Checa. Finalmente sus «inversiones» llegaron, a comienzos de los noventa, a España. Paquetes de acciones en bolsa era el destino del dinero blanqueado, junto a la promoción de complejos hoteleros y turísticos. Para saldos más dudosos y complicados, promociones inmobiliarias y recursos petrolíferos en su propia tierra y en el norte de África. El dinero seguía fluyendo como un maná inagotable desde los negocios legales y de las actividades clandestinas ligadas sobre todo al narcotráfico y a las redes de pornografía y prostitución.

A pesar de que había comprado una relativa tranquilidad para su conciencia musulmana a un imán de Strolaf, su tierra natal, con grandes donativos a la mezquita y a la clerecía locales, con aportaciones cuantiosas a la yihad que sostenían hermanos oprimidos en diferentes lugares del planeta y con diferentes y generosos óbolos a causas santificadas por sus creencias, no se sentía del todo tranquilo. Hacía poco que había comunicado a su hijo Mijaíl y a Tatiana su deseo de abandonar ciertos aspectos del negocio, como era el narcotráfico en países de religión musulmana, porque no deseaba colaborar a la condenación de seguidores del profeta. Reservaba aquellas condenas para los infieles occidentales. Asimismo ordenó que todo lo relacionado con la pornografía y la prostitución se desarrollase al margen de los países creyentes en la verdadera fe. Solo se actuaría en materia de trata de blancas para surtir harenes selectos de los creyentes de Alá y seguidores de su profeta.

Cuando Andréi le había ofrecido el negocio que le había traído hasta Madrid, pensó que esa sería la fórmula adecuada para compensar no solo las pérdidas que trajese la minoración del negocio en los términos en que lo había planteado, sino que las superaría con creces, hasta los límites de su voluntad, si todo resultaba como Andréi le prometía. Aquello de la fabricación de oro a partir de otro metal le parecía tan irreal y tan fantástico, que solo la solvencia de una persona como Andréi le había llevado a no tachar de loco e impostor al que le hubiese hecho tan descabellada propuesta y a hacer aquel viaje poco deseado. Y ahora le decía que quedaban por ultimar algunos detalles.

Los efectos de su cólera podían comprobarse mirando el desorden de la habitación donde Garín se encontraba con Tatiana Grunova y Andréi. Había objetos tirados por el suelo, muchos de ellos rotos, era el caso de las porcelanas y los cacharros de cristal; las cortinas estaban desprendidas de uno de los lados, inclinada la galería que las coronaba. Uno de los cristales de la ventana estaba solo astillado porque eran vidrios de seguridad. Una mesa auxiliar tenía hecha añicos la superficie de cristal y rota una de sus patas. Los sillones estaban todos volcados. Un cuadro había caído al suelo y otro quedaba colgado solo de un punto, ladeado. Parecía como si un torbellino hubiese asolado la habitación. Era lo que justamente había ocurrido cuando el georgiano tuvo conocimiento de que la operación para hacerse con el *Libro de Abraham el Judío* no había podido culminarse. Fue peor cuando se le informó de que todo lo que se había previsto había fracasado hasta aquel momento, y lo que parecía una sencilla operación, que Andréi quería ofrecerle personalmente como una especie de homenaje, se había ido al traste.

Los primeros problemas habían surgido cuando el propio Andréi, con la información que le habían facilitado por un conducto de toda garantía, tras haber hablado con Mijaíl y obtenido no solo su aprobación, sino su compromiso de trasladarse a España de inmediato para recibir aquel libro del que le contaban maravillas, acudió a comprarlo.

Llegó a la librería Antiquitas acompañado de Gorka Uribe con la finalidad de comprar aquella joya. Eran poco más de las ocho de la tarde. Había algunos clientes en el establecimiento que curioseaban en las estanterías por si encontraban algo de su interés en un recóndito anaquel. Le preguntó al librero si había un lugar donde pudiesen hablar más reservadamente. Pasaron a una segunda dependencia y allí le planteó el motivo de su visita. Llevaba un maletín con sesenta millones de pesetas, mitad en moneda española y mitad en divisas convertibles: dólares americanos, marcos suizos y libras esterlinas por partes iguales. Era el precio que estaba dispuesto a pagarle por el *Libro de Abraham el Judío* y se los ofreció allí mismo. Sin embargo, se encontró con la negativa del librero. Un rotundo no porque el libro estaba ya vendido y había un compromiso de venta firme. Le dijo que el ejemplar por el que se interesaba sería entregado a sus nuevos propietarios el día siguiente por la mañana.

Para nada sirvieron tampoco los continuos razonamientos de Uribe, que tenía un extraordinario interés en que la operación se realizase. «Gorka, lo siento, pero no puede ser —le dijo—. Otra vez será. No insistas, no puede ser. Si fuera posible, yo te atendería gustoso. Pero no, no puede ser.»

—A mis reiteradas insistencias —indicaba Andréi a Garín— contestaba con la misma cantinela, una y otra vez. ¡Te juro, Mijaíl, que lo hubiese estrangulado en aquel momento con mis propias manos! «Lo siento mucho, señor», me decía, «pero se le han adelantado. Así es la vida.» Aquel librero, un hombrecillo que rozaba la vejez, lamentaba no poder servirme.

Andréi decidió mejorar su oferta, elevarla hasta cien millones de pesetas. Los sesenta que allí llevaba más un cheque por importe de cuarenta millones que podría hacerse efectivo al día siguiente, a primera hora. Como garantía, ofrecía que el libro solo le sería entregado cuando el talón bancario hubiese sido cobrado. Aquella oferta tampoco doblegó la resistencia del librero. Andréi pensó que tenía delante un duro negociador, un magnífico comerciante y decidió poner punto final a la transacción. Le ofreció las mismas garantías, es decir, no se le entregaría el libro hasta que no se hubiese satisfecho la suma, y extendió un cheque con la firma incluida, pero no le puso ninguna cantidad. La cifra sería la que el librero quisiese. Aquello era todo un reto. No había quien pudiese igualar una oferta así. Ante su sorpresa, aquel miserable alejó de sí, con cierta displicencia, la fortuna que había puesto en sus manos: «Lo siento mucho, señor, no es cuestión de dinero», dijo.

Ante aquella contestación, Andréi se dio cuenta de que una negociación económica era imposible. Si quería el libro tendría que obtenerlo por otro procedimiento y no podía perder tiempo porque pasaría a otras manos a la mañana siguiente. Tenía que hacer algo y rápido.

A pesar de su frustración, se despidió con suma cortesía, tanta que el librero cometió un grave error que le dio a Andréi la clave para actuar. Ruiz pensó, con atinada lógica comercial, que un individuo que hacía aquellas ofertas era un excelente cliente potencial, por ello le entregó una tarjeta, donde estaba tanto la dirección de la librería como la de su domicilio particular.

A una hora más acomodada para su propósito le haría una visita a aquel inflexible librero. Seguro que entonces cedería a sus pretensiones.

No habían transcurrido dos horas desde que se marchó de la librería cuando llegaba ante el domicilio de Manuel Ruiz, acompañado de Gorka Uribe, al que le costó lo suyo convencerle para que fuera con él. Tuvo que recordarle su deuda de treinta y dos millones y los muchos favores que le debía de otros negocios en los que se había portado con él como si fuera de la «casa». Hubo de prometerle que se olvidaría de la deuda si la operación tenía éxito. Algo debía barruntarse el restaurador al no desear acompañarle al domicilio del librero. Una vez que decidió colaborar, marcharon juntos a la casa de Ruiz.

Habían comprobado que el viejo estaba ya en su casa

porque utilizaron el recurso del número de teléfono equivocado: le llamaron desde la cabina más próxima que encontraron, y cuando el librero cogió el teléfono preguntaron por Genoveva. Naturalmente, allí no vivía ninguna Genoveva y el anónimo llamador señaló un número parecido al que acababa de marcar, con lo que se explicaba el error. A continuación le pidió excusas por la molestia y colgó. Hecha la comprobación, se hicieron los remolones y esperaron a que alguien saliese del inmueble para introducirse en él. No querían utilizar el interfono porque deseaban sorprender al librero sin darle tiempo para reaccionar, ni siquiera el que podían tardar en subir desde la puerta de la casa hasta la de su piso. Llegaron, tocaron el timbre y cuando Ruiz preguntó: «¿Quién es?», se encontró con que era su amigo Gorka Uribe quien estaba al otro lado de la puerta. Confiado, abrió y se llevó una desagradable sorpresa al ver que con Gorka estaba el comprador que había rechazado hacía un par de horas.

Ruiz los hizo pasar al comedor donde tuvo lugar una larga conversación que tenía como objetivo que el librero vendiese el libro a aquel hombre. Utilizaron todo tipo de argumentos, sin éxito. Después de más de dos horas cambió el panorama. Aquel individuo, que respondía al nombre de Andréi, sacó una pistola y le encañonó. Gorka Uribe intentó que la persuasión por medio de la conversación continuase, pero Andréi no le dio otra oportunidad. Conminó al librero a guardar silencio y a punta de pistola lo llevó, con la colaboración desganada de Uribe, hasta el dormitorio. Una vez allí, le tumbaron en la cama y le ataron. El horrorizado Ruiz, que no daba crédito a lo que ocurría, se negaba, pese a los ruegos del restaurador, a responder a la única pregunta que le formulaba aquel individuo: «¿Dónde tienes guardado el libro?» Le amordazó para evitar que gritase y durante dos horas más se dedicaron a realizar una minuciosa y exhaustiva búsqueda. Revolvieron la casa, lo pusieron todo patas arriba, pero el resultado final fue baldío. El libro no estaba allí. Fue entonces cuando tuvo que obligarle a hablar. Aquel mequetrefe resistió más de lo que esperaba, sufrió cortes en las orejas y quemaduras en los brazos y en las tetillas. Sus gritos quedaban ahogados por la mordaza, que Andréi le quitaba de vez en cuando para amenazarle con matarlo si gritaba y preguntarle de nuevo si le iba a revelar de una maldita vez dónde estaba el libro. Cuando no pudo resistir más, confesó el lugar donde lo tenía guardado: «Está en el cajón de en medio de la mesa del despacho, en la librería. La llave está puesta», dijo con una voz que ya apenas si le salía del cuerpo y con los ojos arrasados en lágrimas. Andréi le apretó la mordaza, puso el silenciador a su pistola y le disparó un único tiro al corazón. Gorka Uribe tenía el rostro demudado. Solo pudo balbucir unas palabras: «¿Por qué, viejo loco, por qué?»

Abandonaron a toda prisa el inmueble. Eran las cinco y cuarto de la madrugada. Todavía era noche cerrada y las calles estaban solitarias. Marcharon en silencio hasta la Puerta del Sol, bajando por la calle de Carretas y enfilaron la de Arenal para luego doblar a la derecha y dirigirse a la plaza de las Descalzas. Se cruzaron con poca gente, aunque en la Puerta del Sol había cierta animación a pesar de la hora. Cuando llegaron a la librería, la plaza estaba desierta.

—¡Maldita sea! ¡Será posible que no nos hayamos traído las llaves! ¡Siempre la prisa, la maldita prisa! —había exclamado Andréi en voz baja. Fue Uribe quien solucionó el problema. Entraron en su restaurante y de una caja de herramientas que allí tenía para pequeñas reparaciones y chapuzas de emergencia sacaron unos destornilladores, una llave inglesa y una linterna. Con aquellas herramientas desatornillaron y desmontaron limpiamente la cerradura. Utilizaron unos diez minutos para realizar aquella operación en la que les acompañó la suerte, porque no pasó nadie por la plaza. Cruzaron un par de coches, pero ellos estaban amparados por la penumbra. Solo cuando estaban acabando, por lo que tuvieron que disimular, llegaron unos empleados del servicio de limpieza que vaciaron las papeleras y se marcharon. No sospecharon nada, ensimismados como estaban con su trabajo y con la idea de acabar cuanto antes.

Luego llegó la decepción, el cajón del centro de la mesa de lo que el librero llamaba su despacho tenía la llave puesta, pero allí no estaba el libro. El cajón estaba vacío. La puerta del despacho que daba al pequeño patio trasero estaba abierta. Si el muerto no les había mentido cuando señaló ese sitio antes de morir, los que se les habían adelantado o tenían llave, cosa poco probable, o se habían colado por aquel patio, que daba a otro de servicio de unas viviendas antiguas, que estaban siendo rehabilitadas. Los patios estaban separados por un muro de menos de tres metros de altura. ¡Para qué más! ¿Quién iba a robar libros, y de segunda mano, en un país donde la mitad de la población no lee un solo libro en su vida? Había sido un juego de niños hacerse con el libro utilizando aquella vía de acceso. Quienes lo habían hecho conocían la existencia del libro y también el sitio donde estaba guardado porque en la librería no había nada revuelto, aparte del desorden natural de un establecimiento de este tipo. Y por supuesto conocían la situación de los edificios de la zona.

Quedaba otra posibilidad, que el librero no les hubiese dicho la verdad porque habría pensado durante las horas que duró su calvario particular que no lo podían dejar con vida después de lo que estaba pasando porque conocía a Uribe. El viejo se había vengado de aquella forma.

La realidad era que la operación había fracasado, que no tenía el libro en su poder y que Mijaíl Garín, a quien había hecho venir a España para ofrendarle el mejor fruto de su trabajo, estaba furioso. Se temía lo peor porque conocía los métodos de su jefe. Aquel acceso de cólera que había tenido como primera consecuencia destrozar el salón de la casa donde se encontraban, no había hecho sino empezar.

—¡Andréi, no me sirven las explicaciones! ¡Me has hecho venir a España para nada! Aunque pensándolo bien, para algo sí que he venido. ¡Para hacer el ridículo! ¡La fórmula que permite fabricar oro! ¡Un libro con la fórmula para fabricar oro! ¿Dónde está el imbécil que te ha largado ese cuento? ¡Dime dónde está!

A Andréi apenas le salía la voz del cuerpo.

—Ha aparecido asesinado esta mañana. Se ha encontrado su cadáver en la calle. Le han roto el cuello.

—¿Cómo sabes que lo han asesinado? —preguntó con cierto interés Mijaíl.

—Lo sé porque, además de la información que han dado las emisoras de radio, hemos tratado de localizarle porque él era la única conexión que teníamos con el libro. Parece ser que la noche pasada abandonó el restaurante con dos individuos que se presentaron como editores italianos y ya no se volvió a saber más de ellos. La policía está investigando esta muerte que ya ha relacionado con la del librero.

—Así que estamos sin libro y con la policía detrás de nuestra pista. —La respiración de Mijaíl estaba agitada. A duras penas podía contener la cólera que le dominaba. Los que le conocían sabían que en cualquier momento podía estallar de nuevo su ira y las consecuencias eran imprevisibles. Tatiana Grunova, la cual había mantenido un prudente silencio hasta aquel momento, intervino por primera vez. Pretendía, por una parte, tranquilizar a aquella especie de fiera con la que compartía cama y, por otro, conocer si merecía la pena continuar en España o lo más adecuado era poner tierra de por medio, antes de que, con la policía española investigando el caso de la muerte del librero, se produjese alguna complicación. Sabía de sobra, mejor que nadie, que si Mijaíl tenía que tomar esta decisión la vida de Andréi no valía un rublo. Garín no permitía fallos como aquellos y Andréi había apostado fuerte, forzando la situación hasta el límite. Todos en la organización sabían que era muy difícil que el Oso saliese de su guarida. Solo lo hacía de forma ocasional y excepcional. A pesar del giro que su vida había dado, en el fondo seguía siendo un leñador del Cáucaso, apegado al terruño y con costumbres primitivas. Disfrutaba como un chiquillo comiendo y bebiendo con la gente de su aldea natal, compartiendo el tiempo en torno a un buen fuego, recordando viejas canciones y contando las leyendas y tradiciones populares que habían pasado de padres a hijos, de generación en generación, o saliendo a cazar por los escarpados montes y los profundos valles donde había transcurrido su existencia y conocía como la palma de su mano. Los enormes recursos financieros de que disponía y el entramado de poder que controlaba, desde aquel apartado rincón del mundo, nunca le habían llevado a cambiar sus costumbres ancestrales. Muchos de los traficantes y mercaderes que hacían negocios con él, tenían que rendir viaje a Strolaf y no se acababan de explicar, cuando conocían su modo de vida, cómo aquel individuo había llegado a donde lo había hecho y cómo podía estar interesado en el dinero si apenas le servía para nada. Ignoraban que Mijaíl Garín deseaba el poder por el poder y no por lo que pudiese conseguir a través del mismo. Adoraba ser el centro, el eje del mundo, de su mundo y eso era algo que nadie cuestionaba a su alrededor. Salir de su mundo le suponía un verdadero sacrificio.

Por eso Andréi, uno de sus hombres de confianza, de los que mejor conocían el fondo de aquella criatura tan especial y primitiva, tenía que estar seguro de tener en sus manos un negocio verdaderamente excepcional. Tan excepcional como para haber realizado aquella apuesta. Tenía que estar seguro del éxito para haberse aventurado a sacar a Garín de su madriguera, puesto que estaba en juego su propia vida, porque sabía que las sencillas costumbres de Garín incluían una violencia primitiva y salvaje cuando se le frustraba.

Tatiana Grunova, que había llegado a la organización de la mano de Andréi, con quien había compartido la cama antes de meterse entre las sábanas del Oso, sabía que en aquellos momentos la vida de su ex amante corría peligro. Andréi era el hombre de confianza de Garín, y precisamente por eso su fallo era aún más grave. En la organización nadie era imprescindible, salvo el propio Garín.

—Andréi —empezó la mujer; Mijaíl le dirigió una mirada torva—, cuando hablaste conmigo por teléfono me dijiste que la operación se resolvería fácilmente, pero que debido a su importancia excepcional la presencia de Mijaíl en España era obligada, ¿no es cierto?

—Así es, pero...

—No me interrumpas, por favor. —La voz de Tatiana era cortante y dura—. Sin embargo, las cosas no son como tú me las pintaste. Ahora mismo tenemos el objetivo, ese libro del que nos cuentas maravillas, fuera de nuestro alcance y a la policía en la pista del asesinato del librero, es decir en nuestra pista. Así las cosas, hay dos preguntas que son de suma importancia.

—¿Cuáles son esas preguntas? —El tono de Andréi era suplicante y la expresión de sus ojos rubricaba la súplica.

—Antes de que nos contestes —Tatiana, que utilizaba a propósito el plural, observó cómo por primera vez en mucho rato la agitada respiración de Mijaíl se detenía expectante— es muy conveniente que medites bien tus respuestas. Primero, ¿existe la probabilidad de que en un corto espacio de tiempo, digamos, dos o tal vez tres días como máximo, podamos conseguir ese libro maravilloso y, por lo tanto, sea recomendable prorrogar nuestra presencia en España? Segundo, ¿tiene la policía española alguna posibilidad, la más remota posibilidad, repito, la más remota posibilidad, de llegar hasta nosotros?

El rostro de Andréi había pasado de la expresión suplicante a la de alguien preocupado que teme errar en su respuesta. Asustado por un miedo cerval a la cólera de Mijaíl, su cerebro trabajaba frenéticamente. Se tomó un tiempo razonable para responder, que en ningún caso resultaba excesivo porque le habían señalado que meditase sus respuestas. Vio con claridad que si quería seguir conservando la vida, aquellas preguntas no podían tener más que una respuesta.

—Creo que tenemos probabilidades de conseguir el libro porque solo puede estar en un sitio e iremos a por él. Hacernos con él no será tan fácil como antes, pero será más barato.

—¿Dónde está el libro en estos momentos, Andréi? Porque si sabes dónde está y no lo tenemos... —Las palabras de Garín sonaban tenebrosas y amenazantes.

—Me vas a permitir, Mijaíl, que no responda a tu pregunta. Mi silencio está relacionado con la segunda pregunta de Tatiana, y es que no es posible que la policía pueda llegar hasta vosotros.

—¿No es posible, o es imposible? —preguntó inquisitiva la mujer.

—¡Qué más da!

—Te equivocas, Andréi. No da igual —insistió Tatiana.

—Está bien, es imposible.

—Bien, en este caso tienes tres días. —Con aquellas palabras Mijaíl Garín hacía suyo todo el planteamiento de Grunova. Ya no había más que hablar.

Garín se levantó y se acomodó en el sofá estrechando a Tatiana, con una mano apretaba su cintura y con la otra hurgaba debajo de su blusa, de la que había desabrochado un par de botones, mientras que mordía excitado los gruesos labios de la mujer. Andréi abandonó sigilosamente el salón acompañado del guardaespaldas de Garín, que había asistido a la escena de la cólera de su jefe y al amansamiento de aquel oso, cuyo control parecía estar solo en manos de aquella hembra.

20

Aarón Mayer y Salomón ben David sabían ahora algo más de lo ocurrido con el librero de la plaza de las Descalzas, pero estaban lejos de conocer el paradero del libro. Aceptada la propuesta de Gorka Uribe de ir hasta al *topless* de la calle Españoleto, dando un paseo abandonaron La Marmita Bilbaína. Aquello encajaba perfectamente con su plan, cuyo objetivo era obligar al dueño del restaurante a que les facilitase toda la información que tuviese sobre el paradero del *Libro de Abraham el Judío*. Aquel paseo hacia la calle Españoleto, gracias a la excusa de uno de los italianos, les condujo hasta un lugar, discreto y poco transitado, donde los agentes del Mossad tenían aparcado un coche de alquiler. Obligaron al sorprendido Uribe a entrar en él y se alejaron hacia un descampado solitario en la Casa de Campo que habían elegido de antemano tras un minucioso estudio del plano de Madrid. Allí Gorka Uribe les confesó todo lo que quisieron saber. Así, por ejemplo, les informó de cómo, ante las dificultades económicas por las que atravesaba su negocio, hacía tiempo que había entrado en contacto con unos prestamistas, cuyo jefe respondía al nombre de Andréi. Eran rusos y operaban tanto en la capital de España como en la Costa del Sol. Aunque sabía que eran peligrosos usureros, su desesperada situación le llevó a pedirles un préstamo en condiciones leoninas, porque tenía la esperanza de que podría hacer frente al pago de la deuda que contraía con ellos y de los gravosos intereses que la misma devengaba. Sin embargo, aquel préstamo no solo no solucionó sus problemas, sino que vino a empeorarlos, con lo que su situación se hizo cada vez más precaria y dependiente de los mañosos rusos. Sus dificultades habían llegado a un punto tal que si no se producía algo extraordinario perdería su negocio. En esa tesitura se encontraba cuando tuvo conocimiento, pues tenía buena relación de vecindad y era algo bibliófilo en temas de gastronomía, de que un valioso libro había llegado a manos de Manuel Ruiz, el librero vecino, dueño de Antiquitas. El asunto no revestía mayor importancia que la de haber conseguido un ejemplar raro y valioso, cosa que no ocurre todos los días. Sin embargo, poco después, el propio Ruiz le explicó cómo había tenido conocimiento que aquel libro encerraba, al parecer, extraños saberes. Le contó que con el contenido de aquel libro se podía fabricar oro. Le habló, en relación con el libro, de un tal Nicolás Flamel y le largó un discurso acerca del procedimiento por el cual se podía hacer realidad, aunque no resultaba fácil de conseguir, aquella ilusión. La verdad, dijo Uribe, que no dio mayor importancia a todo aquello, que consideró chocheces de un viejo que empezaba a desvariar. Pero en una reunión que había tenido el día anterior con el tal Andréi, le amenazaron de forma implacable para que hiciese frente a sus deudas y él suplicó una última moratoria en las condiciones que quisieran imponerle. Fue entonces cuando comentó, como de pasada y tratando de decir una gracia que aliviase la terrible situación en que se encontraba, que en aquel momento para hacer frente a su deuda solo le servía ya la fórmula, contenida en un libro que poseía un amigo suyo, para fabricar oro. Pero cuál no fue su sorpresa —contaba a los dos agentes del

Mossad— cuando comprobó que aquellas palabras vanas y estúpidas despertaron un súbito e inesperado interés en Andréi, quien de una manera inexplicable le dijo que le contase todo lo que sabía acerca de aquel libro.

«Quedé perplejo porque en realidad no era mucho lo que podía decir, pero lo que le conté pareció interesarle —les señaló el cocinero vasco— porque aquello que yo le estaba diciendo encajaba con cierta información que sobre aquel asunto le había llegado por otros conductos.»

Por lo que Uribe pudo deducir, parecía que el mañoso se había enterado aquel mismo día de que los americanos también estaban interesados en el extraño libro. A partir de aquel momento cambió la penosa situación en la que se encontraba porque Andréi quería ver el libro y, si era posible, adquirirlo. El propio Uribe se ofreció a presentarle al librero y a ejercer de mediador para que lograse su objetivo. A cambio de sus oficios, esperaba dejar resuelto el problema de su deuda, aunque reconoció que lo único que consiguió del mañoso ruso fue que le hiciese una vaga promesa al respecto. En todo caso el asunto quedaba condicionado al resultado de la operación.

Uribe les contó después cómo la tarde del día anterior acompañó a Andréi a la librería para presentarle al librero una opción de compra, pensaba el ruso ofrecerle un precio que consideraba tan elevado que no podría ser rechazado por nadie que estuviese en su sano juicio. Pero se encontraron con la sorpresa de que todas sus ofertas resultaron inútiles. Por alguna razón que desconocían, el compromiso de venta que el librero tenía adquirido superaba cualquier oferta que se le hiciese. ¡Llegó incluso a rechazar un cheque en blanco, donde hubiese podido poner él mismo la cifra que hubiese considerado adecuada!

La presión que los agentes del Mossad ejercieron sobre Uribe le obligaron a revelar que, después del fracaso para comprar el libro, tuvo que acudir con Andréi a una visita que este realizó a la casa del librero para llevar a cabo un nuevo intento de compra, que también fracasó. Entonces, el ruso torturó a Ruiz para que revelase el lugar donde guardaba el libro, porque la búsqueda que habían efectuado en el domicilio del librero resultó infructuosa. Aquel desgraciado acabó por confesar que el libro estaba en la librería, guardado en el cajón de una mesa. Después de aquella revelación, Andréi le mató de un tiro.

Los dos agentes del servicio secreto israelí se interesaron entonces por el paradero del libro. Uribe les contó que el libro no estaba en el cajón que el librero les había indicado antes de morir. No sabía decir si Ruiz les había mentido, o era cierto que había guardado el libro en el lugar indicado. Uribe, personalmente, creía que les había dicho la verdad, por lo que pensaba que alguien se les había adelantado. A pesar de que marcharon directamente del domicilio del difunto a la librería, cuando llegaron allí, no encontraron nada.

Ya no había más información.

Fue entonces cuando Salomón ben David con la rapidez y limpieza de un profesional agarró a Uribe y le fracturó el cuello, produciéndole la muerte instantánea; después abandonaron el cadáver.

—Este asunto, Salomón, es mucho más complicado de lo que en Tel Aviv pensaban.

Salomón asintió en silencio a la afirmación de su jefe, quien trató de recapitular la situación en que se encontraban, a tenor de la información que poseían.

—Si Uribe nos ha dicho la verdad, una mafia rusa, cuyo jefe en España responde al nombre de Andréi, también está detrás del libro y es esa gente la que ha matado al librero, pero esa acción no les ha llevado a la posesión del libro. Por lo que nos ha contado parece ser que los americanos también están detrás de este asunto. La deducción lógica es que, si los rusos no lo tienen, el libro está en poder de los americanos. También sabemos que los rusos deben tener a alguien infiltrado entre los servicios americanos en España porque por ese conducto les ha llegado la información... Luego nos encontramos con nuestra propia situación. Hemos tenido que quitar al cocinero de en medio porque con lo que nos ha contado no podíamos dejarlo con vida. Pero a estas horas la policía estará ya sobre nuestra pista, fueron muchos los que nos vieron, y muy bien, en el restaurante y habrán dado numerosos detalles acerca de nosotros... —Tras las últimas palabras hubo un silencio que el propio Mayer rompió—: ¿Se te ocurre algo?

Salomón ben David se tomó unos instantes en los que, por la forma de su mirada, parecía meditar:

—Creo que debemos entrar otra vez en contacto con *Samuel* y tener con... con... —dudaba acerca de la palabra que tenía que utilizar, al fin se decidió— ella una reunión urgente, para exponerle nuestra posición y recabar su opinión. Primero acerca de la situación en la que ha desembocado todo este asunto y después sobre nuestra propia seguridad... Supongo que a estas horas la policía española estará controlando las listas de pasajeros de los vuelos de Alitalia y de Iberia con Italia con todos los datos que le hayan podido suministrar en el restaurante.

—¿Dónde estará ese maldito libro? —El comandante Aarón Mayer golpeó fuerte con el puño encima de la mesa, los dos ceniceros que había sobre ella se movieron, agitando las colillas que tenían depositadas en su interior.

Alan Ringrose trataba de analizar la situación con Lee y Halifax, para exprimir hasta las últimas consecuencias de todo aquel entramado, después de tener noticia de la aparición del cadáver de Gorka Uribe, asesinado en un descampado de la Casa de Campo y de exponer todos los detalles de aquel asunto que parecía escapársele definitivamente de las manos, cosa que le costaba admitir. En Washington pedirían su cabeza, la de Lee y la de Halifax, y nadie podría determinar hasta dónde llegarían las últimas responsabilidades porque si el libro iba a parar a unas manos no deseadas las consecuencias eran de proporciones incalculables. Tal vez, pensaba Ringrose, no habían valorado suficientemente la importancia del asunto, ni planificado adecuadamente su actuación. Habían pretendido resolverla de una forma tan simple que pasase completamente inadvertida y se habían encontrado con un cúmulo de complicaciones. Lo que habían querido resolver por la vía del dinero —sin ningún tipo de restricciones, en eso habían sido claros y contundentes los tacaños de Washington—, resultaba que requería de otros procedimientos y de mayor infraestructura.

—Es muy poco lo que sabemos con seguridad. Lo que tenemos son dos asesinatos, que al parecer están relacionados con la posesión del *Libro de Abraham el judío*, el del librero y el del propietario de un restaurante de la vecindad que salió de su local con un par de sujetos que se presentaron como editores italianos procedentes de Milán. Estos editores conocían la existencia del libro y Uribe les informó de que el codiciado ejemplar había llegado de manera fortuita a manos del librero asesinado. Como no hemos sido nosotros los que hemos llevado a cabo esas muertes, la primera deducción es que hay otra gente interesada por el libro. Eso significa que nuestro planteamiento inicial de adquirirlo por el precio que fuese necesario pagar ya no es válido, puesto que hay más de un postor. Además, los otros han decidido actuar de otra forma. Ahora bien, además de nosotros, ¿cuántos están interesados en hacerse con ese libro después de estar tantos siglos en el olvido?

—¿Por qué hace usted esa pregunta? —requirió Lee—. ¿Cree que hay más gente interesada por el libro, además de los que han asesinado al librero y al del restaurante?

Ringrose contestó con otra pregunta:

—¿Y por qué piensa usted que los que han asesinado al librero y a ese tal Uribe son los mismos?

—Parece lo lógico, ¿no?

—Amigo mío, en este asunto me parece que hay pocas cosas lógicas, empezando por el mismo objeto que ha desencadenado estas actuaciones. ¿O acaso le parece a usted lógico que se pueda fabricar oro según la fórmula de un libro antiguo escrito sabe Dios cuándo y por quién?

—Ese no es mi papel en este asunto. No soy yo quien ha de determinar la validez de los datos que dicen que tiene ese raro ejemplar. Mi actuación está encaminada a conseguir el libro para nuestro gobierno. Esa es la misión que se nos ha encomendado. —Se mostraba como un competente funcionario que admitía sin vacilación las instrucciones que se le daban.

Ringrose se percató de que había pecado de ligero, y eso era algo que en la casa no se admitía. Decidió ser más ciudadoso y rectificar.

—He de darle toda la razón. Nuestra misión es hacernos con el libro, sin más preguntas. Decía que no creo que quienes han cometido los asesinatos sean los mismos. Los que asesinaron al librero buscaban el libro, y su búsqueda, que no debió de ser fácil, pues llegaron al asesinato, hubo de concluir de dos formas: o lograron su objetivo o no lo lograron. En el primer caso, ¿por qué matar a una segunda persona?

—Para quitar de en medio a un testigo, por ejemplo —replicó Halifax.

—En ese caso, lo hubiesen eliminado al mismo tiempo que al librero y, si hubiesen tenido alguna dificultad momentánea, desde luego no se hubiesen presentado en el restaurante, dándose a conocer, charlando y dejando numerosas pistas. No, no es posible. Le hubiesen esperado al cierre del restaurante, hubiesen entrado en su casa, como hicieron en el caso del librero, o hubiesen utilizado cualquier otro procedimiento.

—Supongamos que no consiguieron el libro, ¿podrían ser los mismos que mataron al librero los que siguen buscando el libro? —Ahora era Lee el que intervenía.

—Creo que hay que desechar esa posibilidad.

—¿Por qué? —preguntó Halifax inquieto.

—Por una razón muy simple, mi querido amigo —el falso cumplido fue dicho con la peor de las intenciones—, porque quienes presumiblemente mataron a Uribe, unos falsos editores italianos que abandonaron el restaurante con la víctima, eran los mismos que ayer por la mañana merodeaban en torno a la librería a eso de las diez, aparentando ser turistas. La descripción que nos ha dado Hoover encaja perfectamente con ellos. Esperaban, como nosotros, la apertura de la librería y descubrieron que el establecimiento tenía forzada la puerta. No fueron ellos quienes mataron al librero, porque en ese caso no lo hubiesen estado esperando. Además, hay otro dato. El forense señala que la muerte se produjo a eso de las cinco de la mañana, ¿qué hacían pues los supuestos asesinos, cinco horas más tarde, delante de la librería del muerto? Estamos en competencia con dos grupos en la lucha por conseguir ese libro y los dos están dispuestos a matar para lograr su objetivo.

Los agentes Lee y Halifax guardaron un discreto silencio. Durante un largo rato pareció que rumiaban aquella información. Ringrose dejó transcurrir el tiempo que consideró necesario y les desafió nuevamente.

—¿No me preguntan por esos grupos? ¿Quiénes pueden ser? ¿Cuál de ellos tiene el libro en su poder?

No tenía la respuesta a aquellas preguntas. A partir de aquel punto en el que establecía que eran dos, además de ellos, los grupos que andaban tras la pista del libro, se encontraba completamente perdido, pero era una manera de demostrarles que no solo era el jefe de la operación, sino que era más capaz y más inteligente que ellos.

Halifax iba a preguntar algo cuando unos suaves toques en la puerta del despacho anunciaron a alguien. Quien había llamado era la secretaria de Ringrose. Apareció murmurando un disculpa por la interrupción y con un papel en la mano. Era un fax, que entregó a su jefe:

—Perdone la interrupción, pero creo que es importante, señor Ringrose.

El responsable de la CIA en España leyó con atención las líneas impresas en aquel papel áspero y mate. Cuando concluyó dio las gracias a su secretaria y la autorizó a retirarse. Miró alternativamente a los dos agentes que tenía delante y, con sonrisa maliciosa, les dijo:

—Aquí está la confirmación de cuál es uno de los grupos que buscan el libro. Nuestra gente se ha movido deprisa. Los dos supuestos editores italiano son en realidad dos agentes del Mossad.

—¿Dos agentes del servicio secreto israelí? —Lee hizo una mueca.

—¿Cuál puede ser el interés del Mossad en este asunto? —preguntó Halifax.

—¿De verdad que no ven claro cuál es el interés de los judíos? ¿De veras no lo ven? —preguntó Ringrose con sorna.

—¡Claro! ¡Los judíos! ¡Su interés está relacionado con el autor del libro! Y tal vez... tal vez para ellos su contenido tenga un alto valor porque está relacionado con creencias, costumbres y tradiciones de su pueblo, transmitidas de padres a hijos, de generación en generación. ¡Claro que sí! ¡Eso es lo que explicaría su interés por la obra! —Las exclamaciones del agente Lee eran en realidad reflexiones en voz alta.

—En efecto —le interrumpió Ringrose—, esas son las razones por las que el Mossad quiere también hacerse con el *Libro de Abraham el Judío*. Pero sabemos mucho más. Sabemos, por ejemplo, que los dos agentes que llegaron a España, vía Milán, lo hicieron bajo los supuestos nombres de Paolo Senatore y Aldo Mancini, dos falsos editores italianos. ¡Maldita sea! ¡Son listos estos judíos! Mandan a dos agentes para hacerse con el libro y los hacen pasar por editores italianos. ¡Un camuflaje perfecto! Eso explica que Hoover nos dijera que los dos italianos no eran tales, que su castellano tenía inflexiones demasiado duras y que su aspecto no era el de unos cultivados empresarios cuyo negocio es imprimir libros y difundir la cultura. Ellos son los que acabaron con Uribe una vez que este les facilitó toda la información que poseía...

Se hizo un prolongado silencio, que nadie rompía. Los tres hombres estaban ensimismados en sus pensamientos.

—¿Cómo hemos obtenido toda esa información y cómo sabemos que responde a la realidad? —preguntó Lee con un fondo de duda perceptible en sus claros ojos azules.

—Ha sido la propia policía española la que nos ha puesto sobre la pista. Los españoles han dirigido su pesquisas sobre los dos editores italianos como sospechosos del asesinato de Uribe y, como no podía ser de otra forma, han averiguado quiénes son en realidad esos dos individuos.

—¿Por qué esos dos y no otros? ¿Serán cientos los italianos que han llegado a Madrid procedentes de Milán los últimos días? —Lee insistía en sus dudas.

—Porque son los dos únicos cuya reserva de vuelo había sido hecha por una editorial cuyo centro de operaciones está en Milán. La reserva estaba hecha a nombre de Paolo Senatore y Aldo Mancini.

—¿No podemos encontrarnos con que son dos editores italianos que vienen a España en viaje de negocios?

—No, no es posible. No existen en dicha editorial dos editores que respondan a ese nombre, la empresa además ha confirmado que ninguno de sus editores se ha desplazado a Madrid en los últimos días.

—Bien, ya sabemos que no son dos editores italianos, pero ¿qué nos lleva a concluir que son agentes del Mossad? —Lee intentaba atrapar a Ringrose en alguna contradicción.

—La razón es muy simple, mi querido amigo. —Otra vez sonó falso—. Si la editorial en cuestión no había adquirido aquellos pasajes, alguien debía haberlo hecho. Podían haber utilizado dicha cobertura, pero tal vez con las prisas se les escapó ese detalle. La adquisición de los billetes fue hecha por Sara Goldsmith, que es una de las azafatas de la compañía aérea El Al en Milán. Es pues una funcionaría de las líneas aéreas israelíes la que ha adquirido los pasajes para dos editores italianos que no existen en la nómina de la editorial, pero que están en España y que, casi con toda certeza, han matado al señor Uribe, que da la casualidad que era amigo y cliente del librero asesinado.

—¿Tenemos alguna posibilidad de saber dónde están alojados los del Mossad? —Quien ahora preguntaba era Halifax.

—En este momento no. —Ringrose parecía menos hostil—. Tal vez la policía española ya lo sepa, pues han estado investigando en hoteles, hostales y pensiones. Pero esa es una información que se nos escapa, al menos en estos momentos. No obstante, no creo que sea un dato de gran interés. Hemos de suponer que si los israelíes se alojaron en algún hotel esperando, al igual que nosotros, que podrían hacerse con el libro por un procedimiento menos complicado, a estas horas ya habrán volado de allí. No son tontos.

—En esta situación —Lee insistía—, ¿cuál es el camino

que deben seguir nuestras actuaciones? Conocemos los posibles motivos y la identidad de uno de los grupos interesados en el libro, pero si hay dos, ¿cuál es el otro? Además, ignoramos lo más importante de todo: ¿quién tiene el libro?

Ringrose no perdió la calma, al menos aparentemente.

—En mi opinión, las preguntas a las que debemos dar respuesta ahora no son esas, aunque desde luego nuestro trabajo ha de conducirnos, efectivamente, a saber quién tiene el libro. Pero para ello antes tendremos que conocer otras cosas, como, por ejemplo ¿qué sabía ese cocinero para que el Mossad fuese directo a él? Es muy probable que si conseguimos la respuesta a esa pregunta, lleguemos al núcleo de este asunto.

—Pues ese cocinero no podrá decirnos ni pío —afirmó Halifax.

—Efectivamente, su agudeza, Halifax, es digna de encomio. El pobre Uribe ya no podrá decirnos nada ni a nosotros ni a nadie —dijo Ringrose, poniendo en evidencia al agente con su ironía—, pero tal vez consigamos algo de su entorno. Su mujer, porque estaba casado, los trabajadores del restaurante, algún amigo... En todo eso estamos ya trabajando en estos momentos. Espero que —miró el reloj y por la expresión de su cara parecía estar haciendo cálculos— en las próximas horas pueda darles algún tipo de información al respecto.

Los dos agentes se levantaron. Abandonaban ya el despacho de Ringrose cuando este, como si fuese una nimiedad que había olvidado comentar en el transcurso de la reunión, les comunicó:

—El otro grupo que trata de hacerse con el libro es, casi con toda seguridad, una mafia rusa, para más señas georgiana, que opera aquí, en Madrid, y en la Costa del Sol. ¿Saben ustedes qué es la Costa del Sol?

Aquella venenosa pregunta, una auténtica maldad, fue

respondida con un sonoro portazo de despedida. Ringrose sonrió con malicia, mientras se decía a sí mismo: ¡Qué barbaridad estos blancos sureños! ¡Han perdido los modales y ni siquiera tienen interés en conocer cómo poseo esta información! Pulsó una tecla de uno de los teléfonos que tenía sobre la mesa. Al otro lado sonó la voz de su secretaria. Ringrose no perdió un instante.

—Dígale a Hoover que venga a mi despacho, inmediatamente.

El comisario Martín y su compañero Sansueña habían estado más de una hora cotejando toda la documentación e información verbal que a lo largo de aquella mañana había llegado a la comisaría, una vez que habían logrado determinar, con muy poco margen de duda, que los dos italianos que acompañaban a Gorka Uribe la última vez que se le había visto con vida eran Paolo Senatore y Aldo Mancini. Esa documentación les había revelado que en realidad eran agentes del servicio secreto israelí que habían llegado a Madrid hacía cuatro días en un vuelo de Alitalia que hacía el trayecto desde Milán a la capital de España, que con anterioridad habían volado desde Tel Aviv hasta la ciudad lombarda y que habían estado alojados hasta la tarde anterior en un aparthotel de la Gran Vía, donde tenían reservada habitación para varias noches más, habían alegado una urgencia para abandonar el hotel. Los empleados del mismo confirmaron ante los retratos robot que se trataba, efectivamente, de las mismas personas que habían estado con Gorka Uribe. La policía también tenía la razonable convicción de que no habían abandonado España por el aeropuerto de Barajas, ni por ningún otro. Se habían establecido controles muy rigurosos, con agentes especiales a los que se les había proporcionado los retratos de aquellos hombres, pero lo que les inducía a pensar que no habían abandonado España era que su presencia en el país estaba motivada por un objetivo concreto que, al parecer, no habían alcanzado. El comisario Martín estaba absolutamente convencido de que unos agentes del Mossad no abandonaban fácilmente una misión sin haber logrado el propósito de la misma:

—Estoy convencido, Sansueña. Estoy convencido.

Sansueña se encogía de hombros, mostrando su resignación.

—Que sí, hombre, que sí, que te lo digo yo. Que mi hermana está casada con un judío. Que yo conozco a mi cuñado y conozco a sus amistades. Son gente tenaz, capaces donde los haya. Son tozudos, pero a la vez ladinos. Estos tíos, aunque saben que si los pescamos les podemos endosar un asesinato, no se van así como así.

—Si tú lo dices... —Sansueña mantenía su postura resignada.

—Solo se marcharían en dos casos: si hubieran conseguido el libro de los cojones, o si tuvieran instrucciones de marcharse en determinadas circunstancias.

—Antonio, ¿tú te crees eso del libro?

—Mira, no me queda más remedio que creérmelo. Entre otras razones porque no tengo otro móvil y porque ese muchacho, ese estudiante de arquitectura, no tiene motivos para venir aquí a largarnos un rollo y la explicación que nos ha dado es convincente. Ahora mismo estamos comprobando detalles de su declaración, con toda discreción, para ver si encaja lo que nos ha contado.

—Oye, no serás tan...

—¡Tan cabrón! ¡Dilo, hombre, dilo!

—Pues sí, tan cabrón de poner al muchacho en un aprieto.

—Sansueña, el cabronazo eres tú al pensar que soy capaz de una cosa así. ¡Si le hemos dado al chico nuestra palabra de no meter las narices en la procedencia del libro, eso es tan sagrado y confidencial como cualquier fuente de información! ¡Estamos simplemente comprobando los detalles de su declaración, para verificarla y confirmarla! Aunque, como te he dicho, pienso que me parece razonable que haya querido colaborar, además así se queda tranquilo después de enterarse por la prensa de la muerte del librero y del restaurador vasco, pues él vendió el libro al primero en presencia del segundo.

En aquel momento el sonido del teléfono cortó la conversación. Martín cogió el auricular.

—¿Inspector Martín? —Era una voz de mujer.

—Al aparato.

—Un momento, por favor, le paso al comisario Chinchilla.

—¿Martín?

—Sí, soy yo, Chinchilla, ¿has averiguado algo?

—Sí, señorito. Parece ser que tu pollo es legal. Es cierto que su padre es encargado de obras de una empresa que efectivamente se llama Germán Arana, S. A., que está construyendo un complejo de aparcamientos, un centro comercial y viviendas en pleno centro de Toledo, en el mismísimo casco histórico, y que el derribo de los inmuebles que allí había se hizo hace pocas fechas. Parece ser que tuvieron que resolver muchos problemas con los de Cultura, que para esto son un verdadero coñazo. ¿Quieres algo más?

—Nada más, caballero. Gracias por todo.

—De gracias nada, ¡me debes una cerveza con pincho!

—¡Hombre, eso está hecho! ¡Un abrazo, Ramón!

—¡Otro para ti, Antonio!

Cuando Martín hubo colgado, su rostro reflejaba la satisfacción por el avance que habían conseguido con aquella información.

—Todo encaja, Sansueña. El chico es quien dice ser y efectivamente, el *Libro de Abraham el Judío* ha podido aparecer en el derribo. El padre lo encontró, se lo regaló al hijo y este lo ha hecho billetes. Podrían buscarnos información sobre el libro. Ahora, la pregunta es: ¿qué coño tendrá ese libro para que ya tengamos dos fiambres a cuenta del mismo?

—No es mala idea. Le digo a Góngora que se encargue de eso, que para algo tiene nombre de novelista.

—De novelista no, de poeta.

—¡Bueno, Martín, de lo que sea! ¡Que se encargue Góngora!

Martín fue a informar al comisario Vallejo de los avances habidos en la investigación.

21

Ante la situación en que se encontraba, Andréi sabía muy bien que solo le quedaba un camino que tomar. Mijaíl le había dado tres días para resolver el problema, y sabía lo que aquello significaba, lo sabía de sobra. Durante tres días, el oso georgiano no le interrumpiría en su actividad, ni siquiera le preguntaría, Mijaíl pasaría esos tres días con Tatiana Grunova, haciendo gala, una y otra vez, de sus portentosas capacidades sexuales. Pero nadie sabría lo que realmente pasaría por su cabeza durante aquellos tres días. Cuando el plazo hubiese expirado, le llamaría y le pediría el libro. Si se lo entregaba, le daría un abrazo que le haría crujir las costillas, beberían, comerían, cantarían y celebrarían el acontecimiento. Si no se lo daba lo mataría, sin pestañear: la única duda que podía albergar al respecto era si lo haría él personalmente o delegaría ese trabajo a alguno de sus dos matones, los que le habían acompañado desde Tiflis.

Sabía también que Garín no se conformaría con una solución a medias. No había salido de su cubil y venido a España para un parche. Había venido para llevarse el libro y no le serviría otra cosa. Andréi no paraba de dar vueltas a esa idea. Estaba sentado, en tensión, en el borde de un desvencijado sillón en el salón de un piso del popular barrio de Vallecas y se maldecía por haber actuado con tanta ligereza. Se había sentido tan exultante con una operación como aquella que había querido ofrecérsela a su jefe como su máximo triunfo, como la culminación de sus servicios. Y se había precipitado. No había calculado bien sus posibilidades, que creyó absolutas, y ahora se encontraba metido en un callejón del que tenía, a toda prisa, que encontrar una salida. Una salida para su propia vida, porque era su pellejo el que estaba en juego.

Marcó un número de teléfono como quien se aferra a la última posibilidad de mantenerse con vida y concertó una cita allí mismo, en el piso donde se encontraba. Se vería dentro de una hora con el individuo al que había llamado. Como no tenía mejor cosa que hacer se dispuso a esperar sin que la tensión le abandonase. Se sirvió una generosa ración de vodka de una botella que tomó de un mueble bar que había allí. Los minutos transcurrieron lentos, pesados, monótonos. Llegó la hora de la cita, sin que la otra persona apareciese. Para calmarse se sirvió otro vodka, era el tercero, y continuó la espera, cada vez más tenso.

Miró una vez más, nerviosamente, el reloj, para certificar lo que sabía desde hacía veinte minutos, que la visita se estaba retrasando. ¿Se estaba retrasando? O sencillamente no iba a ir. No, no podía ser, su relación con la persona a quien esperaba era demasiado larga en el tiempo e intensa como para que le dejase en la estacada. John podría retrasarse, pero era seguro que acudiría. Había acudido siempre. Aunque era cierto que nunca se había retrasado. Siempre había sido puntual. Llegaría, seguro que llegaría. Tendría una explicación para su tardanza.

Su cabeza era un torbellino de ideas que afloraban y a continuación desechaba con la misma rapidez que pasaban, como relámpagos, por su cerebro, y debido a ello tenía los sentidos embotados y alterados cada vez más. Había pasado ya una hora de la que habían fijado para aquel encuentro, cuando sonó el timbre de la puerta. Andréi tenía los nervios a flor de piel. El timbrazo le sobresaltó porque ya casi no lo esperaba. Mientras caminaba por el oscuro y largo pasillo de la vivienda era presa de diversas sensaciones. La alegría de saber que al fin había llegado la única esperanza que tenía y a la que se agarraba como a un clavo ardiendo; pero también la irritación por haberle tenido esperando una larga hora. Cuando abriese la puerta, no sabía si le daría una bofetada o un abrazo.

Sin embargo, cuando abrió la puerta, su mente se quedó en blanco. Quien había hecho sonar el timbre no era quien él esperaba. Apareció una mujer a la que no había visto en su vida. Tardó varios segundos en reaccionar ante la sorpresa recibida. La mujer se percató del impacto que su presencia producía en aquel hombre y fue la que tomó la iniciativa.

—¿Es usted Andrés?

—Sí, sí... yo soy Andréi. ¿Qué ocurre? ¿Por qué está usted aquí?

—Tranquilícese, hombre, tranquilícese usted.

—Es que... es que... yo esperaba a otra persona.

—Usted esperaba a un chico joven, con el pelo negro, lacio y largo, que creo que se llama John...

—Así es, señora. Yo a quien espero es a John. —Andréi trataba de recuperar la calma y de hacerse con aquella inesperada situación.

—Pues verá usted. Yo no conozco de nada a ese John. Solo sé que venía hacia aquí, donde había quedado con usted. Venía en una moto y ha tenido un grave accidente, dos manzanas más arriba. Se lo han llevado en una ambulancia a un hospital, al Ramón y Cajal, creo. El muchacho va muy mal, ha estado mucho rato inconsciente a causa del golpe. Después ha recuperado el conocimiento, pero decía cosas extrañas, desvariaba. Hasta que han llegado los de la ambulancia y le han prestado los primeros auxilios. Varias personas le hemos atendido como buenamente hemos podido. Cuando se lo llevaban nos ha dicho que alguien viniese aquí, a esta dirección, para decirle a usted lo que ha ocurrido. Eso es lo único que se le ha podido entender. Yo me he encargado de ello y por eso he venido. He estado con él hasta que la ambulancia se lo ha llevado. Siento mucho lo que ha pasado, ¿es usted un familiar?

A Andréi se le había demudado el rostro. Se había puesto tan pálido que parecía como si no tuviese vida. Apenas tuvo fuerzas para tartamudear:

—¿Hace... hace mucho rato de eso?

—Creo que unos tres cuartos de hora o así. Tal vez una hora. ¿Es usted de la familia? —repitió.

—No, señora, no. Pero como si lo fuera. Me ha dicho que le han llevado ¿a qué hospital?

—Al Ramón y Cajal, creo. ¿Necesita usted algo? Porque, verá, tengo que marcharme... y se me hace tarde.

—Nada, nada... muchas gracias por el aviso. Ahora mismo cogeré un taxi e iré al hospital. Le repito las gracias.

La mujer dio media vuelta y pulsó el ascensor para bajar a la calle, desde la sexta planta. Andréi quedó largo rato inmóvil en el umbral de la puerta. Su rostro había cambiado de tonalidad, ahora se había vuelto gris ceniciento, y unas profundas ojeras, más oscuras aún, cercaban la parte inferior de sus ojos. Tenía un aspecto tan cansado que cualquiera hubiese dicho que acababa de realizar un duro y prolongado esfuerzo. Cerró la puerta y se apoyó en la pared, anonadado, dejándose caer hasta el suelo. Igual que le había ocurrido durante los largos minutos de espera, por su cabeza desfilaban ideas, conjeturas, pensamientos... todos negros como los nubarrones de una tormenta. Eso era precisamente lo que tronaba en su cabeza: una tormenta.

Perdió la noción del tiempo que permaneció, inmóvil, con el rostro contraído con un rictus de amargura, en aquella posición. Le costaba trabajo respirar y la garganta se le había secado tanto que la escasa saliva que era capaz de segregar no lograba humedecerla. Eran cerca de las dos cuando reaccionó. Estaba cansado, tenía la musculatura de todo el cuerpo dolorida, como si hubiese hecho un esfuerzo brutal. Con paso titubeante se dirigió a la cocina, cogió la botella de vodka, se sirvió una ración generosa y sin titubeos se la bebió de un trago. La entrada, casi violenta, del vodka en su organismo le produjo una sacudida. Por primera vez en muchos minutos se encontró en condiciones de tomar una decisión: buscar en la guía telefónica el número de urgencias del hospital adonde habían llevado a John para conocer en qué estado se encontraba. Anotó el número en un papel y abandonó el piso. No quería hacer aquella llamada desde el teléfono de la casa. Buscó una cabina y con mano trémula marcó los nueve dígitos correspondientes. Tuvo que hacerlo hasta siete veces porque las seis primeras el número de las urgencias hospitalarias del centro donde estaban asistiendo a John comunicaba. Por fin escuchó una voz de mujer que sonaba metálica a través del auricular.

—Urgencias, ¿dígame?

—Verá, señorita, desearía saber el estado en que se encuentra un herido que ha ingresado esta mañana, víctima de un accidente.

—¿Cuál es su nombre? —El tono era rutinario, profesional.

—¿Mi nombre dice?

—¡El suyo no, el del herido!

Seré gilipollas, pensó.

—Ah... ya... perdone, pero es que los nervios... Se llama John... John... Pero no puedo decirle el apellido.

—¿No sabe el apellido?

Andréi había mantenido con John una larga y en ocasiones intensa relación, pero ahora reparaba en que no conocía su apellido, ni maldita falta que le había hecho... hasta aquel momento.

—No, señorita, no lo sé. Pero supongo que no habrán entrado muchos heridos de accidente esta mañana con el nombre de John. En inglés, jota, o, hache, ene —deletreó.

—Espere un momento, por favor.

Transcurrieron pocos segundos, pero a Andréi le parecieron muchos más, tantos que introdujo otra moneda en la ranura del teléfono por puro nerviosismo. Empezaba a impacientarse cuando otra vez sonó la voz metálica de aquella mujer.

—¿Oiga? ¿Oiga?

—Sí, dígame, dígame.

—Verá, efectivamente esta mañana ha entrado un herido grave a causa de un accidente que se llama John Guinard, es el único John que ha entrado esta mañana por urgencias. Lamento decirle que el señor John Guinard ha fallecido como consecuencia...

A Andréi se le cayó el auricular de la mano.

—¿Oiga, oiga? —Luego sonó un clic y una señal intermitente como si la línea estuviese comunicando.

Conforme se alejaba de la cabina telefónica, Andréi se iba maldiciendo por no haber aceptado la primera oferta que John le hizo cuando le planteó la venta de una copia fotográfica de primerísima calidad con todo el contenido de aquel libro. Le había pedido la suma de cien millones de pesetas puestos en una cuenta codificada en un banco suizo, una identidad falsa y olvidarse de él de por vida. Le indicó que con aquella operación se jugaba la vida. Todo aquello que entonces le pareció exorbitante, por los riesgos que corría de sufrir algún engaño, aunque él personalmente no tenía motivos para dudar de John, era ahora, cuando su vida estaba en peligro, una ridiculez. Se maldecía a sí mismo, una y otra vez, por haberse negado a aquel trato y empeñarse en conseguir el ejemplar original, y maldecía a John por su afición a las motocicletas, a la velocidad y al riesgo innecesario con aquellas malditas y ruidosas máquinas. Un accidente a destiempo se había llevado todas sus esperanzas.

Aquel imbécil, que ahora yacía en una cámara frigorífica de la morgue de un hospital madrileño, le había comunicado cuando le llamó para reabrir la negociación de las fotografías que ni tenía la copia, ni los negativos, pero que si se mostraba «razonable» en la reunión que habían concertado, y que ahora ya no se celebraría, tal vez pudiese conseguir algo. Ya lo creo que se habría mostrado «razonable», todo lo razonable que hubiese deseado el norteamericano. Ya tendría luego tiempo de darle «razones», unas «razones» que nunca olvidaría, porque para entonces ya no le habría sido posible olvidar.

En pocos minutos Andréi había envejecido varios años. Sentía un cansancio infinito en su cuerpo y en su mente. Se había esfumado la esperanza a la que se había agarrado como a un clavo ardiendo desde que Garín le había planteado aquel ultimátum.

Alan Ringrose había dedicado aquella mañana, mientras recibía información sobre Gorka Uribe y sus relaciones, a planificar las actuaciones que había de poner en marcha. En ello estaba cuando su secretaria le interrumpió, a eso de las dos de la tarde, para comunicarle una triste noticia: John Guinard, que realizaba para la Embajada servicios de fotografía y reprografía, había sido ingresado en un hospital, el Ramón y Cajal, como consecuencia de las graves heridas que le produjo un accidente, cuando un coche embistió a su moto en un cruce de calles, en el popular barrio de Vallecas. Poco después de haber ingresado en el hospital, donde llegó en muy mal estado, falleció en la mesa de operaciones de uno de los quirófanos del centro hospitalario porque el traumatismo craneal que sufría había afectado de forma grave el cerebro y los médicos no pudieron hacer nada. El jefe de la CIA en España apenas si se alteró por la noticia que su secretaria le daba y que significaba la muerte de uno de los hombres que estaba directamente a su servicio y había realizado numerosos trabajos para él. Ni siquiera levantó la vista de los papeles en los que estaba trabajando. Con una frialdad pasmosa se limitó a preguntar:

—¿Qué es lo que estaba haciendo Guinard en Vallecas a esa hora?

Su secretaria no pudo responderle. Sin embargo, el quedarse sin respuesta fue algo que pareció no importar mucho a quien la había formulado. En realidad, lo que había hecho era más una especie de comentario frío en el que dejaba entrever que tal vez no habría muerto si no hubiese estado allí. Ringrose, que no había cesado de trabajar en ningún momento, continuó enfrascado en el asunto que tanto reclamaba su atención. En vista del panorama, la secretaria abandonó el despacho en silencio y cerró la puerta procurando no hacer ningún ruido.

Alan Ringrose había conseguido una valiosa información para acercarse al nudo de la maraña en cuyo extremo final se encontraba el *Libro de Abraham el Judío*. Sin embargo, estaba aún muy lejos, o al menos eso era lo que él pensaba, de alcanzar su objetivo. Los problemas más graves a los que en aquel momento se enfrentaba derivaban de que en Washington se habían puesto muy nerviosos al tener conocimiento de las complicaciones surgidas. Con el paso de las horas la situación no había hecho sino empeorar, y desde aquella misma mañana, además de nerviosos, los burócratas de la capital federal estaban preocupados por el cariz que había tomado aquel asunto. En aquellos momentos la Operación Abraham —así era como la habían bautizado— tenía máxima prioridad y todo un equipo de expertos volaba ya hacia Madrid. La orden dada a los ocho hombres que integraban la expedición era que tenían que conseguir el libro a cualquier precio. Tomarían tierra en el aeropuerto madrileño sobre las cinco de la tarde.

Hacía dos días que Ringrose había enviado a Washington, por una línea blindada de correo electrónico, las fotografías del libro y las copias de los legajos que Andrews le había facilitado relativos a lo ocurrido con don Jerónimo de Armenta en la ciudad de Sevilla durante los años 1624 y 1625. Era el tiempo que había necesitado el equipo de ingenieros y químicos que se habían hecho cargo del material para elaborar un detallado informe en el que se afirmaba, sin ninguna concesión a la duda, que era posible fabricar oro a partir de metales pobres con unos ínfimos costos de producción. En el mencionado informe señalaban que técnicamente el procedimiento era posible. Es más, se podía calificar al mismo como de impecable. No habían ahorrado en alabanzas hacia la figura del canónigo toledano que había vivido hacía quinientos años y había logrado fabricar oro con medios muy rudimentarios. Las notas marginales les habían puesto sobre la pista de la transmutación, aunque le faltaban datos básicos. La revelación más importante se produjo, sin embargo, cuando descifraron el mensaje en clave que había en la última página y que firmaba Diego de Armenta. Para los técnicos en descodificación, ayudados de potentes ordenadores, no resultó difícil poner en claro el texto cifrado.

Lo que aquel mensaje decía era que había un pergamino oculto entre la guarda y la tapa posterior del libro y que en ese pergamino se explicaba, paso por paso, el procedimiento para la obtención del oro. Un procedimiento que, sin embargo, los expertos no podían aclarar en su totalidad con las anotaciones marginales escritas en latín.

Urgían desde Washington una fotografía del pliego oculto en la guarda del libro para desvelar el proceso. El informe recogía la dificultad que encontraban para desvelar los conocimientos que contenía el libro y que el canónigo español había interpretado. Allí los científicos reconocían haberse perdido. Aquellos saberes escapaban a sus conocimientos y se encontraban perplejos y desconcertados.

Aquel informe había llegado a la Casa Blanca y activado todas las alarmas. El secretario de Finanzas de la Administración norteamericana y el presidente de la Reserva Federal, nada más tener conocimiento del mismo, hicieron saber al presidente las consecuencias que podrían derivarse del hecho de que alguien pudiera fabricar oro sin control. Ambos coincidían en que sería un desastre, cosa que influyó de forma no despreciable en la alarma desatada, porque de todos era conocido el enfrentamiento que sostenían los dos máximos responsables de las finanzas del país más poderoso de la tierra a la hora de hacer valoraciones en la materia que a ambos competía: «Sería el caos monetario, el hundimiento de los mercados financieros, y el colapso del orden económico mundial. El comercio internacional entraría en una parálisis irreversible, lo que acarrearía, por ejemplo, la falta de suministros de materias primas a los países industrializados con la consiguiente paralización de la industria en un plazo no superior a cuatro semanas. Después vendría el desabastecimiento de los mercados de consumo, amén de la falta de crédito en los sistemas de pago. Llegaría el hambre, el frío y la muerte en amplias zonas del planeta. Los efectos serían tanto más demoledores cuanto mayor fuese el grado de desarrollo y de bienestar social existente en la zona.»

El presidente de la Reserva Federal norteamericana, un

hombre a quien se conocía en el mundo financiero por su realismo pesimista, había espetado al presidente:

—Señor presidente, si alguien pudiese fabricar oro sin control, como parecen sugerir nuestros científicos, se produciría una hecatombe de tales proporciones que la humanidad retrocedería mil años en poco tiempo.

Las órdenes que habían partido del mismísimo despacho oval no admitían ninguna duda ni interpretación.

—Hay que conseguir ese libro y ese pliego explicativo sea como sea y asegurarnos de que nadie, absolutamente nadie, tiene una copia.

Con un panorama así Ringrose no estaba para duelos en aquellos momentos. El agente de la CIA estaba atando todos los cabos posibles a partir de la información recibida. Sabía sin ningún margen para la duda que el dueño de La Marmita Bilbaína llevaba un tiempo soportando graves apuros financieros. Sabía también que el señor Uribe se había visto obligado a despedir a parte del personal de servicio de su establecimiento y que las personas que continuaban trabajando tenían problemas cada mes para cobrar sus salarios. Sabía también que el señor Uribe había entrado en tratos con gentes poco recomendables y que desde hacía algunos meses se habían visto por el local, en diferentes ocasiones, a estas gentes, que se comportaban de manera extraña y prepotente. Su actitud era la de considerarse los dueños del establecimiento. Los empleados de La Marmita Bilbaína habían coincidido en que el señor Uribe, que de natural no hubiera admitido, ni por asomo, insolencias como las que se permitían aquellos sujetos, parecía acobardado ante ellos. Allí había algo raro. No pudieron aportar mayores datos, pero abrieron el camino para husmear en aquella dirección.

Mucho más efectiva fue la información que aportó la mujer del asesinado, a la que visitaron Hoover y otro agente la misma mañana en que había aparecido el cadáver de su esposo. Se presentaron en el domicilio conyugal como inspectores de policía. Ringrose sabía que estaban arriesgando mucho con una iniciativa como aquella, pero ante el rumbo que tomaban los acontecimientos habían decidido apostar fuerte. Desde luego, habían tomado todas las medidas de precaución que estaban a su alcance. Eran conscientes de que en cualquier momento, sin que transcurriese mucho tiempo, la policía española aparecería también por el domicilio del difunto. Por ello, en la calle donde estaba este, colocaron a un tercer hombre en el interior de un coche aparcado frente a la fachada que debía alertar a Hoover haciendo sonar una vez su móvil, en caso de que sospechase que la policía hacía acto de presencia. Sería la señal para que finalizara su actuación.

Hoover, cuyo castellano era perfecto, sin acento, y cuyo aspecto físico le podía hacer pasar perfectamente por español, pudo comprobar muy pronto que la viuda de Uribe estaba poco afectada por la muerte de quien en vida había sido su marido. Supo, porque ella misma se lo contó sin que se lo preguntara, que el matrimonio estaba tramitando los últimos detalles del divorcio y que, aunque todavía vivían bajo el mismo techo, hacían vidas separadas. Como no tenían hijos el proceso iba rápido, ya que la pareja deseaba perderse de vista mutuamente lo antes posible. La viuda de Uribe, que se llamaba Almudena y era profesora de lengua y literatura españolas en un instituto de enseñanza secundaria, confirmó con su declaración punto por punto las extrañas relaciones de su marido con aquellos individuos y además aportó nuevos y valiosos datos acerca de los «prestamistas». Así fue exactamente como los denominó. Pero se mostró mucho menos locuaz con aquel asunto que cuando se había hablado de su propia vida. Le comentó que sabía bastantes cosas acerca de la siniestra relación que Gorka mantenía desde hacía cierto tiempo, pero que no quería complicaciones con una gente como aquella. A base de tenacidad Hoover consiguió información muy valiosa. Hubo suerte porque el teléfono que llevaba en el bolsillo superior de su camisa no sonó en la media hora que estuvo hablando con la viuda.

Cuando los agentes de la CIA que habían suplantado a la policía española salían a la calle sabían que los prestamistas eran rusos. Que eran gentes que pertenecían a una de las numerosas mafias rusas asentadas en España y que operaban sobre todo en Madrid y en la Costa del Sol. Sabían también que el jefe de aquellos individuos se llamaba Andréi. Aquella mujer le facilitó dos números de teléfono a los que el difunto Uribe llamaba cuando hablaba con los «prestamistas», uno de ellos tenía el prefijo 91, lo que significaba que era un teléfono de Madrid y otro tenía el prefijo 952, que era el de los teléfonos de la provincia de Málaga.

Pero la más valiosa información que habían conseguido era que la última vez que vio a su marido estaba más colérico que de costumbre. Cuando ella regresó a mediodía de dar sus clases, se sorprendió de encontrarle aún en casa, cosa que no era habitual, pues cuando ella llegaba él solía haberse marchado ya al restaurante. Uribe no se había dado cuenta de que había entrado. Estaba hablando acaloradamente con alguien en el salón de la casa. La mujer se acercó sin hacer ruido hasta el lugar de donde procedían las voces. Estaba a punto de decir algo cuando escuchó a su marido que gritaba muy alterado:

«¡Si no le hubieses matado no tendríamos ahora este problema!»

No escuchó ninguna respuesta a aquellas terribles palabras que la dejaron paralizada y sin respiración.

Algo debieron de contestarle a su marido porque después insistió de nuevo:

«¡Te lo dije muy claro, Andréi! ¡Que no le mataras!»

Hubo otro largo silencio.

—Solo entonces me di cuenta de que Gorka estaba hablando por teléfono —le dijo la mujer a Hoover—. Se despidió con un «Está bien, Andréi, está bien» y colgó el auricular con tal fuerza que pensé que habría roto el aparato.

Almudena Climent había retrocedido instintivamente de forma sigilosa, invadida por una terrible sensación de pánico al escuchar lo que había oído. Sin abrir la boca, decidió salir de la vivienda sin hacer ruido. Tuvo suerte en su propósito porque su marido no se movió de donde estaba después de haber colgado el auricular. Una vez fuera, agitó las llaves, abrió la puerta de forma ruidosa, taconeó en el suelo con estruendo y caminó pasillo adelante. Cuando llegó al salón, aparentó sorpresa al encontrarse allí con su marido: «¡Ah, pero todavía estás aquí! ¿Aún no te has marchado?», dijo. La respuesta fue desagradable, pero reconfortante porque le indicaba que Gorka no se había percatado de su anterior presencia: «¡No, no me he marchado! ¿Pasa algo? Esta es mi casa, ¿no? ¡Dedícate a lo tuyo y déjame en paz.»

—Me fui a la habitación que desde hacía varios meses me servía de dormitorio, me cambié el traje de calle que llevaba puesto por ropa de casa más cómoda. Me vino muy bien porque de esa manera no se dio cuenta de mi estado de agitación. Aunque tal vez no lo hubiese observado porque hacía mucho tiempo que ni me miraba. Además estaba ofuscado, con la mirada como perdida, ausente... en otro lugar. Después, me fui a la cocina. Todavía temblaba por lo que había escuchado. Le oí revolver en el secreter del salón, como buscando algo. Algún documento, algún papel. No sé si lo encontró, pero podía percibir su estado de ánimo por los ruidos que hacía. Estaba nervioso. Poco después se marchó sin pronunciar palabra, dando un sonoro portazo. No le he vuelto a ver. —Hoover recordaba que fue entonces la única vez que asomó un destello de pena en los ojos de Almudena Climent.

Después, la profesora de literatura le contó que en una

de las pocas conversaciones que había mantenido con su marido en los últimos días, fuera del tema del divorcio, le había confirmado que existían referencias muy antiguas sobre un denominado *Libro de Abraham el Judío*, pero que todos los datos que se tenían eran fragmentarios. Que algunas noticias, efectivamente, señalaban que el extraño libro contenía saberes tales que permitían fabricar oro si se conocía la clave para interpretarlos. Y es que entre las páginas de ese libro se encontraba el camino de los iniciados para obtener la piedra filosofal.

—La verdad es —le dijo Almudena Climent— que no presté mucha atención al asunto. Tal vez porque instintivamente no me interesaba nada que estuviese relacionado con él. ¡A tal situación había llegado nuestra relación! Quizá también debió pasar por mi cabeza el que mi marido era amigo de Manuel Ruiz, un librero de viejo que tenía su tienda en la misma plaza donde estaba el restaurante. Gorka tenía interés por determinados libros. Ese interés fue, precisamente, una de las razones clave para iniciar nuestra relación cuando nos conocimos.

—¿Qué pensó usted cuando escuchó lo que su... su... marido decía por el teléfono? —preguntó Hoover a la viuda, una mujer madura, a quien todavía no había abandonado la juventud, ni el atractivo físico. No era guapa, pero tenía una elegancia natural y un atractivo difícil de definir.

—Recuerdo que en aquel momento tuve una terrible sensación de miedo... Más que miedo fue terror lo que recorrió mi cuerpo y no pensé nada. Fue poco después, al escuchar las noticias de la radio mientras comía y enterarme de que había aparecido brutalmente asesinado el librero amigo de mi marido cuando comprendí el verdadero sentido de aquellas palabras.

Una hora después de que los agentes de la CIA hubiesen abandonado el piso del difunto Uribe, llamaban al timbre del mismo. Era la policía española. Los inspectores Martín y Sansueña expresaron a la flamante viuda de Gorka Uribe su pesar por la muerte de su esposo y lamentaron tener que hacerle una serie de preguntas en aquellas circunstancias, pero era de máxima importancia conocer algunos detalles para tratar de esclarecer las desagradables circunstancias en que se había producido su muerte. Almudena Climent no daba crédito a lo que escuchaba:

—¡Pero cómo! ¿Que ustedes son la policía?

—Así es, señora —contestó Martín exhibiendo su placa de inspector.

—Entonces... entonces... —Almudena Climent estaba desorientada, aturdida.

—Por favor, señora, quiere usted explicarnos qué ocurre.

La viuda de Uribe les contó excitada la visita que acaba de recibir y que había atendido como agentes de policía. Martín y Sansueña intercambiaron una mirada significativa y pidieron a la mujer que les contase todo lo ocurrido. Almudena Climent, a la que hubieron de tranquilizar, les contó la visita que había recibido hacía una hora y describió a los falsos policías. Luego repitió lo mismo que hacía poco rato había contado a aquellos individuos. Tal vez no empleó las mismas palabras, pero la información que salió de sus labios fue la misma en los dos casos, sin variar un solo detalle.

Cuando Martín y Sansueña abandonaron la casa, aunque no tenían ninguna sospecha acerca de la viuda de Uribe, tenían un mal sabor de boca al saber que había otros interesados en aquel turbio asunto y que, por la descripción que les acababan de hacer, no eran los agentes del Mossad. Aquel mal sabor de boca no entraba en contradicción con su estado de ánimo, estaban exultantes, pues la información que les había dado era más importante que todo lo que habían conseguido hasta aquel momento y, por si fuera poco, quedaba establecida la relación entre los dos asesinatos y determinado en gran medida el móvil que había desencadenado todo el asunto. El origen de todo estaba en aquel extraño libro acerca del cual Almudena Climent les había contado algunas cosas. Martín se acordó de que había encargado al inspector Góngora que averiguase todo lo posible acerca del mismo. Sacó el móvil y marcó un número.

—¿Góngora? Soy Martín... ¿Qué te parece si nos vemos dentro de media hora en la comisaría y me cuentas lo que has averiguado del libro del Judío...?

—¿Que tienes mucho material...? Sí... sí... Eso es estupendo... Vale... Vale... Nos vemos ahora.

22

El inspector Martín no pudo irse a almorzar después de que Góngora le ilustrase sobre el *Libro de Abraham el Judío* porque el comisario Vallejo, al que había informado nuevamente, le dijo que se había recibido una llamada del Ministerio del Interior en la que le indicaban que no abandonase la comisaría, que llamarían en cuanto fuese posible. Preguntó cuándo sería eso, pero el comisario le dijo que no le podían precisar la hora. Martín indicó que le llamasen a su teléfono móvil, pero su superior le respondió que desde el ministerio utilizarían una línea de seguridad. El comisario se marchó a almorzar, mientras los dos inspectores permanecieron en la comisaría a la espera de que se produjese la anunciada llamada.

Cuando dieron las cuatro sin que la misma se hubiese producido Sansueña decidió salir a por unos bocadillos y unas latas de cerveza. Aún no había regresado cuando sonó el teléfono de la línea de seguridad. Martín se abalanzó sobre él. No le dio tiempo a sonar nada más que una vez.

—Inspector Martín al habla. ¿Dígame?

—¿Inspector Martín?

—Sí, soy yo.

—Ministerio del Interior. No se retire.

Transcurrió un buen rato antes de que escuchase otra vez una voz. Ahora quien le hablaba era una mujer.

—¿Inspector Martín?

—Sí, sí, soy yo. ¡Dígame!

—Buenas tardes, inspector. Un momento que le paso con el despacho del señor director general.

Pican alto, pensó Martín mientras aguardaba a que sonase la voz del subdirector general. ¿Qué será lo que quieren?

—¿Inspector Martín? —La voz sonó autoritaria.

—Al aparato.

—Le paso al señor director general.

¡Coño, cuánta gente!, pensó Martín.

En aquel momento Sansueña entró en el despacho. Iba a decir algo, pero se dio cuenta de la situación. Martín le hizo un gesto significativo, poniendo la punta del dedo índice de su mano libre en los labios.

Estaba recibiendo la llamada que les había tenido paralizados allí más de tres horas, aunque no habían perdido el tiempo, ya que habían analizado todos los detalles de la información que Góngora les había dado sobre el *Libro de Abraham el Judío*. Sansueña dejó con cuidado la bolsa con los bocadillos encima de la mesa y sacó de otra bolsa dos latas de cerveza, las abrió tirando con suavidad de la anilla de apertura y colocó una delante de su compañero, que asintió con un movimiento de cabeza mientras que él daba un pequeño sorbo a su bebida.

—Inspector, soy el director general. Me alegro de saludarle. —La voz de aquel hombre sonaba cálida y envolvente.

—¡A sus órdenes, señor! Creo que desea algo de mí.

—Así es, Martín. —Ahora le llamó por su propio nombre.

—Pues usted dirá, señor director general.

—Verá usted, Martín, según nuestros informes está usted investigando un caso de asesinato, aunque en realidad, son dos los asesinatos que en este momento investiga usted, ¿no es así?

—Así es, señor, son dos asesinatos, y tenemos pruebas que nos indican que ambos están relacionados.

—¿Podría decirme quiénes son las personas asesinadas?

—La voz era cordial, amigable.

A Martín le sorprendió la pregunta. Estaba seguro de que el director general sabía quiénes eran. Sin embargo, no hizo ningún comentario y respondió con rapidez.

—Se trata, señor, de un librero llamado Manuel Ruiz, que apareció muerto de un tiro en su propio domicilio. Antes de matarle lo habían torturado. Tenía su negocio, una librería de viejo, en la plaza de las Descalzas. El otro muerto es el dueño de un restaurante de la misma plaza que se llamaba Gorka Uribe. Apareció muerto veinticuatro horas después en la Casa de Campo. Le habían partido el cuello. Ruiz y Uribe no solo eran vecinos, sino que les unía cierta relación de amistad.

—¿Está usted seguro de que hay una relación entre esas dos muertes? —La voz se había endurecido.

—Sí, señor, estamos seguros que existe esa relación.

—En ese caso, tendremos ya pistas lo suficientemente fiables sobre el móvil de estos asesinatos.

—Así es, señor.

—Y... ¿cuál es ese móvil, según usted?

—Un libro, señor director general. —Puso énfasis en las dos últimas palabras—. Un libro es el móvil de esas muertes.

Se hizo el silencio en la línea telefónica. A Martín le sorprendió no haber escuchado una exclamación de sorpresa del tipo de: «¿Ha dicho usted un libro?» o «¡Qué es lo que me está diciendo usted!» Dedujo rápidamente que el director sabía ya la respuesta, pese a todos los rodeos que estaba dando con sus preguntas. Estaba dudando si la comunicación se había cortado por lo prolongado del silencio. Empezaba a preguntarse si debía decir algo cuando escuchó otra voz, que no era la del director.

—¡Aguarde un momento, no se retire!

Tapó el micrófono del auricular con la mano, dio un largo sorbo a la cerveza y miró con deseo la bolsa de los bocadillos, pero se contuvo. Se limpió los labios con el dorso de la mano y le comentó a Sansueña:

—¡Qué coño querrán estos ahora!

Sansueña se encogió de hombros y apostilló con mucha calma:

—Jodernos, seguro que lo que quieren es jodernos.

—¡Inspector! —Otra vez fue la voz autoritaria la que sonó al otro lado del teléfono.

—Sí, ¿dígame?

—¡Véngase inmediatamente para la dirección general! ¡Inmediatamente! —Y escuchó el clic que le indicaba que habían colgado.

—¡Será hijo de puta, este cabrón!

—¿Qué pasa, Antonio? ¿Qué es lo que pasa?

—¡Que nos vayamos inmediatamente para la dirección general! ¡Inmediatamente! Pero eso será después de que nos comamos los bocadillos.

Tres cuartos de hora más tarde los inspectores Martín y Sansueña eran introducidos en el despacho del director general de la Policía. En la puerta del elegante edificio modernista donde se ubicaba la institución policial les había recibido un oficial vestido de uniforme, que les acompañó hasta la entrada misma del antedespacho del director general y les dejó en manos de una secretaria. Era una señora mayor, con el pelo blanco y cara de abuela bonachona, de las que con toda seguridad malcriarían a sus nietos. Les acogió con una frase amable y una sonrisa maternal, y les condujo de inmediato a un salón impecablemente amueblado. Allí les saludó un individuo malencarado que se presentó como el secretario del director general y a quien, por el tono de voz, Martín identificó como el sujeto que le había colgado el teléfono. Fue este individuo quien les condujo ante el director general.

El despacho donde entraron era de gran amplitud y estaba amueblado con elegante sencillez. No faltaban en el suelo las alfombras de calidad y en la pared destacaban dos cuadros enormes de la Escuela española del siglo XVII. Los asuntos que trataban eran muy diferentes, uno de ellos representaba una escena de batalla, y otro, el martirio de un santo. Allí se observaba el mismo orden y la misma limpieza que en el antedespacho. Cuando entraron no había nadie, pero casi de inmediato apareció el responsable de la Policía española, alisándose el pelo con ambas manos. Venía del cuarto de baño. Era un hombre de cincuenta años y de agradable presencia.

Se acercó con una amplia sonrisa, extendiendo la mano a los dos policías.

—¡Encantado de saludarles personalmente! ¡Tomen asiento y pónganse cómodos! —Señaló con la mano un amplio sofá, mientras él se acercaba a un sillón vecino.

Martín y Sansueña se presentaron de forma reglamentaria a quien era su jefe superior y esperaron respetuosamente a que este se sentase. Antes de hacerlo, les ofreció con cordialidad:

—¿Un café, un té, alguna infusión?

—Muchas gracias, señor, ya hemos tomado café —mintió Martín por los dos.

Se sentaron y Juan Crucelles, que era como se llamaba el director general de la Policía, indicó a su secretario que se retirase, con un gesto apenas perceptible, pero que era suficiente entre dos personas compenetradas.

—Muy bien, Martín, quiero que me haga un relato pormenorizado de todo lo que sabemos en estos momentos sobre los dos asesinatos de los que hemos hablado por teléfono. No se preocupe por ser prolijo. Es más, quiero que no omita ningún detalle. —Se retrepó en el sillón, adoptando una postura cómoda, dando a entender con ello que disponía de todo el tiempo que hiciese falta. Luego hizo un gesto con la mano que era una invitación al inspector para que iniciase su exposición.

Martín hizo un largo y detallado relato de todo lo que sabían, empezando por la aparición del cadáver de Manuel Ruiz. Expuso todas las pesquisas realizadas hasta aquel momento, las conexiones que habían establecido y las líneas de investigación que tenían abiertas. Como conclusión indicó que el origen de todo estaba en la lucha por la posesión de un libro que, al parecer, permitía fabricar oro si se sabía interpretar el contenido, y que detrás del mismo había unos mafiosos rusos a quienes ya estaban siguiéndoles los pasos. También andaban metidos en el asunto los servicios secretos israelíes, el Mossad. Como la presencia de agentes del servicio secreto de otro país era algo que escapaba a su competencia y estaba dentro del área de actuación del CESID (el servicio secreto español), habían informado de ello a su superior, el comisario Vallejo, quien ya lo había puesto en conocimiento de un responsable de dicho servicio.

Juan Crucelles había escuchado con creciente atención el largo relato del inspector, sin interrumpirle una sola vez en los más de cuarenta minutos que el agente necesitó para exponer todo el caso hasta sus últimos detalles. Cuando Martín hubo concluido, la satisfacción era evidente en el rostro de su superior.

—Muy bien, inspector, podemos sentirnos contentos con su trabajo. —Crucelles sacó un paquete de cigarrillos y ofreció a los dos agentes, que aceptaron la invitación de su jefe.

Este encendió con parsimonia su pitillo con el fuego que le ofrecía Sansueña y expulsó con lentitud y fruición una gran bocanada de humo—. Sin embargo, no necesito explicarles que no les he pedido que vinieran solo para que me contaran este caso cuya investigación están llevando con eficacia encomiable. Se trata de algo de mayor importancia sin que, claro está, yo quiera quitarle un ápice de valor a lo que están haciendo. Este asunto —dio tal chupada al cigarrillo que consumió una parte importante del mismo— puede llevarnos a situaciones verdaderamente... verdaderamente —otra vez aspiró del cigarrillo con intensidad— extraordinarias. Ustedes mismos son conscientes de ello al haber averiguado que los servicios secretos de un país extranjero están complicados en este asunto...

El director general de la Policía hizo un largo silencio, y tras dar una última chupada al cigarrillo, lo aplastó materialmente contra el fondo de un cenicero de cristal. Martín y Sansueña aguardaban a que su jefe dijese algo más. El silencio los estaba poniendo tensos y esa tensión empezaba a ser perceptible.

—El caso es que... el asunto es mucho más grave aún. Además de esos mafiosos y del Mossad, cuya implicación en toda esta tramoya está confirmada por otra vía, los norteamericanos también están interesados en ese libro, que se ha convertido en un codiciado objeto de deseo. —Crucelles guardó silencio solo un instante para comprobar el efecto de aquellas palabras en sus interlocutores; luego, con un tono más grave, continuó—: Todo lo que voy a decirles a continuación es absolutamente confidencial por razones que, cuando conozcan lo que voy a revelarles, no necesitarán que les explique.

Los dos inspectores asintieron con la cabeza, confirmando el secreto que se les estaba pidiendo.

—Aunque —continuó Crucelles— los norteamericanos

no han reconocido ante nosotros que agentes de la CIA están operando en nuestro país a cuenta de este embrollo, sabemos que están en ello. Han manifestado a través de un canal extraordinario, de los que solo se utiliza en casos excepcionales y que queda fuera de las vías diplomáticas normales, que van a utilizar todos los medios a su alcance para hacerse con ese libro. Como pantalla para cubrir una actuación más que dudosa, desde un punto de vista legal, han revestido a la misma bajo la forma de colaboración con nuestro Gobierno, al que le ofrecen apoyo para evitar que el libro caiga en manos no deseadas. No necesito explicarles por qué están tan interesados en esto, las consecuencias de que ese libro fuese a parar a «manos no deseadas», y para ellos son manos no deseadas cualesquiera que no sean las suyas, podrían generar una hecatombe. —Crucelles desgranó las consecuencias que produciría una fabricación masiva de oro a bajo precio—. Es cierto que a nosotros tampoco nos interesa que tal cosa se produzca...

—Perdóneme que le interrumpa. Una cosa es un libro escrito hace siglos sobre el que se afirma que contiene la fórmula para fabricar oro y otra muy distinta es que eso sea cierto. El mundo ha estado siempre lleno de embaucadores que han jugado con esta fantasía... Yo creo que...

—Martín —ahora el que interrumpía era Crucelles—, los norteamericanos parece ser que han comprobado la información que tienen y confirman que con ese libro se puede fabricar oro a un precio ridículo. De no ser así no estarían metidos hasta el cuello en esto. ¡Créanme —por primera vez elevó la voz ligeramente—, tienen datos muy concretos y deben de ser tan graves que les han puesto muy nerviosos! ¡Este asunto se está moviendo al máximo nivel! ¡Lo que ocurre es que tratan de llevarlo con la mayor discreción porque si todo esto saltase a las páginas de los periódicos, o se difundiese por los informativos radiofónicos y los noticiarios de las televisiones, los efectos podrían ser demoledores, aunque luego no ocurriese nada y nadie lograse fabricar oro! ¡El dinero es cobarde por definición! ¡Se imaginan el pánico en las bolsas más importantes del mundo! ¡El crac de Wall Street del año veintinueve quedaría como un juego de niños ante lo que podría derivarse de una noticia como esta!

Ahora el director estaba muy excitado. Cogió el paquete de los cigarrillos y encendió uno. Pareció calmarse y continuó:

—Les he llamado para comunicarles la situación, no para discutirla. Son ustedes dos buenos profesionales, he pedido información al respecto. Además son quienes mejor conocen los entresijos de este espinoso caso. Un caso que como comprenderán no es simplemente el de dos asesinatos, sino que en el trasfondo del mismo hay algo que haría temblar los cimientos de nuestro sistema económico y afectaría directamente a las hipotecas de nuestras viviendas, las letras del coche o de los electrodomésticos, los recibos de la luz y del teléfono, el colegio de los niños y hasta las copitas con los amigos en el bar de la esquina. Al parecer es muy grave lo que está en juego. Todo este tinglado, que es nuestro mundo, está en el aire... A veces... a lo largo de las horas que han transcurrido desde que he sido informado de lo que se esconde detrás de este embrollo, no crean ustedes que no ha pasado por mi cabeza si no es mejor que todo salte por los aires, si no es mejor que ocurra algo, como lo que nos amenaza, que ponga fin a este mundo del que tanto y tantas veces renegamos. Pero desde mi posición y desde la responsabilidad que tengo, mi obligación es evitar que el tinglado de la farsa se venga abajo. Estarán de acuerdo conmigo en que serían muchos los individuos que se sentirían encantados con la subversión del orden existente. No sé si con razón, aunque me temo que la mayor parte de los que así piensan no serían capaces de sustituir lo que tenemos por un mundo mejor, del que desapareciesen las desigualdes y las injusticias que hoy campan por todo el planeta a sus anchas. Nosotros, como leales servidores de la ley, habremos de actuar en función de la decisión tomada por nuestro Gobierno. Y este cree que lo de menos en estos momentos es llegar a la mano que ha matado al librero y al restaurador, y que si tienen prioridad es porque son vías que nos conducirán al libro. Un libro que quieren unos mañosos rusos, cuya identidad tenemos controlada, según deduzco de la información que me han transmitido... —Martín asintió con la cabeza a las palabras que habían quedado como colgadas en el aire por su superior—. También lo quieren los judíos y los norteamericanos. Esto último no lo sabían hasta hace unos minutos, pero no deben albergar ninguna duda al respecto. Y también... también lo queremos nosotros. Con los datos que poseemos hemos de llegar hasta ese libro antes que los demás. Y a ninguno de los dos se les escapa que los competidores que tenemos son poderosos. Sin embargo, nosotros tenemos la ventaja de jugar en nuestro campo, y esa ventaja hemos de convertirla en decisiva. Nosotros podemos movernos con toda la libertad y soltura. ¡Estamos en nuestro país y aquí somos la legalidad y la autoridad! Además, van a disponer de todos los medios que necesiten, tanto humanos como materiales...

—¿Vamos a disponer de todos los medios necesarios? —preguntó Martín un tanto incrédulo.

—Efectivamente. Y usted —señaló con un dedo autoritario a Martín— coordinará y dirigirá esta operación en permanente contacto conmigo. Su inmediato superior, el comisario Vallejo, ya ha sido informado de todo. Ahora déjeme terminar. Les decía que nosotros tenemos la ventaja de la legalidad. La mafia rusa es temible, pero su capacidad está limitada; tal vez podemos expulsarlos de esta lucha sin muchas complicaciones, aunque su propia situación les convierte en muy peligrosos; ellos no tienen que cubrir su actuación con una apariencia de legalidad. En cuanto al Mossad, puedo confiarles que su infraestructura permanente en España es muy pequeña. Los escasos agentes que tienen en nuestro país están dedicados a vigilar a ciertos elementos de origen palestino y de algunos países árabes con los que el Estado de Israel tiene alguna cuenta pendiente y quieren tener bajo control. Me ha dicho usted que han desplazado un par de agentes que, al parecer, no tenemos controlados, pero que podríamos identificar con facilidad. En estas condiciones su capacidad de maniobra no puede ser muy grande, aunque yo personalmente tengo un profundo respeto y siento verdadera admiración por los agentes del Mossad. En mi opinión, y solo lo digo como un comentario, son el mejor servicio secreto del mundo. Por último están los americanos. Ellos son nuestros peores competidores, por los medios que pueden poner en acción, por la cobertura que pueden tener, porque tal vez disponen de más información que nosotros y porque tratan de darle una cobertura de legalidad a sus acciones. ¡En su cinismo, han llegado a cuestionar que ese libro sea patrimonio histórico español! ¡Afirman que no fue escrito por un español y que no está en el Catálogo de Bienes Culturales de España! A estas horas —miró el reloj de su muñeca y comprobó que eran las cinco de la tarde— está llegando a Barajas un grupo de ocho individuos, todos ellos con pasaporte diplomático, en misión especial. Ya saben cuál es esa misión especial.

—¡Serán cabrones! —Era la primera vez que Sansueña abría la boca.

—Efectivamente —apostilló el director general—, pero les resultará difícil moverse sin que lo sepamos. Su Embajada está sometida desde esta mañana a una discreta pero absoluta vigilancia. Tendrán a partir de este momento puntual información de todos los movimientos que realicen.

Juan Crucelles esperó a que los dos agentes asimilasen,

aunque fuese superficialmente, todo lo que acababa de caerles encima. Tras una pequeña pausa, preguntó con una sonrisa maliciosa dibujada en su boca:

—¿Alguna duda?

Martín le devolvió la sonrisa y comentó con ironía:

—Supongo, señor, que cuando tengamos el libro, que por cierto no tenemos ni la más remota idea de dónde pueda estar en estos momentos, nos pagarán unas vacaciones en el Caribe.

—Cuente con ello, si nos hacemos con el libro. —Juan Crucelles dijo aquello muy serio y de forma solemne—. Y ahora, ¿no les apetece café, té o alguna infusión? Porque vamos a dejar trazado, hasta donde sea posible, nuestro plan de actuación.

Tanto Martín como Sansueña aceptaron el café. Bien cargado, si era posible. Ya sabían quiénes eran los que se le habían adelantado en la visita a la casa de Almudena Climent.

Germán Arana había estado un día entero fuera de Madrid, había ido a Salamanca por un asunto de familia, y no se enteró de la muerte de Manuel Ruiz hasta veinticuatro horas después de que la noticia fuese del dominio público. Le fue comunicada por su secretaria nada más llegar a la oficina, cerca de la una, con casi dos horas y media de retraso sobre las diez y media en punto de la mañana, como era su costumbre. Nadie, ni siquiera Marta Ullá, que era persona que gozaba de su entera confianza, había decidido romper la norma de que cuando don Germán hacía un viaje de tipo privado no se le llamase.

Si, por algún casual, hubiera sido él quien se hubiese puesto en contacto con su despacho, como ocurría en raras ocasiones, entonces sí le hubieran informado de la horrorosa muerte del librero. Pero en esta ocasión no había telefoneado.

A pesar de la mala pasada que Manuel Ruiz le había jugado con el *Libro de Abraham el Judío*, don Germán se mostró profundamente apenado por la muerte de quien hasta entonces había sido su amigo.

—¿Y dices que antes de dispararle le torturaron? —preguntó a Marta con el rostro crispado.

—Así es, don Germán, le quemaron diferentes partes del cuerpo con un cigarrillo —certificó la compungida secretaria, con las lágrimas a punto de desbordarle los ojos.

—¡Canallas! ¡Hay que ser canallas! Y... ¿qué es lo que dice la policía de todo esto?

—Están investigando cuál ha podido ser el móvil del crimen, porque aparentemente el señor Ruiz ni tenía enemigos, ni era persona de caudales. Les ha llamado la atención el hecho de que la librería tenía la puerta forzada, pero al parecer todo estaba en orden.

Don Germán preguntó cuándo sería el entierro y el lugar del mismo. Su secretaria no lo sabía, pero dijo que se encargaría de averiguarlo.

Poco después Marta Ullá irrumpía sin mucha ceremonia en el despacho de su jefe, presa de cierto nerviosismo.

—¡Don Germán, don Germán! ¡Acaban de decir por la radio que ha aparecido muerto el dueño de La Marmita Bilbaína, un restaturante de la plaza de las Descalzas! ¡Se trata de un tal Gorka Uribe!

El señor Arana, que se había quitado las gafas y las sostenía en la mano, la miró con extrañeza.

—¿A qué viene ese estrépito, Marta?

—¡Don Germán, es que, según las noticias que acabo de escuchar por la radio, la policía ha relacionado este asesinato con el del señor Ruiz!

—¿Qué me dices? —La extrañeza del rostro de Arana ante la agitación de su secretaria se había acentuado.

—¡Que sí, don Germán! ¡Que al parecer las dos muertes

están relacionadas! ¡Pero es que hay más todavía! ¡Según las noticias el móvil de los dos asesinatos es un valioso y antiguo libro! Aunque no saben de qué libro se trata, usted y yo sabemos cuál es.

Germán Arana palideció al escuchar aquello. En su rostro habían aparecido numerosas y diminutas gotas de sudor perlando su frente. Rápidamente crecieron de tamaño, hasta correr como reguerillos que llegaban a las cejas, empapándolas. Se sentía acalorado y tembloroso. Un temblor que se reflejaba en las sacudidas que se percibían en las gafas que sostenía en su mano.

—¿Se siente mal, don Germán?

—No, Marta, no es nada. Es que me has impresionado con esa noticia. Sírveme, por favor, un poco de agua fresca.

Mientras la secretaria sacaba un botellín de agua mineral de una nevera disimulada tras un panel de madera, Arana trató de recobrar la compostura.

—¿Has conseguido ya la hora y el lugar del entierro del señor Ruiz?

—Sí, señor, el oficio religioso es esta tarde a las cinco en la misma capilla del tanatorio que está junto a la M-30, próximo a la mezquita. Desde allí el cadáver será traslado al cementerio de la Almudena para su incineración.

—¿Sabes si tenía familia el señor Ruiz?

—Creo, según me dijo él mismo, que tiene una hermana, mayor que él, que vive en un pueblo de la provincia de Badajoz. Pero no sé si vendrá al sepelio. Al parecer sus relaciones eran muy escasas, casi no existían.

—Ya verás cómo aparecerá alguien, algún sobrino o algo por el estilo. Ya lo verás. El difunto habrá dejado algún dinerillo y lo que valga el negocio... Disponlo todo porque voy a acompañarle hasta el cementerio. ¡Pobrecillo!

Arana bebía el agua a pequeños sorbos, mientras su secretaria abandonaba el despacho.

23

Aarón Mayer y Salomón ben David estaban reunidos con *Samuel* en uno de los numerosos restaurantes de la carretera de La Coruña, cerca del hipódromo de la Zarzuela. Los agentes del Mossad y la mujer, que habían llegado al lugar de la cita por separado, casi habían coincidido en el aparcamiento. Allí quedó estacionado el coche de Marta Ullá, un utilitario de marca alemana, mientras que el taxi que había dejado allí a los dos judíos emprendió a buena velocidad el regreso a Madrid. Los agentes llevaban en sus manos sendas bolsas de viaje.

Era muy temprano para la hora en que los españoles acostumbran a cenar —acababan de dar las ocho de la tarde—, por lo que el restaurante, que hacía pocos minutos había abierto sus puertas, estaba vacío. Ellos eran los primeros y únicos clientes. Pudieron elegir mesa y acomodarse en el lugar más discreto del establecimiento, que además les permitía controlar, sin dificultad, la puerta de acceso al local.

Sin muchos preámbulos entraron en el meollo del asunto que les había congregado de nuevo. Fue Aarón Mayer el que describió la situación.

—Por lo que sabemos en este momento los mafiosos rusos que andan tras el libro son los que mataron al librero.

Pero al parecer no lograron su objetivo. Uribe nos facilitó dos teléfonos que nos permitirán en caso necesario saber quiénes son. Sin embargo, la más valiosa de las informaciones que nos proporcionó el tal Uribe fue que la CIA también está interesada en el libro. —En el rostro de Marta Ullá apareció una expresión de sorpresa. El agente no interrumpió su exposición—. Al parecer esos mañosos tienen un infiltrado en las filas de los norteamericanos, que es el canal por donde les llegó la información. Estando las cosas de esta manera, a mi modo de ver la conclusión es muy sencilla. Si los rusos no tienen el libro, este debe estar en poder de los americanos. Por lo tanto, nuestros próximos pasos deberían dirigirse hacia esa dirección. Sin embargo, tenemos dos graves problemas. Primero, no tenemos un lugar donde alojarnos, porque por razones obvias —se dirigía a *Samuel*— hemos tenido que abandonar a la carrera el hotel donde estábamos y, además, tenemos dificultades para buscar un nuevo alojamiento. Nuestra descripción estará ya distribuida por todos los establecimientos hoteleros de la capital de España. En segundo lugar, la misión que traíamos encomendada ha variado de manera sustancial. Una cosa es acudir a comprar un libro, por muy elevado que sea el precio que por el mismo tengamos que pagar y otra muy diferente es enfrentarnos con los servicios secretos norteamericanos. Los gringos deben saber, al igual que lo sabe la policía española, que estamos interesados en el libro. En resumidas cuentas, ni tenemos una base de operaciones mínima para poder actuar, ni sabemos muy bien a qué atenernos en estas circunstancias. Por otra parte, hemos preferido, tanto Salomón como yo, no entrar en contacto con nuestra Embajada hasta no tener esta reunión contigo. —Aarón Mayer, que en todo momento no había dejado de dirigirse a la mujer que estaba sentada frente a él, dio por concluida su exposición.

En aquel momento un solícito camarero se acercó a la

mesa con tres ejemplares de la carta que contenía los platos y las especialidades de la casa. Mientras los entregaba con profesionalidad, invitó a los comensales a pedir la bebida. Los tres coincidieron en tomar agua para empezar y después algún vino tinto para la comida. También los tres pidieron ensaladas, que de tipos muy diferentes aparecían relacionadas en la lista que tenían en sus manos. Para plato fuerte la mujer siguió la recomendación del camarero de pedir un codillo, definido por quien le hizo la oferta como «un tierna parte de la pata del cerdo cocinada en su propio jugo y servida con una guarnición de patatas asadas». Los dos hombres rechazaron la sugerencia y se decantaron por el pescado; lenguado a la plancha para uno y lubina a la sal para otro. El camarero también les felicitó por su acertada elección. Cuando se retiró para traer las bebidas y pasar el encargo a cocina, *Samuel*, que se sintió en la obligación de contestar, comenzó a hablar de algo que no estaba relacionado con la exposición que acababan de hacerle.

—Hace un rato he asistido, acompañando a don Germán Arana, al entierro del librero. El señor Arana había tenido conocimiento de su muerte poco antes, cuando yo se lo comuniqué. He tenido que hacer una representación al comunicarle la noticia de su muerte y también la de Uribe. —Al decir esto último miró alternativamente a los dos hombres.

—¿Sabe ya la policía cuál es el móvil de los asesinatos? —preguntó Salomón ben David.

—Sí, incluso lo saben los medios de comunicación. Hablan de un valioso libro, del que, sin embargo, no parecen conocer el título. Eso significa —continuó Marta Ullá— que tienen ciertos datos, y supongo que no pasará mucho tiempo sin que tengan más. Ya saben que a Uribe le han matado dos individuos que se hicieron pasar por italianos. Dan una vaga descripción vuestra, y aunque pienso que por el momento no hay peligro creo que debemos tomar medidas de precaución. Por lo pronto se impone una solución de emergencia: el único sitio adonde podéis acudir en este momento es a mi propia casa. Yo vivo sola y por lo tanto no tendremos que dar ninguna explicación. Espero que mi imagen ante el vecindario no quede muy malparada.

—Eso significa, Marta —Aarón Mayer estaba muy serio—, que asumirás un riesgo muy grave, que no estaba previsto y al que, además, no estás obligada.

—No se trata de una cuestión de obligaciones. Sino de buscar una solución al primero de los problemas que has planteado. Creo que es una buena solución y no se me ocurre otra.

—La solución para nosotros —Aarón hizo un movimiento con la mano señalando a él y a su compañero— es magnífica y tengo que empezar por darte las gracias. Otra cosa es el riesgo que asumes al alojarnos en tu domicilio.

—Supongo que habrá alguno, pero será un lugar donde la policía no os buscará. Me parece que estarán todavía muy lejos de establecer alguna conexión entre vosotros y yo. Tal vez no la establezcan nunca. En eso confío, desde luego. Solventado el primer problema, diré que, efectivamente, la situación es tan diferente a la misión que os ha traído hasta Madrid que se impone pedir instrucciones. También en eso puedo seros útil. Esta misma noche entraré en contacto con mi enlace en la Embajada y será desde allí desde donde nos resuelvan el problema. Espero que a lo más tardar mañana por la mañana podamos saber a qué atenernos.

El plan de actuación diseñado por el equipo de emergencia que Washington se había apresurado a mandar a Madrid y que hacía tres horas que había llegado al aeropuerto de Barajas estaba prácticamente concluido. En realidad, una vez que aquellos ocho hombres —entre los que había cuatro marines entrenados para misiones especiales y adiestrados como agentes de la Central de Inteligencia— habían conocido los más mínimos detalles la situación, a partir de la información que Ringrose les había proporcionado, habían determinado cómo actuarían. Solo quedaba fijar el momento de dicha actuación.

Ringrose, que no había recibido de muy buen grado la llegada de la expedición a la cual no había ido a recibir al aeropuerto, donde acudieron los agentes Lee y Halifax, asumió la nueva situación a regañadientes. La presencia de aquellos hombres en Madrid significaba, en cierto modo, una pérdida de confianza en su capacidad y su relevo del mando de la operación. No obstante, asumió disciplinadamente el nuevo papel que había de desempeñar a partir de aquel momento, porque tenía muy claro que las decisiones de la superioridad en la Central eran algo que nunca se discutía. Las más de dos horas de trabajo sobre la situación del asunto que tenían encomendado, las posibilidades de actuación reales con que contaban, los inconvenientes y las dificultades que habían de afrontar y los planteamientos tácticos que se podían poner en marcha generaron en algunos momentos tensas discusiones. Fueron desechadas dos posibles actuaciones. Una por el grave riesgo que suponía llevarla a cabo y los más que dudosos resultados que podían obtenerse, y otra porque su puesta en marcha necesitaba cerca de una semana de preparativos y todos coincidían en que la operación tenía un ingrediente de urgencia absoluta.

Alan Ringrose, que en su exposición había tratado de que quedase claro que la operación que iba a iniciarse solo era posible, gracias al trabajo previo que él había realizado, había concluido la misma señalando:

—Conocemos el lugar exacto donde los rusos tienen establecida su sede. El número de teléfono que Hoover consiguió de la viuda de Uribe ha sido fundamental para ello.

Obtener de la compañía de teléfonos la dirección correspondiente a ese número no ha supuesto ningún problema y desde que conocemos su ubicación hemos sometido la casa a una discreta y estrecha vigilancia. Todos los datos que obran en nuestro poder señalan que la vivienda está fuertemente custodiada. Como ya les he indicado se trata de un chalet de un barrio residencial llamado La Moraleja. Esta misma mañana hemos conseguido del organismo municipal de urbanismo un detallado plano de la zona. Gracias a lo cual tenemos todos los detalles, hasta los más insignificantes, de la parcela que ocupa la casa y la distribución general de la misma. Suponemos, aunque no podemos precisar más, que en el interior del inmueble hay entre seis y ocho personas. Parece ser que hay una mujer entre ellos.

Quien desde su llegada a Madrid había tomado las riendas de la Operación Abraham era John Fly, un hombre importante en la escala de mando de la CIA en quien se combinaba la autoridad del cargo, la experiencia de muchos años de servicio y el aval de haber resuelto otras peliagudas misiones que le habían sido encomendadas. Pese a sus más de cuarenta años se mantenía en una espléndida forma física, lo que le permitía no solo coordinar y dirigir una operación desde su planteamiento teórico, sino participar activamente en ella. El equipo que dirigía estaba formado por personas muy experimentadas y compenetradas, que habían trabajado juntas en diferentes ocasiones.

Una vez que la decisión de actuar estuvo tomada, pidió a los dos hombres que tenían asignado como trabajo principal discutir los planteamientos teóricos de la misión y asesorar al grupo, su opinión sobre el momento más adecuado para la actuación, e hizo la misma consulta a Ringrose. Todos estuvieron de acuerdo en que, dadas las circunstancias, la operación debería llevarse a cabo cuanto antes.

—Desde luego sería conveniente tener más datos sobre

los habitantes de esa casa, pero ello requeriría de un tiempo del que no disponemos, por lo tanto se impone una intervención inmediata, en la que los riesgos están ya evaluados y asumidos —señaló uno de los asesores.

Todos coincidieron con aquella apreciación.

Fly miró su reloj y vio que eran las nueve de la noche. Se levantó, descorrió un poco la pesada cortina de la ventana y comprobó que había anochecido.

—Esta misma noche, pues. —El comentario no iba dirigido a nadie en particular. Todos los presentes se dieron por aludidos y todos respondieron afirmativamente de diversas maneras, produciéndose un agitado murmullo en el grupo.

—Bien, como todos estamos de acuerdo, nos pondremos en acción para partir a la medianoche. —Aquel era un individuo acostumbrado a mandar—. Ringrose —lo miró fijamente a los ojos—, usted y Mike —era el asesor que había expresado el parecer de todos respecto a la inmediatez de la intervención— se quedarán aquí, en la Embajada. Los demás, que cada cual realice la parte de trabajo que le corresponda para que todo esté a punto en su momento. Ahora sincronicemos los relojes.

Todos los aludidos actuaron casi instintivamente. La voz de Fly sonó cortante:

—¡Ya! —Todos los hombres presionaron a la vez en los cronómetros de pulsera.

A Alan Ringrose le hubiese gustado objetar algo al papel que John Fly le acababa de asignar. Hubiese preferido participar activamente en la operación que se ponía en marcha. Pensaba que había hecho merecimientos para ello, pero sabía que la escala de mando establecida en la organización no admitía discusiones, y después de dos largas horas de trabajo con aquel individuo, tenía claro que este no aceptaría ninguna sugerencia a lo ya decidido. Le había visto pedir opiniones, evaluar las situaciones y recabar consejo, pero se había dado cuenta de que era firme en los planes adoptados una vez que los mismos se habían decidido.

—¿Alguna duda? —Fly lanzó una ojeada general y comprobó que todos sus hombres hicieron gestos negativos. Ninguno de ellos abrió la boca, tampoco era necesario.

A las doce de la noche dos coches todoterreno abandonaban silenciosamente la Embajada de Estados Unidos de Norteamérica en Madrid por la puerta de la cochera. No estaban muy limpios, parecían vehículos de trabajo en alguna actividad de tipo rural. Su aspecto exterior en cuanto a estado de conservación era simplemente aceptable; sin embargo, sus motores estaban revisados a fondo y especialmente preparados, y sus depósitos de combustible estaban llenos de carburante. Las matrículas eran falsas, correspondían a la provincia de Madrid, mientras que las verdaderas pertenecían a sendos camiones de una granja avícola de un pueblecito segoviano de la ribera del Eresma. En total iban siete hombres distribuidos en los vehículos en dos grupos de tres y cuatro. En cada uno de ellos iban dos fornidos marines.

El servicio de vigilancia establecido por los españoles informó. Pero las instrucciones que se dieron, una vez conocida la salida de los vehículos, fue de no intervenir, a pesar de que muy pronto conocieron cuál era su destino.

La carnicería desatada había sido terrible. John Fly, con un corte superficial, pero muy escandaloso en la parte izquierda de su frente y otra herida en el cuello de la que no había cesado de manar sangre hasta hacía poco rato, no se explicaba todavía cómo podían haberse desarrollado las cosas de aquella manera. Estaba de un humor de perros porque había perdido dos hombres y tenía tan malherido a otro que, nada más regresar a la Embajada, hubieron de trasladarlo, tras aplicarle atención de emergencia, a un hospital privado, donde pagando una elevada factura no harían más preguntas de las imprescindibles. Los cuatro restantes miembros de la expedición, empezando por él mismo, estaban contusionados. No podía explicarse cómo podían haber salido las cosas de aquella manera, cuando todo estaba planificado con minuciosidad. Ahora estaba convencido, pero ya no servía para nada, de que la decisión de actuar con tanta urgencia no había sido la más adecuada, ni mucho menos.

El médico que atendía los servicios sanitarios de la Embajada le había dado tres puntos de sutura en la herida del cuello en la improvisada enfermería que se había instalado en el botiquín que disponía la legación diplomática. También le había curado la herida de la frente con dos pequeñas tiritas de plástico transparente y le había indicado que se limpiase con agua oxigenada los rasguños y erosiones que tenía en las manos y que se diese friegas de alcohol en ellas.

Fly había urgido al médico a concluir con rapidez su tarea porque quería reunirse con Ringrose. Había sido el primero en ser atendido, después de que se le practicasen unas curas de emergencia al hombre que estaba malherido antes de su traslado al hospital. Tras él fue pasando por la pequeña enfermería el resto de los integrantes de la Operación Abraham. Aquel botiquín nunca se había visto tan concurrido como aquella noche. Cuando Fly entró en el despacho de Ringrose, donde también estaba Mike Wood, eran las cuatro de la madrugada. Tenía el semblante sombrío. Al verlo entrar los dos hombres se pusieron de pie de un salto. Ringrose fue el primero en preguntar, alarmado por el aspecto del hombre que acababa de entrar en su despacho:

—¿Qué es lo que ha ocurrido? ¿Parece que ha habido algunos problemas con la...?

No concluyó porque Fly le cortó en secó:

—No es que ha habido algunos problemas... ¡Es que todo han sido problemas! ¡Todo, absolutamente todo, ha ido mal! ¡Dos hombres muertos y otro malherido! ¡Y todo ello para nada! —Fly estaba gritando y su voz estaba cargada de cólera—. ¡Para nada no, porque ahora habrá que dar numerosas explicaciones! ¡Alguien tendrá que explicarle a los españoles qué es lo que hemos hecho!

Era como si al abrir la puerta de aquella habitación la rabia contenida que había soportado se hubiese desatado. Con los ojos devoraba a Ringrose, que se había quedado paralizado y mudo a dos escasos metros de distancia. Mike Wood, que llevaba años trabajando con Fly, nunca le había visto en aquel estado. Habló con suavidad y trató de calmarle:

—¿Por qué no te sientas y nos explicas lo que ha ocurrido? Tranquilízate John. ¿Quieres tomar algo?

John Fly se sentó y juntó las palmas de sus manos con los dedos extendidos, se puso a palmear suavemente delante de sus narices y dijo con la mirada perdida:

—Tomaré un whisky seco y largo. —Wood miró a Ringrose, que pareció despertar de un ensimismamiento y se acercó a una mesita donde se apiñaban numerosas botellas de variadas bebidas. Sirvió tres generosas raciones de whisky y entregó a Wood dos de ellas. Fly bebió un largo trago y chasqueó la lengua ruidosamente. Los dos hombres que habían aguardado en tensión aquellas largas horas, esperaron ahora que Fly se serenase y les contase lo que había ocurrido. El silencio se prolongó un buen rato, hasta que Fly, que parecía, tras el acceso de cólera, haber puesto en orden sus ideas, preguntó a Ringrose:

—¿Dónde radicaba la certeza de que el *Libro de Abraham el Judío* estaba en poder de los rusos?

—¿Qué quiere usted decir? —preguntó a su vez el interrogado, sorprendido.

—Quiero decir, señor Ringrose, que toda la operación de esta noche tenía como objetivo apoderarnos de un libro que estaba en poder de esos malditos rusos. Lo que le pregunto es cómo había llegado a la conclusión de que dicho libro estaba en poder de esos malnacidos. ¿Se entera usted de lo que le estoy preguntando?

Alan Ringrose se había quedado estupefacto.

—¿Acaso quiere usted decir que... que... que el libro no lo tenían ellos?

John Fly, que con una mano sostenía un largo vaso del que no paraba de dar sorbos por lo que en su fondo quedaba ya poco whisky, se acariciaba con la otra el mentón, dejando ver un dorso lleno de rasguños, le espetó sin muchas contemplaciones:

—Efectivamente, señor Ringrose, los rusos no tenían el libro. Toda la Operación Abraham ha sido un fracaso porque los datos que usted nos ha proporcionado y sobre los que hemos trabajado se basaban en un error gravísimo. —Sus palabras salían de la boca despacio, evidenciando su tensión contenida. Quien se alteraba por momentos era Ringrose:

—¡Eso es imposible, señor Fly! ¡Fueron ellos quienes mataron al librero en la madrugada del día en que nosotros íbamos a reunirnos con él para efectuar la adquisición! ¡No hay ninguna duda al respecto de lo que le estoy diciendo!

—Yo no pongo en duda lo que usted me dice, señor Ringrose. Todo apunta, según sus datos —había algo de sorna en aquellas palabras—, a que los rusos mataron al librero. ¡Ahora yo se lo confirmo! ¡Ellos nos lo han dicho!

—¿Habéis hablado con ellos de ese asunto? —exclamó Wood.

—Hablado exactamente, no. Pero sí hemos interrogado a una de ellos.

—¿Una?

—La mujer que había en la casa. Antes de morir aún le quedaron fuerzas para maldecirnos y para burlarse de nosotros porque lo que buscábamos no lo encontraríamos por la sencilla razón de que no lo tenían. Por ella sabemos que fueron ellos quienes asesinaron al librero, pero no lograron hacerse con el libro. O bien el librero les engañó con lo que les confesó, o bien alguien se les adelantó. Buscamos por todas partes por si lo dicho por aquella mujer hubiese sido un ardid, pero el maldito libro no apareció. Además, encontramos la confirmación de lo que nos había dicho en la buhardilla, donde encontramos ahorcado al tal Andréi. Llevaba en el bolsillo una confesión escrita en un papel dirigida a su jefe, Mijaíl Garín. Se había suicidado pocos minutos antes de que nosotros asaltásemos el chalet, según la hora que dejó escrita en la nota de despedida. Se quitaba la vida porque, habiendo recibido un ultimátum para hacerse con el libro, no lo había logrado, ni vislumbraba la posibilidad de conseguirlo. Aquella confesión era la de un suicida que dejaba explicada en aquellas líneas la razón de su muerte.

Fly sacó de uno de sus bolsillos un papel que arrojó sobre la mesa:

—¡Ahí está el testimonio de lo que digo!

A Ringrose le faltó tiempo para coger el papel y leerlo. Con leves movimientos de cabeza asentía conforme avanzaba en la lectura de unos párrafos que eran la prueba material de que sus planteamientos habían sido erróneos.

—Bien, John —señaló Wood, que no mostró el más mínimo interés por la confesión del tal Andréi—, por qué no nos explicas qué es lo que ha sucedido exactamente. ¿Quién ha muerto? ¿Quién está hospitalizado? —Se levantó y le sirvió a su jefe otra ración de whisky.

John Fly explicó los hechos con la misma calma con la que se había dirigido a Ringrose para señalarle la gravedad de su error.

—Al principio todo se desarrolló según el plan previsto. Llegamos a las inmediaciones del lugar y abandonamos los coches una manzana antes de nuestro objetivo. Uno de los marines, Warding, penetró en el jardín. Jugó a nuestro favor, tal y como habíamos previsto, la extensión del mismo. Sin muchos problemas acabó con el que estaba vigilando la puerta de acceso y narcotizó a los dos perros tal y como estaba planeado. Luego nos abrió. Apenas había empleado tres minutos en toda la operación. Entramos en la finca, cerramos de nuevo la puerta y cruzamos el jardín a toda velocidad para tomar posiciones alrededor del inmueble sin ser vistos. A continuación nos preparamos para el asalto. Sabíamos que el factor sorpresa sería fundamental. En la planta baja solo había luz en la cocina y en el salón y en la planta de arriba, en una de las habitaciones. Sin embargo, no podíamos ver lo que había en el interior porque todas las cortinas estaban echadas. Supusimos que con tres dependencias iluminadas los siete individuos que como mucho había allí (ya habíamos eliminado uno) estarían muy diseminados, lo que facilitaría nuestra labor. Habría uno de vigilancia en el vestíbulo, por lo que no tendríamos concentrados más de cuatro en un mismo punto. Podríamos controlar fácilmente la situación una vez dentro de la casa. Otro fallo de información: había diez hombres y una mujer. Entramos cinco de nosotros, mientras que otros dos controlaban la parte delantera y trasera de la casa. Ahí se acabó nuestra suerte. Al entrar eliminamos al del vestíbulo, pero en aquel momento, uno de los que estaba en el salón iba hacia la cocina, nos vio, retrocedió y alertó a los demás. El resto fue una carnicería, poco ruidosa porque también ellos tenían puestos silenciadores en sus pistolas. Se defendieron como fieras acosadas. ¡Menos mal que les habíamos sorprendido, de lo contrario el resultado de aquella matanza hubiese sido muy diferente! Nos confundieron, según nos dijo la mujer, con la policía española. Tal vez eso les hizo reaccionar con tanta brutalidad. Todos han muerto, incluido el que parecía ser el jefe. Un individuo gigantesco y tosco, que luchó hasta el final como un animal acorralado, junto a la mujer.

Ringrose se había puesto de pie y caminaba de un lado para otro dando largas zancadas y con aspecto tenso y caviloso: —En ese caso... en ese caso. —Parecía que hablaba para sí mismo, como si estuviera pensando, pero lo hacía en voz alta. —¿Decía algo, señor Ringrose? —Fly preguntaba con un tono de malhumor.

—Señor Fly, si el libro no lo tienen los rusos, ¡sólo pueden tenerlo los judíos!

—¿En qué se basa usted para hacer una afirmación como esa, señor Ringrose?

—Muy fácil, si los rusos no lo tenían y tampoco lo tenemos nosotros, por una simple eliminación, ese libro tiene que estar en manos de los judíos.

—Se equivoca usted una vez más. —Fly clavó una mirada fulminante en Ringrose, esperando su reacción. Esta se produjo de forma suave.

—¿Quiere explicarme mi error, señor Fly?

—Lo haré con mucho gusto. El libro no estaba en poder de los rusos porque Uribe no lo tenía. Si lo hubiese tenido hubiese ido a parar a sus manos. No olvide que fue el dueño de ese restaurante quien condujo a esos mafiosos hasta su objetivo. El Mossad buscó a Uribe para conseguir información, después de que fracasase su intento de hacerse con la obra a través del librero. No olvide que la última referencia que tenemos de los judíos y de Uribe es que se marcharon juntos del restaurante de este último. No han podido obtener el libro por esa vía. Yo no niego que puedan tenerlo, tal vez sí o tal vez no. Pero no estamos en condiciones de afirmarlo por el simple hecho de que los demás no lo tenemos. Lo cierto, señor Ringrose —clavó de nuevo su penetrante mirada en el responsable de la CIA en España—, es que no sabemos dónde está ese maldito ejemplar y que no podemos hacer afirmaciones categóricas, mucho menos después de lo que nos ha ocurrido al haber dado por buenas situaciones que no lo eran.

Tras aquellas palabras se hizo un breve silencio que Fly rompió con una afirmación que dejó boquiabiertos a los otros dos.

—En mi opinión ha llegado el momento de entrar en contacto con los judíos.

La vivienda de *Samuel* era un pequeño apartamento de sesenta metros cuadrados en un edificio que sin llegar a ser lujoso podía calificarse como de alto nivel. Estaba compuesto por un salón comedor, dos dormitorios, una cocina, un cuarto de baño y un pequeño vestíbulo. Era ideal para una persona soltera o para una pareja. Sin embargo, por su tamaño y distribución, carecía de intimidad si había de ser compartido por otras personas. Estaba situado en la plaza de Castilla, al final del paseo de la Castellana, un lugar relativamente céntrico y bien comunicado. Durante el día la zona era un hervidero como consecuencia de que allí estaban ubicados el conjunto de juzgados más importantes de la capital de España. A la caída de la tarde, cuando la actividad judicial había concluido, la zona era mucho más apacible, pero entrada la noche volvía la actividad a sus calles y a los numerosos bares y pubes donde concurría un numeroso público que buscaba a las prostitutas que ejercían su oficio en muchos de los apartamentos de la zona.

El ambiente que Marta Ullá había conseguido con el mobiliario y la decoración era cálido y acogedor. Dominaba en el apartamento un tono general de buen gusto. El mobiliario era de calidad y la decoración exquisita, incluso había algún detalle de lujo, pero sin estridencias.

Los dos agentes del Mossad compartirían el dormitorio más pequeño del apartamento, que estaba destinado a los huéspedes. A pesar de sus reducidas dimensiones, era tan acogedor como todo el conjunto de la vivienda. Había una cama nido que podía duplicarse a la hora de dormir y permitir una sensación de mayor amplitud cuando la cama supletoria se guardaba debajo de la principal. En el pequeño armario empotrado que había los dos hombres podían guardar sin problemas sus equipajes.

Según podía deducirse por el aspecto de la cocina, Marta Ullá era una persona aficionada a la cocina moderna, pero amiga de ciertas exquisiteces. Era, por ejemplo, buena bebedora de té y de infusiones en general. Consumía patés y quesos variados y era aficionada al aderezo de ensaladas con toques de exotismo; en su pequeña despensa había algunas botellas de cava y de vino tinto en las que un experto encontraría un excelente nivel de calidad.

También podía deducirse con un simple vistazo su afición a la música por el excelente equipo que tenía y por los discos compactos que se apilaban por doquier de música clásica, folk, country o baladas contemporáneas entre las que se hallaba la discografía completa de Bob Dylan.

Después de la primera noche, una vez instalados en aquel lugar, las horas de espera que los dos agentes del servicio secreto israelí hubieron de pasar encerrados allí sin conexión con el exterior, salvo las noticias que emitían las emisoras de radio y televisión hasta que Marta Ullá regresó a eso de la dos, se convirtieron en algo casi insoportable. La tensión había sido muy fuerte desde que todos los boletines informativos hablaban de un tiroteo habido en una residencia del barrio de La Moraleja y que a consecuencia del mismo habían muerto en el enfrentamiento entre diez y doce personas. Todo apuntaba —señalaban las noticias de la radio y de la televisión— a un ajuste de cuentas entre bandas de delincuentes donde estaba involucrada una de las más poderosas mafias rusas que operaban en España.

Los agentes del Mossad estaban convencidos de que aquel tiroteo estaba relacionado con el asunto del libro. Los escasos datos que los medios de comunicación aportaban coincidían con los que ellos tenían.

Marta Ullá llegó a su casa después de haber desarrollado la primera parte de su jornada como secretaria. También había tenido respuesta aquella mañana a la petición que realizara a la Embajada en Madrid. Tenía instrucciones concretas para Salomón ben David y Aarón Mayer. Cuando entró en su domicilio los dos hombres, que la esperaban ansiosamente, la bombardearon con una batería de preguntas. Con un gesto significativo les pidió calma.

—Una pizca de paciencia, una pizca de paciencia. Todo a su debido tiempo.

Se quitó la chaqueta de su impecable traje, quedando a la vista sus opulentas formas a través de una camisa de punto negro que se ajustaba perfectamente a su cuerpo.

Con mucha tranquilidad fue explicando las instrucciones que le habían hecho llegar de la Embajada, utilizando los canales habituales de comunicación que tenía establecidos. Las respuestas a sus peticiones habían tardado en llegar más de lo normal porque había sido necesario comunicar con Tel Aviv para recibir instrucciones concretas. Eran de una claridad absoluta. En Tel Aviv sabían que producirían desconcierto a los dos agentes, que eran sus últimos destinatarios, por eso las habían repetido y habían indicado que, aunque pareciese que se trataba de un error, eran correctas y debían seguirse a rajatabla.

Efectivamente, en Tel Aviv lo habían previsto todo, incluida la reacción de Aarón Mayer y Salomón ben David, quienes se habían quedado estupefactos cuando *Samuel* terminó de darles toda la información que le habían hecho llegar desde la Embajada.

—¿Estás segura de que no hay ninguna posibilidad de que se trate de un error? —Mayer formulaba aquella pregunta con los ojos desmesuradamente abiertos.

—No hay ninguna duda al respecto. —La respuesta de la mujer estaba cargada de la contundencia de quien había pasado por el mismo estado de ánimo que ahora experimentaban aquellos dos hombres.

—¿No ha podido producirse un cruce de mensajes? —insistió Mayer.

—Se ha comprobado todo. No hay ninguna duda sobre lo que en Tel Aviv quieren que se haga al respecto. —Marta Ullá miró alternativamente a los dos agentes y trató de transmitirles calma. Sabía que les atenazaban las mismas dudas que ella había tenido.

Aunque Aarón Mayer no albergaba ningún recelo acerca de la actuación que *Samuel* había tenido en toda aquella operación, un fondo de inquietud le atenazaba. En aquellos momentos estaba tomando una decisión arriesgada: aquella noche entraría en contacto con su jefe en la capital de Israel, con el máximo responsable del servicio secreto. Sabía que era una decisión peligrosa. Iba a utilizar un canal de comunicación que solo estaba autorizado para casos de emergencia y con carácter extraordinario. La situación en la que se encontraba no era de emergencia para su país. Poseer el *Libro de Abraham el Judío* era más una cuestión de política cultural y, si se quiere, de orgullo nacional que otra cosa. Aunque sabía muy bien lo importante que era para los israelíes el orgullo de pueblo. Iba a abrir aquella línea de comunicación porque le resultaba increíble que le diesen aquellas instrucciones. Estaba convencido de que allí había un error y él no estaba acostumbrado a cometer errores o lo que era peor, que alguien estuviese manipulando determinadas claves sin que ellos lo supiesen. En su larga vida al servicio del Mossad solo había utilizado aquel canal de comunicación en una ocasión. Ahora iba a hacerlo de nuevo, aunque la decisión que acababa de tomar tuviese graves consecuencias para su impecable hoja de servicios.

En plena noche madrileña Aarón Mayer estableció contacto con el cuartel general del Mossad y pidió hablar con el máximo responsable del servicio secreto. Su llamada llegaba a Tel Aviv cuando en la capital judía acababa de amanecer. Aquella llamada causó sorpresa en el coronel David Simón, quien ya se encontraba en su despacho iniciando su jornada de trabajo. Después de la sorpresa inicial, se trasladó al sótano del edificio, donde en una cámara acorazada estaba centralizado un sofisticado sistema de comunicaciones. Desde allí habló con el comandante Meyer sin transmitirle la impresión que había provocado en él la llamada. Se limitó a confirmarle punto por punto la veracidad de las instrucciones que habían recibido, añadiendo que no deberían demorar un instante su puesta en marcha. Acto seguido cortó la comunicación sin despedirse. Mayer cerró la microrradio —una maravilla de la tecnología moderna que no abultaba ni la mitad de lo que ocupaba una pequeña caja de cerillas y que no podía ser detectada por los escáneres ni por otros sistemas de control— y la guardó cuidadosamente en el compartimiento que al efecto tenía su cinturón, junto a la hebilla. Luego bajó desde la terraza del inmueble, adonde había subido para realizar la llamada.

24

Cuando sonó el teléfono móvil que les habían facilitado para aquella llamada los dos agentes del Mossad se pusieron en tensión. Cruzaron una mirada de complicidad y el comandante Mayer, cuyo rostro tenía un cierto aire cansado, como si no hubiese dormido bien. Eran las 9.30. La hora exacta en que había de producirse aquella llamada de acuerdo con las instrucciones que habían recibido. Mayer se aproximó el teléfono al oído y no dijo nada hasta que escuchó cómo le preguntaban:

—¿Señor Mayer? —La voz sonaba estridente.

—¿Quién pregunta por él? —inquirió a su vez el agente judío.

—Abraham —fue la escueta respuesta que recibió. Era la identificación de quien había de efectuar aquel contacto.

—Muy bien, Abraham, yo soy Mayer.

Hubo un instante de silencio en la comunicación hasta que Aarón escuchó de nuevo la voz estridente:

—Escúcheme con atención, señor Mayer, ¿sabe donde está el restaurante Alcalde?

—No, no lo sé, pero no es problema.

—Bien, en ese caso no debe perder un minuto. Diríjase

a la cafetería de ese establecimiento. Entrarán en contacto con usted. Vaya solo y buena suerte.

Mayer iba a formular una serie de preguntas, pero no tuvo opción. Apenas le habían deseado buena suerte cuando sonó un chasquido que no dejaba lugar a la dudas, habían colgado.

—¡Será cabrón!

—¿Llamaban desde una cabina? —preguntó Salomón ben David.

—Sí, era desde una cabina. Como nos había indicado *Samuel* toman todo tipo de precauciones. Busca en una guía dónde se encuentra el restaurante Alcalde, hemos de localizar su emplazamiento. No dispongo de mucho tiempo.

—¿Dispones? —La pregunta de Salomón estaba cargada de extrañeza.

—Sí, dispongo. Iré solo a esa cita.

Ben David frunció el entrecejo mientras buscaba en un voluminoso tomo de teléfonos la dirección del restaurante. El gesto no pasó inadvertido a su jefe, que desplegaba sobre la mesa un plano de la capital de España.

—Han sido muy escuetos pero muy claros: «Vaya solo.»

—Alamar... Alanís... Albalá... Alcábala... Alcalá, Alcalá... Alcalde... Alcalde, restaurante. —Salomón fijó con el dedo la entrada que buscaba—. Apunta, calle de Recoletos...

—¿Recoletos no es un paseo? —le preguntó amoscado Aarón.

—Pues aquí pone calle. —Salomón recalcó su afirmación golpeando varias veces con la punta de su dedo índice en la guía donde había encontrado la dirección.

Rápidamente Aarón localizó en el mapa el emplazamiento de la misma y se puso en movimiento, indicando a su compañero que aguardase allí su regreso.

—Puedes ver la televisión o leer una revista. —Su voz tenía un fondo de sorna.

En menos de quince minutos el taxi dejó a Mayer en el lugar concertado para la cita. Miró el reloj, eran las diez menos diez. Solo hacía veinte minutos que había recibido el escueto mensaje telefónico. Pagó al taxista y con un gesto casi instintivo comprobó con la cara interior de su brazo izquierdo la existencia de la pistola que colgaba en su costado. Empujó la puerta y entró en el local. Una ojeada le bastó para hacerse una idea general del lugar. Además de la puerta por la que él había entrado había otra, de cristal, que permitía acceder desde allí al restaurante, según rezaba un letrero colocado encima del marco de la misma. En la pared contraria se abrían dos puertas gemelas. En una ponía privado y en la otra se leía servicios. Frente a la puerta de entrada estaba la barra del establecimiento, cuyo fondo cubrían numerosas botellas de las formas, tamaños y contenidos más variados. El local se extendía en una amplia zona, entre la barra y la puerta de acceso al restaurante, que era donde estaban las mesas en las que los clientes podían desayunar, tomar una copa, leer el periódico o conversar tranquilamente. A aquella hora ya había pasado el momento del desayuno y todavía no había llegado ese en que los españoles toman el café de media mañana. Así pues, la cafetería no estaba muy concurrida. Tres personas, en puntos distintos de la barra, tomaban sus consumiciones. Cada uno estaba en lo suyo, dos leían sendos periódicos, mientras el tercero parecía ensimismado en sus pensamientos. La zona de mesas estaba desierta, los dos camareros que componían el servicio se afanaban en dejarlas preparadas para cuando llegasen los del café de media mañana. Detrás de la barra había una chica.

Aarón Mayer se aproximó a la misma y la camarera se acercó solícita.

—¿Qué va a tomar el señor?

—Un té con leche, por favor, pero si es tan amable tráigala aparte para que yo me la sirva.

La camarera, de buen ver, asintió a su petición con una sonrisa.

—Desde luego, señor.

Pensaba que tal vez alguno de los tipos que estaban en la barra sería la persona con la que habría de entrar en contacto, aunque nada podía confirmárselo. Les miró disimuladamente pero ninguno de ellos parecía estar esperando a nadie. Decidió que lo mejor era esperar a que le sirviesen el té y mantener la calma, mientras aguardaba el desarrollo de los acontecimientos. El tipo del teléfono no le había dado ninguna opción. Él había hecho lo que tenía que hacer.

La camarera la sirvió el té.

—Aquí tiene la leche, señor.

En aquel momento alguien pronunció su nombre por la espalda con tono interrogativo:

—¿El señor Mayer?

Aarón se volvió y se encontró con que casi se le habían echado encima dos corpulentos individuos, impecablemente vestidos. Uno de ellos era de raza negra, mientras que el otro, que tenía una herida en el cuello, una pequeña tirita en la frente y una mano vendada, respondía a la imagen que la industria cinematográfica ha difundido de lo que es un norteamericano.

—Sí, yo soy Aarón Mayer. ¿A quién tengo el gusto...?

El de la mano vendada fue quien hizo las presentaciones.

—Mi nombre es John Fly, y este es —señaló al hombre negro— Alan Ringrose. Lamento, señor Mayer, que haya tenido que esperarnos, cuando éramos nosotros quienes deberíamos haberle estado aguardando, pero el maldito tráfico... ¿Le parece a usted bien que tomemos asiento en una de esas mesas? Estaremos mucho más cómodos.

Se sentaron en un lugar apartado y discreto. A su espalda solo había pared y podían dominar la cafetería. Únicamente la barra quedaba fuera de su visión.

—Bien, señor Mayer, creo que como todos somos conscientes de la situación en la que nos encontramos y sabemos por qué estamos aquí —Fly hablaba con soltura y seguridad—, no debemos andar con rodeos, ni perder tiempo en preámbulos. Nosotros sabemos quién es usted y usted sabe quiénes somos nosotros. Usted es un agente del Mossad y nosotros somos agentes de la CIA. Nuestra presencia y la de usted en España responde a un mismo objetivo, aunque las razones son diferentes. Para ustedes el *Libro de Abraham el Judío* tiene un valor... un valor, digamos, que cultural, sentimental, si se me permite la palabra. Para nosotros se trata de algo mucho más material, más prosaico. No es que no le concedamos valor a la cultura y a lo que ese libro simboliza, pero en estos momentos nos preocupan mucho más las consecuencias económicas que se derivarían del hecho de que ese ejemplar cayese en unas manos que no fuesen las adecuadas. Por lo demás, estoy seguro, señor Mayer, que su Gobierno tampoco es insensible a esas consecuencias a las que me estoy refiriendo. —Si John Fly esperaba algún gesto, algún signo o indicio de asentimiento a sus palabras por parte del agente del Mossad, sufrió una profunda decepción. Mayer le escuchaba con atención, pero su rostro era una máscara rígida. En ese momento se acercó un camarero.

—¿El té para quién es? —Meyer levantó una mano—. Hemos calentado de nuevo la leche, tenga cuidado que quema. ¿Los señores qué van a tomar?

Los dos norteamericanos pidieron café en taza grande y muy aguado, al estilo de su país. Mientras les servían hablaron de intrascendencias, del tiempo, del tráfico de Madrid y del importante nivel de desarrollo económico que España había alcanzado en los últimos años. Una vez que el camarero les hubo atendido y se alejó, Fly retomó el asunto que les había reunido allí.

—Supongo, señor Mayer, que ya sabe usted que los rusos no tenían el libro.

Por primera vez el agente del Mossad abrió la boca para referirse al asunto que los había reunido.

—Solo sabré lo que usted me diga. Por supuesto me he enterado de que ha habido un tiroteo en un chalet del barrio de La Moraleja y que el resultado ha sido una carnicería. También sé que han sido agentes de ustedes quienes trataron de sorprender a los rusos, pero creo que las cosas no les han ido demasiado bien. —Había un tono displicente en sus últimas palabras que fueron acompañadas de una indiscreta y provocativa mirada a las dos heridas que exhibía Fly.

—Fue peor que eso, comandante Mayer. —Fly utilizó a propósito la graduación militar del agente judío—. Las cosas fueron francamente mal. Todos nuestros planteamientos resultaron fallidos. Los rusos no tenían lo que nosotros buscábamos. Al no tener el libro la operación era ya un fracaso, pero no solo no conseguimos el objetivo, sino que no logramos sorprenderles, por lo que el asalto al chalet al que usted se ha referido se convirtió, efectivamente, en una carnicería. Hemos perdido dos hombres. Tenemos sus cadáveres en la Embajada y estamos tratando de repatriarlos con la mayor discreción posible para no provocar un conflicto con las autoridades españolas. Nuestros diplomáticos hacen importantes esfuerzos para que la matanza de La Moraleja quede como un ajuste de cuentas entre dos bandas mafiosas; al fin y al cabo a los españoles les hemos quitado de encima a unos peligrosos delincuentes dedicados a la trata de blancas, a la prostitución de lujo y al tráfico de estupefacientes...

—Si sigue así, Fly, los españoles van a tener que condecorarles por un alto servicio a su patria.

—No ironice, Mayer, usted sabe igual que yo cómo se las gastan estos clanes caucasianos y los problemas que crean allí donde tienden sus redes y extienden sus tentáculos. Nosotros hemos descabezado uno de esos clanes, entre los muertos está Mijaíl Garín, uno de los mayores capos del narcotráfico, y su hombre fuerte en España, un tal Andréi. Lo que nosotros hemos hecho podría desembocar en un conflicto diplomático con el Gobierno de España, sobre todo porque nos hemos saltado todas las leyes de este país. Pero a la policía española les hemos hecho un favor, aunque ellos no lo reconozcan, porque no pueden admitir que agentes extranjeros están operando en su territorio. Las cosas son como son y usted lo sabe bien.

Mayer miró a Ringrose, que no había intervenido en la conversación hasta aquel momento —era un verdadero convidado de piedra—, y con una sonrisa sentenció:

—Al final acabará usted por darme la razón en lo de la medalla.

Fly hizo como que no oía el comentario del judío y retomó el hilo de su discurso.

—Llegados a este punto, mi querido comandante, en esta mesa estamos sentados aquellos otros que hemos intentado hacernos con el *Libro de Abraham el Judío*. Ustedes y nosotros. Como nosotros no lo tenemos, el señor Ringrose —Fly señaló con un dedo conminatorio al aludido— sostiene que ustedes están en posesión de ese libro, que se ha convertido de unos días a esta parte en uno de los objetos más codiciados que pueden existir en la Tierra. Será usted, comandante Mayer, quien dé respuesta a la afirmación del señor Ringrose.

Después de las últimas palabras de Fly, Ringrose se agitó en su silla nervioso. Aarón Mayer se cruzó de brazos y, con cierto aire de desafío, miró alternativamente, varias veces, a los dos norteamericanos. Por fin, rompió el silencio.

—¿Alguno de ustedes puede creer, estando en su sano juicio, que si nosotros tuviésemos ese libro yo estaría aquí en estos momentos?

Fly dejó escapar una malévola risita que molestó a Ringrose. La mirada que cruzaron los dos norteamericanos era tan elocuente como el más agudo de los discursos. Mayer empezaba a divertirse con la situación que había provocado sin proponérselo.

—Mis queridos colegas, yo solo he dicho que el libro no está en nuestro poder. Eso era algo que ya sabían —sonrió con malicia—. Ahora me dicen ustedes que los rusos no lo tenían y que ustedes tampoco lo tienen. La conclusión a todo esto es que tenemos un grave problema o que alguien está mintiendo. Y yo desde luego no lo estoy haciendo.

—¿Acaso insinúa usted que nosotros somos los que mentimos? —Fly echaba fuego por los ojos.

—Yo no insinúo nada. Solo constato una realidad. Yo digo que no tengo el libro, ustedes dicen que tampoco lo tienen, y yo les creo, porque si lo tuviesen, no estarían aquí conmigo. Además afirman que los rusos tampoco lo tenían. ¿Están seguros de esto último?

—Completamente —respondió Fly.

—¿Sin ningún margen de duda? —insistió Mayer.

—Sin ninguno.

—Perdonen que insista, pero me gustaría conocer las pruebas de esa certeza.

—Se trata de la confesión de un suicida que estaba colgado en la buhardilla del chalet de La Moraleja. —Fly sacó de su bolsillo la confesión de Andréi—. Ahí la tiene. Cuando subimos a la buhardilla lo encontramos ahorcado, el cuerpo aún estaba tibio. Puede leerla si quiere.

Mayer leyó con tranquilidad aquel papel, que tenía el valor de un documento, escudriñando en cada una de sus líneas y de sus palabras. Cuando hubo concluido, lo plegó con parsimonia y se lo devolvió a Fly. Resopló y dijo, sentenciando:

—Está claro que tenemos un problema.

Ahora era John Fly quien le miraba con cierto aire de desafío.

—Precisamente por eso, mi querido amigo —escupió estas tres palabras—, es por lo que estamos aquí reunidos. Usted tiene instrucciones precisas, al igual que las tenemos nosotros. Esas instrucciones se pueden resumir en que hemos de intercambiar la información que poseemos, como yo acabo de hacer con esa nota, y aunar nuestros esfuerzos para hacernos con el libro. El destino final de esa obra la decidirán nuestros respectivos gobiernos. Como ya hemos despejado todas las dudas que pudiésemos tener... ¿o le queda a usted alguna, señor Mayer? —La interrogación era una maldad en sí misma—. Creo pues, que ha llegado el momento de trazar un plan de acción que nos permita alcanzar el objetivo que ustedes y nosotros tenemos encomendado.

Mayer asintió con un gesto.

—Bien, en ese caso opino que deberíamos trasladarnos a donde podamos trabajar más cómodamente. Creo, comandante, que ya tiene instrucciones al respecto, ¿no es así?

—En efecto, pero al grupo de trabajo habrá de incorporarse el capitán Ben David.

—Por supuesto, por supuesto. —Fly había sacado un trozo de cartulina blanca del tamaño de una tarjeta de visita en la cual había escrita a máquina una dirección—. Memorice esta dirección y destruya luego la tarjeta. Ahí nos reuniremos dentro de cuarenta y cinco minutos.

Pagaron las consumiciones y abandonaron la cafetería. Los dos americanos se marcharon por la salida que daba acceso al restaurante, mientras que el israelí lo hacía por la misma que había utilizado para entrar. Cuando salió a la calle el cielo de Madrid se había vuelto plomizo, por algunos lugares los tonos eran muy oscuros. Soplaba un aire tibio que anunciaba que la lluvia sería inminente.

Desde una cabina, para evitar riesgos, llamó a Salomón

y le indicó que se preparase para salir, tardaría pocos minutos en pasar a recogerle. Al subir en el taxi que había parado caían ya fuertes y espaciados los primeros goterones de lluvia.

Eran las dos de la tarde cuando los inspectores Martín y Sansueña aguardaban, hojeando unas revistas, en el antedespacho del director general de la Policía. Era la tercera vez que se reunían con el máximo responsable de la la Policía Nacional en menos de cuarenta y ocho horas. La espera en el antedespacho fue corta, al igual que en las anteriores ocasiones. El secretario que tan mala impresión había causado a Martín, opinión que no se había modificado, les introdujo ante Juan Crucelles, que sentado en el sillón de su bufete se dedicaba a firmar, sin leerlos, una verdadera montaña de documentos.

—Los inspectores Martín y Sansueña —anunció el secretario con cierta solemnidad.

Crucelles levantó la vista y con una sonrisa invitó a sentarse a los dos policías, quienes, dirigidos por el secretario, lo hicieron en uno de los sofás que conformaban el mobiliario del despacho.

—Siéntense, en un momento estoy con ustedes.

Los dos inspectores se acomodaron y el secretario se marchó sin hacer ruido. Aún hubieron de esperar Martín y Sansueña varios minutos, mientras que su superior firmaba papeles a un ritmo frenético. Quedaba todavía un número considerable de ellos sin la rúbrica del director general cuando este decidió posponer aquella tarea y atender a sus hombres. Con una sonrisa forzada se acercó a donde estaban los inspectores. Estos se pusieron de pie para recibirle y le saludaron.

—¡La maldita burocracia! —se quejó Crucelles al sentarse, a la par que les ofrecía unos cigarrillos, lo que creó cierto ambiente de compañerismo que el director general mantuvo con su actitud.

—Bien, cuéntenme, cómo marcha nuestro asunto. ¿Tenemos muchas novedades?

—Sí que las hay, y creemos que son de importancia, señor. —De la boca del inspector Martín salía humo a la par que las palabras—. Los datos que tenemos nos indican, aunque no podemos afirmarlo con certeza, que los americanos no lograron su objetivo con el asalto al chalet de La Moraleja. Al parecer el libro no lo tenían los rusos. Acerca del asunto de la matanza que allí se produjo, nos hemos limitado a seguir las instrucciones recibidas. Oficialmente se ha cerrado como un ajuste de cuentas entre bandas mafiosas. Algún periodista ha querido meter las narices, pero hemos mantenido la versión oficial. Por nuestra parte, este caso está cerrado a falta de las diligencias judiciales. Hemos «limpiado» el escenario para hacer creíble la versión oficial. Los posibles cabos sueltos que queden se resolverán, según se nos indicó, en otras instancias.

—Efectivamente, la única complicación podría surgir con la repatriación de los dos cadáveres de los americanos muertos en la reyerta. Desde nuestra posición esos dos cadáveres no existen, como no existe presencia americana en esa trifulca.

A Martín no le gustaba aquel embrollo, pero no tenía otra opción que asumir el papel que le habían asignado. El director general apagó su cigarrillo y solicitó la información acerca de lo ocurrido en las últimas horas.

El inspector Martín aspiró profundamente y expuso de forma sintética la situación, sin entrar en pequeños detalles. Sabía, por las reuniones anteriores, que si Crucelles deseaba conocer algún dato menor lo preguntaría.

—Si los rusos hubiesen tenido el libro, ahora lo tendrían

los americanos. Sin embargo, eso es solo una hipótesis poco probable porque nuestra opinión es que los rusos no lo tenían. Solo queda otra posibilidad y son los judíos.

—¿Tenemos ya localizados a los agentes del Mossad? —le interrumpió Crucelles.

—No, señor. Es como si se los hubiese tragado la tierra. En este momento no sabemos dónde se encuentran. Ningún establecimiento hotelero de Madrid y su provincia los tiene alojados, según las indagaciones que hemos realizado, y le puedo asegurar que hemos cubierto una amplia zona. Lo hemos registrado todo, hasta las pensiones de más ínfima categoría. Tampoco tenemos noticia de que hayan abandonado España en ningún vuelo. En este momento les tenemos perdida la pista. No sabemos dónde pueden estar.

—¿Podrían haber conseguido el libro y haber abandonado España por Portugal o por Francia? Sería lo más lógico, ¿no? —preguntó Crucelles.

—Eso sería lo lógico, en el caso de que tuviesen el libro —apostilló Martín—, pero no estamos en condiciones de afirmar tal cosa.

—Si no lo tienen ni los rasos ni los americanos, solo nos quedan ellos, como usted muy bien ha dicho antes —insistió el director general.

—Así es, señor, pero lo he matizado. Yo he dicho, al menos en teoría. Sin embargo, su último contacto con alguien relacionado con el libro, que nosotros sepamos, fue Uribe. Estamos convencidos de que quienes lo eliminaron fueron ellos. Pero sabemos que Uribe no tenía conocimiento de dónde se encontraba el libro, según la información que poseemos. Está comprobado que en todo momento la actuación de Uribe estuvo encaminada a que los rusos se hiciesen con él; sin embargo, eso no fue posible, por lo tanto...

—En los ojos de Martín se reflejaba la duda que, finalmente se decidió a expresar—: A no ser que Uribe, cosa poco probable, hubiese conseguido una información que transmitió a los del Mossad antes de morir. Pero no es lógico que ese hombre supiese algo de lo que no hubiese informado inmediatamente a los rusos.

—En su opinión, ¿cuáles deberían ser nuestros próximos pasos —Crucelles encendió otro cigarrillo— en el estado actual de la investigación?

—Tenemos muy poco donde elegir, señor. Si nuestro objetivo es el libro, podemos hacer poco más que dar palos de ciego. La solución policial para este asunto es muy difícil en estos momentos. Solo un golpe de suerte variaría nuestra posición. En mi opinión, el libro está en paradero desconocido, si se me permite esa expresión. Hemos registrado el piso de Ruiz y su librería de arriba abajo, no está en ninguno de los dos sitios. Por mucho que analizo el proceso, recapitulo los hechos y encajo los datos que poseemos, no llego a ninguna conclusión que nos permita formular una hipótesis de trabajo coherente. Insisto en que, si no hay un golpe de fortuna inesperado, tenemos muy poco margen de maniobra. Tal vez, si se hiciese... —Martín parecía dudar si debía expresar lo que iba a decir, miró a su director general y la mirada de este le alentó— si se hiciese, señor, una gestión desde las alturas en la Embajada de Israel, es posible que tuviésemos alguna posibilidad. Podría ser que ellos dispusiesen de alguna información de la que nosotros carecemos. Aunque me temo que si saben algo esos cabrones —pidió disculpas por la expresión— no soltarán prenda.

—Estoy de acuerdo con sus precisiones, Martín. Veremos lo que podemos hacer. Esta misma tarde nos reuniremos de nuevo. Les recibiré a las ocho en punto. Mientras tanto no bajen la guardia, la diosa fortuna suele ser muy caprichosa y a lo mejor nos reserva una sorpresa en las próximas horas. Ustedes sigan trabajando como lo han venido haciendo hasta ahora. Porque si el dichoso libro no lo tienen ni los rusos, ni los americanos, ni tampoco los judíos, tendrá que estar en alguna parte. No puede haberse volatilizado... Aunque, pensándolo bien, esa no sería una mala solución porque ese libro es una verdadera bomba.

Edward Andrews estaba pasando los peores días de su vida. Nunca pensó que su apacible existencia de profesor universitario o de investigador le pudiesen llevar a la desazón y la angustia que estaba viviendo. Su estado de ánimo era de una permanente zozobra. Apenas había logrado conciliar el sueño a lo largo de aquellos interminables días. Estaba demacrado. Sus ojos, enrojecidos por el cansancio y la vigilia a que los tenía sometidos de manera involuntaria, estaban enmarcados por unas ojeras profundas y oscuras. Su aspecto era casi decrépito. A la falta de sueño se añadía la angustia que embargaba su espíritu, atormentado por la duda y la indecisión.

A lo largo de las horas que se contaban en aquellos amargos días no había podido trabajar. Su mente, sin embargo, no había parado un solo instante.

Había sopesado, con pasión, primero, y con un deseo de mesura, después, los pros y los contras de la difícil decisión que tenía que tomar. Nunca en su vida se había visto en una tesitura como aquella. Se maldecía una y otra vez por haber actuado como lo había hecho, pero sabía que sus actos ya no tenían remedio. Había de asumir las consecuencias, terribles consecuencias, derivadas de ellos. Esta conclusión era, tal vez, la única cosa que había sacado en limpio de las largas horas de agitación que había vivido en aquellas jornadas de tribulación. Apenas había probado bocado, su cuerpo se negaba a ingerir alimentos más allá de lo imprescindible para no desfallecer.

Los largos paseos que había dado por calles, plazas y

parques madrileños le habían proporcionado una imagen deformada de Madrid. Una ciudad cuyo encanto climatológico y paisajístico en primavera era siempre ponderado por los vecinos de la villa y los visitantes que llegaban a ella. Para él, sin embargo, el paisaje urbano madrileño, con el que tantas veces había disfrutado en soledad o en compañía, le parecía aquellos días triste y hasta siniestro. Ni siquiera la visita que había hecho a la obra de Velázquez en el Museo del Prado había disipado su melancolía ni le había permitido disfrutar de quien para él era el mayor de los genios de la pintura universal: don Diego de Silva y Velázquez. Hasta los brillantes colores de las recientemente limpiadas *meninas* le parecían opacos y mortecinos. Sabía que todo aquello era fruto de su estado de ánimo, aunque mejor sería decir «desánimo». No lograba sobreponerse a la amargura que le embargaba.

Era consciente de que tenía que tomar una decisión. Y que la misma había de ser dolorosa fuera cual fuese. Sabía, además, que el tiempo jugaba en su contra y que cuanto más se demorase sería peor. Hubo momentos en que parecía estar convencido, pero inmediatamente después volvía a la duda y la indecisión lo atormentaba. Era una situación insufrible de la que, sin embargo, se sentía incapaz de evadirse. Sabía que una vez tomada una decisión una buena parte de sus desvelos y martirios dejarían de serlo, pero precisamente de lo que se sentía incapaz era de actuar. Una y otra vez pasaban por su mente, como si de una película se tratase, su vinculación a la CIA, sus trabajos para la Agencia, la ayuda recibida y el concepto de obediencia y de lealtad a la institución que le habían inculcado. Su actuación a lo largo de muchos años de mutuas fidelidades. Le quemaban como carbones encendidos los sobres de dólares que regularmente habían llegado a su poder. No podía olvidar que cuando era un joven universitario hubo épocas en que le parecía imposible alcanzar las metas con que entonces soñaba: realizar su doctorado y ejercer la docencia en la UCLA, viajar a España, sumergirse en los ricos fondos de sus archivos históricos y tocar con sus propias manos papeles y documentos que habían pasado por las de figuras históricas que para él, un joven estudiante, lo significaban todo. Aquello fue posible solo gracias a la Central.

Cuando sobre su abrumado espíritu predominaban aquellas razones estaba convencido de que tenía que guardar fidelidad a la institución a la que pertenecía. Había de hacer lo mismo que había hecho días atrás, poniendo en manos de Alan Ringrose la información que había llegado a su poder de una forma puramente casual. Las dudas que entonces le asaltaron sobre la conducta que debía seguir eran un juego de niños en comparación con el peso que en aquellos momentos soportaba su conciencia. Ojalá no hubiese ido a la Embajada en aquella ocasión, había pensado innumerables veces a lo largo de aquellos terribles días de inquietud. Era consciente de que si no actuaba en aquella dirección cometía una grave falta y de que si alguna vez en la Central tenían conocimiento de que se había reservado aquella información, engañándoles en una situación tan importante, no se lo perdonarían nunca. Incluso era más que probable que pagase con su propia vida una actuación así. La imagen de su mujer y de sus tres hijas le llenaba de tristeza y hasta de miedo. Había oído relatos de cosas horribles realizadas por la CIA con los traidores. Su angustia llegó a tales extremos que sintió miedo físico, incluso terror. En más de una ocasión se había decidido por ir a la Embajada y desnudar su alma atormentada ante Ringrose o ante quienquiera que en aquellos momentos se encontrase al frente de la operación. Había incluso encaminado sus pasos calle de Serrano arriba, pero todas las veces que lo había intentado, y no habían sido pocas en aquellos terribles días, se había arrepentido finalmente. Estaba anonadado y aturdido.

En el otro lado de la balanza de sus dudas estaba el drama de otra traición. Era una traición personal, singular, pero no por ello menos dolorosa.

Si no ponerse en contacto con la CIA era como traicionar a su patria, amén de los terrores que ello conllevaba, hacerlo era traicionarse a sí mismo, como ser humano.

Se maldecía una y otra vez por haber mirado donde no debía en un momento en que no tenía que haberlo hecho.

25

La reunión de Martín y Sansueña con el director general de la Policía fue muy breve. A las ocho y cinco minutos Juan Crucelles recibió a los dos inspectores y les comunicó que el caso había dado un giro de ciento ochenta grados en las escasas horas transcurridas desde la anterior reunión. Lo que los dos policías escucharon les dejó boquiabiertos. No habían salido de los efectos de la perplejidad en que les había sumido lo que acababan de escuchar cuando, a modo de conclusión y como si de una orden tajante se tratase, el director general les dijo:

—Queda, por lo tanto, cerrado el caso en lo que se refiere a la búsqueda del llamado *Libro de Abrahan el Judío*. Otra cosa son las dos muertes que están ustedes investigando, la del librero Manuel Ruiz y la del hostelero Gorka Uribe. Como en cualquier otro asesinato deberán intentar el esclarecimiento de los hechos. Pero a partir de este momento ustedes no saben nada de un libro que busca la CIA y el Mossad. El papel de la mafia rusa en todo este asunto me importa un comino. Si hay que cargarles a ellos con los muertos, no hay ningún problema. Pero lo otro, todo lo otro —al reiterar «lo otro» levantó un dedo admonitorio y miró alternativamente a los dos policías—, es como si no hubiera existido. Y además debe quedar muy claro que respecto a eso no hay dudas.

Con aquellas palabras, dichas con verdadera contundencia, Crucelles entendía que el asunto quedaba cerrado. Sin embargo, se sorprendió cuando escuchó la voz rotunda del inspector Martín.

—Pero, señor, es posible que si la investigación de la muerte de Uribe avanza y nos lleva al final del hilo que estamos siguiendo, nos conduzca a los agentes del Mossad. Es más, esa es la vía de investigación que seguimos, asentada sobre la base de la única pista que poseemos. —En sus palabras había cierto tono de protesta.

—Parece ser, inspector Martín, que no me ha entendido usted. Digo que no me ha entendido porque creo que yo me he explicado con suficiente claridad. Se lo voy a repetir de nuevo, pero solo una vez más —de su tono había desaparecido toda la cordialidad de la que el director general había hecho gala en anteriores reuniones—. ¡Olvídense ustedes de la CIA y del Mossad! ¡No hay agentes secretos de potencias extranjeras operando en España! ¡Ustedes no saben nada del *Libro de Abraham el Judío*. Eso es una leyenda alimentada por la fantasía de algunos desquiciados. Tenemos los cadáveres de dos individuos que han sido asesinados y los móviles de los asesinos, vulgares malhechores, han sido el robo, la pasión, unos cuernos o vaya usted a saber. ¡Pero de lo otro no hay nada de nada! —Puso otra vez un énfasis especial—. ¡Y esto último está tan claro como el agua! ¡No hay dudas, ningún tipo de dudas!

Los dos policías apenas daban crédito a lo que oían. Sansueña ironizó para no explotar.

—Si usted quiere, señor director general —pensó decirle «para eso es usted el director general», pero no se atrevió a tanto—, también nos podemos olvidar de los cadáveres.

Crucelles le fulminó con la mirada. No era tonto y se

había percatado del aguijonazo del policía. Decidió contraatacar porque estaban en un terreno donde él tenía todas las ventajas.

—No es mala idea, Sansueña, no es mala idea. A partir de este momento quedan ustedes relevados del caso. Esto es una orden. Mañana cuando lleguen a la comisaría su superior tendrá instrucciones concretas para ustedes y les asignará nuevas tareas. En Madrid, como ustedes saben bien, nunca falta trabajo para la policía. Ahora pueden retirarse.

Empezaba a anochecer cuando los dos inspectores abandonaron el enorme edificio de la Dirección General de la Policía. Iban tan ensimismados que no respondieron al saludo de los guardias de la puerta.

A lo largo del día habían caído varios chaparrones, que habían refrescado el ambiente. En aquellos momentos no llovía, soplaba una ligera brisa de poniente, suave y agradable, que les daba en pleno rostro. Las últimas luces del atardecer tenían unos llamativos tonos violáceos y rosados que unidos a la luz que proyectaban las farolas del alumbrado público daban un aire fantasmagórico, de luces y sombras, al ambiente de la calle por la que transitaban. Los dos hombres avanzaban en silencio, cabizbajos y meditabundos. La orden que acababan de imponerles pesaba como una losa sobre sus conciencias. Los dos eran excelentes profesionales y aceptarían, aunque fuese a regañadientes, lo que acababan de ordenarles. Para ellos aquel era un caso apasionante, con ribetes de fantasía, en el que se habían entregado en cuerpo y alma durante días... y ahora quedaba cerrado. Eso significaba que había que olvidarse de todo y ponerse manos a la tarea con otro asunto. Los dos estaban profundamente decepcionados con su director general, quien les había dado alas con que volar para luego, de repente, cortárselas sin compasión ni misericordia.

—¡Cosas de la política! —exclamó Sansueña como si expresase un pensamiento en voz alta.

—¡Y una mierda, Sansueña! Pero como no me apetece cabrearme todavía más, te diré que estoy de acuerdo contigo.

Sansueña miró a Martín de reojo y por primera vez en mucho rato esbozó una sonrisa.

—¿Qué te parece si nos tomamos unas cañitas? ¡Y a otra cosa mariposa!

—¡Me parece cojonudo! ¡Que le vayan dando por el culo a todo esto!

Los dos policías entraron en el primer bar con que se toparon. No hubieron de caminar mucho. El establecimiento estaba muy concurrido. Una densa humareda se extendía por todo el local, donde los parroquianos más que conversar, se gritaban unos a otros. Los temas predominantes eran el Campeonato Nacional de Liga, plagado de fichajes multimillonarios de los equipos punteros. La presencia en aquel campeonato, al que se le daba el nombre de la Liga de las Estrellas, de algunos equipos de ciudades menores que, contra todo pronóstico y en medio de un beneplácito casi general, participaban en la competición. Por encima del elevado tono general de las conversaciones, se levantaba el grito cadencioso y a la par estridente de alguno de los camareros que formulaba a la cocina una petición o reclamaba alguna ración que se demoraba demasiado.

—¡A ver esa de calamares!

—¡Marchando una de callos! ¡Saladitos!

Martín y Sansueña se acercaron a la barra y pidieron sus cervezas a un camarero que les atendió desde el otro lado del mostrador.

—Dos cervezas, por favor, que sean de barril —pidió Sansueña—. ¿Quieres algo para picar?

—No tengo ganas de comer.

—¡Vamos, hombre! ¡Que el comer es como el rascar, basta con empezar!

Martín insistió en su negativa y paseó lentamente su mirada por todo el local, empapándose del ambiente reinante. Se encogió de hombros con un gesto muy significativo. Luego cogió con fuerza la jarra de espumosa cerveza que acababan de ponerle delante y le dio un trago tan largo que se bebió casi la mitad del contenido. Un fuerte chasquido salió de su boca indicando que intentaba obtener el mayor sabor posible del rubio líquido que acababa de ingerir. Sacó un paquete de cigarrillos, ofreció uno a Sansueña y antes de encender el pitillo preguntó a su compañero:

—¿Contra quién juega el Madrid este domingo?

—Contra el Betis.

Aquella misma noche, en un chalet de las afueras de Madrid, tenía lugar una extraña reunión. Extraña, desde luego, para quien fuese ajeno al asunto que había reunido a gente tan heterogénea en torno a una mesa. Los reunidos eran seis: dos agentes del CESID, el servicio secreto español; dos agentes del Mossad, el servicio secreto israelí, que habían entrado en España bajo la identidad de dos industriales italianos vinculados al mundo editorial de su país, y dos agentes de la CIA, el servicio secreto norteamericano, que, oficialmente, eran personal que prestaba servicio en la Embajada de Estados Unidos en España.

Sobre las tres de la madrugada, la reunión, que no había estado exenta de tensión en algunos momentos, estaba prácticamente concluida. Los reunidos habían bebido ingentes cantidades de agua mineral y de refrescos y acabado con un notable número de canapés. En el transcurso de aquel cónclave se habían producido numerosas interrupciones, tantas como habían considerado necesarias los allí presentes para resolver dudas, cuando en el curso de la conversación se había llegado a un punto en el que les resultaba imprescindible recibir asesoramiento u órdenes concretas para avanzar en la negociación que estaban llevando a cabo. Para ello habían utilizado un sofisticado sistema de comunicaciones a través de líneas telefónicas seguras. Las mismas habían quedado instaladas aquella tarde en diferentes habitaciones de la vivienda donde estaban reunidos y habían sido conectadas a los centros operativos que cada cual había indicado. La instalación del sistema de comunicaciones se realizó bajo la supervisión de los técnicos que cada una de las partes allí representadas había designado. Una vez que los mismos dieron su beneplácito, quedó establecido un sistema de vigilancia.

Hacía pocos minutos que se había llegado a un principio de acuerdo que satisfacía los intereses de las distintas partes. El cansancio era visible en los rostros de los seis hombres que durante cerca de cinco horas habían negociado para llegar a aquella solución de compromiso.

Aquel acuerdo tripartito se asentaba en tres pilares fundamentales: el tratamiento de la actividad de agentes secretos de potencias extranjeras en suelo español, la colaboración de los tres países allí representados (España, Estados Unidos e Israel) en todo lo relacionado con el *Libro de Abraham el Judío* y la propiedad del mencionado libro.

Respecto al primer asunto, se había acordado negar la presencia y, por consiguiente, la actuación de los agentes de la CIA y del Mossad en territorio español. La «no existencia» de los mismos salvaguardaba oficialmente la honorabilidad de España y libraba de cualquier culpabilidad a dichos agentes. España se «tragaba el sapo» que suponía aquel ataque a su soberanía y a cambio conseguía que quedasen salvaguardados los intereses de empresas españolas que operaban en Cuba y que, según la aplicación de determinada legislación norteamericana debían ser penalizadas por el Gobierno estadounidense. Por lo que competía a Israel quedarían resueltos sin mayores problemas los «guiños» realizados por el Gobierno español a la Autoridad Nacional Palestina y que habían sido considerados poco adecuados en círculos diplomáticos de Tel Aviv. Se le daría carpetazo a la matanza habida en el chalet de La Moraleja y se repatriarían a Estados Unidos los dos cadáveres de los norteamericanos muertos en aquella refriega, en un avión de su Fuerza Aérea. Los asesinatos del librero Manuel Ruiz y del hostelero Gorka Uribe serían cargados a la cuenta de los mafiosos rusos.

El segundo asunto, el relacionado con el *Libro de Abraham el Judío*, fue el que suscitó un mayor número de problemas. Los acuerdos alcanzados al respecto estaban literalmente cogidos con hilos de una fragilidad extrema. Tanto los israelíes como los norteamericanos y los españoles eran conscientes de la importancia que se derivaba del conocimiento del contenido de tan extraña obra. Estaban también de acuerdo en las graves consecuencias que podían derivarse de la utilización de aquellos conocimientos. Es decir, del colapso mundial que se produciría en el mundo financiero y comercial en el caso de que hubiese una fabricación masiva de oro a precios irrisorios. Asimismo, estaban de acuerdo en que era de todo punto imprescindible evitar que aquello ocurriese. Hasta aquí llegaban los puntos de encuentro, a partir de ahí se producía el desacuerdo porque era muy diferente la respuesta que cada una de las partes tenía a las preguntas: ¿quién tiene el libro y qué uso piensa hacer del mismo?

Después de largas discusiones se logró establecer, gracias a los datos que se pusieron sobre la mesa, que el libro, codiciado por la mafia rusa, no había llegado a estar en poder de la misma. Aquella realidad significaba que allí estaban sentadas las otras tres partes que podían tenerlo en su poder. Sin embargo, todos negaban tenerlo y señalaban a los demás como sus poseedores. Los españoles pensaban que eran los israelíes, los americanos que eran los españoles y los israelíes no sabían muy bien si eran los españoles o los norteamericanos quienes controlaban el valioso manuscrito. Después de numerosas explicaciones, más o menos convincentes según quien las diese y las recibiese, se llegó a la conclusión de que el hecho de que estuviesen allí sentados, buscando un acuerdo, era tal vez la prueba más importante, aunque no irrefutable, de que ninguno de ellos tenía el libro en su poder. Llegados a aquel punto se planteó por pura lógica la cuestión que se derivaba de ello: si el libro no estaba en poder de ninguno de los presentes, ¿dónde estaba?

Se trazaron numerosas hipótesis. Se desarrollaron diversos planteamientos. Sobre la base de los diferentes datos que cada cual podía aportar se reconstruyó todo el agitado proceso que se había vivido desde que apoderarse del *Libro de Abraham el Judío* se había convertido en objetivo prioritario de todos los presentes y de algunos que no lo estaban. Se formularon las más variadas conjeturas acerca de lo que a cada cual se le ocurría aportar sobre los hechos acaecidos. Incluso durante cierto tiempo se decidió desatar una «tormenta de ideas» por si, a través de dicho procedimiento, se podía vislumbrar alguna luz que les permitiese salir del túnel en que se encontraban metidos. Todo fue inútil. Basándose en la confianza mutua —aunque allí nadie se fiaba de nadie— de que ninguno de los presentes poseía el libro, se llegó a la única conclusión posible que, en aquellas circunstancias, tenía visos de realismo: nadie lo tenía y nadie sabía dónde podía encontrarse.

Sin embargo, lo cierto era que Alan Ringrose, uno de los dos agentes norteamericanos que asistían a la reunión, había vislumbrado en el transcurso de la misma y a partir de alguna de las innumerables cosas que allí se dijeron, una posible vía a través de la cual encontraría la explicación de por qué el libro había escapado al control de todos los presentes.

Como no podía ser de otra forma, el agente de la CIA no aportó nada en relación con aquella especie de revelación que se había encendido en su cerebro a lo largo de tantas horas de discusión y puesta en común. Ni siquiera estaba dispuesto a compartir aquella elucubración, que tenía visos de probabilidad, con el otro agente americano presente en la reunión, John Fly. Ringrose pensaba que, sin proponérselo, se le presentaba la gran oportunidad de rehabilitarse, no ya ante aquel odioso jefe de la Operación Abraham que le habían endosado desde Washington, sino ante sus máximos jefes. Tal vez era aquella la ocasión de su vida y estaba dispuesto a aprovecharla hasta las últimas consecuencias.

La conclusión final a la que se llegó en aquel espinoso apartado —el más importante de la reunión— fue que el peligro que, en aquellas circunstancias, se cernía sobre ellos les mantendría alerta, pero por el momento se echaría tierra sobre el asunto. Se negaría la existencia del libro, y si aparecía alguna noticia relacionada con el mismo, la policía española, en el ámbito de sus competencias y de su jurisdicción, actuaría de inmediato. Los españoles se comprometían a informar inmediatamente tanto a norteamericanos como a israelíes de todo lo que tuviese relación con sus investigaciones y compartirían con ellos las actuaciones que llevasen a cabo, sin descartar la colaboración de aquellos dos países. Quedó incluso constituido con carácter informal, como no podía ser de otra manera, un comité de emergencia para actuar de inmediato y coordinadamente a la primera señal de alarma.

El tercero de los puntos que establecían las conclusiones del acuerdo alcanzado, el que se refería a la propiedad de libro, se resolvió a favor de los españoles, si bien los agentes del Mossad ofrecieron una tenaz resistencia, alegando derechos de índole cultural e histórico que no pudieron fundamentar de forma adecuada.

Los judíos hubieron de realizar numerosas llamadas,

sostener largas conversaciones y esperar indicaciones concretas acerca de un punto que era el eje que había motivado su presencia en España. Por fin, les llegaron instrucciones señalando que resistiesen todo lo posible antes de ceder y que solo se diesen por vencidos como último recurso para salir de la difícil situación en que se encontraban. A lo largo de la discusión los agentes del CESID aportaban dos argumentos de una fuerza incontestable: primero, el libro estaba en España desde hacía por lo menos quinientos años y, por lo tanto, al margen de las vicisitudes que el mismo hubiera corrido hasta llegar allí a finales del siglo XV, era patrimonio español antes de que existiesen, siquiera como estados soberanos, Estados Unidos e Israel. Segundo, el patrimonio cultural español era una rica mezcla de elementos de muy diversas procedencias; la suma de numerosas aportaciones culturales realizadas por pueblos diferentes, entre los que se encontraban los judíos. Gentes que habían desempeñado un papel fundamental en la configuración histórica de la España medieval y, en consecuencia, las obras existentes en el país vinculadas a la actuación de este pueblo formaban parte de su legado histórico, artístico y cultural. Los españoles hicieron caso omiso a los argumentos de los agentes del Mossad referidos a la expulsión de sus antepasados de España, precisamente en las fechas en que el valioso manuscrito quedó escondido en Toledo. Aquello fue, respondían los españoles, una vicisitud histórica como la que, por ejemplo, soportaban los palestinos expulsados de los territorios donde los judíos se asentaron al constituirse, hacía medio siglo —lo del medio siglo lo decían con retintín— el estado de Israel.

Es más que probable que los israelíes depusiesen su actitud solo ante la realidad de que, al menos de forma momentánea, el *Libro de Abraham el Judío* se encontraba en paradero desconocido y, por lo tanto, reclamar su propiedad en aquellos momentos tenía mucho de quimera. Su actuación sería desde luego muy diferente en el caso de que el libro apareciese. El inconfesable acuerdo —inconfesable desde diferentes puntos de vista, por lo que nadie podría esgrimirlo en caso de incumplimiento— que estaban cerrando solo les obligaba en aquellos momentos. Si el libro aparecía, Tel Aviv actuaría de la manera que creyese más conveniente para sus intereses. Cediendo ahora lograban lo que era más importante para ellos: salvar la delicada situación en que se encontraban como consecuencia de la actuación, ilegal desde todos los puntos de vista, de dos de sus agentes secretos en territorio de una potencia extranjera.

Los españoles acabaron con la resistencia judía con un argumento de peso: el primero de los puntos de aquella conclusión, que echaba tierra a las ilegalidades cometidas por los agentes del Mossad, incluido el asesinato de un ciudadano español, estaba vinculado al acuerdo en aquel tercer punto, según las posiciones que ellos estaban defendiendo.

A primera hora de la mañana del día siguiente Edward Andrews había recibido una llamada telefónica urgente en el domicilio que tenía señalado en Madrid, la casa del tío de su mujer, don Germán Arana. La llamada llegaba desde la Embajada de su país. No era habitual en los métodos de la Central aquel procedimiento, por lo que dedujo que habría de ser algo de suma importancia. Lo que le dijeron por teléfono fue muy escueto. Eso sí encajaba en las normas de la casa.

—Deberá usted presentarse a la mayor brevedad posible en la Embajada y preguntar en el negociado de pasaportes. Los documentos que usted había solicitado ya están a su disposición.

Había vuelto a pasar otra noche en vela. Algunos ratos, pocos, había sido presa de un amodorramiento, producido por el propio cansancio. Pero no lograba conciliar un sueño reparador, que cada vez le era más necesario. Le dolían todos los huesos del cuerpo y estaba tan cansado que levantar un papel suponía para él un esfuerzo desmesurado. Las ojeras habían acentuado su profundidad y el tono oscuro de la piel alrededor de los ojos se había extendido.

Se encontraba aún acostado, desmadejado entre las sábanas, cuando recibió aquella llamada, que no hizo sino empeorar su estado anímico. Sintió náuseas y le entraron ganas de vomitar, pero tal cosa no era posible porque llevaba tres días en los que apenas había probado bocado. Su inapetencia era total. Acudió al cuarto de baño, donde, volcado sobre la taza del inodoro, aún le quedaron fuerzas para soportar el esfuerzo de varias arcadas, que sacudieron su cuerpo y le llevaron a expulsar pequeñas cantidades de bilis produciéndole un intenso amargor en la boca. Después de esto su cuerpo estaba aún más dolorido. Tenía la sensación de haber recibido una paliza.

Se miró al espejo y un pequeño escalofrío le recorrió la espalda cuando vio reflejada su propia imagen. Con agua tibia se empapó varias veces la cara y puso los utensilios de afeitarse en disposición. Una vez rasurado, se despojó del pijama y se metió bajo la ducha. El chorro de agua templada ejerció sobre él un efecto beneficioso, los músculos agarrotados se distendieron y su cuerpo fue poco a poco perdiendo parte de la rigidez que lo atenazaba. Hubiera deseado que aquellos momentos no se acabasen nunca. Quería, por encima de todas las cosas, permanecer siempre allí, bajo aquel chorro de agua que tanto bien le procuraba. Por un momento se olvidó de las angustias que le atormentaban y de la llamada de la Embajada. Por su mente pasaron, con fugacidad, como una película a la que se le había dado más velocidad de la adecuada, imágenes de tiempos pasados, de cuando era un estudiante de doctorado y cortejaba a Beatriz. Así estuvo más de media hora.

Su aspecto había mejorado notablemente, aunque era

solo apariencia, cuando salió a la calle para tomar un taxi que le dejase en las inmediaciones de la Embajada. En otras circunstancias hubiese recorrido a pie el trayecto que separaba su domicilio de la legación diplomática, pero en aquellos momentos se le antojaba un esfuerzo insuperable.

Después de pasar todos los controles que las normas de seguridad imponían para acceder al recinto, se encontró delante de Ringrose. Los modales del hombretón de raza negra, quien en fechas anteriores le había tratado con pocos miramientos, haciendo ostentación de la superioridad de su cargo, eran ahora correctos, incluso cordiales. Por lo menos esa fue la sensación que Andrews percibía.

Después de ofrecerle café o alguna otra infusión, que Edwards rechazó, Ringrose —que había indicado a su secretaria que no le pasase ningún recado y que incluso negase su presencia en el despacho— le indicó el motivo de la llamada. De forma telegráfica le puso al corriente de aquellos elementos de la Operación Abraham que consideró, de acuerdo con sus planes, que Andrews debía conocer. Le hizo saber que ni los rusos, ni los judíos, ni los españoles y, por supuesto, tampoco ellos tenían el libro. Muy superficialmente le dijo que, tras el fracaso de la acción llevada a cabo contra los mañosos rusos, se había producido un acercamiento entre las partes interesadas en el asunto y que en una reunión tripartita, celebrada la noche anterior, se había llegado a un acuerdo no escrito que salvaba las irregularidades provenientes de la intervención de la Central y de los agentes del Mossad en suelo español. Otro de los acuerdos de la mencionada reunión había sido establecer unas líneas de colaboración en caso de que se supiese algo acerca del *Libro de Abraham el Judío*. Sin embargo, lo más importante de la reunión —Ringrose recalcó lo de importante— fue que todos ignoraban el paradero del manuscrito y que todos afirmaban no haber logrado hacerse con él...

—Sabemos positivamente que los rusos no llegaron a conseguirlo, aunque estuvieron muy cerca de alcanzarlo. Por otro lado, la información que hemos contrastado con los españoles y los judíos apenas ofrece margen para la duda de que pueda encontrarse en su poder... En una palabra, mi querido amigo, el libro se ha «volatilizado».

Andrews, que había escuchado a Ringrose con mayor atención de la que creía capaz de conseguir en aquellas circunstancias, abrió entonces la boca por primera vez.

—Pero eso no es posible. El libro no ha podido desaparecer como por arte de magia.

—En efecto, Andrews, en efecto. El libro no ha podido desaparecer, sino que ha de encontrarse en algún lugar. Un lugar al que ninguno de los que hemos estado interesados en hacernos con él hemos sido capaces de llegar. Pero, en mi opinión, la búsqueda de ese lugar no es tan complicada como a primera vista pudiese parecer porque el margen de maniobra que pudo tener la última persona que poseyó el libro, el librero de la plaza de las Descalzas, era muy pequeño.

—¿Por qué piensa usted eso?

—Por pura lógica, amigo mío, por pura lógica. Repasemos los acontecimientos de la víspera del día en que habíamos de acudir a la librería para comprar el manuscrito. ¿Quiénes sabíamos de la existencia del mismo en aquel momento? —preguntó Ringrose como método para recordar—. Lo sabía el librero, que entonces era su propietario. Lo sabía quienquiera que fuese que había ido a vendérselo. Lo sabía el tío de su mujer, el señor Arana, que era su comprador inicial y a través del cual llegó usted a conocer la existencia del libro. Lo sabíamos nosotros porque usted nos lo había dicho. Lo sabía también uno de los numerosos grupos de la mafia rusa que operan en España a través del señor Uribe, amigo del librero, que había conocido la importancia y valor del manuscrito por boca del propio librero, quien con aquel gesto cometió una imprudencia que le costó la vida, pues murió asesinado por los mafiosos rusos.

Andrews interrumpió a Ringrose.

—¿Cómo saben ustedes que los rusos tuvieron conocimiento de la existencia del manuscrito a través del señor Uribe y cómo saben también, con la seguridad con que lo afirma, que fueron los rusos quienes asesinaron al librero?

Alan Ringrose aspiró profundamente, como fórmula para contener la contrariedad que le había producido aquella interrupción. Expulsó el aire suavemente y contestó con tranquilidad aparente:

—Sabemos de la relación de Uribe con los rusos gracias a nuestras investigaciones; además, ha sido confirmada por dos vías distintas. Lo del asesinato lo sabemos porque los propios rusos nos lo dijeron. Ahora, por favor, no me interrumpa hasta que haya concluido, procuraré ser conciso. —Tomó un sorbo de agua de un vaso que tenía sobre la mesa y prosiguió—: Además de todos los que he enumerado había alguien más que sabía que el libro estaba en poder del señor Ruiz, me refiero a los israelíes... el Mossad tenía dos hombres en la plaza de las Descalzas la misma mañana que nosotros nos acercamos para intentar la compra del manuscrito. Por lo tanto había un canal de información que nosotros ni controlábamos entonces ni controlamos tampoco en este momento. Ahora quiero que haga memoria, señor Andrews. ¿Recuerda usted lo que le dijo el librero al tío de su mujer para comunicarle que no le iba a vender el libro? —Hizo un inciso—. ¿Recuerda que usted me dijo que, al anunciar el librero que tenía una oferta que a don Germán le resultaría imposible mejorar, me indicó que había algo de misterioso en aquella oferta que el librero decía tener? ¿Lo recuerda usted, señor Andrews? ¿Lo recuerda?

Edward Andrews había enrojecido de manera ostensible y empezado a sudar de forma copiosa. Con un hilo de voz contestó a las preguntas que Ringrose parecía formularle con aire acusador. Como si estuviera culpándole de algo.

—Sí... sí, lo recuerdo. —Sacó un pañuelo y trató de secarse, con mano temblorosa, el sudor que empapaba su rostro.

—¿Quién o quiénes cree usted que podían ser los autores de aquella misteriosa oferta?

—No lo sé, señor Ringrose. —Andrews trataba de recobrar el aplomo que había perdido.

—Yo se lo voy a decir. Esa oferta misteriosa según sus propias palabras, procedía del Mossad.

—¿Está usted seguro de ello?

—Completamente. Los propios agentes que el Gobierno de Tel Aviv envió a España, bajo la cobertura de hombres de negocios del mundo editorial italiano (muy astutos estos judíos), nos lo han confirmado. Su presencia en España tenía el mismo objetivo que nosotros pretendíamos: comprar el manuscrito. Sin embargo, esa no es en este momento la cuestión fundamental. Lo importante es conocer cómo había llegado esa información hasta Tel Aviv. Eso es lo que no sabemos, pero estoy seguro de que desvelaremos muy pronto este misterio.

—¿Cómo piensa descubrirlo? —A Andrews le costaba trabajo hablar. Era presa de una fuerte excitación, lo que había provocado que los efectos beneficiosos de la ducha desapareciesen. Se sentía cada vez más cansado, literalmente agotado.

—Repasemos a las personas que conocían la existencia del manuscrito. En primer lugar el librero. Si el señor Ruiz hubiese querido vender el libro a los judíos, no se lo hubiese ofrecido al tío de su mujer, se habría evitado complicaciones y malos ratos. Después el señor Uribe, quien se lo había dicho a los rusos, lo que le descarta como vía de información a Tel Aviv. Los rusos, que lo deseaban para sí. Nosotros, que también lo queríamos. El señor Arana, el tío de su mujer, que igualmente lo quería para sí y que montó en cólera al saber que había una oferta más interesante para el librero, después de que la operación de compra estuviese prácticamente cerrada a su favor. Ninguno de los que he mencionado estaba interesado en que los judíos conociesen la existencia del manuscrito en poder del librero de la plaza de las Descalzas. Supongo que estará de acuerdo conmigo.

Ringrose no aguardó ninguna respuesta. Daba por hecho que su razonamiento era incontestable. Continuó:

—Solo nos queda una persona más que sabía de la existencia del *Libro de Abraham el Judío*. Solo una, señor Andrews, solo una...

El acaloramiento que había enrojecido el rostro del profesor había desaparecido. Su cara ofrecía ahora un aspecto macilento, cerúleo, casi cadavérico.

—¿No pensará usted? ¿No pensará usted que... que yo?

—Yo no pienso nada, señor Andrews, es usted quien está pensando por mí. —La mirada de Ringrose era terrible. Andrews, abrumado por el peso que le caía encima, se encogió instintivamente, tratando de empequeñecerse en el sillón, como si así pudiese desaparecer y librarse de aquella mirada agresiva.

—Su actitud —Ringrose insistió— es la prueba más palpable de que mi razonamiento es de una lógica absoluta, incuestionable. Una verdad muy peligrosa para usted, señor Andrews.

El responsable de la CIA en España se levantó y se acercó al desmadejado profesor, cuyo aspecto era, para Ringrose, un dato irrefutable de que él era la persona que había puesto en conocimiento de los judíos la existencia del manuscrito. Se plantó delante de Andrews a muy escasa distancia, tan poca que la proximidad de su rostro era una amenaza por sí sola. Su voz sonó como un trueno en los debilitados oídos de Andrews:

—¡Solo se lo voy a preguntar una vez! ¡Y quiero la verdad! ¿Por qué informó usted al Mossad de la aparición del libro? ¿Cuál ha sido la razón por la que ha traicionado usted a su patria? ¡Dígamelo, Andrews, dígame el porqué!

Los ojos del interrogado se abrieron desmesuradamente. Parecía imposible que en el estado en que se encontraba tuviese siquiera fuerzas para realizar aquel movimiento ocular. De su boca salió una especie de gemido indescifrable. Ringrose se agachó y le agarró por la pechera, sacudiéndole violentamente.

—¡Quieres decirme por qué lo has hecho, maldito traidor!

Le soltó con un gesto de desprecio. Andrews estaba tirado sobre el sillón como una marioneta a la que le han cortado las cuerdas. Haciendo un esfuerzo, logró responder con un hilo de voz:

—Yo no he traicionado a mi patria. Yo no he informado de nada al Mossad, ni en mi vida he tenido relación alguna con el servicio secreto israelí.

Aquella respuesta pareció serenarlo y devolverle una parte de energía a su ser. Continuó hablando con un tono suave y tranquilo, pero cada vez más consistente.

—Usted no tiene ninguna prueba, absolutamente ninguna de que yo haya actuado de la forma que insinúa. Semejante calumnia no puede sostenerse mínimamente. ¿Cree usted, señor Ringrose, que si yo hubiese estado en contacto con los judíos hubiese venido a ponerle a usted sobre aviso de la existencia del libro? ¡Ande, respóndame usted a esta pregunta!

—Podría haber sido una cortina de humo para tapar su traición. —Ringrose se había puesto a la defensiva, intentando eludir así la acusación de calumniador que Andrews le había lanzado.

—¿Una cortina de humo dice usted? ¿Para qué la necesitaba? Si yo hubiese facilitado la información al Mossad, como usted ha insinuado de forma artera, no hubiera tenido ninguna necesidad de cubrir mi actuación. Usted no hubiese tenido conocimiento de que ese manuscrito había aparecido hasta que hubiese sido demasiado tarde para poner en marcha una operación si yo no hubiese venido a decírselo. No, señor Ringrose, su planteamiento no se sostiene. Solo una mente perturbada por el fracaso y el ridículo que ha supuesto su actuación en todo este asunto puede funcionar así...

—¡Me está usted llamando loco!

—No exactamente. Pero sí creo que usted está perturbado por su fracaso personal y trata de buscar un chivo expiatorio que cargue con las culpas del mismo.

Andrews se cogió con fuerza a los brazos del sillón donde estaba sentado como ayuda y apoyo para poder levantarse. Una vez estuvo de pie, miró fijamente al hombre que le había puesto al borde del precipicio anímico. Le habló con parsimonia, escupiéndole lentamente cada una de las palabras que salieron de su boca:

—Para mí esta conversación no ha existido. Ignoro lo que usted piensa al respecto, pero eso es algo que no me importa. Espero no volver a verle en mi vida.

Abandonó el despacho con paso tranquilo y hasta un poco altivo. Dio un pequeño portazo al salir como muestra de su rechazo a lo que representaba la persona que se había quedado dentro. Mientras abandonaba el recinto de la Embajada sintió cómo su cuerpo se relajaba y le invadía una agradable sensación de alivio. Era como si estuviesen quitándole un peso de encima, como si a cada paso le liberasen de una carga insoportable. Se percató de que había sido aquella reunión, en la que su intelecto había bajado a la sima más profunda, la que le estaba permitiendo arrojar lastre. La duda que le había atormentado desaparecía por momentos y con ella la terrible angustia de la que había sido presa.

Conforme avanzaba calle de Serrano abajo sentía cómo su cuerpo y su mente se despejaban. Había tomado una decisión y se sentía tranquilo por primera vez en aquellos días. Además, tenía la certeza de haber tomado la decisión correcta. Cualquiera que le hubiese visto habría dicho que aquel era un individuo cansado, tal vez podría hasta decir que estaba agotado, pero desde luego parecía feliz.

El olor a pan y bollería que salía por la puerta de una cafetería ante la que pasaba le despertó el apetito. ¡Tenía ganas de comer! Entró en el establecimiento y pidió un café con leche doble y un cruasán con mantequilla. Mientras el camarero que le había atendido gritaba «¡Un cross con mantequilla!» al mismo tiempo que trajinaba en la máquina del café, Edward Andrews veía el mundo de un color muy diferente a como se le representaba aquella mañana cuando se levantó.

26

La misma jornada en que Edward Andrews se liberó de las angustias y pesares que le habían atenazado durante los días anteriores, mientras la vida discurría por sus cauces habituales en la capital de España, tenían lugar una serie de hechos que pasaron inadvertidos por su propia vulgaridad, al común de las gentes.

Un avión de la US Navy con base en Rota despegó del aeropuerto madrileño de Torrejón de Ardoz. Era habitual que los norteamericanos, a veces, utilizasen para algunos viajes el aeródromo militar de las afueras de Madrid, donde en otros tiempos habían tenido una de las bases militares que controlaban en España, en cumplimiento de acuerdos bilaterales establecidos entre ambos países. Era casi una rutina. Lo que muy pocos sabían era el contenido de la carga de aquel avión. Llevaba a bordo los cadáveres de dos agentes de la CIA muertos en un chalet de La Moraleja para ser entregados a sus familiares en Estados Unidos. No había habido ningún tipo de ceremonias. No se habían rendido los llamados honores de ordenanza, ni otras parafernalias a las que tan aficionados son los norteamericanos. Nada de disparos, ni de flamear de banderas y toques de cornetín. Los ataúdes de cinc, herméticamente cerrados y embalados como si se tratase de mercancías, habían sido introducidos en las bodegas del Hércules sin mayores miramientos que los que aconsejaban unas etiquetas adheridas a los mismos en las que podía leerse Frágil. Aquellos cajones habían llegado directamente desde la Embajada estadounidense poco antes de que el avión que había de transportarlos tomase tierra. Al acto acudieron un funcionario español, el agregado militar de la Embajada norteamericana en España y John Fly.

También embarcaron en el Hércules los demás integrantes de la Operación Abraham enviados desde Estados Unidos. Viajaban como personal de la Embajada, según acreditaba su pasaporte diplomático. En España solo permanecería algunos días más John Fly para resolver, en colaboración con los españoles, algunos cabos que habían quedado sueltos como consecuencia de la fracasada operación.

Poco después de que el avión que conducía a los agentes de la CIA, incluidos los dos cadáveres, hasta Estados Unidos hubiese despegado de las pistas de Torrejón, en el aeropuerto de Barajas avisaban a los pasajeros, por los servicios de megafonía, sobre el embarque del vuelo 663 de la compañía Alitalia con destino Milán. A las 17.15 h de la tarde despegaba de las pistas del aeropuerto madrileño dicho vuelo. A bordo del Boeing 727 que cubría aquella ruta entre la capital de España y la ciudad lombarda iban dos industriales italianos, llamados Paolo Senatore y Aldo Mancini. Los dos empresarios milaneses habían podido percatarse de que habían estado sometidos a una discreta pero implacable vigilancia desde que llegaron al aeropuerto por un par de individuos con aspecto de policías de paisano. No les habían quitado ojo de encima hasta que se cercioraron de que habían subido al avión que les sacaba de España.

Aquella mañana Aarón Mayer y Salomón ben David se habían despedido de *Samuel*, lo hicieron telefónicamente.

Al teléfono portátil que habían dejado en el apartamento con instrucciones para que se deshiciese de él inmediatamente después de aquella llamada de despedida. Tras una reunión con los demás implicados en aquel asunto, habían quedado instalados en un hotel que les facilitaron funcionarios de su Embajada. Ya no tenían que ocultar su presencia en España ni, lo que era más importante, «quemar» a *Samuel* como agente. Por razones de seguridad ella no les acompañó porque los españoles, que se habían comprometido a no seguirles los pasos después de la larga reunión donde habían cerrado los diferentes acuerdos respecto a las operaciones puestas en marcha a causa del manuscrito, les habían exigido controlar su salida de España. Acordaron que los dos agentes del Mossad indicarían el vuelo en que saldrían de Madrid bajo la misma identidad con la que habían entrado en el país y que desde su llegada al aeropuerto serían discretamente vigilados hasta la salida del vuelo.

Marta Ullá había pedido permiso a don Germán Arana para no acudir aquel día a la oficina y poder resolver una serie de asuntos personales relacionados con la escritura de una plaza de garaje que había comprado hacía unos meses. El señor Arana no puso ninguna objeción a la petición de su eficaz secretaria, entre otras razones porque estaría en Toledo, adonde había de acudir para conocer a pie de obra el complejo residencial y comercial que estaban construyendo en pleno centro de la capital manchega para una inmobiliaria catalana. Se trataba de una visita inesperada, lo que no encajaba con la línea de metódica previsión que era norma en las actividades empresariales de don Germán. Al parecer, las razones de aquel viaje habían derivado de la reunión que la tarde anterior había mantenido con el encargado de aquella obra, Manuel Pareja, quien había acudido a Madrid para informar de una serie de modificaciones que habían sido solicitadas desde el gabinete técnico de Imbarsa, la inmobiliaria para quien la empresa de don Germán estaba construyendo Nuevo Milenio. El arquitecto había considerado que aquellas modificaciones tenían la suficiente entidad como para contar con el visto bueno de don Germán. A la reunión acudió también, acompañando al arquitecto director de las obras Ignacio Idígoras, el encargado de las mismas, Manuel Pareja. Don Germán y Pareja, que debieron haber concluido la reunión con la marcha del arquitecto, la prolongaron durante más de dos horas. No estaba prevista en la agenda del constructor aquella duración. Cuando hubo transcurrido un tiempo que consideró prudencial, Marta Ullá entró en el despacho e indicó a su jefe la hora que era y que tenía pendientes aún dos reuniones más. Don Germán le ordenó que las cancelase porque no sabía cuándo acabaría.

La razón de aquella prolongación había sido fortuita. Una de esas casualidades que, de vez en cuando, ocurren. A Manuel Pareja, que era la primera vez que había estado en el despacho del dueño de la empresa para la que llevaba trabajando más de cinco años, aunque aquella obra de Toledo era la primera en la que ejercía como encargado, le llamó la atención la cantidad de libros que había en el despacho. Cuando el arquitecto y él se marchaban preguntó al señor Arana si le tenía afición a los libros, a lo que este le respondió afirmativamente. Iniciaron una conversación que no era del interés de Idígoras, quien alegó que tenía que acudir a una cita ineludible, programada con antelación, a fin de marcharse rápidamente. Don Germán y Pareja continuaron aquella intrascendente conversación en la que el encargado dijo a su patrón:

—Pues si llego a saberlo, don Germán, le hubiese hecho a usted un regalo que a buen seguro le habría encantado.

—¿Por qué me dice usted eso, Pareja? —preguntó el constructor con curiosidad.

—Porque hace un par de semanas, en el derribo de esta

obra precisamente, apareció, en el fondo de una alacena un libro antiguo, muy raro, escrito a mano. Se lo regalé a mi hijo, que estudia cuarto de arquitectura, quien creo que se ha sacado sus buenos dineros, vendiéndoselo a un librero de aquí, de Madrid. Tenía las tapas de latón.

Germán Arana no daba crédito a lo último que acababa de escuchar. Miró a Pareja con el ceño fruncido y le preguntó con voz solemne:

—Pareja, ¿quiere usted repetir lo que acaba de decirme?

El encargado, que había comentado lo del libro como un halago para su jefe, sintió una punzada en el estómago cuando se dio cuenta de que a don Germán le había cambiado la cara. Ya estaba arrepentido de haber dicho todo aquello, que para él no era más que una tontería, aunque a su hijo le habían venido de maravilla los miles de duros que le habían pagado por el libro. Apenas le salía la voz del cuerpo cuando repitió lo que el señor Arana le pedía. Quiso concluir, excusándose por habérselo dado a su hijo.

—Verá usted, don Germán, si yo hubiese sabido de su afición, se lo habría traído personalmente. Pero eso ya no es posible. Ya le he dicho que...

—Pareja, siéntese usted y cuénteme todo lo que sepa sobre cómo apareció ese libro y las circunstancias de su descubrimiento. No ahorre detalles, aunque a usted le parezca que no tienen ninguna importancia, por muy insignificantes que sean. Siéntese, siéntese usted. Póngase cómodo y tómese todo el tiempo que quiera. ¿Le apetece tomar algo?

—Sí, señor. Si es posible, un vaso de agua.

Cumplido su deseo, el encargado explicó minuciosamente cómo se produjo el descubrimiento del sótano —recordó a don Germán que había llamado a Madrid para recibir instrucciones y que lo remitieron a Barcelona—, le relató la llegada de un alto cargo de la inmobiliaria catalana, la inspección del sótano y la decisión que se tomó. Alteró brevemente su actuación en relación con la alacena y pidió a don Germán ¡por el pan de sus hijos! que no comentase a nadie que se había quedado con el libro porque las órdenes que le habían dado eran enterrar todo lo que allí había aparecido para que los de Cultura no tuviesen ninguna pista, ni ninguna prueba de la existencia de aquel sótano. Bastantes problemas habían tenido que resolver los catalanes, como promotores de Nuevo Milenio para poder iniciar el derribo y comenzar las obras. Le juró una y otra vez por la salud de su familia que él no creyó hacer nada grave por haberse quedado con un libro viejo, aunque reconoció que estaba bien conservado. Le dio tan poca importancia que se lo regaló a su hijo, que fue quien lo vendió. También le comentó cómo la policía había relacionado unos asesinatos con aquel libro y que su hijo había ido, voluntariamente, a prestar declaración en la comisaría. Que habían pasado un mal rato con todo aquello.

Pareja estaba tan agobiado que Arana tuvo que tranquilizarle en varias ocasiones. Pero como al mismo tiempo le preguntaba una y otra vez por nuevos detalles y datos, la consecuencia era que cada minuto que pasaba Pareja estaba más nervioso con las preguntas.

—¿Y dice usted que se cegó aquel sótano con hormigón?

—Efectivamente, don Germán. Cerca de doscientos metros cúbicos fueron necesarios para macizarlo.

Una vez que don Germán Arana tuvo detallado conocimiento de las vicisitudes a través de las cuales se produjo el hallazgo del libro, pidió a Pareja que llevara a cabo una serie de encargos. Le exigió la mayor reserva y el más absoluto silencio acerca de los mismos.

—Pareja, le propongo un pacto entre caballeros. Nos guardaremos mutuamente el secreto. Usted, una vez que haya cumplido las instrucciones que yo le he dado, se olvida de ellas para siempre, y yo no recuerdo nada de lo que me ha contado acerca del libro. ¿Estamos de acuerdo?

—Totalmente de acuerdo, don Germán.

—Venga esos cinco.

Los dos hombres se dieron un fuerte apretón de manos, sellando aquel pacto.

Cuando don Germán Arana llegó a Toledo llovía a mares. Se habían abierto los cielos y el agua caía de forma torrencial. Con un ligero retraso sobre la hora convenida su coche aparcaba ante la obra Nuevo Milenio, donde le esperaba Manuel Pareja. Bajó del vehículo portando una hermética caja metálica en la mano y, protegiéndose como buenamente podía de la tromba de agua que caía, se acercó al encargado. Eran las dos y veinte. La obra estaba desierta, hacía un cuarto de hora que los encofradores que levantaban la estructura del inmueble se habían marchado para almorzar. No regresarían hasta las tres.

Sin pérdida de tiempo los dos hombres penetraron entre el bosque de pilares que se levantaban en lo que había sido hasta hacía muy pocos días un solar. En el suelo del mismo, cerca de una de las paredes, en el lugar donde hacía unas semanas había aparecido el sótano que fue rellenado de hormigón, había abierto, a golpe de compresor, una especie de nicho, de forma cúbica, de unos sesenta centímetros de lado. Hasta allí se dirigieron los dos hombres. Solo se oía el ruido de la lluvia golpeando contra el forjado que, levantado sobre sus cabezas, les protegía de la inclemencia climatológica desatada, así como el runruneo de una pequeña hormigonera que batía hormigón en las proximidades del nicho. Al llegar allí, Pareja entregó a don Germán un trozo de cuero doblado de forma caprichosa y con aspecto de antigualla que llevaba guardado en una bolsa. Arana sacó de la caja metálica un libro que tenía las tapas de latón y tenía rotulado el título en caracteres hebreos dorados. El cuero crujió al estirarlo para envolver entre sus pliegues el libro. Luego lo volvió a introducir en la caja y accionó el mecanismo que la cerraba.

Con solemnidad y cierto aire reverencial don Germán la introdujo en el nicho, guardó silencio unos instantes con la mirada fija en ella y luego hizo un elocuente gesto a Pareja. Este, después de colocar encima una recia tabla que encajaba perfectamente en el hueco, echó hormigón hasta rellenarlo completamente. Utilizó un palustre para alisar la superficie y la protegió, para que fraguase, con unos tablones. Terminada la operación, don Germán, a modo de responso, sentenció:

—¡Que permanezcas ahí otros quinientos años!

Mientras regresaba a Madrid, retrepado en el asiento trasero de su coche, mirando por las ventanillas cómo la lluvia no cesaba de caer, Germán Arana, dueño único de Germán Arana, S. A. y bibliófilo, recordaba el mal rato que pasó cuando hacía solo unas noches escaló, a través de un inmueble solitario, la trasera de la librería Antiquitas, forzó la puerta que daba al patio de dicha librería y se apoderó de aquella maravilla guardada en la mesa del despacho de Manuel Ruiz.

Cuando llegó a su casa eran poco más de las cuatro de la tarde. No había comido, pero tampoco tenía ganas de hacerlo. Edward le comunicó que había decidido adelantar su regreso a casa. Se marchaba al día siguiente, volaría a Los Ángeles, vía Nueva York. El vuelo salía del aeropuerto de Barajas a las doce del mediodía.

—¿Ocurre algo, Eduardo? —le preguntó inquieto don Germán.

—No, no ocurre nada. Pero mi trabajo aquí está, por ahora, prácticamente concluido y echo de menos a Beatriz y a las niñas.

—Bueno, bueno, eso está bien. Estos días te he visto muy desmejorado. Has llegado a preocuparme. Aunque ahora te noto mejor.

—Así es, Germán, he pasado malos días, igual que tú.

—¿Igual que yo, dices?

—Sí, sí. Te he visto agobiado, preocupado, como si algo te angustiase, ¿hay algún problema en los negocios?

—En absoluto, marchan viento en popa. La construcción en Madrid vive momentos dorados, espléndidos.

—Sin embargo, algo parecía agobiarte. Estoy seguro.

—Eso solo ha sido fruto de tu imaginación, de tu estado de ánimo.

—Tal vez sea así. He pasado los peores días de mi vida. Ese dichoso libro me ha traído de cabeza.

—¿A qué libro te refieres, Eduardo? —Había un tono de cautela en aquellas palabras.

—¿A cuál va a ser, Germán? A ese del que tú y yo tanto sabemos. Ese por el que han muerto dos personas para que no se pierda la tradición que acompaña su existencia. Ese por el que muchos están dispuestos a seguir matando. Ese que solo tú sabes en este momento dónde está.

Germán Arana se quedó mirando al marido de su sobrina Beatriz con una expresión difícil de definir. Después de un rato durante el que sopesó si debía preguntarle cómo sabía que el libro que con tanto ahínco estaba buscando la policía española para tratar de esclarecer dos crímenes relacionados con el mismo se encontraba en su poder, prefirió no hacerlo. Era la consecuencia lógica de la decisión que había tomado de devolver el manuscrito de Abraham al mismo sitio en el que había guardado reposo durante cinco siglos. Albergaba la esperanza de que cuando por un azar del destino volviese a la luz, los tiempos que corriesen fuesen mejores, y que su aparición no fuera causa de muertes ni de luchas. Como si no hubiese oído nada de lo que Edward Andrews acababa de decirle, se limitó señalarle:

—Si te vas mañana, tengo que volver a salir para comprar algunos regalos que deseo que le lleves a Beatriz y a las niñas.

Andrews pensó que tal vez aquella era la mejor respuesta que podía recibir. Ponía fin a las cuitas y sinsabores que había sufrido los días anteriores. Todo ello por haber entrado al dormitorio del tío Germán y mirar hacia donde no debería haberlo hecho.

Lo que Germán Arana no sabría nunca era que aquel tesoro bibliográfico, que por una decisión suya reposaba nuevamente en tierras de Toledo, había sido objetivo prioritario de la CIA y del Mossad porque dos personas muy próximas a él habían alertado a dichos servicios secretos de la aparición de uno de los libros más extraños y misteriosos de la historia.